Rosas negras

Phillip Margolin

Rosas negras

Traducción de
Miguel Martínez Lage

Círculo de Lectores

Para Doreen,
mi socia de bufete, mi mejor amiga y mi esposa
durante veinticinco maravillosos años de matrimonio.

AGRADECIMIENTOS

Varias personas me ayudaron para que la idea de *Rosas negras* se haya transformado en el libro que el lector tiene ahora en sus manos. Los doctores William Brady y Edward Colbach respondieron a mis preguntas técnicas sobre medicina y psiquiatría. El doctor Stanley Abrams no sólo revisó mi manuscrito, sino que me permitió servirme de su ensayo *The Serial Murderer* [El asesino en serie]. Mi amigo y compañero, el novelista Vince Kohler, amablemente interrumpió la escritura de su reciente novela de misterio sobre Eldon Larkin para criticar mi original. Y, finalmente, mi hermano, Jerry, quien me brindó su «imprescindible» ayuda.

Una vez que el manuscrito ha sido acabado, comienza la tarea de encontrar un editor. Nunca elogiaré lo bastante a Jean Naggar, Teresa Cavanaugh y todo el personal de la agencia literaria Jean V. Naggar. Todos deberían ser tan afortunados como yo a la hora de elegir un agente literario.

Agradezco enormemente a David Gernert por el tiempo que invirtió en la edición de *Rosas negras*. Gracias a sus sugerencias, este libro es mucho mejor de lo que era cuando lo leyó por primera vez. También me siento en deuda con Deborah Futter por su asesoramiento editorial y con todos aquellos que en Doubleday me ofrecieron su apoyo.

Por supuesto, no puedo dejar de mencionar a mi esposa, Doreen, y a mis maravillosos hijos, Daniel y Amy, quienes criticaron mi libro y me proporcionaron un hogar feliz donde escribirlo.

AGRADECIMIENTOS

PRIMERA PARTE

Una llamada de atención

CAPÍTULO PRIMERO

I

—¿Ha llegado el jurado a una conclusión? ¿Tiene lista la sentencia? —preguntó el juez Alfred Neff a los ocho hombres y las cuatro mujeres que ocupaban sus asientos en el estrado reservado a los miembros del jurado.

Un hombre corpulento, de unos sesenta y tantos años de edad, se puso de pie y carraspeó. Betsy Tannenbaum echó un vistazo al resumen que había preparado quince días antes, durante el proceso de selección de los miembros del jurado. Se trataba de Walter Korn, un soldador ya jubilado. Betsy había sentido cierta inquietud por el hecho de que fuese Korn el portavoz del jurado. De hecho formaba parte del mismo sólo porque Betsy había agotado sus candidatos a suplente.

El alguacil tomó el veredicto de manos de Korn y entregó el papel al juez. La mirada de Betsy siguió el trayecto del papel doblado en cuatro. Mientras el juez lo desdoblaba y lo leía en silencio, escrutó su rostro en busca de alguna señal que revelara su contenido, pero no detectó ninguna.

Betsy miró de reojo a Andrea Hammermill, la mujer gordezuela, con aire de matrona, que estaba sentada a su lado. Andrea miraba fijamente al frente, tan sumisa y resignada como había estado desde que comenzara su juicio por el asesinato de su esposo. La única ocasión en que Andrea había manifestado alguna emoción fue durante el interrogatorio directo, cuando hubo de explicar ante la sala por qué había asesinado a tiros a Sidney Hammermill. Cuando refirió a los miembros del jurado cómo había disparado el revólver una y otra vez hasta que el apagado «clic» del percutor contra el acero le indicó que no quedaba ni una bala, le temblaban las manos, se le estremecía el cuerpo entero y terminó por sollozar desconsoladamente.

—Póngase de pie la acusada —dijo el juez Neff.

Andrea se levantó trabajosamente. Betsy se puso de pie a la vez que ella, mirando al frente.

—Omitiendo el encabezamiento, la sentencia dice lo siguiente: «Nosotros, miembros del jurado, habiendo sido elegidos con arreglo al procedimiento vigente y tras haber prestado juramento, declaramos que la acusada, Andrea Hammermill, es inocente de...».

Betsy no logró oír con claridad el resto de la sentencia debido al ruido atronador que se produjo en la sala. Andrea se sentó y, ocultándose el rostro entre las manos, comenzó a sollozar.

—Está bien —le dijo Betsy—, cálmese, ya ha pasado todo. Sintió que por las mejillas le caían dos lágrimas, a la vez que rodeaba a Andrea por los hombros con ademán protector. Alguien golpeó a Betsy levemente en el brazo. Alzó la vista y se encontró con Randy Highsmith, el fiscal; estaba ante ella y le ofrecía un vaso de agua.

—Tenga, le vendrá bien —le ofreció.

Betsy cogió el vaso y lo ofreció a su cliente. Highsmith esperó unos instantes, mientras Andrea recuperaba la compostura.

—Señora Hammermill —dijo—, quiero hacerle saber que he llevado el peso de la acusación contra usted por estar convencido de que se tomó usted la justicia por su mano. Pero también quiero comunicarle que de ninguna manera pienso que su esposo tuviera ningún derecho a tratarla como efectivamente la trataba. Me da lo mismo quién fuera su esposo; si hubiese acudido a mí en vez de disparar contra él, habría hecho todo lo posible por encerrarlo entre rejas. Confío que sepa usted superar todo esto y proseguir su vida con normalidad. La considero una bellísima persona.

A Betsy le entraron ganas de agradecer a Highsmith sus afectuosas palabras, pero estaba demasiado emocionada para decir nada. Mientras los amigos y simpatizantes de Andrea se agrupaban alrededor de ella, Betsy logró separarse del gentío para respirar a fondo. Por entre los presentes en la sala vio a Highsmith, que estaba a solas, inclinado sobre su mesa mientras recogía sus libros y carpetas. Cuando el ayudante del fiscal del distrito echó a caminar hacia la puerta, advirtió que Betsy estaba algo separada del gentío. Una vez concluido el juicio, los dos abogados estaban de más. Highsmith se despidió con un gesto, que Betsy le devolvió cumplidamente.

2

Con la espalda arqueada, los músculos en tensión y la cabeza echada hacia atrás, Martin Darius recordaba un lobo que aullase sobre su presa recién cobrada. La rubia que estaba tendida debajo de él apretó las piernas en torno a su cintura. Darius se estremeció y cerró los ojos. La mujer jadeó, agotada por el esfuerzo. Darius contrajo el rostro y acto seguido se derrumbó. Su mejilla cayó sobre el pecho de la mujer. Oyó latir el corazón de la rubia y olfateó el sudor mezclado con un revelador rastro de perfume. La mujer se cubrió la cara con un brazo. Darius paseó con pereza una mano por encima de la pierna y observó la planicie de su vientre, al extremo del cual vio el barato reloj digital del motel encima de la mesilla. Eran las dos de la tarde. Se incorporó lentamente y dejó caer las piernas a un costado de la cama. La mujer oyó el crujido del somier y vio a Darius cruzar la habitación.

—Ojalá no tuvieras que marcharte —dijo, incapaz de ocultar su disgusto.

Darius recogió su maletín de encima de la cómoda y prosiguió hacia el cuarto de baño.

—Tengo una reunión a las tres —repuso sin mirarla siquiera.

En el estrecho cuarto de baño del motel, Darius se desprendió de la película de sudor que había cubierto su cuerpo durante el acto sexual y luego se secó vigorosamente. El vapor de la ducha velaba el espejo. Frotó la superficie del cristal y vio un rostro un tanto demacrado en el que resaltaban sus ojos azules, hundidos en las cuencas. Su barba y bigote, recortados con esmero, enmarcaban una boca demoníaca que podría haber resultado tan seductora como intimidadora. Darius hizo uso de un secador portátil, se peinó el pelo negro y liso y se acicaló la barba. Al abrir la puerta del cuarto de baño, la rubia seguía en la cama. Algunas veces, anteriormente, había intentado atraerlo de nuevo al lecho después que él se hubiese duchado y se hubiese vestido. Él suponía que de ese modo ella intentaba ejercer cierto dominio sexual, así que se negó a ceder.

—He decidido que dejemos de vernos —dijo Darius como quien no quiere la cosa mientras se abotonaba la camisa de seda blanca.

La rubia se incorporó en la cama con una expresión de desconcierto en el rostro, por lo normal tan confiado como se espera que sea el de una guapa animadora de un equipo de fútbol. En ese momento le estaba concediendo toda su atención. Era de esperar; no estaba acostumbrada a que nadie la despachase de semejante forma. Darius se volvió ligeramente, de modo que ella no alcanzase a ver su sonrisa.

—¿Y por qué? —consiguió articular la mujer mientras él se calzaba los pantalones gris carbón.

Darius se volvió hacia ella para gozar de la sucesión de emociones que le alterarían los rasgos.

—Debo reconocer que eres una mujer muy hermosa; además, en la cama eres espléndida —le dijo al tiempo que se hacía el nudo de la corbata—. Pero resultas mortalmente aburrida.

Por un instante la rubia se quedó boquiabierta, luego enrojeció.

—Y tú eres un mierda.

Darius rió y recogió la chaqueta del traje.

—No es posible que lo estés diciendo en serio —siguió ella; el enojo se le había pasado rápidamente.

—Lo estoy diciendo totalmente en serio. Lo nuestro ha terminado. De veras, estuvo muy bien mientras duró, pero no quiero repetirme.

—¿Y te crees que puedes utilizarme y luego arrojarme a la basura como si fuese un cigarro? —dijo ella, montando nuevamente en cólera—. Pues óyeme bien: pienso decírselo a tu mujer, hijo de puta. Pienso llamarla ahora mismo.

Darius dejó de sonreír. Su expresión bastó para que la rubia se apretase de espaldas contra el cabezal de la cama. Darius se acercó hasta encontrarse delante de ella. La rubia se retrajo y alzó las manos. Darius la observó un instante, tal y como estudiaría un biólogo un espécimen colocado sobre un portaobjetos. Luego la tomó con fuerza por la muñeca y le retorció el brazo hasta obligarla a inclinarse sobre la cama, con la frente contra las sábanas arrugadas.

Darius admiró la curvatura de su cuerpo, desde el trasero hasta la esbeltez del cuello, mientras ella permanecía arrodillada y dolorida. Le pasó la mano libre por las caderas y aumentó la presión que estaba aplicando en la muñeca para que el cuerpo entero se estremeciese. Le agradó contemplar el bamboleo de los senos.

—Quiero que te quede muy clara una cosa —dijo Darius con el mismo tono de voz que podría haber empleado para regañar a un niño travieso—. Nunca vas a llamar a mi mujer, nunca vas a llamarme a mí. ¿Te enteras?

—Sí. —La rubia jadeó cuando él le retorció un poco más el brazo, subiéndoselo lentamente hacia el hombro.

—Bien. Ahora explícame qué es lo que no vas a hacer nunca —le ordenó con toda tranquilidad, aliviando un instante la presión a que la sometía y acariciándole las nalgas con la mano libre.

—No te llamaré nunca, Martin. Te lo juro —gimoteó ella.

—¿Y por qué no vas a llamar nunca a mi mujer? ¿Por qué no vas a molestarme nunca? —preguntó Darius, añadiendo más presión sobre su muñeca.

La rubia jadeó retorciéndose de dolor. Darius logró contener una risa y aflojó la presión, para que ella pudiese contestar.

—Nunca te llamaré —repitió ella entre sollozos.

—Pero no me has dicho por qué —respondió Darius con un tono razonable.

—Porque tú me has dicho que no debo llamarte. Haré lo que tú quieras. Por favor, Martin, no me hagas más daño.

Darius soltó su presa y la mujer se derrumbó, sollozando de modo lastimero.

—Es una buena respuesta. Mejor habría sido que dijeras que nunca harás nada que me pueda fastidiar, pero sobre todo porque puedo hacerte cosas mucho peores que lo que acabo de hacer. Mucho peores.

Darius se arrodilló junto al rostro de la mujer y sacó el encendedor. Era de oro macizo, con una inscripción grabada por encargo de su esposa. La llama, anaranjada e intensa, osciló ante los ojos de la aterrorizada rubia. Darius se la acercó lo suficiente para que sintiera el calor.

—Mucho, mucho peores —repitió Darius.

Apagó el encendedor y cruzó la habitación del motel. La rubia se volvió del otro lado y quedó tendida con la sábana enredada a la altura de las caderas, dejando sus esbeltas piernas y su espléndida espalda expuestas a la vista. Martin Darius la observó por el espejo del motel mientras se ajustaba la corbata color Burdeos. Se preguntó, intrigado, si podría convencerla de que todo había sido una broma, para conseguir después que volviera a someterse a sus deseos. Al pensar en ello se le dibujó una sonrisa en sus finos labios. Por unos momentos, jugueteó con la imagen de la mujer arrodillada delante de él, dispuesta a hacerle una felación, convencido de que la deseaba de nuevo. Sería todo un reto hacer que se arrodillase después de la forma en que la había humillado. Darius estaba seguro de que con sólo proponérselo podría hacerlo sin grandes dificultades, pero debía asistir a una reunión.

—La habitación está pagada —dijo—. Puedes quedarte todo el tiempo que quieras.

—Martin, por favor, ¿no podemos hablar? —le suplicó la mujer, incorporándose en la cama y dándose la vuelta, de forma que sus pequeños, tristes senos, quedaron expuestos. Pero Darius ya estaba cerrando la puerta de la habitación.

Fuera, el cielo parecía ominoso. Densos nubarrones se acercaban desde la costa. Darius desactivó la alarma de su Ferrari negro y abrió la puerta. En muy poco tiempo iba a hacer algo que incrementaría el dolor sufrido por la mujer, algo tan exquisito que le resultaría imposible olvidarle. Darius sonrió, deleitándose por anticipado, y acto seguido arrancó y se fue, sin sospechar que alguien lo había fotografiado desde una de las esquinas del aparcamiento.

Martin Darius aceleró al cruzar el puente de Marquam en dirección al centro de Portland. El fuerte aguacero había hecho que las embarcaciones de placer permaneciesen amarradas; en cambio, un carguero oxidado navegaba por el río Willamette, capeando la tormenta en dirección al puerto de Swan Island. En la otra orilla se alzaba una mezcolanza arquitectónica compuesta por edificios grises, funcionales, futuristas, conectados entre sí por pasarelas, más el caprichoso y posmoderno Portland Building, de Michael Graves, el rascacielos rosáceo del Banco de Estados Unidos y los edificios históricos, de no más de tres plantas de altura, que databan del siglo pasado. Darius había amasado su fortuna con sus personales aportaciones al conjunto de nuevos edificios de Portland, así como mediante remodelaciones de barrios enteros de la ciudad vieja.

Darius cambió de carril cuando el locutor comenzaba a emitir la primera noticia del boletín informativo de las cinco.

«Les habla Larry Prescott desde el Tribunal del condado de Multnomah. Tenemos con nosotros a Betsy Tannenbaum, la abogada defensora de Andrea Hammermill, que acaba de ser absuelta de la acusación de haber asesinado a tiros a su esposo, el comisario municipal Sidney Hammermill.

»—Betsy, ¿cómo se explica que el jurado votase "inocente"?

»—Creo que debió de ser una decisión fácil, una vez que los miembros del jurado entendieron cómo los malos tratos dentro del matrimonio pueden afectar a una mujer que ha tenido que sufrir constantes palizas y abusos de toda clase, como fue el caso de Andrea.

»—Desde que comenzó la vista del caso usted se mostró muy crítica con la acusación del ministerio fiscal. ¿Piensa que el juicio habría tenido un tratamiento diferente de no haber sido el señor Hammermill candidato a la alcaldía?

»—El hecho de que Sidney Hammermill fuese un hombre adinerado y muy activo en la política del estado de Oregón influyó sin duda en la decisión de llevar a cabo una acusación en toda regla.

»—¿Habría sido diferente si el fiscal titular del distrito, Alan Page, hubiese asignado al caso a una mujer en el puesto del fiscal?

»—Es posible que sí. Una mujer habría sido capaz de evaluar las pruebas con mayor objetividad que un hombre, y quizás habría optado por renunciar a la acusación.

»—Betsy, ésta es la segunda absolución que logra usted para una cliente argumentando que ha sido víctima de malos tratos. A principios de este mismo año ganó usted un caso en el que se pedía una fianza de un millón de dólares contra un grupo antiabortista; por otra parte, la revista *Time* ha incluido su nombre en la lista de las abogadas especializadas en derecho penal más importantes del momento. ¿Qué tal se ha tomado la fama que lleva consigo toda esta publicidad?»

Hubo un momento de silencio. Cuando contestó, Betsy parecía incómoda.

«—Créame, Larry, estoy demasiado ocupada con mi práctica profesional y con mi hija para preocuparme por asuntos más urgentes que mi próximo caso o que la cena de esta noche.»

Sonó el teléfono del coche y Darius apagó la radio. El Ferrari ronroneó al cambiar Darius de marcha y pasarse al carril rápido. Cogió el auricular al tercer timbrazo.

—¿Señor Darius?

—¿Quién llama?

Muy pocas personas conocían el número del teléfono de su automóvil; no había reconocido la voz.

—No necesita saberlo.

—Tampoco necesito hablar con usted.

—Es probable, pero he pensado que tal vez le interese lo que tengo que decirle.

—Mire, no sé cómo ha conseguido este número, pero se me está agotando la paciencia. Vamos al grano, o desconecto el teléfono.

—De acuerdo. Usted es un hombre de negocios, sé que no malgasta su tiempo. No obstante, si colgara ahora le puedo garantizar que habré desaparecido, pero que me tendrá en el recuerdo para siempre.

—¿Qué ha dicho?

—Vaya, veo que ahora sí me presta atención.

Darius respiró hondo, despacio. De pronto se le formaron gotas de sudor en la frente y en el labio superior.

—¿Sabe dónde está Captain Ned? Es una taberna de mariscos en Marine Drive. El bar es bastante oscuro. Diríjase ahora mismo allí y podremos hablar con calma.

Se había cortado la comunicación. Darius dejó el auricular en su sitio. Había disminuido la velocidad sin darse cuenta, y llevaba un automóvil pegado por detrás. Darius cruzó dos carriles hasta detenerse en el arcén. Tenía el corazón desbocado y un agudo dolor en las sienes. Cerró los ojos y se apoyó en el reposacabezas. A fuerza de voluntad, logró que su respiración recuperase el ritmo normal y el dolor remitió por completo.

La voz de quien lo había llamado le pareció grosera. Probablemente se tratara de un individuo deseoso de sacarle algún dinero. Darius sonrió, taciturno; tenía que vérselas con hombres codiciosos siempre, y siempre habían sido los más fáciles de manipular. Invariablemente creían que la persona con quien trataban era tan estúpida y estaba tan asustada como ellos mismos.

El dolor en las sienes había desaparecido sin dejar huella; Darius respiraba de nuevo acompasadamente. En cierto modo, se sintió agradecido por haber recibido esa llamada. Llevaba demasiado tiempo siendo complaciente consigo mismo, convencido de que al cabo de tantos años estaba a salvo, cuando en realidad nunca lo estaría del todo. Decidió considerar la llamada como una advertencia.

3

Captain Ned era una chabola de tablones y cristales sucios azotados por la lluvia, en una lengua de tierra que se internaba en el río Columbia. El bar estaba tan oscuro como la voz había augurado. Darius tomó asiento en una mesa cercana a la cocina, pidió una cerveza y aguardó con paciencia. Entró una pareja de jóvenes cogidos del brazo. No podía tratarse de ellos. Un agente de ventas alto, calvo, vestido con un traje desaseado, estaba en un taburete. La mayor parte de las mesas estaban ocupadas por parejas. Darius exploró visualmente el resto del bar. Un hombre de recia complexión, vestido con un impermeable, sonrió y se levantó en cuanto Darius posó la vista en él.

—Me intrigaba cuánto tardaría en aparecer —dijo el individuo al sentarse frente a él. Darius no contestó. El otro se encogió de hombros y dejó de sonreír. Era inquietante tomar asiento frente a Martin Darius, aun cuando uno supiera que tenía todas las de ganar—. En este asunto podemos comportarnos civilizadamente o, si quiere, puede comportarse usted como un hijoputa —dijo el individuo—. Para mí, eso es lo de menos, porque al final terminará por pagar.

—¿Qué es lo que quiere venderme y cuánto quiere por ello? —contestó Darius, estudiando a la tenue luz del bar el carnoso rostro del individuo.

—Siempre será usted un hombre de negocios. Muy bien, vamos al grano. He estado en Hunter's Point. He visto viejos periódicos, repletos de información. He visto las fotografías. Fue necesario prestar mucha atención, pero descubrí que se trataba de usted. Tengo aquí una foto por si quiere comprobarlo —dijo el individuo al tiempo que sacaba del bolsillo interior del impermeable una fotocopia de una página de periódico, que dejó sobre la mesa. Darius la estudió un momento y acto seguido la empujó hacia el otro.

—Eso es historia antigua, amigo.

—¿Ah, sí? ¿Eso cree? Tengo amigos en el cuerpo, Martin. El público aún no lo sabe todo, pero yo sí. Hay alguien en Portland que se ha dedicado a dejar notitas y rosas negras. Mucho me temo que se trata de la misma persona que hizo lo propio en Hunter's Point. ¿Qué le parece, eh?

—Me parece que es usted un hombre muy inteligente, señor... —dijo Darius, procurando ganar tiempo para calibrar las posibles consecuencias de todo aquello.

El individuo negó con la cabeza.

—No le hace falta saber cómo me llamo, Martin. Basta con que me pague.

—¿De qué cantidad estamos hablando?

—Pensé que doscientos cincuenta mil dólares serían una cantidad justa. Es una suma similar a la que tendría que gastarse en minutas de abogados.

El individuo tenía el pelo ralo, color paja. En un momento en que se inclinó, Darius vio franjas de cuero cabelludo entre los mechones. Se notaba que le habían partido la nariz. Tenía una barriga prominente, pero era ancho de hombros y muy robusto.

—¿Ha informado sobre Hunter's Point a la persona que lo ha contratado? —preguntó Darius.

Un breve destello de sorpresa iluminó el rostro del individuo, que sonrió revelando unos dientes manchados de nicotina.

—Fue apasionante. Ni siquiera pienso preguntarle cómo lo ha supuesto, pero puede decirme qué piensa.

—Pienso que al menos por ahora usted y yo somos los únicos que estamos al corriente —dijo Darius. Como el otro no contestó, agregó mirándolo fijamente—: Hay una cosa que sí me gustaría saber. Sé qué es lo que, según su opinión, piensa que yo he hecho; sé que cree saber qué soy capaz de hacer. ¿Cómo es que no le da ningún miedo que lo mate?

El individuo se echó a reír.

—Martin, eres un hijoputa, exactamente igual que todos los demás violadores con los que he topado en prisión. Tíos muy duros con las mujeres, muy bestias, sí, pero no tanto con otro tipo de personas. ¿Quieres saber qué es lo que les he hecho a algunos de ellos? Convertirlos en mis chicas, Martin. De la noche a la mañana. Los convertí en reinonas dispuestas a cualquier cosa. Y te lo haría también a ti, créeme, si no fuese porque tu dinero me interesa mucho más.

Mientras Darius sopesaba esta información, el individuo lo observó con una mueca de complacencia.

—Me costará algún tiempo reunir esa cantidad —dijo Darius—. ¿Qué plazo puede darme?

—Hoy estamos a miércoles... ¿Qué te parece el viernes?

Darius fingió considerar con detenimiento los problemas propios de la liquidación de algunas acciones, el cierre de algunas cuentas.

—Que sea el lunes, ¿de acuerdo? Tengo bastantes acciones en pasivo, o inmovilizadas. Me costará algún tiempo disponer de algunas hipotecas, vender algunas acciones, ya sabe.

El individuo asintió.

—Tengo entendido que no eres de los que se andan con chiquitas. Me alegro. Eso quiere decir que estás actuando como se debe. Pero déjame que añada una cosa, amigo. A mí no hay quien me folle por detrás. Y, además, no soy avaricioso. Será un negocio cerrado de un plumazo.

El individuo se puso de pie, pero debió de ocurrírsele alguna cosa, y dirigió a Darius una amplia sonrisa.

—En cuanto me hayas pagado, desapareceré y ya no tendrás que recordarme nunca más.

El individuo se rió de su chiste, le dio la espalda y se marchó. Darius lo vio salir. Ni el chiste, ni ninguna otra cosa de aquel individuo, le había hecho ninguna gracia.

4

El aguacero azotaba el parabrisas. Caían gruesos goterones. Russ Miller puso el limpiaparabrisas al máximo, pero la lluvia siguió impidiéndole ver la carretera con claridad, por lo que tuvo que entornar los ojos para adivinar el trazado de la línea discontinua, en el centro de la carretera, e iluminarla con los faros. Eran casi las ocho, pero Vicky estaba acostumbrada a cenar tarde. En Brand, Gates & Valcroft había que dedicar todas las horas que fuese preciso si uno deseaba prosperar en el negocio. Russ sonrió al imaginar la reacción de Vicky ante las noticias. Deseó pisar el acelerador, pero pensó que unos cuantos minutos más no importarían demasiado.

En cuanto la secretaria de Frank Valcroft lo llamó al despacho de éste, Russ telefoneó a Vicky y le advirtió que posiblemente no llegaría a casa a tiempo. En la agencia de publicidad era todo un honor ser citado en el despacho de Frank Valcroft. Russ sólo había estado allí dos veces. Las mullidas alfombras de intenso color granate, la madera oscura de los muebles y los marcos, le recordaban dónde estaba el sitio al que deseaba llegar. Cuando Valcroft le anunció que iba a ser el responsable de la cuenta que la agencia tenía abierta con Construcciones Darius, Russ supo que ya estaba en camino de obtener aquello que tanto deseaba.

Russ y Vicky habían sido presentados a Martin Darius el verano anterior en el transcurso de una fiesta organizada por éste para celebrar la inauguración de su nuevo centro comercial. Allí estaban todos los hombres que habían trabajado en su cuenta, pero Russ tuvo la impresión de que Darius lo había elegido a él.

Una semana más tarde recibió una invitación para salir de excursión en el yate de Darius; en lo sucesivo, Vicky y él fueron invitados a dos nuevas fiestas que celebró en su casa. Stuart Webb, otro ejecutivo de la agencia de publicidad le comentó que siempre que estaba con Darius tenía la sensación de hallarse ante un bloque de hielo, pero lo cierto era que, para Russ, Darius era el ser humano más dinámico que hubiese conocido en toda su vida. Además, tenía el peculiar don de lograr que Russ se sintiera la persona más importante del planeta. Russ estaba seguro de que Martin Darius era el responsable de que él hubiese sido nombrado director del equipo que llevaba la cuenta de Construcciones Darius. Si Russ desempeñaba con éxito su papel de director de ese equipo, quién sabe qué podrían encomendarle en un futuro inmediato. Incluso cabía la posibilidad de que abandonase Brand, Gates & Valcroft para ponerse a trabajar directamente a las órdenes del gran hombre.

Cuando enfiló por el sendero de entrada, la puerta del garaje se abrió automáticamente. El aguacero que trepidaba sobre el techo del garaje sonaba como si fuese el fin del mundo; a Russ le alegró entrar en la acogedora cocina de su casa. Se encontró una gran olla de acero sobre la cocina, por lo cual dedujo que Vicky estaba preparando pasta. La sorpresa estaría en la salsa que le añadiera. Russ llamó a Vicky por su nombre a la vez que levantó la tapa de otra olla para espiar su contenido. Pero estaba vacía. Había una tabla de cortar llena de verduras, pero ninguna de ellas había sido aún troceada. Russ frunció el entrecejo. El fuego sobre el cual reposaba la olla grande no había sido encendido. Levantó la tapa. Estaba llena de agua, pero la pasta estaba aún sin cocinar, junto al aparato para hacer pasta casera que él mismo había regalado a Vicky con motivo de su tercer aniversario de boda.

—Vicky —volvió a gritar Russ.

Se aflojó el nudo de la corbata y se quitó la chaqueta. En la sala las luces estaban encendidas. Poco después, Russ informaría a la policía de que no había llamado anteriormente porque todo le había parecido absolutamente normal. La tele estaba encendida. La novela de Judith Krantz que Vicky estaba leyendo se encontraba abierta, boca abajo, sobre la mesa baja frente al sofá. Cuando se dio cuenta de que Vicky no estaba en casa, se le ocurrió que habría ido a visitar a uno de los vecinos.

La primera vez que Russ entró al dormitorio no reparó en la rosa ni en la nota. Estaba de espaldas a la cama cuando se desvistió. Después de colgar la ropa en el armario se puso un chándal y echó un vistazo a la guía de los canales de televisión por cable, para averiguar qué ponían aquella noche. Cuando pasó otro cuarto de hora sin tener noticias de Vicky, Russ volvió al dormitorio a llamar por teléfono a su mejor amiga, que vivía unas cuantas casas más allá. Fue entonces cuando vio una rosa negra sobre un papel blanco. Con una esmerada caligrafía, estaba escrito el mensaje: «Para siempre en el recuerdo».

CAPÍTULO II

Cuando Austin Forbes, presidente de Estados Unidos, recorrió el trecho que lo separaba de Raymond Francis Colby, senador de Estados Unidos, atravesó los sesgados rayos de sol que se filtraban por los altos ventanales del Despacho Oval, con lo cual dio la impresión de que Dios mismo acababa de iluminar a uno de sus hijos escogidos. De haberlo percibido, el minúsculo jefe del ejecutivo habría apreciado el voto de confianza que le acababa de ser dado desde las alturas. Los resultados de sus elecciones en la tierra no eran tan halagüeños.

—Me alegro mucho de verte, Ray —dijo Forbes—. Ya conoces a Kelly Bendelow, ¿verdad?

—Sí, Kelly y yo nos hemos visto en alguna ocasión —dijo Colby al tiempo que recordaba la entrevista que dos semanas antes sostuviera con el mediador de conflictos laborales del presidente, su «perro de presa», como lo llamaban algunos.

El senador Colby tomó asiento en el sillón que le indicó el presidente y miró por los ventanales del este, hacia la rosaleda. El presidente ocupó un viejo sillón que había presidido su bufete de abogado en Missouri y que no le abandonó en todo su recorrido ascendente hacia la cima del poder, hasta llegar al Despacho Oval. Parecía pensativo.

—¿Cómo está Ellen? —preguntó Forbes.

—Ah, muy bien.

—¿Y tú? ¿Qué tal estás de salud?

—De salud, fenomenal, señor presidente. Me sometí a un chequeo completo el mes pasado —repuso Colby, a sabiendas de que el FBI habría proporcionado a Forbes su informe médico más reciente.

—Bien, ya veo que no hay problemas personales. ¿Tu familia está bien? ¿Tus finanzas son sólidas?

—Ellen y yo pensamos celebrar nuestro trigésimo segundo aniversario de bodas el mes que viene.

Forbes miró a Colby. En un visto y no visto se desvaneció el buen chico de siempre y como por arte de magia apareció el político curtido e implacable que había arrasado en cuarenta y ocho estados durante las últimas elecciones presidenciales.

—No puedo permitirme dar otro patinazo como el de Hutchings —dijo Forbes—. Te lo digo confidencialmente, Ray. Por buena que sea, me había mentido. Hutchings tomó asiento exactamente donde tú estás sentado y me mintió. Luego se enteró ese reportero del *Post* y, claro, ya sabes...

Forbes dejó que la idea se perdiera por su propio peso, pues todos los presentes en el Despacho Oval tenían muy presente en la memoria el duro golpe sufrido por el prestigio del presidente cuando el Senado había votado contra la nominación de Mabel Hutchings.

—Ray, ¿hay alguna cosa en tu pasado que pueda plantearnos algún problema semejante? Por ejemplo, cuando fuiste consejero delegado de Marlin Steels, ¿no cometerías la imprudencia de pagar un soborno a nadie, ni siquiera con las mejores intenciones? ¿No fumaste marihuana cuando estabas estudiando derecho en Princeton? ¿No dejaste embarazada a ninguna compañera en el instituto?

Colby sabía muy bien que no se trataba de preguntas ridículas. Las aspiraciones de no pocos esperanzados aspirantes a presidente, o de algunos nominados al Tribunal Supremo, habían encallado en terrenos igualmente arenosos.

—No hay por qué preocuparse, señor presidente; no habrá sorpresas de ninguna clase.

Se hizo el silencio en el Despacho Oval, y Forbes tomó la palabra.

—Sabes de sobra por qué te he llamado, Ray. Si formalizo tu nominación a presidente del Tribunal Supremo de Estados Unidos, ¿estás dispuesto a aceptar el cargo?

—Sí, señor.

Forbes sonrió. La tensión reinante en la estancia desapareció por completo.

—Mañana mismo formalizaremos el anuncio. Serás un gran presidente del Tribunal Supremo, estoy seguro.

—Quedo en deuda con usted, señor —dijo Colby, a quien le faltó la confianza necesaria para decir algo más. En cuanto fue citado en la Casa Blanca, supo que Austin Forbes iba a plantearle esa oferta. Pero eso no fue suficiente para que dejara de sentirse tan liviano como una nube que flotase llevada por el viento.

Raymond Colby se incorporó en la medida de lo posible sin hacer ningún ruido y arrastró los pies sobre la alfombra hasta encontrar las zapatillas. Ellen Colby se agitó al otro lado de la cama de matrimonio. El senador vio cómo jugueteaba la luz de la luna sobre sus rasgos apacibles. Sacudió la cabeza, asombrado. De todas las personas que conocía, sólo su esposa sería capaz de dormir como un ángel después de lo que había ocurrido aquel día.

En la sala de la casa señorial que tenía Colby en pleno centro de Georgetown había un mueble bar. Colby se sirvió un bourbon. En la planta superior, el antiguo reloj de pared marcaba los segundos; cada movimiento de sus viejas manecillas era perfectamente audible en la quietud de la mansión.

Colby apoyó el vaso sobre la repisa de la chimenea y cogió una desvaída fotografía en blanco y negro que había sido hecha el día en que su padre defendió un caso ante el Tribunal Supremo de Estados Unidos. Howard Colby, uno de los distinguidos socios del bufete más prestigioso de Wall Street, falleció ante su mesa de trabajo dos meses después de que aquella fotografía fuese tomada. Raymond Colby podía en efecto haber sido el primero de su promoción en Harvard, consejero delegado de Marlin Steels, gobernador del estado de Nueva York y senador de Estados Unidos, pero en relación con su padre siempre se había visto igual que aquel día en la escalinata del Tribunal Supremo, como un muchacho de diez años de edad bajo la protección de un sabio y malhumorado gigante a quien Raymond recordaba como el hombre más listo que hubiese visto en su vida.

Desde la calle ascendían cincuenta y tres anchos peldaños hasta la entrada del Tribunal Supremo. Raymond los había contado uno a uno al subir, cogido de la mano de su padre. Cuando dejaron atrás las columnas que sostenían el pórtico oeste, su padre había hecho un alto para señalarle el lema inscrito en el dintel de mármol blanco, inmaculado, a la entrada de la sala primera: «Igualdad ante la ley».

Unas imponentes puertas de roble macizo guardaban las dependencias del Tribunal, aun cuando la sala era más bien pequeña. Sobre un enorme estrado, tras un parapeto de caoba, se hallaban nueve sillones de respaldo alto y muy variados estilos. Cuando los miembros del Tribunal desfilaron hacia sus asientos, su padre se puso de pie. Y cuando Howard Colby se dirigió en voz alta a la sala, a Raymond le sorprendió notar una gran consideración en la voz de un hombre que, sin proponérselo, despertaba un enorme respeto en quienes lo escuchaban. Aquellos hombres vestidos de negro, aquellos hombres de probada sabiduría, que descollaban muy por encima de Howard Colby y que le imponían respeto, dejaron en aquel niño una impresión duradera. En el tren, de regreso a Nueva York, Raymond se juró en silencio que algún día iba a tomar asiento entre los miembros del más alto tribunal de la nación. Su sueño por fin se haría realidad cuando, al día siguiente y en conferencia de prensa, el presidente hiciese oficialmente el anuncio.

La espera había comenzado el viernes, cuando una fuente autorizada de la Casa Blanca le comunicó que a Austin Forbes sólo le quedaban dos candidatos para el puesto de presidente del Tribunal Supremo: el senador mismo y Alfred Gustafson, de la sala quinta del Tribunal de Apelación. Esa misma tarde, durante su reunión en el Despacho Oval con el presidente, éste le había comunicado que el factor decisivo en su designación había sido su condición de senador de Estados Unidos. Tras la penosa derrota de su primera candidata, Mabel Hutchings, el presidente necesitaba un candidato irreprochable. Ciertamente, el Senado no rechazaría a la ligera a uno de sus miembros más prestigiosos, sobre todo si se trataba de una persona provista de las credenciales de Colby. Lo único que le hacía falta era superar el proceso de nominación sin que lo fustigasen.

Colby dejó en su sitio la fotografía y cogió el vaso. No era únicamente la emoción que entrañaba la designación el motivo de su insomnio. Colby era un hombre honrado. Al decirle al presidente que no existía en su pasado ningún motivo de escándalo, había sido sincero. Pero lo cierto era que en su pasado había algo que muy pocas personas conocían. En esas personas podía confiar por entero; ninguna de ellas se iría de la lengua. Pese a todo, le preocupaba sobremanera no haberle dicho toda la verdad al hombre que iba a permitir que el gran sueño de su vida se hiciera realidad.

Sorbió el bourbon y se quedó un rato mirando las luces de la ciudad. Poco a poco, el bourbon empezó a surtir efecto. Sintió una leve somnolencia, y que sus músculos se relajaban. No había forma humana de modificar la historia. Aun cuando hubiese sabido lo que el futuro le deparaba, no habría podido tomar otra decisión. Y la preocupación tampoco iba a modificar el pasado; las posibilidades de que su secreto aflorase a la superficie eran prácticamente inexistentes. Al cabo de una hora, el senador dormía a pierna suelta.

CAPÍTULO III

I

Lo más patético era que después de las aventuras, después de las mentiras, por no hablar del penoso acuerdo de divorcio a resultas del cual Alan Page había tenido que volver a vivir a un apartamento tan cochambroso como el que ocupara en su época de estudiante de derecho, seguía amando a Tina. Siempre que las preocupaciones del trabajo se lo permitían, pensaba en ella. De nada le servía ir al cine, leer un buen libro; ni siquiera acostarse con las mujeres con las que sus amigos le concertaban citas a menudo. De hecho, lo peor de todo eran las mujeres, porque siempre terminaba por compararlas, y ninguna resistía la comparación. Alan llevaba meses sin estar con una mujer.

El estado anímico del fiscal del distrito había empezado a preocupar incluso a su plantilla. La semana anterior, Randy Highsmith, su ayudante en jefe, había hecho un aparte con él para intentar que se animase, que no estuviera tan alicaído; a pesar de todo, a él seguía costándole un esfuerzo enorme afrontar su soltería al cabo de doce años de lo que, en su opinión, había sido un matrimonio satisfactorio. Lo que más le abrumaba era la sensación de haber sido traicionado. Él nunca había engañado a Tina, nunca le había mentido, e incluso había llegado a pensar que ella era la única persona en quien podía confiar por completo. Cuando se enteró de la vida secreta que durante años había llevado su mujer, no pudo soportar el golpe. Alan llegó a dudar de que alguna vez pudiera depositar su confianza en otra persona.

Alan entró en el garaje del ayuntamiento y aparcó en la plaza reservada para el fiscal del distrito del condado de Multnomah, uno de los escasos privilegios, meditó con amargura, de los que Tina no se había apropiado después del divorcio. Abrió el paraguas y cruzó la calle corriendo, hasta llegar al juzgado. El viento a punto estuvo de arrebatarle el paraguas de la mano. Estaba empapado cuando por fin entró en el edificio de piedra gris.

Alan se pasó la mano por el pelo mojado mientras esperaba el ascensor. Eran casi las ocho. Aparte de un par de jueces de aspecto aburrido, el vestíbulo estaba lleno de jóvenes abogados dándose aires de importancia, ansiosos litigantes deseosos de que les sucediera lo mejor y aterrados de que lo peor les cayera encima. Alan no estaba de humor para conversar sólo para mantener las formas. Cuando llegó al ascensor, pulsó el botón del sexto y se colocó al fondo del camarín.

—El jefe Tobias quiere que le llame enseguida —le dijo la recepcionista en cuanto entró en las oficinas del fiscal del distrito—. Dijo que era un asunto importante.

Alan dio las gracias y abrió la portezuela de la barandilla que separaba la sala de espera del resto de los despachos. El suyo era el primero a la derecha, entrando por un pasillo estrecho.

—Ha llamado el jefe Tobias —le dijo su secretaria.

—Ya me lo ha dicho Winona.

—Parecía enfadado.

Costaba trabajo imaginar qué podría enfadar a William Tobias. El delgado jefe de la policía local era tan impertérrito como un contable. Alan sacudió el paraguas y colgó la gabardina, para sentarse ante su amplia mesa y llamar a la comisaría central de policía, situada al otro lado de la calle.

—¿Qué sucede? —preguntó Alan.

—Nos hemos encontrado con otra.

A Alan le costó un instante adivinar de qué hablaba Tobias.

—Se llama Victoria Miller. Veintiséis años, atractiva, rubia. Ama de casa, sin hijos. Su marido trabaja para Brand, Gates & Valcroft, la agencia de publicidad.

—¿Se ha encontrado el cadáver?

—No. Por el momento sólo ha desaparecido. Pero estamos seguros de que es él.

—¿La misma nota?

—Sobre la almohada. «Para siempre en el recuerdo», decía. Y otra rosa negra.

—¿Se ha detectado esta vez algún indicio de violencia?

—No, ha sido igual que los otros casos. Es como si se la hubiese tragado una nube de humo.

Los dos hombres guardaron silencio un instante.

—¿La prensa sigue sin saberlo?

—En eso estamos de suerte. Como no ha sido descubierto ningún cadáver, llevamos los casos como si fuesen simples desapariciones. Ahora bien, no sabemos durante cuánto tiempo podremos mantenerlo en secreto. Desde luego, los tres maridos de las víctimas no van a quedarse cruzados de brazos. Reiser, el abogado, llama por teléfono dos o tres veces todos los días; Farrar, el asesor financiero, ha amenazado con desvelar el asunto y hacerlo de dominio público si no descubrimos algo cuanto antes.

—¿Y aún no tienes ningún dato concreto?

—Nada de nada. El forense está desconcertado. No hemos encontrado fibras o pelos que nos den alguna pista; ni siquiera huellas dactilares. El papel que utiliza se puede comprar en cualquier papelería de barrio. La rosa es una rosa normal y corriente, igual que el tinte negro.

—¿Y qué se te ocurre?

—Estamos llevando a cabo una búsqueda por ordenador centrándonos en el *modus operandi*. Ross Barrow ya ha comenzado a llamar a otros departamentos de policía, e incluso al FBI.

—¿No habéis intentado descubrir alguna posible conexión entre las víctimas?

—Desde luego. Hemos descubierto abundantes similitudes. Las tres mujeres tienen más o menos la misma edad, las tres son de clase media alta; no tienen hijos, son amas de casa, están casadas con individuos que trabajan como ejecutivos en diversas empresas, todas ellas boyantes. Pero no hay nada en concreto que nos sirva para relacionar a las tres víctimas entre sí.

Tobias podría haber descrito a Tina de la misma manera. Alan cerró los ojos y se dio un masaje en los párpados con las yemas de los dedos.

—¿Qué me dices de los clubes deportivos, gimnasios, tiendas más frecuentadas, círculos de lectores? ¿No tienen el mismo dentista, el mismo ginecólogo? —preguntó Alan.

—Hemos pensado en todo eso y en otra docena de hipótesis, pero nada.

—Claro, seguro que no se te ha escapado. ¿Con qué intervalos se han producido las desapariciones?

—Da la sensación de que el autor de las mismas trabaja de mes en mes. ¿En qué estamos? ¿A principio de octubre? Pues Farrar desapareció en agosto y Reiser en septiembre.

—Caray. Más vale que descubramos algo enseguida. En cuanto esto se filtre, los chicos de la prensa no nos van a dar tregua.

—Y que lo digas.

Alan suspiró.

—En fin, gracias por llamar. Quiero que me tengas al corriente.

—En eso estamos.

Alan colgó y se dio la vuelta en la silla para mirar por la ventana. Estaba cansado. Cansado de la lluvia, cansado del gilipollas de las rosas negras, cansado de Tina y cansado de todo lo que se le ocurría. Lo que más le apetecía en el mundo era estar a solas en una playa bien soleada donde no hubiese mujeres ni teléfonos, y donde la única decisión de peso que se viese obligado a tomar fuera el factor de protección del bronceador que se aplicase.

2

Nadie había dicho nunca que Elizabeth Tannenbaum fuese una mujer de bandera, pero a la mayoría de los hombres les resultaba atractiva. Casi nadie la llamaba Elizabeth. Elizabeth sonaba aristocrático, distante, aplicable a una de esas bellezas irresistibles y llamativas. Betsy, en cambio, era más apropiado para una mujer grata de ver, ligeramente por encima de su peso, hábil, y pese a todo divertida de tratar. Betsy le iba como anillo al dedo.

Betsy era un nombre que también hacía pensar en una mujer capaz, en ocasiones, de sentirse un poco agotada, desbordada incluso, y precisamente así estaba Betsy Tannenbaum cuando su secretaria le comunicó que tenía una llamada. Estaba metiendo los papeles del caso Morales en su maletín para trabajar un poco en casa esa misma noche, después de recoger a Kathy por la guardería, prepararle la cena y arreglar la casa, después de jugar un rato con Kathy y de...

—No puedo contestar, Ann. Llego tarde a la guardería.

—Dice que es un asunto importante.

—Siempre dicen que es importante. ¿Quién llama?

—No está dispuesto a decírmelo.

Betsy suspiró y miró el reloj. Eran ya las cuatro y media. Si recogía a Kathy a las cinco y se apresuraba para llegar a las tiendas antes de que cerrasen, no empezaría a preparar la cena hasta las seis. Por otra parte, estaba clarísimo que si dejaba de recibir llamadas de posibles clientes dispondría del día entero para hacer la compra. Betsy dejó de meter papeles en el maletín y cogió el teléfono.

—Betsy Tannenbaum al habla.

—Gracias por atender mi llamada. Me llamo Martin Darius. —Betsy se quedó sin respiración. En Portland, todo el mundo sabía quién era Darius, pero no eran muchos los que recibían llamadas suyas—. Oiga, ¿a qué hora se marcha el personal de su despacho?

—A eso de las cinco, o cinco y cuarto. ¿Por qué lo dice?

—Necesito hablar hoy mismo con usted, y quiero que nadie se entere de que he ido a visitarle. ¿Le vendría bien que pase por su despacho a las seis?

—La verdad es que no. Lo siento. ¿No hay forma de que nos reunamos mañana? Mañana dispongo de un horario mucho más abierto.

—¿Cuál es su minuta habitual, señora Tannenbaum?

—Cien dólares la hora.

—Si tuviese la amabilidad de recibirme hoy a las seis en punto, le pagaré dos mil quinientos dólares por la consulta. Si decido contratar sus servicios, le aseguro que quedará usted extremadamente complacida por la minuta que pienso pagarle.

Betsy respiró hondo. Le fastidiaba hacerlo, pero no iba a quedarle más remedio que llamar a Rick. Lisa y llanamente, no podía permitirse el lujo de rechazar semejante suma, y menos si venía de un hipotético cliente tan deslumbrantemente famoso y adinerado.

—¿Le importa que lo haga esperar unos instantes, señor

Darius? Tengo otra obligación que cumplir, pero veré si puede ocuparse de ella otra persona.

—Desde luego, esperaré lo que haga falta.

Betsy llamó a Rick Tannenbaum por la otra línea. Estaba reunido, pero de todos modos su secretaria le pasó la llamada.

—¿De qué se trata, Betsy? Estoy muy ocupado —dijo Rick sin hacer ningún esfuerzo por disimular su fastidio.

—Lamento mucho interrumpirte, pero se trata de una urgencia. Hay un cliente que quiere venir a verme a las seis. ¿Podrías encargarte de recoger a Kathy de la guardería?

—¿No puede ir tu madre?

—Se ha ido a casa de una amiga a jugar al *bridge*, y no tengo el número de teléfono.

—Pues dile a ese cliente que te vaya a ver mañana.

—No puede ser. O viene hoy o no vendrá nunca.

—Maldita sea, Betsy; cuando nos separamos acordamos que estas cosas no ocurrirían.

—De veras que lo siento —dijo Betsy, enfadada consigo misma por suplicar semejante favor a Rick—. Rara vez te he pedido que recojas a Kathy, pero esta vez lo necesito. De lo contrario, créeme que no te lo pediría. Por favor...

Rick permaneció unos instantes en silencio.

—De acuerdo, lo haré —contestó con indisimulado malhumor—. ¿A qué hora tengo que ir?

—Cierran a las seis. Oye, de veras que te lo agradezco.

Betsy colgó rápidamente antes de que Rick pudiera cambiar de opinión.

—¿Sabe dónde está mi despacho? —dijo por la otra línea.

—Sí —dijo Darius antes de colgar.

Betsy hizo lo propio y se arrellanó en su sillón, preguntándose qué asunto podría querer tratar con ella un hombre como Martin Darius.

Miró de reojo el reloj. Eran las siete menos veinticinco y Darius no había llegado. Le molestaba que la hiciese esperar tanto después de haber hecho malabarismos para poder recibirlo, pero la molestia no era tanto como para tirar por la borda una minuta de dos mil quinientos dólares. Por otra parte, la espera le había dado el tiempo suficiente para trabajar a fondo en el caso Morales. Decidió conceder a Darius otra media hora.

A sus espaldas, la lluvia golpeteaba contra la ventana. Betsy bostezó e hizo girar el sillón para contemplar la noche. La mayor parte de las oficinas del edificio de enfrente ya estaban desiertas. Vio que las mujeres de la limpieza habían empezado a trabajar en varias plantas. A esas horas, el edificio donde tenía su despacho también estaría desierto, con la excepción de los vigilantes nocturnos. El silencio hacía que se sintiese un tanto incómoda. Cuando de nuevo volvió el sillón, Darius se encontraba en la entrada de su despacho. Betsy se sobresaltó.

—¿Señora Tannenbaum? —dijo Darius al entrar.

Betsy se levantó. Aunque medía casi un metro ochenta, tuvo que levantar la vista para mirar a Darius a la cara. Éste extendió la mano, revelando los exquisitos gemelos de oro que le cerraban los puños de la camisa. Tenía la mano fría y distante el ademán. Betsy no creía en el aura, pero al verlo en carne y hueso advirtió que ese hombre poseía algo que no salía en la televisión o en las fotos de los periódicos.

—Siento resultar tan misterioso, señora Tannenbaum —dijo Darius cuando se hubieron sentado.

—Por dos mil quinientos dólares, por mí como si quiere ponerse una máscara, señor Darius.

—Me gustan los abogados que tienen sentido del humor —dijo Darius, sonriendo—. No he tratado con muchos así.

—Eso es porque tiene que vérselas con abogados financieros y con asesores fiscales. Los penalistas no duran demasiado en esta profesión, si no se pertrechan con un buen sentido del humor.

Darius se retrepó en la silla y miró a su alrededor, explorando el despacho de Betsy. Era su primer despacho, pequeño y demasiado lleno de libros y papeles. Ese año había tenido ingresos suficientes para pensar en mudarse a uno más amplio. Si algún día llegaba a cobrar la suma estipulada por la sentencia del caso de aborto, se mudaría sin dudarlo, sólo que ese caso estaba atascado en los tribunales de apelación, y era probable que nunca llegase a ver ni un centavo.

—La otra noche estuve en la Ópera de Portland, en ocasión de una gala de beneficencia —dijo Darius—. ¿Va usted alguna vez a ese tipo de funciones?

—Me temo que no.

—Qué pena, porque suelen ser muy buenas. El caso es que tuve una interesante conversación con Maxine Silver, una de mis empleadas. Es una mujer muy fuerte, muy determinada. Estábamos discutiendo el libro de Greig. ¿Lo ha leído usted?

—¿Se refiere a la novela que ha publicado Greig, el asesino múltiple? —preguntó Betsy, desconcertada por el giro que estaba tomando la conversación.

Darius asintió.

—He leído algunas críticas, pero la verdad es que no tengo tiempo más que para publicaciones de derecho. De todos modos, no es el tipo de libro que me gusta leer.

—No juzgue el libro por su autor, señora Tannenbaum. La verdad es que se trata de una obra que revela una gran sensibilidad. Es una historia de iniciación. Trata el tema del abuso que sufre el protagonista, y lo hace con tanta ternura que casi olvidé lo que hizo Greig con aquellos niños. Pese a todo, Maxine opinaba que nunca debería haberse publicado, por el mero hecho de ser Greig su autor. ¿Está de acuerdo con ella?

La pregunta de Darius era extraña, pero Betsy decidió seguirle el juego.

—Me opongo por principio a todo tipo de censura. Nunca prohibiría un libro por reprobar a la persona que lo hubiese escrito.

—Y en el caso de que finalmente el editor cediera a las presiones, por ejemplo de los grupos feministas, y retirase el libro de circulación, ¿estaría usted dispuesta a representar a Greig en un juicio?

—Señor Darius...

—Llámeme Martin.

—De acuerdo, Martin. Todas estas preguntas ¿tienen algún sentido, o sólo quiere usted charlar un rato?

—En serio. Quisiera oír su respuesta.

—Pues sí, podría representar a Greig.

—¿A sabiendas de que es un monstruo?

—Tan sólo representaría un principio, señor Darius. Defendería la libertad de expresión. *Hamlet* seguiría siendo *Hamlet*, aunque lo hubiese escrito Charles Manson.

Darius se echó a reír.

—Bien dicho —dijo, y sacó un cheque del bolsillo—. Dígame qué piensa después de ver esto —añadió, colocando el cheque sobre la mesa.

Estaba extendido a nombre de Elizabeth Tannenbaum. Era pagadero por 58.346 dólares y 47 centavos. La cifra tenía algo familiar. Betsy frunció el entrecejo y se ruborizó al darse cuanta de que la suma era igual a sus ingresos brutos del año anterior. Eso sólo podría haberlo sabido Darius si hubiese tenido acceso a su declaración de la renta.

—Pienso que alguien ha invadido mi intimidad —le espetó Betsy—, y eso no me gusta.

—De esta suma, dos mil quinientos dólares corresponden al precio convenido por la consulta de esta tarde —dijo Darius, sin hacer caso de la cólera de Betsy—. El resto es un anticipo. Deposítelo en el banco y quédese con los intereses. Es posible que algún día le pida que me lo devuelva. Pero también es posible que le pida que me represente legalmente, en cuyo caso podría usted cargarme la factura del caso, de acuerdo con lo que usted crea que vale, ya sea por valor de ese anticipo o incluso, si lo estima necesario, por encima de dicha cantidad.

—No estoy muy segura de que me apetezca trabajar para usted, señor Darius.

—¿Por qué? ¿Porque la he sometido a una investigación de tipo fiscal? No le reprocho que se enfade; me parece muy comprensible. Pero un hombre de mi posición no puede asumir determinados riesgos. Sólo existe una copia del informe de la investigación, y pienso enviársela de inmediato, al margen de cuál sea la conclusión de este encuentro. Le agradará saber qué es lo que dicen de usted sus colegas.

—¿Por qué no hace entrega de ese dinero a la empresa que se ocupa de sus asuntos financieros?

—Porque no quiero comentar este asunto con mis abogados financieros.

—¿Está siendo investigado en relación con algún crimen?

—Preferiría comentar ese supuesto si resultara estrictamente necesario.

—Señor Darius, hay en Portland bastantes abogados defensores expertos en cuestiones criminales. ¿Por qué me ha elegido a mí?

Darius parecía divertido.

—Digamos simplemente que en mi opinión es usted la persona más calificada para representarme legalmente ante un tribunal, en el supuesto de que dicha defensa llegara a ser necesaria.

—Me siento un poco recelosa sólo de pensar en aceptar un caso sobre estos supuestos.

—No tiene por qué sentirse recelosa. No está atada a ninguna obligación. Ingrese el cheque, aproveche los intereses. Si finalmente acudo a usted y decide que no está dispuesta a representarme, siempre podrá devolverme el resto del dinero. Por otra parte, le aseguro que si se me llega a acusar de algo seré absolutamente inocente, con lo cual podrá usted llevar adelante mi defensa con la conciencia bien limpia.

Betsy estudió el cheque. La suma era casi cuatro veces mayor que la minuta más abultada que había cobrado en su vida; Martin Darius era el tipo de cliente que ninguna persona en su sano juicio rechazaría.

—Muy bien. Pero queda claro que por el momento no estoy obligada a nada —dijo Betsy.

—Por supuesto. Le enviaré un contrato de anticipo en el que se estipulen los términos de nuestro acuerdo.

Se dieron la mano y Betsy mostró a Darius el camino de salida. Luego cerró la puerta y volvió a su despacho. Cuando estuvo segura de que Darius se había marchado, estampó un beso bien fuerte en el cheque, soltó un «¡Yupi!» en voz baja y dio una vuelta en redondo. A quien se llama Betsy siempre le está permitido dar, de cuando en cuando, muestras de cierta inmadurez.

3

Betsy estaba de un humor espléndido cuando aparcó su furgoneta delante de la casa. No era tanto por el anticipo, sino por el hecho de que Martin Darius se hubiese fijado en ella y la hubiese elegido entre todos los demás abogados de Portland. Betsy había empezado a forjarse un gran prestigio profesional por casos como el de Andrea Hammermill, pero era verdad que los clientes que podían suponer grandes ganancias seguían acudiendo a los abogados penalistas más famosos. Al menos, hasta aquella tarde.

Rick Tannenbaum abrió la puerta antes de que Betsy lograse pescar la llave del fondo de su bolso. Su marido era delgado, y un par de centímetros más bajo que ella. Tenía el cabello negro y espeso, y lo llevaba peinado de tal manera que le caía sobre la frente; su piel muy pálida y sus ojos azul claro hacían pensar en que no había cumplido los treinta y seis años que en realidad tenía. Rick siempre había sido un hombre muy propenso a todo tipo de formalidades; incluso en ese momento, cuando debería parecer relajado, llevaba aún la corbata y la chaqueta puestas.

—Maldita sea, Betsy; son casi las ocho. ¿Dónde te habías metido?

—Es que mi cliente no llegó al despacho hasta las seis y media. Lo siento.

Antes de que Rick pudiera añadir palabra, Kathy apareció corriendo por el pasillo. Betsy dejó caer el maletín y el bolso sobre una silla y tomó en brazos a su hija, de seis años de edad.

—He hecho un dibujo. Tienes que venir a verlo —gritó Kathy, luchando por bajar al suelo tan pronto hubo recibido un abrazo y un beso de su madre.

—Tráelo a la cocina —contestó Betsy, bajando a Kathy y quitándose la chaqueta. Kathy salió a todo correr hacia su cuarto, con su larga melena rubia flotando tras ella.

—Por favor, Betsy, no vuelvas a hacerme esto —dijo Rick cuando Kathy estaba lo bastante lejos para no oírlo—. Me siento como un imbécil de remate. Estaba en una reunión con Donovan y otros tres abogados, y tuve que comunicarles que no podía seguir presente en la reunión porque tenía que recoger a mi hija de la guardería, date cuenta. Y habíamos acordado que recoger a Kathy es responsabilidad tuya.

—De veras que lo siento, Rick. Me fue imposible comunicarme con mi madre, y tenía que recibir forzosamente a este cliente.

—Yo también tengo clientes que recibir; tengo una reputación que mantener dentro de mi bufete. Sabes de sobra que estoy intentando por todos los medios que me propongan ser socio de la firma, y eso es algo que no va a suceder nunca, puedes estar segura, si me labro fama de persona en la que no se puede confiar para determinados asuntos.

—Por Dios, Rick, ¿cuántas veces te he pedido que me hagas un favor así? Kathy también es hija tuya. Donovan entiende perfectamente que tienes una hija. Y éstas son cosas que pasan.

Kathy entró corriendo en la cocina y dejaron de discutir.

—Toma, mamá, éste es el dibujo —dijo Kathy, pasándole un gran pedazo de papel. Betsy estudió el dibujo mientras Kathy la miraba con inocultable expectación. Estaba adorable con sus pequeños tejanos y su camisa a rayas, de manga larga.

—Kathy Tannenbaum —dijo Betsy, sosteniendo el dibujo en alto, con el brazo alargado—, es el dibujo del elefante más estupendo que he visto en mi vida.

—Pero si es una vaca, mamá.

—¿Una vaca con trompa?

—Eso es la cola.

—Ah, vaya. ¿Estás segura de que no es un elefante?

—No me tomes el pelo —dijo Kathy poniéndose muy seria.

Betsy rió y le devolvió el dibujo, con un beso y un abrazo.

—Eres la mejor artista desde Leonardo da Vinci. Mejor incluso. Ahora, déjame que prepare la cena.

Kathy volvió a su dormitorio. Betsy puso una sartén al fuego y comenzó a preparar una ensalada de lechuga y tomate.

—¿Y quién es ese cliente tan importante, si puede saberse? —preguntó Rick.

Betsy no quiso decírselo, sobre todo porque Darius deseaba que su visita permaneciese en el más estricto secreto, pero decidió que estaba en deuda con Rick por su detalle, y que podía facilitarle la información.

—Esto es sumamente confidencial. ¿Prometes que no dirás ni palabra si te lo digo?

—Desde luego.

—Martin Darius me ha dado un anticipo hoy mismo —dijo con una ancha sonrisa.

—¿Martin Darius? —preguntó Rick con incredulidad—. ¿Y por qué iba a contratarte precisamente a ti? Parish, Marquette & Reeves se encarga de llevar sus asuntos legales.

—Por lo visto, piensa que yo también soy capaz de representarlo —repuso Betsy, procurando que no se le notase lo mucho que le había dolido la reacción de Rick.

—Pero tú no te dedicas profesionalmente al derecho financiero.

—No creo que sea cuestión de finanzas.

—Entonces, ¿de qué se trata?

—No lo ha dicho.

—¿Y cómo es el gran Darius?

Betsy reflexionó sobre la pregunta. ¿Cómo era Darius, en efecto?

—Da miedo verlo —contestó por fin en el preciso momento en que Kathy volvía corriendo a la cocina—. Le encanta dársela de misterioso, le encanta que en todo momento se sepa cuán poderoso es.

—¿Qué estás preparando, mamá?

—Asado, pequeñita —dijo Betsy, tomando a Kathy en brazos y mordisqueándole el cuello, hasta que chilló—. Ahora, sal pitando; si no, no terminaré nunca de hacer la cena.

Betsy bajó a Kathy al suelo.

—¿Quieres quedarte a cenar? —preguntó a Rick. Él pareció incómodo, y echó un vistazo a su reloj.

—Muchas gracias, pero tengo que volver al despacho.

—Como quieras. Ah, y gracias otra vez por haber recogido a Kathy. Sé que estás muy ocupado, y por eso aprecio más tu ayuda.

—Sí, bueno... Siento haberte saltado al cuello. Es que...

—Lo entiendo —dijo Betsy.

Pareció que Rick iba a decir algo, pero en cambio fue al armario a recoger su gabardina.

—Que tengas buena suerte con Darius —dijo Rick cuando ya se marchaba. Betsy cerró la puerta tras él. Había detectado un rastro de celos profesionales en su voz, y lamentó haberle hablado de su nuevo cliente. Tendría que haberlo pensado mejor y haberse callado, en vez de darle un dato muy indicativo de lo bien que le iban las cosas en el terreno profesional.

—«Pero cuesta bastante tiempo fabricar una balsa, incluso cuando uno es tan industrioso y tan incansable como el Hombre de Hojalata; cuando llegó la noche, la balsa aún estaba sin terminar. Así pues, encontraron un sitio muy cómodo bajo los árboles y allí durmieron hasta la mañana siguiente; Dorothy soñó con la Ciudad de Esmeralda y con el buen Mago de Oz, que muy pronto conseguiría que ella pudiera regresar a su casa.» Y ahora —dijo Betsy, cerrando el libro y dejándolo sobre la cama de Kathy—, es hora de que mi pequeña maga se duerma sin rechistar.

—¿No me puedes leer un capítulo más, mamá? —le suplicó la pequeña.

—No, cariño, no puedo leerte otro capítulo —dijo Betsy abrazando a su hija—. Ya te he leído uno más de los que suelo leerte cada noche. Así que basta por hoy.

—Eres malísima, mamá —dijo Kathy, con una sonrisa que Betsy no pudo ver porque tenía la mejilla apretada contra el suave cabello de la niña.

—Pues eso debe de ser muy duro. Estás aquí atascada con la mamá más mala del mundo y no hay manera de cambiar las cosas. —Betsy besó a Kathy en la frente y se incorporó—. Ahora, a dormir. Hasta mañana.

—Buenas noches, mamá.

Kathy se volvió del otro lado y abrazó a *Oliver*, una enorme mofeta de peluche.

—Buenas noches, cariño.

Betsy cerró la puerta de la habitación de su hija y se dirigió a la cocina a fregar los platos. Aunque jamás lo reconociera delante de sus amigas feministas, le encantaba fregar los platos. Era una terapia perfecta. Su práctica cotidiana de abogada estaba repleta de situaciones estresantes, de problemas imposibles de resolver. Fregar los platos era en cambio una tarea sencilla que Betsy podía hacer a la perfección cada vez que se lo propusiera: suponía una gratificación instantánea por un trabajo bien hecho, que se repetía una y otra vez. Y a Betsy le hacía falta cierta gratificación instantánea después de estar con Rick.

Sabía de sobra por qué estaba él tan molesto. Rick había sido una de las superestrellas en la facultad de derecho; Donovan, Chastain & Mills lo habían convencido de que formase parte de su plantilla, unos doscientos abogados que trabajaban de sol a sol, mediante un jugoso salario y la promesa de que un día no muy lejano podría llegar a ser socio de la empresa. De modo que empezó a trabajar como un esclavo, al tiempo que mantenían su ansiada conversión en socio siempre un paso más allá. Cuando el año anterior se vio rebasado en esa carrera meteórica por otros colegas más jóvenes, más o menos cuando Betsy empezaba a despuntar, su ego no pudo soportar un golpe tan duro. Y su matrimonio, pese a los diez años que llevaban juntos, tampoco pudo aguantar semejante tensión.

Dos meses antes, cuando Rick le dijo que se marchaba de casa, Betsy se quedó pasmada. Era consciente de que los problemas que tenían no eran pocos, pero nunca llegó a imaginar que él acabaría yéndose. Betsy rebuscó en su memoria una clave que pudiera explicar los celos que sentía Rick. ¿Había cambiado, o acaso siempre había sido tan egoísta? Le costó un ímprobo esfuerzo llegar a creer que el amor que Rick sentía por ella era tan frágil en el fondo que no pudo aguantar su creciente éxito profesional, pero lo cierto es que no estaba dispuesta a renunciar a su carrera profesional con tal de complacer el ego de su marido. ¿Por qué debería hacer tal cosa? Tal y como ella veía el asunto, era cuestión simplemente de que Rick la aceptase de igual a igual. Y si no era capaz de hacerlo, entonces ella no podría seguir casada con él. Así de fácil. Si él la amase, no tendría por qué costarle tanto. Ella estaba orgullosa de los éxitos de su marido, ¿por qué no podía él estar orgulloso de los suyos?

Se sirvió un vaso de leche y apagó la luz. La cocina se sumó a la tranquilizadora oscuridad reinante en el resto de la casa. Se llevó el vaso a la mesa y tomó asiento. Bebió un sorbo y, mientras sentía cada vez más sueño, miró por la ventana. Muchas de las casas del barrio estaban ya a oscuras. Una farola proyectaba su pálido resplandor sobre el jardín. Todo estaba en calma; Rick se había marchado, Kathy dormía. No se oía ruido de automóviles, ni ningún televisor encendido. No se oía ninguno de los ruidos que hacen las personas al moverse por sus casas.

Betsy había llevado suficientes divorcios para saber que muchos maridos separados nunca habrían hecho lo que Rick había hecho por ella pocas horas antes. Aunque en realidad lo había hecho por Kathy, porque la amaba. Y Kathy amaba a Rick.

La separación estaba siendo especialmente dura para su hija. Había ocasiones como aquélla, con la casa en calma y estando a solas, en que Betsy lo echaba de menos. No estaba muy segura de que siguiera amándolo, pero sí recordaba lo maravilloso que había sido estar con él. Lo más duro de todo era dormir sola. Echaba de menos hacer el amor, pero aún sentía mayor añoranza por las caricias, por las conversaciones en el lecho. A veces pensaba que volverían a estar juntos. Esa noche, antes de que Rick se marchase, había tenido la certeza de que él quería decirle algo. ¿Qué podría ser? Y si él le dijese que deseaba volver, ¿qué contestaría ella? Después de todo, era él quien se había marchado; era él quien había tirado por la borda diez años de matrimonio, una hija, una vida en común. Pero eran una familia, y los actos de Rick no dejaban lugar a dudas: todo eso no significaba nada para él.

La noche en que Rick se marchó de casa, a solas en la cama, cuando ya no pudo seguir llorando, Betsy se volvió de costado y contempló una fotografía de su boda. Él sonreía. Le había dicho que nunca había sido tan feliz. Ella se sintió tan llena de alegría que llegó a temer que la desbordase por no poder contenerla. ¿Cómo era posible que un sentimiento así desapareciese?

CAPÍTULO IV

I

—Ayer se acostó muy tarde, ¿verdad? —le comentó a Wayne Turner su secretaria, a la vez que intentaba, sin éxito, disimular su sonrisa.

—¿Se nota demasiado?

—No; sólo lo notarán quienes sepan lo fresco que normalmente luce por las mañanas.

La noche anterior, Turner, el ayudante administrativo del senador Raymond Colby, se había emborrachado celebrando la nominación del senador a la presidencia del Tribunal Supremo. Ahora estaba pagando por sus pecados, pero no le importaba demasiado. Se sentía feliz por el viejo caballero que tanto había hecho por él. Su único motivo de lamentación era que Colby no se hubiese presentado como candidato a presidente de la nación, porque habría sido estupendo en el cargo.

Turner medía casi un metro noventa de estatura y era delgado. Tenía el rostro escueto, los pómulos altos, el pelo negro cortado a cepillo, aunque le empezaban a salir canas en las sienes, y su piel era un tono más oscura que su traje castaño. Pesaba más o menos lo mismo que cuando conociera a Colby, y habían pasado muchos años. No había perdido ni un ápice de intensidad, aunque aquella cara adusta que había sido su rasgo predominante a lo largo de los años había terminado por marchitarse con el tiempo. Turner colgó la chaqueta de un gancho detrás de la puerta, encendió el cuarto Winston de la mañana y tomó asiento detrás de su mesa, atiborrada de papeles. La ventana, a sus espaldas, enmarcaba la cúpula resplandeciente del Capitolio.

Repasó los mensajes recibidos hasta esa hora. Muchos eran de periodistas de diversos medios, deseosos de conseguir un adelanto, si no una exclusiva, de la nominación de Colby. Otros procedían de ayudantes administrativos de otros senadores, probablemente decididos a conseguir algún detalle oculto sobre los posibles antecedentes penales de Colby. Había incluso mensajes de algunos prestigiosos abogados de los bufetes más destacados de Washington, lo que a Turner le confirmaba que no tenía por qué preocuparse por su futuro cuando el senador fuese oficialmente designado presidente del Tribunal Supremo. En Washington, los agentes del poder siempre estarían interesados por quien había sido el hombre de confianza de una persona tan poderosa. Turner haría bien su trabajo, sin duda, aunque echaría de menos colaborar con el senador.

El último mensaje de todos llamó la atención de Turner más que ningún otro. Era de Nancy Gordon, una de las poquísimas personas a las que habría devuelto la llamada el día anterior siempre y cuando hubiese regresado al despacho. Turner dio por hecho que su llamada estaría relacionada con la nominación. En el papel en que su secretaria había recogido el mensaje figuraba un teléfono de Hunter's Point, estado de Nueva York.

—Soy Wayne —dijo nada más oír una voz familiar al otro lado de la línea—. ¿Qué tal te va?

—Ha vuelto —contestó Gordon sin ningún preliminar. A Turner le costó unos segundos coger el hilo. Después, se sintió mareado.

—¿Dónde?

—En Portland, estado de Oregón.

—¿Cómo lo sabes?

Se lo dijo.

—¿Qué piensas hacer? —preguntó Turner.

—Dentro de dos horas sale un vuelo a Portland.

—En tu opinión, ¿por qué crees que ha vuelto a las andadas?

—La verdad, me sorprende que haya tardado tanto —contestó Gordon.

—¿Cuándo dices que recibiste la carta?

—Ayer, a eso de las cuatro. Nada más empezar mi turno.

—¿Sabes lo del senador?

—Sí, lo he oído en las noticias.

—¿Tú crees que hay alguna conexión? Me refiero a la coincidencia en el tiempo. A mí me parece rarísimo que sea precisamente después de que el presidente haya hecho oficialmente la nominación.

—Podría existir una conexión, no lo sé. Además, no quiero extraer conclusiones todavía.

—¿Has llamado a Frank?

—Todavía no.

—Llámalo. Cuéntaselo.

—De acuerdo.

—Mierda, no podía ocurrir en peor momento.

—¿Te preocupa el senador?

—Por supuesto.

—¿Y qué me dices de las mujeres? —preguntó Gordon fríamente.

—Nancy, no me vengas con ésas. De sobra sabes que me preocupan las mujeres, pero Colby es mi mejor amigo. ¿Podrás mantenerlo al margen del asunto?

—Si puedo, ten por seguro que lo haré.

Turner sudaba copiosamente. El auricular de plástico le resultaba incómodo al contacto con el oído.

—¿Qué piensas hacer cuando lo encuentres? —preguntó con nerviosidad. Gordon no contestó de inmediato; Turner la oyó respirar profundamente—. ¿Nancy?

—Haré lo que tenga que hacer.

Turner supo a qué se refería. Si Nancy Gordon llegaba a encontrar al hombre que había estado presente en los sueños de los dos durante los últimos diez años, lo mataría a sangre fría. El talante civilizado de Wayne Turner lo llevó a pensar en decirle a Gordon que no debía tomarse la justicia por su mano, bajo ningún concepto. Pero en Wayne Turner también existía un elemento primitivo que le impidió decírselo, porque todo el mundo, incluido el senador, estaría infinitamente mejor si el hombre al que la detective de homicidios Nancy Gordon había comenzado a poner cerco, moría cuanto antes.

2

El microondas emitió un zumbido. Alan Page regresó a la cocina con un ojo puesto en el televisor. En esos momentos hablaba el presentador de la CBS de la fecha que se había fijado para que tuviese lugar la vista de confirmación de Raymond Colby. Ciertamente, Colby daría al Tribunal Supremo una sólida mayoría conservadora, lo que era desde luego una buena noticia, especialmente para un fiscal del Estado.

Alan sacó la cena del microondas sin mirar apenas lo que iba a despacharse. Tenía treinta y siete años, llevaba el cabello negro cortado a cepillo; en el rostro aún se le veían las huellas del acné, así como un aire de determinación que ponía nervioso a casi todo el que tuviese que mirarlo a la cara. Su cuerpo, delgado y magro, hacía pensar en un corredor de fondo. Lo cierto es que Alan era un hombre de extrema delgadez sólo porque la comida no le interesaba en absoluto y comía lo justo para no morir de inanición. En ese sentido, había empeorado considerablemente después de su divorcio. Habitualmente, sobre todo si estaba de buen humor, desayunaba un café instantáneo, almorzaba un sándwich con más café y cenaba una simple pizza.

Un reportero televisivo estaba en esos momentos entrevistando a alguien que había conocido a Colby en sus tiempos de consejero delegado de Marlin Steels. Alan utilizó el mando a distancia para subir el volumen. A juzgar por lo que se decía, nada iba a interponerse a la hora de que el senador Colby recibiese la confirmación en el cargo de presidente del Tribunal Supremo de Estados Unidos. En el momento en que concluía el breve reportaje sobre Colby sonó el timbre de la puerta; Alan rezó para que no fuese nada urgente relacionado con su trabajo. A las nueve reponían uno de los clásicos de Bogart y llevaba todo el día pensando en el buen rato que iba a pasar frente al televisor.

La mujer que Alan encontró de pie frente a la puerta se protegía de la lluvia sosteniendo un maletín sobre su cabeza. Había dejado en el suelo una pequeña maleta marrón. Junto a la acera esperaba un taxi con el limpiaparabrisas funcionando y los faros encendidos.

—Buenas tardes. ¿Alan Page?

Asintió. La mujer abrió una carpeta de cuero que sujetaba con la mano libre y le mostró su placa oficial.

—Soy Nancy Gordon, detective del departamento de homicidios de la policía de Hunter's Point, estado de Nueva York. ¿Podría pasar?

—Por supuesto —respondió él al tiempo que se hacía a un lado.

Gordon hizo un gesto al taxista y entró en la casa. Sostuvo el maletín alejado del cuerpo, se sacudió el agua sobre el felpudo e introdujo la maleta.

—Permítame el impermeable —dijo Alan—. ¿Quiere tomar algo?

—Café bien caliente, por favor —contestó Gordon en el momento en que le pasaba la gabardina.

—¿Puede saberse qué hace una detective de Nueva York en Portland, estado de Oregón? —preguntó Alan mientras colgaba la prenda en el armario del vestíbulo.

—Es sencillo. ¿Le dice algo la frase «Para siempre en el recuerdo», señor Page?

Alan permaneció totalmente inmóvil unos segundos, frente al armario, y luego se dio la vuelta.

—Esa información no se ha hecho pública. ¿Cómo es que la conoce?

—Sé mucho más de lo que puede imaginarse sobre este asunto, señor Page. Sé de sobra qué significa esa nota. También conozco la existencia de las rosas negras. Y sé perfectamente quién es el responsable de la desaparición de esas mujeres.

Alan necesitó unos momentos para reflexionar sobre las palabras de la detective Gordon.

—Por favor, tome asiento; ahora mismo le traigo un café —dijo.

El apartamento era más bien pequeño. El cuarto de estar y la cocina formaban un espacio único, dividido por un mostrador. Gordon escogió uno de los sillones, junto al televisor, y aguardó pacientemente a que Alan mezclase el agua caliente con un par de cucharadas de café instantáneo. Ofreció la taza a la detective, apagó el televisor y tomó asiento frente a ella, en el sofá. Alan calculó que la mujer —de pelo rubio y corto, atractiva sin necesidad de proponérselo— tendría unos treinta y tantos años. Pero su rasgo más llamativo era su radical seriedad.

Vestía con severidad, tenía una mirada gélida, mantenía los labios apretados y el cuerpo rígido, como si fuese un animal preparado para defenderse de un ataque.

Gordon se inclinó levemente hacia delante.

—Piense en los criminales más repugnantes que se le puedan ocurrir, señor Page. Piense en Bundy, en Manson, en Dahmer. El hombre que ha dejado esas notas es mucho más inteligente y muchísimo más peligroso que cualquiera de ellos; todos ellos están muertos o encerrados entre rejas, pero el hombre que buscamos ha conseguido escapar.

—¿Sabe usted quién es? —preguntó Alan.

Gordon asintió y dijo:

—Llevo esperando diez años a que salga de nuevo a la luz. —Hizo una pausa y contempló el humo que subía de la taza de café. Luego miró de nuevo a Alan—. Es un hombre muy astuto, señor Page. Diferente de todo cuanto pueda imaginar. Ni siquiera es humano, al menos del modo en que lo concebimos. Yo sabía que no sería capaz de controlar sus impulsos durante el resto de sus días, y no me equivocaba. Ahora ha vuelto a salir a la luz, y puedo cazarlo, se lo aseguro, sólo que necesito que me ayude.

—Si de veras es usted capaz de aclarar este misterio, tendrá de mí toda la ayuda que necesite. Pero debo decirle que sigo confundido; no entiendo muy bien quién es usted, ni tampoco entiendo de qué me habla exactamente.

—Por supuesto. Perdone, lo siento. Llevo tantos años dedicada a este caso que a veces me olvido de que hay otras personas que no están al corriente de lo que ocurrió en su día. Y es cierto que necesita usted conocer todos los datos; en caso contrario es imposible que me entienda. ¿Dispone usted de tiempo, señor Page? ¿Podría explicárselo ahora mismo? Dudo mucho que podamos permitirnos el lujo de esperar, ni siquiera hasta mañana. Mientras ese individuo ande suelto por ahí, no tenemos un minuto que perder.

—Bueno, si no está usted muy cansada...

Gordon miró a Alan a los ojos con tal intensidad que le obligó a apartar la mirada.

—Yo siempre estoy cansada, señor Page. Durante una época no podía dormir a menos que tomase pastillas. Por fortuna, eso ya ha pasado, pero sigo teniendo pesadillas, pues en ocasiones aún me cuesta dormir. No dormiré bien hasta que lo hayamos encerrado.

Alan se quedó sin saber qué decir. Gordon bajó la mirada y se bebió el café. Entonces refirió a Alan Page los sucesos de Hunter's Point.

SEGUNDA PARTE

Hunter's Point

CAPÍTULO V

I

La casa de dos plantas de estilo colonial estaba al final de un callejón sin salida, bien apartada de la calle. Una ancha extensión de césped bien cuidado separaba la propiedad de las viviendas contiguas. Frente a la puerta de un garaje de tres plazas había un Ferrari rojo aparcado.

Nancy Gordon supo que las cosas iban a ir mal en cuanto vio las caras de asombro con que miraban los vecinos, apiñados ante las barreras de la policía. Estaban obviamente extrañados por la presencia de los coches policiales y de un vehículo del depósito de cadáveres dentro de los apacibles confines de Los Prados, una urbanización en la que las casas tenían un precio mínimo de medio millón de dólares, y en la que el crimen sencillamente no estaba permitido. Supo que iba a ser un asunto bastante difícil sólo con ver el rostro adusto de los dos detectives de homicidios que hablaban en voz baja cerca de la puerta principal.

Nancy aparcó su Ford detrás de un coche patrulla y pasó entre los caballetes que sostenían las cintas para impedir el paso. Frank Grimsbo y Wayne Turner dejaron de conversar en cuanto la vieron. Iba vestida con vaqueros y camiseta. Había recibido el aviso cuando estaba tumbada delante del televisor con una raída bata de andar por casa, sorbiendo vino blanco barato y viendo cómo los Mets les daban una paliza a los Dodgers. Aquellas dos prendas fueron lo primero que encontró y lo último en que se había parado a pensar.

—Newman dice que esta vez sí hemos encontrado un cadáver —dijo Nancy con evidente animación.

—No es uno sino dos —le corrigieron.

—¿Tenemos total seguridad de que es él de nuevo? —preguntó Nancy.

—La nota y la rosa aparecieron en el suelo, cerca del cuerpo de la mujer —contestó Grimsbo. Era un hombre corpulento, con una barriga de bebedor de cerveza y una cabeza en la que el pelo, negro, había empezado a ralear; vestía una chaqueta barata y pantalones de poliéster.

—Es él, seguro —dijo Turner, un negro muy delgado, con el pelo muy corto y un permanente gesto de malhumor, que estudiaba segundo de derecho en los cursos nocturnos de la facultad—. El primer policía que llegó se dio cuenta de lo que ocurría y me llamó de inmediato. Michaels se ocupó de la nota y de revisar la escena del crimen antes de que entrase nadie más.

—Muy bien hecho. ¿Quién era la otra víctima?

—Melody Lake —contestó Grimsbo—. Tiene seis años, Nancy.

—Oh, mierda. —La animación que había sentido al principio, por haber encontrado finalmente un cadáver, desapareció en el acto—. ¿Le hizo... le han hecho algo que...?

Turner negó con la cabeza.

—No, ni el menor sufrimiento, al menos en apariencia.

—¿Y la mujer?

—Sandra Lake. La madre. Muerta por estrangulamiento. También ha sido objeto de bastantes golpes, pero no hay pruebas de que existiera agresión sexual. Claro está que aún no se le ha practicado la autopsia.

—¿Algún testigo?

—No lo sé —contestó Grimsbo—. Los de uniforme ya han empezado a hablar con los vecinos, pero por el momento no hay novedades. El marido encontró los cadáveres y llamó al 911 a eso de las ocho y cuarto. Dice que no vio a nadie, de manera que el asesino ha debido de marcharse bastante antes de que el marido llegase a casa. La entrada, ya lo has visto, es un callejón sin salida que desemboca en Sparrow Lane, la única calle de entrada y salida que tiene la urbanización. El marido tendría que haberse cruzado con quien saliera en esos momentos de la casa.

—¿Quién ha hablado con él?

—Yo le he entrevistado durante unos minutos —contestó Turner—. También ha hablado con los primeros policías que llegaron, por supuesto. Pero estaba tan derrumbado que no ha dicho nada coherente. Por cierto, Nancy; lo conoces.

—¿Quién es?

—Peter Lake.

—¿El abogado?

Grimsbo asintió.

—Se encargó de la defensa de Daley.

Nancy frunció el entrecejo e intentó recordar a Peter Lake, pero ella no había participado demasiado en la investigación en torno al caso Daley. Lo único que recordaba del abogado defensor era que se trataba de un hombre apuesto y eficaz. Nancy había subido al estrado para testificar durante menos de media hora.

—Mejor será que entre —dijo Nancy.

La entrada daba a un amplio recibidor iluminado por una pequeña lámpara de araña. Frente a ella se extendía una gran sala a un nivel ligeramente inferior. La estancia aparecía inmaculada. A través de un amplio ventanal vio un pequeño estanque artificial; estratégicamente colocadas por la sala, muy probablemente por obra de un decorador de interiores, había mesas de roble desgastado con encimeras de granito, diversas sillas y un sofá en tonos pastel, así como colgaduras de macramé en las paredes. Parecía más un escaparate que un sitio donde pudiera vivir alguien.

Una ancha escalera se abría a la izquierda; la balaustrada de madera pulida trazaba una curva hasta la segunda planta. Los soportes de la balaustrada estaban muy cerca unos de otros. Por entre los huecos, a mitad de la escalera, Nancy entrevió un pequeño bulto cubierto por una manta. Se dio la vuelta.

Los técnicos del laboratorio estaban recogiendo huellas dactilares, haciendo fotografías y recopilando todo lo que pudiera constituir una prueba utilizable. Bruce Styles, el forense adjunto, se encontraba de espaldas a ella, en medio del recibidor, entre un oficial de uniforme y uno de sus ayudantes.

—¿Habéis terminado? —preguntó Nancy.

El forense asintió y se hizo a un lado. La mujer estaba boca abajo, sobre la mullida alfombra blanca de lana. Llevaba un vestido de algodón blanco. Parecía muy apropiado para el calor. Estaba descalza. La cabeza miraba a un lado; la sangre apelmazaba su larga melena de color castaño. Nancy supuso que habría sido derribada por un golpe en la cabeza, y Styles confirmó su sospecha.

—Supongo que iba corriendo hacia la puerta y que el asesino la alcanzó por detrás. Podría haber estado parcialmente consciente, o quizá cuando la estranguló ya había perdido el sentido.

Nancy dio la vuelta alrededor del cadáver, para verle la cara. Lamentó haberlo hecho. Ya no existía manera de saber si en vida había sido una mujer atractiva. Nancy respiró hondo un par de veces.

—¿Y la niña? —preguntó.

—Le ha partido la nuca —contestó Styles—. Seguramente fue muy rápido, e indoloro.

—Suponemos que involuntariamente fue testigo ocular del asesinato de la madre —dijo Turner—. Es probable que la oyese gritar y que bajara por las escaleras.

—¿Dónde está el marido? —preguntó Nancy.

—Al otro lado del recibidor, en el cuarto de estar —dijo Turner.

—No tiene sentido posponer la entrevista.

Peter Lake estaba derrumbado en una silla. Alguien le había dado un vaso de whisky, pero seguía estando prácticamente lleno. Levantó la mirada cuando Nancy entró en el cuarto de estar; ella se dio cuenta de que había estado llorando. Con eso y con todo, seguía siendo un hombre sumamente atractivo, alto, con una complexión atlética, cuidada. El cabello rubio bien peinado, sus ojos azul claro, sus rasgos nítidos, su cara afeitada, eran lo que permitía a Lake conquistar a las mujeres que eran designadas miembros de los jurados que debían emitir sentencia en sus casos.

—Señor Lake, ¿se acuerda de mí? —preguntó Nancy.

Lake parecía confundido.

—Soy detective de homicidios. Me llamo Nancy Gordon; usted me interrogó cuando el juicio a Daley. Me llamó a testificar, ¿lo recuerda?

—Claro. Perdone. Ya no me ocupo de casi ningún asunto penal.

—¿Cómo se encuentra? —preguntó Nancy, sentándose frente a Lake.

—No puedo dar crédito...

—Sé bien por lo que está usted pasando... —empezó a decir Nancy, pero Lake levantó la cabeza de repente.

—¿Cómo va a saberlo? Han muerto. Eran mi familia, y han muerto.

Lake se tapó los ojos con las manos y lloró. Le temblaban los hombros.

—De veras, sé cómo se siente —dijo con suavidad Nancy—. Hace un año asesinaron a mi novio. Lo único bueno que aprendí de aquello es que ahora sé cómo se sienten realmente las víctimas, y a veces incluso puedo ayudarles a superar lo más difícil de su situación.

Lake levantó la mirada de nuevo. Se secó los ojos.

—Lo siento —dijo—. Lo que pasa es que... esto es muy duro. Ellas dos lo eran todo para mí. Y Melody... ¿Cómo es posible que haya alguien capaz de hacerle eso a una niña pequeña? Ella no podría hacer daño a nadie, no era más que una niña...

—Señor Lake, en Hunter's Point han desaparecido cuatro mujeres a lo largo de estos últimos meses. En sus domicilios se encontró una rosa negra y una nota, idénticas a las que usted ha visto junto al cadáver de su esposa. Sé muy bien que el dolor que siente es inmenso, pero debemos actuar deprisa. Ésta es la primera vez que realmente hemos encontrado a las víctimas. Ello podría deberse a que usted sorprendió al asesino sin darle tiempo a llevarse a su mujer. Todo lo que pueda decirnos será de gran ayuda; podría incluso servirnos para detener a ese hombre antes de que vuelva a matar.

—No sé nada. Créame, lo he pensado despacio. Me quedé trabajando hasta tarde en el despacho. Llamé a Sandy para decirle que iba a llegar tarde. No vi nada que me llamase la atención cuando llegué a casa. Aparqué ahí el coche, luego... La verdad es que no tengo muy claro qué es lo que hice después de que... Sé que estuve un rato sentado en los escalones de la entrada —Lake hizo una pausa. Respiró hondo, intentando contener de nuevo el llanto. Le temblaba el labio inferior. Bebió un sorbo de whisky—. Me resulta tremendamente duro, detective. De veras, quisiera ayudar, pero... De verdad, es muy duro.

Nancy se levantó y apoyó una mano sobre el hombro de Lake. Éste volvió a echarse a llorar.

—Le dejaré mi tarjeta. Quiero que me llame en cuanto pueda, aunque sólo sea porque piense que puedo ayudarle. Si recuerda algo, lo que sea, y no importa que a usted le parezca un detalle insignificante, llámeme. Por favor.

—Lo haré. Mañana me encontraré algo más repuesto, y entonces... Lo que ocurre...

—Lo entiendo, no se preocupe. Ah, una cosa más. Los medios de comunicación no lo van a dejar en paz. No respetarán su intimidad. Le ruego, por favor, que no hable con ellos. Hay muchos aspectos de este caso que queremos mantener en secreto. Nos reservamos diversos detalles para ahorrarnos falsas confesiones y para identificar con mayor seguridad al auténtico asesino. Es muy importante que no revele todo lo que sabe.

—No hablaré con la prensa. No quiero ver a nadie.

—Excelente —dijo Nancy con amabilidad—. No se preocupe, se repondrá. Desde luego, no volverá a estar al ciento por ciento, y le costará un tiempo volver a encontrarse bien del todo, pero seguro que sabrá superar la pena. No será fácil. Yo aún no me he repuesto del todo, pero estoy mucho mejor. Usted también se pondrá mucho mejor. Recuerde lo que le he dicho. Llámeme. Y no sólo porque sea policía. Llámeme si solamente le apetece hablar un rato, ¿de acuerdo?

Lake asintió. Cuando Nancy salió del cuarto de estar, estaba arrellanado en el sillón, con la cabeza echada hacia atrás y los ojos cerrados.

2

Hunter's Point era una localidad suburbana, no muy alejada de Nueva York, con una población de unos ciento diez mil habitantes, un pequeño centro lleno de tiendas de moda y restaurantes de lujo, así como una sucursal de la universidad del estado y muchos centros comerciales. No había barrios marginales en Hunter's Point, sino urbanizaciones, chalets adosados y, en los alrededores de la zona céntrica, edificios de apartamentos rodeados de jardines en los que residían estudiantes y familias incapaces de permitirse viviendas más caras, del estilo de las que podían verse en Los Prados, donde residían los abogados, médicos y empresarios que iban a diario a trabajar a Nueva York.

La comisaría de policía estaba en un edificio gris, cuadrado, en las afueras de la localidad. Se hallaba en medio de un aparcamiento asfaltado, rodeado por una valla de alambre. El aparcamiento estaba lleno de coches patrulla, vehículos sin marcas y grúas municipales.

A la unidad especial que se formó por iniciativa de la policía para investigar el caso del asesino de las rosas se le había asignado una zona de almacenamiento, en la parte posterior del edificio. No tenía ventanas; los fluorescentes del techo eran de una luminosidad molestamente intensa. Entre dos archivadores de considerable altura habían ubicado una máquina expendedora de agua fresca. Una mesa baja de madera, de patas tembleqeantes, estaba apoyada contra una pared color crema. Sobre la mesa había una cafetera, cuatro tazas, un azucarero y una taza de plástico marrón llena de pequeños envases de leche descremada. En el centro de la sala había cuatro mesas metálicas grises iguales a las de cualquier otra dependencia estatal. Una serie de paneles de corcho repletos de fotos de las víctimas y de información sobre los asesinatos cubrían prácticamente dos de las paredes.

Nancy Gordon estaba estudiando con atención sus informes sobre los asesinatos de Sandra y Melody Lake. Los fluorescentes; con su continuo parpadeo, habían empezado a producirle un cierto dolor de cabeza. Cerró los ojos, se echó hacia atrás y se pellizcó los párpados. Cuando volvió a abrirlos, miró las fotografías de Samantha Reardon y de Patricia Cross que Turner había pegado en la pared. Los retratos habían sido proporcionados por los respectivos maridos. Samantha aparecía en la cubierta de un velero. Era una mujer bastante alta; el viento le alborotaba el brillante cabello castaño claro, y una sonrisa de inequívoca felicidad le iluminaba el rostro. Patricia aparecía con pantalón corto y una camiseta que le dejaba el vientre al aire, en una playa de Ohau; la verdad es que era muy esbelta, y tal vez demasiado delgada. Sus amistades habían comentado que se trataba de una mujer extremadamente preocupada por su físico. Con la excepción de Reardon, que había sido enfermera, ninguna de las mujeres había tenido un trabajo digno de mención. Por otra parte, Reardon había dejado de trabajar al poco tiempo de casarse. Todas ellas eran felices amas de casa acostumbradas al lujo, que dividían su tiempo entre los partidos de golf y las partidas de *bridge*. Su noción del deber de contribuir al bien de la comunidad no iba más allá de organizar en sus clubes de campo funciones diversas destinadas a recaudar fondos con fines caritativos. ¿Dónde estarían ahora esas mujeres? ¿Habrían muerto? En tal caso, ¿habría sido una muerte rápida o lenta y agónica? ¿Cómo habrían soportado el cautiverio? ¿Qué grado de dignidad les habría sido posible conservar?

Sonó el teléfono.

—Aquí Gordon —contestó.

—Ha venido un tal Lake preguntando por usted —dijo la recepcionista.

Nancy se enderezó. Habían transcurrido menos de setenta y dos horas desde que visitara la escena del crimen.

—Ahora mismo salgo a recibirlo —dijo Gordon, dejando el bolígrafo sobre una pila de informes policiales.

Nada más entrar por la puerta principal de la comisaría se encontraba una pequeña sala de espera en la que había sillas baratas con brazos de metal cromado tapizadas en cuero de imitación. La sala de espera estaba separada del resto del edificio por un mostrador cuya parte superior era de láminas de cristal y por una puerta provista de cerradura electrónica. Lake estaba sentado en una de las sillas. Vestía un traje oscuro y una corbata ocre, de seda. Iba peinado con esmero. El único rastro de que acababa de sufrir una tragedia era el borde enrojecido de sus ojos, que hacía pensar en que había dormido poco y, probablemente, en que había llorado bastante. Nancy pulsó el botón que había junto a la mesa de la recepcionista y abrió la puerta.

—No estaba seguro de que fuera a encontrarla aquí —dijo Lake—. Espero que no le moleste que haya venido sin llamar previamente.

—En absoluto. Pase, a ver si encuentro un sitio donde podamos hablar.

Lake siguió a Nancy por un corredor que le recordó los pasillos de una escuela. El suelo era de linóleo verde, desgastado y combado en diversos lugares; las puertas eran de madera sin barnizar. Las paredes, pintadas de verde, estaban desconchadas aquí y allá. Nancy abrió la puerta de una de las salas de interrogatorios y se hizo a un lado para dejar pasar a Lake. La habitación estaba cubierta de paneles aislantes blancos.

—Siéntese —dijo Nancy al tiempo que le indicaba una de las sillas de plástico colocadas a cada extremo de la larga mesa de madera—. Iré por un café. ¿Cómo lo toma?

—Solo —repuso Lake.

Cuando Nancy regresó con dos vasos de plástico, Lake estaba sentado ante la mesa, con las manos sobre los muslos.

—¿Qué tal se encuentra? —le preguntó.

—Cansado y deprimido. He intentado ir a trabajar, pero no consigo concentrarme. No hago otra cosa que pensar en Melody —Lake hizo una pausa y respiró hondo—. Mire, creo que lo mejor será ir directamente al grano. Me resulta imposible trabajar y tengo la sensación de que aún pasará un tiempo hasta que esté en condiciones de hacerlo. Esta mañana me he sentado a revisar los documentos de venta de una propiedad inmobiliaria y me pareció tan... Bueno, como si para mí no significasen nada. Trabajo con dos socios que podrán mantener en funcionamiento mi bufete hasta que esté de nuevo en condiciones de incorporarme, si es que alguna vez ocurre. Ahora, todo lo que deseo es averiguar quién mató a Sandy y a Melody. Eso es lo único en lo que puedo pensar. Créame, quisiera ayudar en la investigación.

—Señor Lake, yo tampoco puedo pensar en otra cosa. Y no estoy sola. Voy a contarle algunos detalles, pero quiero que sepa que se trata de información estrictamente confidencial. Tiene que prometerme que respetará la confidencialidad.

Lake asintió.

—Se han producido cuatro desapariciones antes de que su esposa y su hija fueran asesinadas. No hemos encontrado a ninguna de esas mujeres. Nos ha costado algún tiempo prepararnos porque, como no había cadáveres, al principio consideramos los casos como simples desapariciones. Ahora bien, en cada uno de los domicilios apareció una nota con el mensaje «Para siempre en el recuerdo» y una rosa negra, de modo que a partir de la segunda desaparición ya supimos con qué tipo de incidente criminal tendríamos que vérnoslas. El jefe de policía ha designado una unidad especial para trabajar en estos casos...

—Estoy seguro de que hacen todo cuanto pueden —la interrumpió Lake—. No quiero expresar críticas de ninguna clase; lo que quiero es ayudar. Quiero ofrecerme voluntario para formar parte de la unidad especial.

—Eso es imposible, señor Lake. Usted no es oficial de policía. Por otra parte, no sería aconsejable, ya que se encuentra usted emocionalmente demasiado implicado en este asunto como para conducirse con un mínimo de objetividad.

—Los abogados estamos formados para ser objetivos. Además, algo podría aportar a la investigación; no sé, esa visión única e irrepetible de la mente de un criminal que sólo se obtiene tras años de ejercer como abogado defensor. Un abogado defensor llega a conocer cómo funciona la mentalidad de un criminal de una manera que nunca podría ser asequible para la policía, ya que nosotros partimos de la total confianza del criminal. Mis clientes siempre han sabido que pueden decirme cualquier cosa, por horrorosa que sea, porque respetaré su intimidad. Ustedes en cambio ven a los criminales cuando ostentan un rostro falso. Yo los he visto tal y como son en realidad.

—Señor Lake, los oficiales de policía también tenemos un conocimiento real de la mente de cualquier criminal. Puede que nuestro conocimiento sea incluso demasiado bueno. A esos individuos los vemos en la calle, en sus casas. Usted siempre los ha visto bien limpios, en su despacho, muy lejos de sus víctimas, y después de haber tenido tiempo de sobra para racionalizar lo que hayan podido hacer y para tramar una historia lo bastante patética o una posible defensa. Pero todo esto no tiene importancia, porque usted simplemente no podría trabajar en el caso. Por más que yo le agradezca su ofrecimiento, mis superiores no lo consentirían.

—Sé que le parecerá extraño, pero estoy convencido de que podría contribuir de forma significativa. Soy muy listo.

Nancy sacudió la cabeza.

—Existe otra razón por la cual no debería usted participar en esta investigación —dijo—. Sería lo mismo que revivir a diario la muerte de su esposa y su hija en vez de intentar reanudar su vida con normalidad. Tenemos las fotografías de la autopsia por todas partes, incluso clavadas en la pared. ¿Es eso lo que le apetece?

—Yo tengo fotografías de ellas dos en mi casa y en mi despacho, detective Gordon. No pasa ni un solo minuto sin que piense en ambas.

Nancy suspiró.

—Lo sé —dijo—, pero tiene que dejar de pensar en ellas de ese modo. Si sigue haciéndolo, pondrá su salud en peligro.

—Hábleme de su novio —dijo Lake con calma tras una breve pausa—. ¿Cómo... cómo dejó de pensar en él?

—Nunca he dejado de pensar en Ed. De hecho, lo hago a todas horas. Sobre todo de noche, cuando estoy sola. No quiero olvidarlo, del mismo modo que usted no querrá olvidar nunca a Sandy y a Melody. Ed era policía. Un borracho lo mató de un tiro. Estaba intentando tranquilizar a dos personas envueltas en una riña doméstica. Murió quince días antes de la fecha en que nos íbamos a casar. Al principio me sentí igual que usted. No podía trabajar. A duras penas lograba levantarme de la cama. Estaba... estaba desgarrada por la culpa, lo cual es ridículo. No dejaba de pensar que yo podría haber hecho algo para evitarlo, insistir en que aquel día se quedara en casa, qué sé yo. En realidad, no le encontraba sentido a nada.

»Pero poco a poco la cosa fue a mejor. No es que mejorase mi vida en conjunto; ni siquiera mejoró la mayor parte de las cosas. Pero un día se llega a un punto en el que hay que afrontar el hecho de que gran parte del dolor que se siente procede de que uno está compadeciéndose de sí mismo a todas horas. Te compadeces por lo que has perdido. Luego te das cuenta de que tienes que empezar a vivir por ti mismo. Hay que seguir adelante, hay que conservar los recuerdos de los buenos tiempos. Si no, quien haya acabado con la vida de su hija pequeña y de su esposa habrá ganado, porque también lo habrá matado a usted. —Nancy estiró el brazo sobre la mesa y depositó su mano sobre el antebrazo de Peter Lake—. Lo encontraremos. Tiene usted tantas cosas que superar que le garantizo que no querrá verse implicado en todo esto. Deje que lo resolvamos nosotros. Lo encontraremos, se lo prometo.

—Gracias, detective Gordon —dijo Lake al tiempo que se ponía de pie.

—Nancy. Puede llamarme Nancy. Y no olvide que puede contar conmigo cuando desee hablar un rato.

3

Una semana después el jefe de policía de Hunter's Point, John O'Malley, entró en la sala donde trabajaba la unidad especial. Habitualmente iba en mangas de camisa, con la corbata torcida y el último botón sin abrochar. Esa mañana, O'Malley llevaba el traje azul marino que sólo se ponía para ir a las reuniones del Rotary Club y para sus reuniones con los responsables del ayuntamiento.

El jefe de policía tenía los hombros anchos y el pecho robusto, como un boxeador de los pesos medios. Le había partido la nariz un ladrón que se dio a la fuga, cuando aún trabajaba en el distrito de South Bronx, en Nueva York. Era pelirrojo y tenía profundas entradas que dejaban al descubierto una antigua cicatriz, recuerdo de una de las muchas peleas entre bandas en las que había participado de joven, allá en Brooklyn. O'Malley habría seguido trabajando en la policía de la ciudad de Nueva York de no ser porque un ataque al corazón lo había obligado a realizar su trabajo en un ambiente menos estresante.

Detrás de O'Malley entró un hombre corpulento, vestido con un traje de verano de color beige claro. Nancy supuso que era un traje hecho a medida, porque le sentaba perfectamente aun cuando el hombre tenía una estatura y una robustez excesivas, como si se dedicase compulsivamente al culturismo.

—Señores, les presento al doctor Mark Klien —anunció O'Malley—. Es un psiquiatra que tiene su consulta en Manhattan, y un experto en asesinos múltiples. Sus servicios ya fueron requeridos con ocasión del caso del Hijo de Sam, el asesino neoyorkino. Ha trabajado en estrecha relación con el Programa para la Detención del Crimen y la Violencia. Tuve el honor de conocerlo hace unos años, cuando trabajaba en el departamento de policía de Nueva York y nos encontramos con un caso de asesinatos múltiples. Su aportación fue de gran ayuda. El doctor Klien ha tenido ocasión de leer un informe policial sobre estas desapariciones y sobre las muertes de Melody y Sandra Lake.

»Doctor Klien —dijo O'Malley, señalando uno a uno a los miembros de la unidad especial—, le presento a Nancy Gordon,

Frank Grimsbo, Wayne Turner y Glen Michaels. Trabajan en este caso desde el primer momento.

El doctor Klien era tan imponente que ocupaba la entrada entera de la sala. Cuando entró y procedió a estrechar la mano de los presentes, otra persona apareció detrás de él. O'Malley pareció de pronto particularmente incómodo.

—Antes de que el doctor Klien dé inicio a su intervención, quisiera explicarles por qué está presente el señor Lake. Ayer por la tarde tuve una reunión con el alcalde. Me explicó que el señor Lake se había ofrecido voluntario para ayudar a la unidad especial dedicada a dar con el asesino de su mujer y su hija.

Nancy Gordon y Frank Grimsbo se miraron mutuamente con preocupación. Wayne Turner abrió la boca y se quedó mirando fijamente a O'Malley. O'Malley se puso rojo de furia, le devolvió la mirada y prosiguió:

—El alcalde está persuadido de que el señor Lake podría aportar una visión única acerca de la mentalidad del criminal, teniendo en cuenta sus años de práctica profesional como abogado defensor. Piensa que podría plantearnos una perspectiva radicalmente nueva sobre todo este asunto.

—Espero ser de alguna utilidad, señores —dijo Peter Lake sonriendo como si pidiera disculpas—. Sé que no soy un policía tan competente como ustedes, así que procuraré no entrometerme.

—El doctor Klien tiene una agenda muy apretada —dijo O'Malley sin hacer caso de Lake—. A las tres menos diez debe coger el vuelo de regreso a Nueva York, de modo que inmediatamente le cederé la palabra.

Lake tomó asiento al fondo de la sala, detrás del resto de los presentes. Frank Grimsbo sacudió lentamente la cabeza. Wayne Turner se cruzó de brazos y siguió mirando a O'Malley con gesto acusador. Nancy frunció el entrecejo. Sólo Glen Michaels, el grueso y calvo criminólogo que O'Malley había asignado a la unidad especial para que desempeñase las funciones del forense, parecía totalmente desinteresado por la presencia de Lake. Miraba atentamente a Mark Klien, quien se dirigió al otro lado de la sala y se colocó ante una pared cubierta por las informaciones relativas a las víctimas.

—Espero que lo que voy a decirles tenga alguna utilidad para ustedes —dijo Klien. Iba a hablar sin hacer uso de ninguna nota—. Una de las desventajas que ha de afrontar un departamento de policía tan pequeño como el de Hunter's Point es su falta de experiencia en crímenes como los que nos ocupan. De todos modos, es habitual que también los departamentos más grandes y mejor equipados se encuentren en inferioridad de condiciones, ya que los asesinos múltiples, a pesar del enorme sufrimiento que pueden causar y de la gran publicidad que suele dedicárseles, son, por fortuna, poco frecuentes. Ahora bien, como el FBI ha creado el Programa para la Detección del Crimen y la Violencia, con sede en Quantico, incluso los departamentos policiales más pequeños, como éste, pueden remitir una descripción del caso a Quantico y recibir información de los asesinatos similares que hayan podido producirse en otras partes del país. El Programa para la Detección del Crimen y la Violencia utiliza un programa informatizado prácticamente exhaustivo para clasificar los crímenes particularmente violentos que hayan podido producirse en todo el país, con una descripción completa de los mismos; de ese modo, es posible poner en contacto a un departamento con cualquier otra comisaría de policía en la que se tenga constancia de asesinatos análogos. Así podrían coordinar su investigación.

»Hoy me limitaré a proporcionarles un perfil del asesino múltiple, o en serie, como quieran denominarlo, con la intención de eliminar los estereotipos que ustedes puedan haberse forjado. Asimismo, les facilitaré una lista de los factores comunes a estos casos, factores que conviene que traten de identificar. El FBI ha descubierto la existencia de dos categorías distintas de asesino múltiple: por un lado, el criminal asocial y desorganizado; por otro, el criminal no sociable y organizado. Comentaré primero las características de este segundo tipo. El criminal no sociable y organizado es un psicópata sexual que, como cualquier otro psicópata, es incapaz de sentir empatía, compasión o afecto por el resto de los seres humanos. Sus víctimas no pasan de ser meros objetos que utiliza para satisfacer sus propias necesidades pervertidas. Dar salida a su ira es una de esas necesidades que siente, ya sea mediante la mutilación o mediante la degradación de la víctima. El estrangulador de Boston, por ejemplo, colocaba a sus víctimas de tal manera que la primera imagen que se tenía de ellas, nada más entrar en el lugar en que se encontrasen, era verlas con las piernas abiertas. Otro de estos asesinos envió por correo el pie de la víctima a sus padres, para aumentar el dolor y el sufrimiento que ya había causado.

—Perdóneme un instante, doctor Klein —dijo Wayne Turner—. ¿Es posible que nuestro asesino deje esas notas para atormentar a los maridos de las víctimas?

—En efecto, es una posibilidad muy razonable. La crueldad inherente a la tortura de los seres queridos de la víctima, y el hecho de generar de ese modo nuevas víctimas, resultaría infinitamente atractiva para un psicópata sexual, ya que se trata de un individuo al que no le afecta ninguna clase de código moral, que desconoce el remordimiento. Es capaz de cualquier cosa. Por ejemplo, es frecuente que conserve alguna parte del cuerpo de la víctima para comérsela; más frecuente incluso es que mantenga tratos sexuales con el cadáver de la víctima. Lucas decapitó a una de sus víctimas y realizó actividades de sexo oral con la cabeza de la misma durante toda una semana, hasta que el hedor se hizo tan insoportable que tuvo que deshacerse de ella.

—¿Es ése el tipo de hijoputa loco con el que estamos tratando en este caso? —preguntó Grimsbo.

—No hable de «locos», detective. A pesar de los extremos a los que puede llegar su conducta, estas personas no podrían ser declaradas legalmente «dementes». Son personas que tienen perfecta conciencia de lo que es moral y legalmente aceptable o inaceptable. Lo más aterrador es que no aprenden nada de sus experiencias, de modo que un tratamiento o su reclusión en prisión probablemente no alterarían sus pautas de conducta. De hecho, debido a la compulsividad propia de estos actos sexuales, lo más probable es que volviesen a asesinar.

—¿Qué significa la rosa negra? —preguntó Nancy.

—No lo sé, pero la fantasía y la compulsión forman parte fundamental de los actos de estos asesinos, y es posible que la rosa tenga que ver con las fantasías del asesino. Antes de culminar el asesinato, tienen fantasías acerca del mismo con todo lujo de detalle; planifican muy cuidadosamente qué es lo que van a hacer. Esto es algo que incrementa el nivel de excitación o tensión, de forma que, en definitiva, su acto es puramente compulsivo. Cuando se lleva a cabo el asesinato, se produce una sensación de alivio que dura hasta que esa tensión vuelve a aumentar, con lo cual el ciclo comienza de nuevo. El Hijo de Sam hablaba del inmenso alivio que sentía después de cada asesinato, pero también puso de manifiesto su defectuoso modo de enjuiciar los hechos al comentar que nunca pudo entender por qué sus víctimas se resistían tanto, cuando él sólo iba a matarlas, sin haber pensado nunca en violarlas.

»Como la fantasía es un ingrediente esencial de su comportamiento, estos asesinos a menudo se llevan una parte concreta del cuerpo, o una determinada prenda de la víctima. Es un objeto que emplean para revivir el acto. Por otra parte, este intenso empleo de la fantasía a menudo da por resultado crímenes que han sido muy bien planeados. El estrangulador de Hillside no sólo se desplazaba con el arma encima, sino que llevaba bolsas de plástico que utilizaba para deshacerse de los cadáveres. Esto es algo que podría explicar la absoluta inexistencia de pruebas forenses en los escenarios de los crímenes que nos ocupan. Me atrevería a aventurar que nuestro asesino está bastante informado sobre todo lo relativo a las investigaciones policiales en general. ¿Me equivoco al suponer que los análisis de las notas y de las rosas no han servido para encontrar ninguna clave, y que nunca se ha encontrado en el lugar del crimen una fibra o un pelo que haya sido de alguna utilidad?

—Muy cierto —contestó Glen Michaels—. Encontramos una huella dactilar en la nota de los Lake, pero resultó que pertenecía a la víctima. El resto de las notas estaban inmaculadas, y no encontramos nada fuera de lo corriente en el papel ni en la tinta empleada. Hasta la fecha, en el laboratorio no han descubierto nada de utilidad.

—No me sorprende —dijo Klien—. Estos individuos tienen un peculiar interés por la policía y por el trabajo policial. Algunos de ellos incluso han participado en actividades muy cercanas al quehacer de quienes nos ocupamos de que se cumplan las leyes. Así, Bundy asistía a conferencias organizadas por el FBI; Bianchi trabajó en una empresa de seguridad, y estaba inscrito en la reserva de la policía. Esto significa que posiblemente tengan plena conciencia de los pasos que deben dar para evitar ser detenidos. Su interés por el trabajo que desempeña la policía podría estar relacionado con su necesidad de saber si las autoridades están cerca de ellos, si cabe la posibilidad de que sean descubiertos.

»Hablemos de las víctimas. Generalmente se trata de víctimas accidentales; el asesino se dedica a recorrer una zona en su vehículo hasta que fija su atención en una persona concreta. Las prostitutas tienen muchas probabilidades de convertirse en víctimas, ya que están dispuestas a meterse en el coche de un cliente e incluso se dejan maniatar. La víctima no suele vivir en la misma localidad que el asesino, y por lo común es alguien de otro estado, lo cual supone que la detención del criminal se dificulte mucho más.

—¿Cree usted que eso es cierto en nuestro caso? —preguntó Nancy—. Lo que quiero decir es que todas estas mujeres encajan en la misma descripción. Están casadas con profesionales, no tienen un trabajo fijo y, con excepción de la señora Lake, ninguna tenía hijos. Además, eran residentes en la misma localidad. ¿No cree que eso podría ser índice de una planificación por adelantado? Para mí, el asesino busca víctimas muy concretas que encajen en sus fantasías, en vez de lanzarse sobre la primera que le sale al paso.

—Tiene usted razón. Estas víctimas no parecen responder a la pauta habitual de selección al azar. Parece evidente que este asesino acecha a un tipo de mujer muy concreto y en una zona muy específica, con lo cual sería posible deducir que reside en Hunter's Point.

—Lo que no consigo entender es cómo se acerca a ellas sin despertar sospechas —dijo Wayne Turner—. Estamos hablando de mujeres de cierta educación. Viven en zonas residenciales de lujo, cuyos habitantes son especialmente susceptibles con los desconocidos. No había señales de violencia física en ninguna de las casas, salvo en la de los Lake, pero incluso allí encontramos una escena del crimen relativamente ordenada.

Klien sonrió.

—Detective Turner, acaba usted de plantear uno de los errores más importantes que suelen darse al hablar de asesinos múltiples. En las películas los retratan como si fuesen monstruos, pero en la vida real son personas adaptadas a la comunidad en que residen, que no tienen nada de sospechosos. Es característico que se trate de hombres inteligentes, muy tratables, incluso atractivos. Así, Bundy, el asesino del caso I-5, el estrangulador de Hillside, o Cortez mismo, son hombres perfectamente respetables por su apariencia física. Nuestro asesino probablemente sea alguien a quien estas mujeres dejarían entrar en su casa sin ningún recelo.

—¿No comentó al principio que existían dos categorías de asesinos múltiples? —preguntó Grimsbo.

—Sí. Por otra parte, hay que considerar a los asesinos desorganizados y asociales, pero evidentemente no se trata de nuestro caso. Y es de lamentar, porque éstos son más fáciles de detener. Se trata de psicóticos solitarios que apenas si se relacionan con otras personas y que carecen de encanto y de capacidad de integrarse en la comunidad. Sus actos son meramente compulsivos; el arma es por lo común cualquier objeto que encuentren a mano. Los cadáveres suelen aparecer mutilados, profusamente manchados de sangre, y es frecuente que el asesino se ensucie con sangre de las víctimas. Las escenas del crimen suelen resultar pavorosas. Además, son personas carentes de movilidad, al contrario que los no sociales organizados. Los homicidios tienen lugar por lo general cerca de la residencia del homicida; es frecuente que éste regrese al lugar del crimen, no para comprobar el curso de las investigaciones, sino para mutilar de nuevo el cadáver o para revivir el momento del asesinato. Rara vez llegan a culminar el acto sexual con el cadáver; es más frecuente que se masturben sobre la víctima o en las inmediaciones de ésta, lo que puede ser de gran utilidad ahora que disponemos de pruebas factibles del ADN. Pero el asesino que ustedes buscan es demasiado inteligente para que podamos definirlo como asocial y desorganizado.

—¿Por qué no hemos encontrado los cadáveres? —dijo Turner.

—En mi opinión, es evidente que los ha escondido, como en el caso del asesino de Green River. El jefe O'Malley me ha comentado que en esta región hay muchos bosques y terrenos de cultivo. El día menos pensado, cualquier excursionista encontrará una fosa común donde estarán los cuerpos que buscan.

—¿Qué aspecto tendrán los cuerpos? —preguntó Nancy.

—No será un espectáculo agradable, puede estar segura. Estamos hablando de un sádico de inclinaciones sexuales perversas. Si el asesino consigue aislar a la víctima, y si dispone de tiempo... Verá usted, estamos hablando de un individuo que utiliza a sus víctimas para expresar su hostilidad hacia las mujeres. La mutilación y el asesinato incrementan su grado de estimulación sexual. En algunas ocasiones, por ejemplo en el supuesto de un asesino impotente, la violencia posibilita la actividad sexual. La fantasía y la tortura constituyen los prolegómenos del acto, detective. El asesinato equivale a la penetración. Hay individuos que eyaculan automáticamente en el momento en que consuman el asesinato.

—Dios santo —murmuró Grimsbo—. ¿E insiste usted en que esos tipos no están locos?

—He dicho que no están locos, pero no he dicho que se trate de seres humanos. Personalmente, considero al hombre que están buscando como algo infrahumano. En algún momento de su vida, las cosas que nos convierten en seres humanos se perdieron definitivamente, ya sea por causas genéticas, ambientales o... En cualquier caso —Klien se encogió de hombros—, esto no tiene la menor importancia, ¿verdad?, porque se trata de un hombre que no tiene la menor esperanza, un hombre al que es preciso detener. En caso contrario, seguirá haciendo lo que ha hecho, una y otra vez, mientras queden mujeres a su alcance, mujeres de las que se pueda nutrir.

4

Nancy Gordon, Wayne Turner, Frank Grimsbo y Glen Michaels estaban esperando a O'Malley en su despacho. Éste había ido a dejar al doctor Klien en el aeropuerto.

—Vaya, me lo estaba esperando —dijo O'Malley nada más verlos.

—Entonces, explícanos qué cojones está pasando aquí —exigió Turner.

—No hay forma de doraros la píldora —dijo O'Malley—. Discutí personalmente con el alcalde la decisión que había tomado y perdí. Punto. Tendremos que aguantar a Lake.

—Esto es una cabronada —dijo Grimsbo.

—No, Frank. Esto no es ninguna cabronada, y yo además no soy responsable. Lo único que intento es explicarte cómo son las cosas en la esfera política.

—Ese individuo es un sospechoso en potencia —dijo Grimsbo.

—Pues eso es algo que hay que poner sobre la mesa, señores y señoras, porque si fuese verdad tal vez podría quitarlo de en medio.

—Yo no creo que lo sea, John —dijo Nancy—. Lo he visto en algunas ocasiones, y la verdad es que está destrozado por la muerte de su mujer y de su hija.

—Ya —insistió Turner—, pero también ha dicho que no vio salir a nadie de la casa. ¿Adónde pudo ir el asesino? No hay más que una manera de salir de la casa, después del callejón sin salida.

—Los vecinos tampoco vieron a nadie —dijo Nancy.

—Nadie vio a nadie en donde se produjeron las desapariciones, Wayne —apuntó Glen Michaels.

—Lo que yo querría saber es qué está haciendo un civil en una investigación policial —dijo Grimsbo.

O'Malley suspiró.

—Lake cuenta con importantes contactos en el mundo de la política. Su fama de criminalista le viene desde que defendió con éxito a Daley, aquel chalado, aduciendo enajenación mental. Pero el tipo está especializado en leyes sobre la propiedad inmobiliaria, gracias a lo cual se ha embolsado unos cuantos millones de dólares, parte de los cuales los ha donado a la campaña electoral del alcalde. Además, suele contribuir con generosas sumas a engordar las arcas del gobernador, y está contratado en no sé qué consejo asesor de planificación urbana de Albany.

»Lo que ha pasado no tiene vuelta de hoja. En definitiva, el gobernador habló ayer con el alcalde, que después me llamó para explicarme que la experiencia de Lake como criminalista podría tener un valor incalculable en la investigación. Insistió en que podíamos considerarnos muy afortunados por tenerlo en nuestro equipo. La prensa ya ha empezado a hacerle la vida imposible al alcalde por haber mantenido en secreto las desapariciones durante demasiado tiempo; de hecho, hasta que los asesinatos de las Lake lo pusieron entre la espada y la pared. Está desesperado por lograr algún resultado positivo, y no puede rechazar una solicitud del gobernador o de uno de los principales contribuyentes en sus respectivas campañas.

—Yo no me fío de él —dijo Turner—. Hace unos cuantos años tuve un caso en el que Lake defendió al acusado. Conseguimos una orden de registro para entrar en la casa de un tío, y encontramos un kilo de coca en su habitación. En la casa estaba una mujer embarazada, sin antecedentes penales. Ella juró que la coca era suya, que el tío le había hecho el favor de dejarle quedarse en su casa hasta que concluyera el embarazo. El defensor ganó el litigio, y el fiscal del distrito ni siquiera quiso acusar a aquella furcia. No lo pude demostrar, pero oí rumores de que Lake había pagado a la mujer para que cometiese perjurio.

—¿Tiene alguno de vosotros noticia de algo semejante? —preguntó O'Malley.

Michaels sacudió la cabeza.

—A mí me ha interrogado en un juicio dos o tres veces. Tengo la impresión de que es un tío muy listo. Tuvo una actuación excelente en un caso en el que había pruebas que cantaban por sí solas. La verdad es que me puso nervioso.

—Yo también tengo entendido que es muy listo —dijo Grimsbo—, y he oído esos rumores sobre lo del soborno. Conozco a unos cuantos abogados a quienes los procedimientos de Lake no les gustan en absoluto. Y sigue siendo un sospechoso, por más que sea, a su manera, un pez gordo. Además, no me gusta nada que un ciudadano de a pie trabaje con nosotros en un caso tan delicado como éste.

—Estoy de acuerdo contigo, Frank —dijo O'Malley—. Esto apesta. Pero no importa. Hasta que pueda convencer al alcalde de lo contrario, Lake se queda con nosotros. Intentad que no estorbe demasiado, que no se entere de gran cosa. Dadle trabajo para tenerlo ocupado, que se lea los informes de punta a cabo. Si surge alguna cosa y no queréis que se entere, o si se plantea algún problema, comunicádmelo. ¿Alguna pregunta?

Turner murmuró algo acerca del alcalde y Grimsbo meneó la cabeza con evidente disgusto. O'Malley no les prestó atención.

—Venga, fuera de aquí. Al tajo. Ya habéis oído a Klien. Hay que detener cuanto antes a ese psicópata.

5

A Nancy Gordon le gruñó el estómago. Supuso que serían más de las seis, pero al mirar el reloj vio que casi pasaban de las siete. Había estado redactando informes hasta perder la noción del tiempo. Al salir de la comisaría pasó por delante de la oficina de la unidad especial y se fijó en que las luces aún permanecían encendidas. Peter Lake estaba en mangas de camisa, con los pies encima de la mesa. A un lado tenía una abultada pila de informes y un cuaderno amarillo. A medida que los leía tomaba notas.

—Eh, no vas a resolver este caso en una sola noche —dijo Nancy con amabilidad. Lake miró a su alrededor, sobresaltado. Luego sonrió con cara de no haber roto un plato en su vida.

—Cuando me pongo a trabajar, no paro. Sólo puedo trabajar por compulsión.

Nancy se acercó a la mesa de Lake.

—¿Qué haces?

—Estoy leyendo los informes sobre las desapariciones de Reardon y de Escalante. Y se me ha ocurrido una idea. ¿Tienes tiempo?

—Me iba a comer algo. ¿Quieres venir? Me refiero a una cena normal y corriente; en Oak hay una cafetería que abre durante toda la noche.

Lake observó la pila de informes y consultó el reloj.

—Desde luego —dijo. Bajó los pies de la mesa, se levantó y cogió la chaqueta—. No me había dado cuenta de lo tarde que era.

—Yo también estaba enfrascada. De no haber sido por el hambre que me ha entrado, seguiría pegada a la mesa.

—Debe de gustarte mucho tu trabajo.

—Bueno, a veces.

—¿Cómo es que llegaste a ser detective?

—¿Te refieres a qué hace una chica guapa como yo en un lugar como éste?

—No se me había ocurrido.

—¿El qué? ¿Que soy una chica guapa?

Lake soltó una carcajada.

—No, que no estés preparada para realizar el trabajo de policía.

Nancy fichó al salir de la comisaría, y siguió a Lake al exterior. Cuando se ponía el sol, Hunter's Point se convertía en una ciudad fantasma, con la salvedad de muy pocos lugares abiertos para los universitarios. Nancy vio la marquesina del Hunter's Point Cinema y los carteles de neón de un par de bares. La mayor parte de los establecimientos comerciales ya estaban cerrados. La cafetería, un oasis de luz en un desierto de oscuridad, quedaba a manzana y media de la comisaría.

—Ya hemos llegado —dijo Nancy al tiempo que abría para Lake la puerta del Chang's Café. Había una larga barra, pero Nancy llevó a Lake a una de las mesas. La mujer de Chang les trajo la carta y una botella de agua—. La sopa y los pasteles son bastante buenos; el resto de la carta se puede comer. No busques nada que se parezca a la comida china, porque Chang prepara platos italianos o griegos, o lo primero que se le ocurra.

—Tú no eres de Hunter's Point, ¿verdad? —preguntó Lake después de que pidiesen la cena.

—¿Cómo lo sabes?

—Por el acento. Yo también soy del Medio Oeste. A ver, déjame adivinarlo. ¿Eres de Montana?

—De Idaho —dijo Nancy—. Mis padres siguen viviendo allí. Son granjeros. Mi hermano es profesor de instituto en Boise. A mí en cambio no me gustaba Idaho; quería ver mundo. Por fortuna, hice una buena marca en los ochocientos metros lisos y la universidad me ofreció una beca espléndida. Así terminé en Hunter's Point.

—Esto no es exactamente París —comentó Lake.

—No exactamente, desde luego —dijo Nancy sonriendo—. Pero sí que era Nueva York. Sin aquella beca nunca habría podido acceder a la universidad. Cuando me di cuenta de que Nueva York y Hunter's Point, estado de Nueva York, eran mundos totalmente alejados uno del otro, me lo estaba pasando tan bien que me dio lo mismo.

—¿Y el trabajo de policía?

—Me matriculé en Derecho Penal. Cuando me gradué, el departamento de policía de Hunter's Point estaba buscando a una mujer para cubrir la cuota del veinticinco por ciento.

Nancy se encogió de hombros y observó a Lake, como si esperase que éste le lanzase un guante.

—Apuesto cualquier cosa a que llegaste a ser detective por tus propios méritos —dijo él.

—Desde luego que sí —contestó Nancy con orgullo, mientras esperaba a que se enfriase su plato de *minestrone*.

—Yo soy de Colorado —dijo Lake, sonriendo—. Estudié en la Universidad de Colorado, luego estuve alistado en los *marines*. En el cuerpo de universitarios había un tío que había estudiado derecho aquí, y me sugirió que solicitase una plaza. Conocí a Sandy en la universidad. —Lake hizo una pausa; se le borró la sonrisa del rostro. Miró su plato. Su gesto tuvo un aire antinatural, como si de pronto se hubiese dado cuenta de que sonreír mientras hablaba de su mujer recién fallecida, habría sido de lo más inoportuno. Nancy miró a Lake con perplejidad—. Lo siento —se disculpó—. Sigo pensando en ella.

—No te preocupes. Acordarte de ella no tiene por qué ser algo malo.

—No me gusta nada ponerme llorón. Siempre he dominado mis sentimientos, pero esos dos asesinatos han hecho que me dé cuenta de que no hay nada previsible, ni permanente.

—Si te ha costado tanto tiempo entender eso, la verdad es que has tenido suerte.

—Sí. El éxito profesional, una mujer y una hija maravillosas... Con eso es bien fácil quedarse ciego y no ver cómo es el mundo en realidad. ¿No te parece? Luego, alguien se las lleva por delante en un visto y no visto, y entonces... entonces entiendes...

—Entiendes qué suerte has tenido hasta ahora, Peter, qué delicia ha sido gozar de todo eso mientras duró. La mayoría de las personas nunca alcanzan, en toda su vida, lo que tú y yo sí tuvimos durante un tiempo.

Lake se quedó con la mirada perdida sobre la mesa.

—Oye, en la comisaría me dijiste que habías tenido una idea —dijo Nancy en un intento por animarlo un poco.

—Probablemente no sea más que jugar a los detectives

—contestó—, pero hubo un detalle que me llamó la atención mientras repasaba los informes. El día en que desapareció Gloria Escalante había en los alrededores una camioneta de reparto de una floristería. Una mujer siempre abriría la puerta a un individuo que le trajese unas flores. Es más, la mujer estaría con la guardia baja. Ese hombre podría llevarse a la mujer dentro de la camioneta. Además, concuerda con la rosa. Un hombre que trabajase en una floristería tendría acceso a todas las rosas que le diese la gana.

—No está mal, Peter —dijo Nancy, incapaz de disimular su admiración—. Después de todo, es posible que llegues a ser un buen detective. El repartidor se llamaba Henry Waters. Tiene antecedentes por exhibicionismo; es uno de los sospechosos que hemos tenido en cuenta. Pero es probable que aún no hayas leído el informe de Wayne. Ha investigado a fondo al tal Waters.

Lake se ruborizó.

—Ya veo que vais por delante de mí.

—Oye, Peter, ¿Sandy no había tenido ningún contacto con la floristería Evergreen?

—¿Waters trabaja para ellos?

—Sí.

—No lo creo, pero podría repasar nuestras facturas o su libro de cheques, para ver si alguna vez les encargó algo. Estoy seguro de no haber hecho ningún encargo.

Llegó la cena y pasaron unos minutos en silencio. Los espaguetis de Nancy estaban deliciosos; ella se fijó en que Lake apenas probó su plato.

—¿Quieres que hablemos de Sandy? —preguntó Nancy—. Hemos intentado cruzar las referencias de las víctimas, sus actividades habituales, para ver si pertenecían a los mismos clubes, si estaban suscritas a las mismas revistas, en fin, cualquier cosa que nos sirviese como denominador común.

—Frank me pidió eso mismo la noche de los asesinatos. He estado trabajando en ello. Éramos miembros del club de campo de Delmar, del club atlético de Hunter's Point, del Racquet Club. He hecho una lista de nuestras tarjetas de crédito, suscripciones, todo lo que se me ha ocurrido. Lo tendré terminado esta semana. Oye, ¿es Waters nuestro único sospechoso?

—Hay alguno más, pero ninguno es demasiado sólido. Se trata más que nada de individuos con antecedentes por algún delito de tipo sexual, pero no hemos podido relacionar a ninguno con los crímenes. —Nancy hizo una pausa—. Quiero que sepas que tenía otro motivo para invitarte a comer. Voy a ser totalmente sincera contigo. Bajo ningún concepto deberías formar parte de esta investigación. Lo que pasa es que tienes carta blanca con el alcalde, y por eso estás aquí. Pero quiero que sepas que todos los integrantes de la unidad especial están fastidiados por el modo en que has impuesto tu presencia entre nosotros.

—¿Te incluyes en lo que estás diciendo?

—No, pero conste que es sólo porque entiendo cuáles son tus razones. En cambio, lo que no entiendes es lo autodestructivo que resulta tu comportamiento. Estás obsesionado con este caso por pensar que al meterte de cabeza en el trabajo de los detectives puedes evadirte de la realidad. Lo cierto es que no puedes escapar del mundo real. Más pronto o más tarde tendrás que poner en claro tus relaciones con la realidad, tendrás que hacer las paces contigo mismo y con lo ocurrido; cuanto antes lo hagas, mejor. Tienes una excelente profesión. Podrías empezar a construir una nueva vida. No dejes para más adelante el momento de afrontar lo que ha ocurrido; sobre todo, no lo pospongas por seguir trabajando en los asesinatos.

Nancy observó a Lake mientras hablaba. Él no le había quitado los ojos de encima en ningún momento. Cuando hubo terminado, Lake se inclinó levemente sobre la mesa.

—Gracias por tu sinceridad, Nancy. Entiendo que mi intrusión en la unidad especial haya generado ese fastidio, entiendo que tus compañeros estén resentidos conmigo, y me alegro de que me hayas comunicado cómo se sienten. Mi profesión no me preocupa en absoluto. Mis socios pueden sacar adelante los asuntos que lleguen sin necesidad de mí; por otra parte, he ganado tanto dinero que podría vivir bastante bien sin tener que dedicarme a mi profesión. Lo único que me importa es cazar a ese asesino antes de que siga haciendo daño. —Lake cubrió la mano de Nancy con la suya—. También me importa que estés preocupada por todo este asunto, que estés en ello. Te lo agradezco.

Lake acarició la mano de Nancy al hablar. Fue un contacto sensual, una insinuación claramente directa. A Nancy le asombró lo inapropiado del gesto, aunque Lake no pareciera haberse percatado.

—Me preocupas por ser una persona que ha sido víctima de un crimen espantoso —dijo Nancy con firmeza a la vez que retiraba la mano de debajo de la de Lake—. También me preocupa que puedas hacer algo que dé al traste con nuestra investigación. Por favor, Peter, piensa en lo que te he dicho.

—Lo haré —le aseguró Lake.

Nancy iba a abrir el bolso, pero Lake se lo impidió.

—Déjalo, pago yo —dijo con una sonrisa.

—Siempre pago mi parte —repuso Nancy, dejando sobre la cuenta el importe exacto de su cena y una propina de un dólar bajo su taza de café. Se levantó de la mesa y echó a andar hacia la puerta.

Peter dejó su dinero junto al de ella y la siguió.

—¿Puedo llevarte a casa?

—Tengo el coche en el aparcamiento.

—Yo también, así que iremos juntos.

Caminaron en silencio hasta llegar a la comisaría. El aparcamiento estaba mal iluminado. El coche de Nancy se encontraba en la parte de atrás, donde no había luz en las ventanas.

—Podría haber ocurrido en cualquier sitio como éste —musitó Lake mientras caminaba.

—¿El qué?

—Me refiero a las mujeres. Caminando de noche, por un aparcamiento desierto como éste; habría sido muy fácil acercarse a ellas. ¿No era eso lo que hacía Bundy? Llevaba además un yeso de mentira para suscitar la simpatía de sus posibles víctimas. En menos de un minuto, cualquiera habría podido acabar dentro del maletero del coche del asesino. Todo habría terminado.

Nancy sintió un escalofrío. Estaban solos en el aparcamiento. Avanzaron por la zona menos iluminada. Nancy volvió la cabeza para ver a Lake. Él la observaba con ademán pensativo. Nancy se detuvo al llegar a su coche.

—Por eso quería hablar contigo —continuó diciendo Lake—. No habrá mujer que esté a salvo mientras él siga libre.

—Peter, piensa en lo que te he dicho.

—Buenas noches, Nancy. Creo que haremos un buen equipo. Gracias de nuevo por tu atención.

Nancy puso en marcha el coche y se alejó. Por el espejo retrovisor comprobó que Lake la miraba.

6

Nancy estaba a oscuras levantando pesas, según la rutina que Ed y ella habían ideado. Hacía flexiones con el máximo de peso que podía desplazar. Acercó el antebrazo hacia el hombro, lentamente, con firmeza, tensando los músculos del brazo derecho, y lo dejó. El sudor le empapaba la camiseta. Tenía hinchadas las venas del cuello.

Algo, no sabía qué, estaba yendo definitivamente mal. Lake se le había insinuado varias veces. A raíz del asesinato de Ed, había perdido todo interés por el sexo durante varios meses. Incluso le hacía daño ver a las parejas caminar cogidas de la mano. Lake le había acariciado la mano como lo habría hecho con la de su amante. Cuando dijo que pensaba que formarían un buen equipo, ella no tuvo ninguna duda de que se trataba de una proposición.

Nancy terminó su serie de flexiones. Dejó las pesas en el suelo y respiró hondo. Eran casi las seis de la mañana. Estaba despierta desde las cuatro y media; había tenido una pesadilla y no había podido volver a dormirse.

Frank había dicho que Lake podía ser sospechoso, ella se había mostrado en desacuerdo. Ahora empezaba a preguntarse si estaría en lo cierto. Recordaba lo que había dicho el doctor Klien. Lake era inteligente y sociable. Le habría sido muy fácil ganarse la confianza de sus víctimas. Todas concordaban con el tipo de mujer que él trataba a diario en sus clubes, y era ese tipo de hombre que ellas encontraban a diario en los suyos.

El individuo del tipo no social y organizado era un psicópata que no sentía compasión por los demás. Se trataba de la clase de persona que tenía que falsificar sus emociones. ¿Estaba Lake desprevenido en la cafetería en el momento en que recordó su primer encuentro con Sandra Lake y en el instante que tardó en manifestar la reacción apropiada a ese recuerdo? Hubo un brevísimo instante en el que los rasgos de Lake no mostraron ninguna emoción.

Klien también había dicho que estos asesinos estaban interesados por el trabajo de la policía. Lake, un experto criminalista, y sobre todo abogado defensor, podía conocer con todo detalle los procedimientos habituales de la policía. Nancy se tendió boca abajo en el suelo e hizo cincuenta flexiones. Al contrario que otras veces, tuvo que esforzarse para hacerlo. No lograba concentrarse. No podía quitarse de la cabeza la visión de Lake, a solas y en la negrura del aparcamiento, esperando. ¿Por qué sabía lo del falso yeso que utilizaba Bundy? El doctor Klien no lo había mencionado.

Después de las pesas, Ed y ella solían hacer un recorrido de unos nueve kilómetros corriendo por los alrededores. Ed era más fuerte que Nancy, pero ella era más veloz. Los domingos, el recorrido lo hacían a toda carrera. El perdedor preparaba el desayuno; el ganador decidía cuándo y cómo deseaba hacer el amor. Después del tiroteo, Nancy se pasó dos meses sin poder tocar las pesas ni realizar ese recorrido.

Cien flexiones más. Arriba, abajo; arriba, abajo. Tenía el estómago tenso como el parche de un tambor. Seguía pensando en la oscuridad, en el aparcamiento, en Lake. ¿Debía decírselo a Frank y a Wayne? ¿No serían simples imaginaciones suyas? Las sospechas que empezaban a obsesionarla, ¿no desviarían la investigación de modo que al final el verdadero asesino consiguiese huir?

Eran las seis y cuarto. Tenía las pesas en una habitación pequeña, contigua al dormitorio. El sol empezaba a asomar por encima del barrio de los ricos, al este. Nancy se quitó la camiseta y las bragas y las dejó en la cesta de la ropa sucia. Después de la muerte de Ed había engordado. Dejando al margen el mes que le llevó recuperarse de una luxación de hombro en su segundo año de carrera, fue la primera vez en que no hizo ejercicio físico con regularidad. Había recuperado su peso ideal; vio los músculos perfilados en su vientre, los músculos que le delineaban las piernas. La ducha caliente la relajó. Se lavó el pelo. Ni por un instante dejó de pensar en Peter Lake.

¿Por qué no había aparecido antes ningún cadáver? ¿Por qué

había sido el caso de las Lake distinto de los casos anteriores? Al parecer, Sandra Lake había sido asesinada rápidamente y de improviso. ¿Por qué? Sobre todo, ¿por qué iba a asesinar Peter a su esposa? ¿Habría descubierto ella algo que lo relacionase claramente con los demás asesinatos? ¿Le habría plantado cara, le habría comunicado que tenía en su poder la prueba definitiva? Y aún quedaba por responder el interrogante más atroz de todos: ¿era Lake un monstruo capaz de asesinar a su propia hija para mantener sus crímenes en secreto?

Al vestirse, Nancy trató de hallar un único hecho que pudiese dar a conocer al resto de los detectives, una prueba que relacionara a Peter con los asesinatos. Tuvo que reconocer que no disponía de nada semejante. Por el momento, tendría que guardar para sí sus sentimientos.

7

Frank Grimsbo se pasó el antebrazo por la frente, manchando de sudor la manga de su chaqueta de algodón de Madrás. Llevaba una camisa blanca de manga corta y pantalones marrones de poliéster; al desabrocharse el primer botón, se le había torcido bastante la corbata con estampado de amebas. El calor lo estaba matando; sólo conseguía pensar en una cerveza bien fría.

Herbert Solomon abrió la puerta cuando Grimsbo tocó el timbre por tercera vez. Grimsbo le mostró la placa y se identificó.

—Viene usted por lo de las Lake, ¿verdad? —preguntó Solomon. Era un hombre rechoncho, con una barba bien recortada, que vestía unas bermudas a cuadros rojos y verdes y una camiseta amarilla.

—En efecto, señor Solomon. Mi compañero y yo estamos repasando la zona.

—Ya hablé con otro policía la noche del crimen.

—Lo sé, señor. Soy detective y miembro de la unidad especial que se dedica a la investigación de todos los asesinatos y, si es posible, querría conversar con usted más detalladamente.

—¿Ha habido más asesinatos? Vaya, pensaba que las otras mujeres sólo habían desaparecido.

—Tiene usted razón, pero hemos optado por asumir que puede haber ocurrido lo peor.

—Entre, por favor. Hace demasiado calor. ¿Quiere una cerveza, o es de los que no beben cuando están de servicio?

Grimsbo sonrió.

—Una cerveza me sentaría fenomenal.

—Espere ahí mismo; ahora le traigo una —dijo Solomon, señalando un pequeño salón. Grimsbo se separó la camisa del cuerpo a la vez que echaba a andar hacia el cuarto de estar. Dio gracias al cielo de que estuviesen repasando a fondo Los Prados, donde todos los vecinos tenían aire acondicionado.

—Confío en que esté suficientemente fresca —dijo Solomon pasándole a Grimsbo una Budweiser helada. Grimsbo se acercó la botella a la frente y cerró los ojos. Luego dio un sorbo.

—Exactamente lo que necesitaba. Ojalá alguien inventase una manera de poner aire acondicionado ahí fuera.

Solomon se echó a reír.

—¿Se dedica usted a la contabilidad? —preguntó Grimsbo.

—Sí, trabajo como asesor fiscal.

—Lo suponía —dijo el detective a la vez que señalaba dos grandes estanterías llenas de libros sobre impuestos y contabilidad. Ante la única ventana del cuarto de estar había una mesa de trabajo. Sobre ella, aparte de un teléfono, se veía un ordenador y una impresora. La ventana tenía vistas a un amplio jardín y, más allá, a Sparrow Lane.

—Bueno —dijo Grimsbo tras dar otro trago a su cerveza—, permítame hacerle unas cuantas preguntas y dejaré de molestarle enseguida. ¿Estaba usted aquí la noche en que la señora Lake y su hija fueron asesinadas?

Solomon dejó de sonreír y asintió.

—Pobre hijo de puta —dijo.

—¿Conoce usted a Peter Lake?

—Desde luego. Somos vecinos, ya sabe usted. Tenemos un comité de propietarios en la urbanización de Los Prados, y Peter y yo hemos formado parte de ese comité. Hemos jugado a dobles en el torneo de tenis. Marge, mi esposa, y Sandy, ya sabe usted, eran muy amigas.

—¿Está su señora en casa?

—No, ha ido al club a jugar a golf. A mí no me apetecía, con este calor.

Grimsbo dejó la cerveza sobre una mesa y sacó del bolsillo interior de la chaqueta una libreta y un lápiz.

—¿A qué hora más o menos llegó usted a casa la noche del crimen?

—Alrededor de las seis.

—Aquella noche ¿vio usted algo que le llamase la atención?

—No, nada en absoluto. Estuve en el comedor hasta que terminamos de cenar. El comedor da al jardín de atrás. Luego estuve un rato en el salón, que también da al jardín de atrás. Y después estuve aquí mismo, trabajando en el ordenador, con las persianas bajadas.

—Entiendo —dijo Grimsbo, dispuesto ya, aunque de mala gana, a dar por terminada la entrevista y a volver a patear la zona.

—Hay algo que se me olvidó decir cuando hablé con el otro oficial la noche del asesinato. La verdad es que todo el mundo estaba muy exaltado, y Marge estaba histérica, usted comprenderá. Quiero decir que vi a Peter cuando volvía a casa.

—¿Sí? ¿Y a qué hora fue?

—Puedo darle una información bastante exacta. Los Yankees jugaban ese día y vi el marcador intermedio en *Deportes*. Es un programa de la CNN en el que sólo dan los marcadores de los partidos; lo pasan cada hora, siempre a y veinte. Nada más ver el resultado volví al cuarto de estar, así que imagino que eran más o menos las siete y veinte. Cuando cerré las persianas vi llegar a Peter en su Ferrari.

—¿Iba camino de su casa?

—Eso es.

—Y me dice que estaba seguro de qué hora era.

—Es un informativo breve, que pasan cada hora. Por eso tenían que ser más o menos las siete y veinte, aproximadamente.

—Esa noche, ¿no vio usted una camioneta de reparto de una floristería en Los Prados o por ahí cerca?

Solomon se quedó pensativo unos segundos.

—Había una furgoneta de reparación de televisiones delante de la casa de los Osgood. Ése fue el único vehículo llamativo que vi esa noche.

Grimsbo se levantó del sillón y estrechó la mano de Solomon.

—Gracias por la cerveza —dijo—. Muy amable.

Wayne Turner estaba apoyado de espaldas contra el coche; su traje beige y su corbata marrón le daban un aire tan chulesco que a Grimsbo le fastidió verlo.

—¿Has tenido suerte? —preguntó Turner cuando arrancó el motor.

—Para nada. Ah, una cosa. Solomon, el último de los vecinos que he entrevistado, vio a Lake regresar a su casa a eso de las siete y veinte. Aparte de ese detalle, no he descubierto nada que no tuviésemos ya en los informes de los de uniforme.

—Yo también he pinchado en hueso, pero no me sorprende. En una urbanización como Los Prados, con casas que tienen tal cantidad de terreno, los vecinos no están unos encima de otros. Las posibilidades de que sepan al dedillo qué pasa en la casa de al lado son bastante escasas. Y con un calor como éste, todo el mundo está en casa, con el aire acondicionado puesto, o tomando el fresco en el club de campo.

—Entonces, ¿qué hacemos?

—Volver a comisaría.

—¿Has sabido algo de la camioneta del florista? —preguntó Grimsbo cuando puso el coche en marcha.

—Tengo entendido que había un técnico de televisión en casa de los Osgood, pero nadie ha mencionado ningún florista.

—Sí, también me han comentado lo del técnico de la tele. ¿Tú qué piensas de Waters?

—Yo no pienso nada, Frank. ¿Lo has visto?

Grimsbo asintió con un movimiento de cabeza.

—Nuestro asesino tiene que ser un tipo con un coeficiente intelectual muy alto, ¿no es así? El de Waters no pasará de cero. Es un chaval flacucho, con la cara picada de viruela. Tiene una barba lacia, una especie de perilla. Desde luego, si no es un retrasado mental no le falta mucho. Dejó la escuela cuando tenía dieciocho años. Ha trabajado en una gasolinera y luego de empaquetador en Safeway. Se quedó sin ese trabajo cuando lo detuvieron por masturbarse delante de la ventana de una vecina que tenía dieciséis años. El padre de la chica le dio una paliza que a poco no se levanta.

—Qué patético —comentó Grimsbo.

—Es un tío que no tiene vida propia. Vive en casa de su madre, una mujer de sesenta y tantos años y muy mal de salud. Lo he seguido durante unos días; es un robot. Todos los días la misma rutina. Al salir del trabajo se va a One Way Inn, un bar que hay a mitad de camino de su casa. Pide una cerveza y luego otra, se las bebe bien despacio y no cruza palabra con nadie, a excepción del camarero. A los tres cuartos de hora se marcha derechito a su casa y se pasa la noche viendo la tele con su madre. He hablado con su jefe y con sus vecinos. Si tiene amigos, nadie sabe quiénes son. Su trabajo de repartidor de la floristería Evergreen le ha durado más que ninguno de sus trabajos anteriores.

—¿Le estás descartando?

—No es más que un simple exhibicionista. Un poco retorcido, desde luego, pero yo no lo identifico con nuestro hombre. No es tan listo como para ser el tipo que buscamos. Con Waters no tenemos gran cosa.

—No tenemos nada de nada, y punto.

Glen Michaels entró en la oficina de la unidad especial cuando Grimsbo y Turner estaban terminando de redactar los informes de las entrevistas que habían mantenido en Los Prados.

—¿Qué traes? —preguntó Grimsbo. Se había quitado la chaqueta, y estaba pegado a un pequeño ventilador de mesa.

—Nada de nada —respondió—. Es como si ese tipo nunca hubiese estado donde estuvo. Acabo de terminar el trabajo del laboratorio. Todas las huellas son de las víctimas, de los Lake o de uno de los vecinos. No hay nada con lo que intentar una prueba de ADN. No hay pelos extraños, no hay fibras, ni resto de semen. Señores, estamos hablando de un auténtico listillo.

—¿Crees que sabe cuáles son los procedimientos policiales? —preguntó Turner.

—No me queda más remedio que pensar que sí; jamás he visto escenas del crimen tan limpias como éstas. De todos modos —dijo Michaels encaminándose hacia la puerta—, me marcho. No aguanto más este calor.

Turner se volvió hacia Grimsbo.

—El genio este de los cojones me está empezando a joder vivo. Nadie puede ser tan listo. No deja huellas, no hay ni un pelo, no lo ha visto nadie. Joder, es increíble. Estamos hablando de una urbanización entera, una urbanización llena de vecinos, y ninguno ha visto nada que le llamase la atención. ¿Cómo se lo monta para entrar y salir sin que nadie se fije en él?

Grimsbo no le contestó. Estaba absorto. Se levantó de la silla y se acercó al archivador en el que se guardaban los documentos del caso.

—¿Qué te pasa? —preguntó Turner.

—Es que... verás... Sí, aquí lo tengo.

Grimsbo sacó un portafolio del archivador y se lo mostró a Turner. Era el informe, de una sola página, redactado por el oficial que había recogido la llamada que hizo Peter Lake al 911 y que instruyó las diligencias del caso.

—¿Lo ves? —dijo Grimsbo.

Turner leyó el breve informe varias veces y negó con un gesto.

—Me refiero a la hora —dijo Grimsbo—. Lake llamó al 911 a las ocho y cuarto.

—Sí, ¿y qué?

—Solomon dijo que vio llegar a Lake a eso de las siete y veinte. Estaba seguro de la hora que era, porque acababa de ver los resultados deportivos en la CNN. Es un boletín que dan a y veinte, cada hora.

—Y los cuerpos estaban en el recibidor —dijo Turner tras entender repentinamente por dónde iba su compañero.

—¿Cuánto tiempo le puede costar a uno aparcar el coche y abrir la puerta? Mira, si le damos a Lake el beneficio de la duda y si pensamos que Solomon se equivoca por cuestión de pocos minutos, Lake tendría que estar dentro de la casa como mucho a las siete y media.

—Mierda —dijo Turner sin que casi se le oyese.

—Entonces, ¿me equivoco? ¿Wayne? —preguntó Grimsbo.

—No lo sé, Frank. Si hubiesen sido tu mujer y tu hija... Tú también te habrías quedado bloqueado. Tiene que ser muy fuerte...

—Desde luego, el tío se quedó de una pieza. Dijo que pasó un buen rato sentado en las escaleras de la entrada. Ya sabes, recuperándose del primer impacto. Ahora, ¿cuarenta y cinco minutos? Mira... Hay algo que no cuadra. Si quieres que te diga la verdad, creo que dedicó ese tiempo a limpiar el lugar de arriba a abajo.

—¿Con qué motivo, Frank? Tú mismo viste la cara que se le había quedado a la pobre mujer. ¿Por qué iba a hacerle eso a su esposa?

—Sabes bien por qué. Ella había averiguado algo, y cometió el error de decírselo a Lake. Piénsalo, Wayne. Si Lake fuese el asesino se explicaría que no hayamos encontrado ninguna pista en la escena del crimen. Se explicaría también que no hubiese coches llamativos en la zona, que no hubiese más huellas dactilares que las de los Lake o sus vecinos.

—No sé.

—Sí que lo sabes. Ese tío mató a la niña. A su propia hija.

—Por Dios, Frank. Lake es un abogado de éxito. Estaba casado con una mujer muy guapa...

—Ya oíste a Klien. El tipo que estamos buscando es un monstruo, pero nadie va a terminar de entender qué quiere decir eso. Nadie se dará cuenta. Es un tío bien parecido, un guaperas; uno de esos tíos a los que cualquier mujer dejaría que entrase en su casa sin pensárselo dos veces. ¿Por qué no iba a ser un abogado de éxito, casado con una espléndida mujer? Podría ser cualquier tipo que esté así de grillado, y en el que todo lo ocurrido se pueda explicar.

Turner fue de un lado a otro de la sala, mientras Grimsbo aguardaba con calma. Por último, Turner tomó asiento y sacó de un *dossier* una fotografía de Melody Lake.

—Frank, no vamos a cometer ninguna estupidez. Si Lake fuese nuestro hombre, está bien claro que sería un pervertido hijo de puta. Al menor indicio de que vamos tras él se le ocurrirá una forma de cubrir su rastro y lo habremos perdido.

—De acuerdo. Entonces, ¿cuál es el paso siguiente? No podemos encerrarlo, darle una buena tunda y esperar a que cante. No hay nada que lo relacione con los demás crímenes.

—Mira, esas mujeres no han sido elegidas al azar. Si el asesino es Lake tiene que haber algo que las relacione de un modo u otro con él. Tenemos que volver a hablar con los maridos, tenemos que repasar los informes, tenemos que comprobar de nuevo nuestros listados, pero teniendo a Lake en consideración. Mira, si estamos en lo cierto, algo tiene que haber. Y si hay algo, antes o después saldrá a la luz.

Los dos permanecieron unos minutos en silencio, sentados, repasando la situación en todos sus detalles.

—De todo esto, ni palabra por escrito —dijo Turner—. Lake podría tropezar fácilmente con cualquier informe, en cuanto llegue a meter la nariz.

—Tienes razón —dijo Grimsbo—. Mejor será que me lleve la transcripción de la entrevista con Solomon.

—¿Y qué le decimos a Nancy y al jefe?

—Cuando tengamos algo sólido se lo diremos. Lake es un tío muy listo, y tiene los mejores contactos que uno puede tener en los círculos políticos. Si es el asesino, no quiero que piense que sospechamos de él. Lo que quiero es clavarlo contra la pared.

8

Nancy Gordon estaba durmiendo a pierna suelta cuando sonó el teléfono. Se incorporó de un salto en la cama y le llevó unos segundos darse cuenta de lo que estaba ocurriendo. El teléfono volvió a sonar antes de que descubriese a tientas dónde estaba.

—¿Detective Gordon? —preguntó el hombre que estaba al aparato.

—Al habla —dijo Nancy cuando aún intentaba orientarse.

—Le habla Jeff Spears. Soy un policía de servicio. Hace un cuarto de hora recibimos una queja referente a un individuo que estaba dentro de un coche en la esquina de Bethesda con Champagne. Al parecer ha pasado las últimas tres noches con el automóvil aparcado en el mismo sitio. Uno de los vecinos se ha preocupado por ello. De todos modos, el oficial DeMuniz y yo hemos hablado con el individuo. Se ha identificado como Peter Lake; dice que está trabajando con la unidad especial que investiga los asesinatos de esas mujeres. Me ha dado su nombre.

—¿Qué hora es? —preguntó Nancy. No le apetecía encender la lámpara y que la luz la encandilase.

—La una y media. Lamento haberla despertado —dijo Spears a manera de disculpa.

—No importa —dijo a la vez que localizaba el despertador digital y confirmaba la hora—. ¿Está Lake con usted?

—Sí, a mi lado.

Nancy respiró hondo.

—Póngame con él.

Nancy oyó que Spears hablaba con alguien. Sacó los pies por el costado de la cama y se frotó los ojos.

—¿Nancy? —preguntó Lake.

—¿Qué ocurre?

—¿Quieres que te lo explique delante de este oficial que tengo aquí al lado?

—Lo único que quiero es volver a la cama. ¿Qué significa eso de que lleves tres noches metido en tu coche en no quiero saber dónde?

—Se trata de Waters. Estoy montando guardia delante de su casa.

—Mierda. No me lo puedo creer. ¿En serio que lo estás vigilando? ¿Cómo si se tratase de una jodida película? Peter, quiero verte en la cafetería de Chang dentro de veinte minutos.

—Pero...

—Dentro de veinte minutos.

—Pero...

—No hay pero que valga. Te espero dentro de veinte minutos; todo esto es demasiado absurdo para andarse con explicaciones. Ponme otra vez con Spears.

Nancy oyó que Lake llamaba al oficial. Cerró los ojos y encendió la lámpara de la mesilla. Luego abrió los párpados lentamente. La luz le quemó las pupilas e hizo que los ojos le lagrimearan.

—¿Detective Gordon?

—Al habla. Mire, Spears, no hay ningún problema con él; está colaborando con la unidad especial. De todos modos, ha hecho un trabajo de primera —añadió, porque el policía le pareció joven y deseoso de agradar, y una alabanza le resultaría significativa.

—Me pareció sospechoso. Además, con todos los asesinatos...

—No, de veras; ha hecho usted lo más acertado. Pero no lo comente con nadie. No queremos que se sepa por ahí lo que estamos haciendo.

—Entendido.

—Gracias por la llamada.

Nancy colgó el teléfono. Se sentía fatal, pero necesitaba averiguar qué se proponía Lake.

Cuando Nancy llegó a Chang, Lake la estaba esperando sentado a una mesa. El café permanecía abierto toda la noche para acoger a policías y camioneros de servicio, aparte de algún estudiante ocasional. Era un sitio sensato para encontrarse. Lake estaba tomando una taza de café. Nancy indicó a la camarera que le pusiera otra a ella.

—¿Por qué no me das alguna pista? ¿Qué te pensabas que estabas haciendo? —dijo Nancy cuando la camarera los dejó solos.

—Siento mucho haber perdido los papeles; lo que pasa es que estoy seguro de que Waters es el asesino. Lo he seguido a todas partes durante tres días. Puedes creerme que lo he hecho bien; no tiene ni idea de que estamos detrás de él.

—Mira, Peter, ésta no es la manera de hacer las cosas. Aquí nadie echa a correr para llevar a la práctica una idea copiada de cualquier serie de detectives. La unidad especial es un equipo. Hay que exponer las ideas ante el resto de los componentes, antes de hacer el menor movimiento. Pero más importante aún es que no sabes cómo debe llevarse a cabo una tarea de vigilancia. Fíjate qué fácilmente te ha descubierto un vecino. Si Waters te hubiese descubierto, y eso le hubiese dado miedo, podría haberse puesto a salvo y lo habríamos perdido para siempre. Además, si efectivamente resulta que es el asesino, habrías puesto tu vida en peligro. El individuo que mató a tu mujer y a tu hija, quien quiera que sea, no tiene consciencia de ninguna clase, y no le da ningún reparo acabar con la vida de una persona. No lo olvides.

—Supongo que he sido un estúpido.

—No hagas suposiciones.

—Tienes razón. Te pido disculpas. Nunca se me ocurrió que estuviese a punto de fastidiar la investigación, y tampoco pensé en el peligro. Lo único que tuve en cuenta fue...

Lake se quedó mirando fijamente la superficie de la mesa.

—Sé que lo quieres cazar, Peter. Todos queremos verlo entre rejas. Pero si no haces las cosas como hay que hacerlas, echarás todo a perder.

Lake insistió pensativamente.

—Te has desvivido por ayudarme, Nancy, y quiero agradecértelo. Creo que poco a poco voy asumiendo la pérdida de Sandy y de Melody, y tú eres una de las razones. —Lake le sonrió. Nancy no le devolvió la sonrisa, sino que lo observó atentamente—. He decidido ponerme a trabajar de nuevo. El incidente de esta noche por fin me ha convencido de que no soy tan valioso como pensaba en la investigación. Creí que podría ser de ayuda, pero fue más que nada por egoísmo y desesperación. Yo no soy policía; fue una locura pensar que podría hacer más de lo que estáis haciendo.

—Bien dicho; me alegro de oírte decirlo, porque es señal de buena salud.

—Eso no significa que vaya a desentenderme del caso. Me gustará recibir en mi despacho copia de todos los informes policiales. A lo mejor me percato de alguna cosa que se os haya podido pasar, a lo mejor veo las cosas desde una perspectiva distinta. De todos modos, dejaré de frecuentar la comisaría.

—Puedo encargarme de que te envíen los informes, si O'Malley da su visto bueno. Pero tendrás que mantenerlos estrictamente en secreto. Ni siquiera tus socios deberían verlos.

—Por supuesto. ¿Sabes una cosa? Has cuidado muy bien de mí —dijo Lake, sonriendo de nuevo—. ¿No crees que podríamos salir a cenar un día de estos? Lo digo por vernos los dos a solas, no para hablar del caso.

—Ya veremos —dijo ella con incomodidad.

Lake miró el reloj.

—Eh, mejor será que nos vayamos. Por la mañana vamos a estar medio muertos. Esta vez pago yo, sin discusión.

Nancy se levantó de la mesa y se despidió de él. Era tarde y había dormido poco, pero estaba totalmente despierta. Ya no le cabía ninguna duda. Su mujer había muerto hacía menos de tres semanas y Peter Lake se le estaba insinuando. Pero no era eso lo único que le fastidiaba. Nancy quería averiguar el verdadero motivo por el que Lake había estado siguiendo a Henry Waters.

9

—Doctor Escalante —dijo Wayne Turner a un hombre de color de recia complexión, ojos tristes y aires de hastío, como si hubiese perdido toda esperanza—, permítame que me presente. Soy uno de los detectives que están investigando la desaparición de su esposa.

—¿Ha muerto Gloria? —preguntó Escalante, esperándose lo peor.

Estaban sentados en la consulta del médico en la clínica Wayside, un moderno edificio de dos plantas situado al final del centro comercial Wayside. Escalante era uno de los médicos, fisioterapeutas y especialistas en atenciones a convalecientes, que formaban parte del personal de la clínica. Era cardiólogo y gozaba de ciertas prerrogativas en el hospital de Hunter's Point. Todo el mundo hablaba elogiosamente de la capacidad médica del doctor Escalante. También se decía que era un compañero espléndido, con un ánimo inasequible al desaliento. Al menos lo había sido hasta hacía mes y medio, cuando llegó a su residencia, una casa de estilo Tudor situada en la zona oeste de Hunter's Point, y se encontró una nota y una rosa negra.

—No, me temo que no disponemos de nuevas informaciones acerca de su esposa. Por el momento, pensamos que está viva, y seguiremos pensándolo hasta que tengamos pruebas de lo contrario.

—Entonces, ¿a qué ha venido?

—Quisiera hacerle unas cuantas preguntas que quizá nos sirvan de ayuda.

Turner le comunicó los nombres de las otras mujeres desaparecidas y de los maridos de las mismas, incluidos los de Lake. Mientras los recitaba, Turner colocó fotografías de las víctimas y de sus maridos sobre la mesa de Escalante.

—Usted, o su esposa, ¿conocían a alguna de estas personas? ¿Tenían con ellas alguna relación, del tipo que fuera?

Escalante observó las fotografías con atención. Luego cogió una de ellas.

—Son Simon y Samantha Reardon, ¿no es cierto?

—En efecto.

—Él es neurocirujano. He visto a los Reardon en algunas reuniones de la Asociación de Médicos. Hace algunos años, él participó en un seminario al que asistí. No me acuerdo de qué trataba.

—Eso está mejor. ¿Mantenía usted amistad con los Reardon?

Escalante se rió con aspereza.

—Las personas que tienen mi color de piel no se mueven en los mismos círculos sociales que los Reardon, detective. Supongo que a usted tampoco se le habrá permitido entrevistar al renombrado doctor en el club de campo Delmar.

Wayne asintió.

—Bien, pues Simon Reardon es de ese tipo de personas. —Escalante recordó de pronto por qué se había mostrado Turner interesado por Samantha Reardon, por qué estaba interesado por su propia esposa—. En fin, le pido perdón. Debería mostrarme más caritativo. Simon probablemente esté pasando por el mismo infierno que yo.

—Probablemente. De los otros, ¿no hay ninguno que le suene?

Escalante iba a negar con un movimiento de cabeza, pero se contuvo.

—Éste es abogado, ¿no? —dijo al señalar la fotografía de Peter Lake.

—Sí, en efecto —repuso Turner intentando disimular su excitación.

—No se me había ocurrido hasta este mismo momento. Qué coincidencia.

—¿A qué se refiere?

—Gloria fue designada miembro de un jurado hace unos seis meses. Asistió a cumplir con su deber; me comentó que el abogado defensor era Lake. Lo recuerdo bien porque me dijo que se alegraba de que no fuese un asunto de mala práctica médica, ya que de ese modo habría sido eximida de participar en el mismo. Al final, no tuvo ninguna importancia, porque los abogados llegaron a un acuerdo a mitad de la vista, de forma que los miembros del jurado no tuvieron que pronunciarse.

—¿Está usted seguro de que Peter Lake participó en el caso?

—Fui a recoger a mi esposa a la salida del juzgado. Habíamos quedado para cenar, y lo vi.

—Muy bien. Ha sido usted de gran ayuda. ¿No le resulta familiar ninguno de los otros? —preguntó Turner, aunque a esas alturas la verdad es que ya no le importaba.

—Es Lake, jefe —dijo Frank Grimsbo dirigiéndose a O'Malley—. Estamos seguros.

—¿Estás hablando de pruebas concluyentes? —preguntó O'Malley.

—Todavía no. Pero hay demasiados detalles circunstanciales para pensar en otro —contestó Wayne Turner.

—¿Qué opinión tenéis vosotros dos sobre este asunto? —preguntó O'Malley a Glen Michaels y a Nancy Gordon.

—Para mí, encaja —respondió Michaels—. Mañana mismo repasaré las pruebas de que disponemos en todos los casos para ver si hay algo que pueda relacionarse con Lake.

O'Malley se volvió a Nancy. Ésta parecía seria.

—Yo había llegado a la misma conclusión por otras razones, jefe. No sé de qué forma podríamos clavarlo contra la pared, pero estoy segura de que es nuestro hombre. Hablé con el doctor Klien esta mañana y le comenté en detalle el perfil de Lake. Dijo que es posible. Hay muchos sociópatas que no son asesinos múltiples. Pueden ser empresarios de éxito, abogados o incluso políticos. Piense en las ventajas que se tiene con una de esas profesiones cuando se carece de una consciencia que sirva de muro de contención. Durante estos últimos días he conversado con varias personas que conocen a Lake. Todo el mundo dice que es encantador, pero nadie estaría tranquilo después de volverle la espalda. Supuestamente, tiene la ética de un tiburón y conoce los entresijos de la política y la ley tan a fondo que estará siempre a resguardo, de este lado de la línea. Se han producido varias quejas en el Colegio de Abogados, pero ninguna de ellas llegó a prosperar. Algunas querellas por ejercicio defectuoso de la profesión. Hablé con los abogados que representaron a los demandantes, pero Lake salió airoso en todos los casos.

—Con todo, hay una gran diferencia entre ser un abogado sin escrúpulos y asesinar a seis personas, incluida tu propia hija —dijo O'Malley—. Además, ¿por qué iba a correr el riesgo de acercarse tanto a la investigación?

—Para enterarse a fondo de lo que hemos descubierto —intervino Grimsbo.

—Creo que eso no es todo, jefe —dijo Nancy—. Algo está tramando.

Nancy comentó a O'Malley el seguimiento que había hecho Lake.

—No tiene sentido —dijo Turner—. Waters ni siquiera es un sospechoso verdaderamente digno de ser tenido en cuenta. Lo único que ocurre es que estaba cerca de la casa de Escalante el día que desapareció su mujer. No hay ninguna conexión entre Waters y el resto de las víctimas.

—En cambio, sí hay conexiones entre Lake y cada una de las víctimas —dijo Grimsbo.

—Adelante, explícanoslas —dijo O'Malley.

—De acuerdo. En primer lugar, Gloria Escalante fue nombrada miembro de un jurado en un caso en el que intervino Lake. Tanto él como los Reardon eran socios del club de campo Delmar. Patricia Cross y Sandra Lake estaban en la Liga Femenina. El marido de Anne Hazelton es abogado. Dice que los dos han estado en reuniones del Colegio de Abogados a las que también asistieron los Lake.

—Hombre, algunas de esas conexiones son bastante tenues.

—¿Qué probabilidades existen de que una persona esté relacionada con las seis víctimas? —preguntó Turner.

—Hunter's Point no es una localidad demasiado grande.

—Jefe —dijo Nancy—, a mí se me ha estado insinuando.

—¿Qué?

—Está interesado sexualmente en mí. Me lo ha hecho saber con toda claridad.

Nancy refirió el modo de actuar de Lake las dos ocasiones en que se habían visto en el café de Chang.

O'Malley frunció el entrecejo.

—No sé, Nancy...

—Su mujer ha muerto hace menos de un mes. A mí no me parece tan normal.

—Tú eres una mujer atractiva. Él intenta superar la tristeza. Es posible que no se llevase nada bien con la señora Lake. ¿Habéis encontrado algo en ese sentido al hablar con los vecinos?

Grimsbo negó con la cabeza.

—Ni el menor chismorreo sobre los Lake. De acuerdo con las personas con las que he hablado, eran una pareja normal y corriente. E incluso ejemplar.

—Eso mismo he averiguado yo —dijo Turner.

—Y eso ¿no socava la credibilidad de tu teoría?

—El doctor Klien dijo que un asesino múltiple puede perfectamente tener mujer y familia, e incluso una relación normal con su novia —contestó Nancy.

—Fijaos en el crimen de las Lake —propuso Turner—. Gracias a uno de los socios de su bufete, que se quedó trabajando hasta bastante tarde, sabemos que Lake estuvo en su despacho hasta poco antes de las siete. El vecino lo ve llegar en coche a su casa a eso de las siete y veinte, puede que poco después. El 911 no recibe la llamada hasta cuarenta y cinco minutos más tarde. Entretanto, ¿qué está haciendo en la casa, junto con los cadáveres? Quiero decir, si es que ya están muertas.

—Creemos que cuando llegó a casa su mujer lo recibió comentándole algún descubrimiento que había hecho, y que lo relacionaba con las desapariciones.

—Pero si no se sabía la noticia. Nadie había dicho nada de las desapariciones —dijo O'Malley.

—Oh, mierda —exclamó Michaels.

—¿Qué pasa?

—La nota. Era la única nota con huellas dactilares.

—¿Y bien? —dijo Grimsbo.

—En las otras notas no se encontraron huellas dactilares, pero la que apareció junto al cadáver de Sandra Lake sí tenía sus propias huellas dactilares. De acuerdo con el informe del forense, Sandra Lake murió instantáneamente o, en caso contrario, ya estaba inconsciente cuando fue golpeada mortalmente en la nuca. ¿Cuándo pudo tocar la nota?

—Yo sigo sin ver...

—Encuentra la nota, o la rosa, o las dos cosas, y le pregunta a Lake de qué se trata. Él sabe que la historia saldrá a la luz tarde o temprano; sabe que los periódicos no guardarán silencio eternamente. Da lo mismo qué explicación quiera darle, porque un buen día ella sabrá que él es el asesino de las rosas. Por eso es presa del pánico, mata a su esposa y deja la rosa y la nota junto al cadáver para hacernos creer que la persona que ha secuestrado a las otras mujeres es la misma que ha matado a su esposa. Así se explica que sólo la nota que encontramos en la casa de los Lake tenga las huellas de la víctima —dijo Michaels—. Ella la tenía en las manos poco antes de ser asesinada.

—De ese modo se explica también por qué nadie vio entrar ni salir vehículos extraños de la urbanización Los Prados.

O'Malley se retrepó en la silla. Parecía perplejo.

—Me parece bien que intentéis convencerme de todo esto —dijo—, pero no son más que teorías, y las teorías no son prueba de nada. Si se trata de Lake, ¿cómo lo demostramos mediante pruebas concluyentes y aceptables en un juicio?

Antes de que nadie pudiera contestar, se abrió la puerta del despacho de O'Malley.

—Perdone que lo interrumpa, jefe, pero acabamos de recibir una llamada por el 911. Es algo relacionado con ese asunto de las mujeres desaparecidas. ¿Existe un sospechoso llamado Waters?

—¿Por qué? ¿Qué sucede? —preguntó Grimsbo.

—La persona que nos ha llamado dice haber hablado con un tipo llamado Henry Waters en el bar del One Way Inn. Dice que Waters le dijo que tenía a una mujer en el sótano de su casa.

—¿Ha dicho cómo se llamaba?

El oficial negó con la cabeza.

—Dijo que no quería implicarse, pero que no podía dejar de pensar en la niña que fue asesinada, y que le remordía la conciencia.

—¿Cuándo ha dicho que tuvo lugar la conversación en el bar? —preguntó Nancy.

—Hace unos días.

—¿Le describió Waters a la mujer, o le dio algún detalle?

—Waters dijo que era una pelirroja.

—Patricia Cross —dijo Turner.

—Esto es cosa de Lake —apuntó Nancy—. Son demasiadas coincidencias.

—Estoy de acuerdo con Nancy —dijo Turner—. Waters no da la talla.

—¿Podemos arriesgarnos? —preguntó Michaels—. Con Lake, todo lo que tenemos son razonamientos deductivos. De Waters sí sabemos que andaba rondando la residencia de los Escalante más o menos a la hora en que desapareció la mujer. Además, tiene antecedentes por delitos sexuales.

—Quiero que los cuatro os presentéis en su casa. Cuanto antes —ordenó O'Malley—. Prefiero equivocarme antes que seguir aquí de cháchara cuando quizá sea posible salvar a una de esas mujeres.

Henry Waters vivía en la parte antigua de Hunter's Point, una zona de calles amplias sombreadas por robles de frondosas copas. Los setos, bastante altos, garantizaban la intimidad de los residentes. La mayor parte de las casa y los jardines estaban bien cuidados; en cambio, la casa de Waters, en una esquina, empezaba a derrumbarse. Las alcantarillas estaban cegadas y uno de los escalones del porche de entrada, partido. La maleza había invadido el jardín.

Empezaba a ponerse el sol cuando Nancy Gordon siguió a Wayne Turner y a Frank Grimsbo por el camino de losas que llevaba a la entrada de la casa de Henry Waters. Michaels aguardó en el coche, por si fuese necesario su concurso en el procedimiento. Detrás de la vivienda, en un callejón que dividía en dos la manzana, se apostaron tres oficiales de uniforme. Otros dos precedieron a los detectives y se colocaron a cada lado de la puerta de entrada con las armas desenfundadas aunque ocultas.

—Nos lo tomamos con calma y con toda la cortesía del mundo —les previno Turner—. Quiero su consentimiento; si no, el registro y la detención podrían resultar complicados.

Todos asintieron. Nadie hizo ni un chiste acerca de Turner y su asistencia a la facultad de derecho, tal como habría ocurrido en otras circunstancias. Nancy miró las altas hierbas del jardín.

La casa estaba destrozada por el paso del tiempo. La pintura empezaba a desconcharse. Una de las persianas colgaba de una sola esquina. Nancy se asomó por una rendija, entre una persiana bajada y el alféizar. No había nadie en el salón. Oyeron que el televisor estaba encendido en alguna habitación de la casa.

—Le dará menos miedo si ve a una mujer —dijo Nancy. Grimsbo asintió; Nancy tocó el timbre. Llevaba la chaqueta puesta para disimular la sobaquera. Aunque el calor había disminuido, seguía siendo intenso. Notó que le bajaba por el costado un reguero de sudor.

Nancy llamó al timbre por segunda vez; dentro, alguien bajó el volumen del televisor. A través de una cortina traslúcida que cubría los cristales de la parte superior de la puerta vio una vaga forma que avanzaba por el pasillo. Cuando se abrió la puerta, Nancy, con su mejor sonrisa, abrió a su vez la mosquitera. El hombre que apareció no le devolvió la sonrisa. Vestía vaqueros y una camiseta sucia; llevaba el pelo largo, grasiento, despeinado. Los ojos mortecinos de Waters se fijaron primero en Nancy y luego en los oficiales de uniforme. Frunció el entrecejo como si estuviese pensando en un complicado problema de cálculo. Nancy le mostró la placa.

—Señor Waters, soy Nancy Gordon, detective del Departamento de Policía de Hunter's Point.

—Yo no he hecho nada —dijo Waters a la defensiva.

—Estoy segura de que es verdad —contestó Nancy con tono firme, pero amistoso—. Sin embargo, hemos recibido una información que nos gustaría comprobar. ¿Le importa que entremos?

—¿Quién es? —se oyó gritar a una voz femenina desde el fondo de la casa.

—Es mi madre —explicó Waters—. Está enferma.

—Lo lamento. Intentaremos no molestarla.

—¿Por qué tienen que fastidiarla? Le he dicho que está enferma —dijo Waters con creciente ansiedad.

—No me ha comprendido, señor Waters. De ninguna manera vamos a incordiar a su madre. Sólo queremos echar un vistazo. ¿Nos da su permiso? Le prometo que no tardaremos.

—Pero si yo no he hecho nada —repitió Waters, mirando alternativamente a Grimsbo, a Turner y a los oficiales de uniforme—. Hablen con la señorita Cummings, que es mi abogada de seguimiento. Ella les dirá que no he hecho nada.

—Ya hemos hablado con su abogada de seguimiento, y nos ha dado un informe muy favorable; nos ha dicho que usted ha cooperado perfectamente con ella. También querríamos contar con su cooperación. No querrá que nos quedemos aquí esperando, mientras uno de los oficiales vuelve con una orden de registro, ¿verdad?

—¿Por qué tienen que registrar mi casa? —preguntó Waters, enfadado. Los oficiales tensaron los músculos—. ¿Por qué demonios no me dejan en paz? Ya no he mirado nunca más a la chica aquella. Estoy trabajando bien. La señorita Cummings puede decírselo.

—No hace falta enfadarse —le contestó Nancy con calma—. Cuanto antes echemos un vistazo, antes nos podremos marchar.

Waters se lo pensó dos veces.

—¿Qué es lo que quieren ver? —preguntó.

—El sótano.

—En el sótano no hay nada —dijo Waters con aire de estar ingenuamente confundido.

—Pues entonces tardaremos menos en marcharnos —le tranquilizó Nancy.

Waters soltó un bufido.

—El sótano. Pues pasen a ver el sótano todo lo que quieran. En el sótano no hay más que telarañas.

Waters señaló un pasillo oscuro, bajo la escalera, que conducía a la parte de atrás de la casa.

—Venga con nosotros, señor Waters. Tenga la amabilidad de enseñarnos el camino.

El pasillo estaba oscuro, pero había luz en la cocina. Nancy vio un fregadero lleno de platos sucios y los restos de una cena improvisada sobre la encimera de formica. El suelo de la cocina estaba lleno de manchas y polvo. Bajo la escalera, junto a la entrada de la cocina, había una puerta maciza. Waters la abrió. Se le pusieron los ojos como platos y retrocedió. Nancy pasó a su lado. El hedor era tan intenso que la obligó a dar un paso atrás.

—Quédense con el señor Waters —indicó a los oficiales.

Respiró hondo y accionó el interruptor de la luz. Al pie de la escalera no había nada llamativo. Nancy llevaba la pistola en una mano y se agarraba a una destartalada barandilla con la otra. El hedor de la muerte se hizo más potente a medida que descendía. Grimsbo y Turner la siguieron. Nadie dijo nada.

A mitad de la escalera, Nancy se puso en cuclillas y observó el sótano. La única luz existente provenía de una bombilla colgada del techo. Vio un horno en un rincón. Contra una de las paredes se apilaban muebles de toda clase, viejos, estropeados, rodeados de paquetes de periódicos y revistas. Una puerta daba a un pozo de cemento en la parte posterior de la casa, seguramente comunicado con el callejón. La esquina próxima a la puerta estaba en sombras, pero Nancy entrevió un pie en medio de un charco de sangre.

—Mierda —murmuró, aspirando aire.

Grimsbo pasó a su lado. Nancy lo siguió de cerca. Sabía que en el sótano no había nada que pudiera herirla, pero aun así le costó trabajo recobrar la respiración. Turner apuntó la linterna hacia la esquina y la encendió.

—Dios —logró decir con voz ahogada.

La mujer desnuda estaba abierta de piernas y brazos en medio de un gran charco de sangre. El hedor era insoportable. No es que la hubiesen «matado», ni que la hubiesen «asesinado». La habían deshonrado y deshumanizado. Nancy vio algún fragmento de piel carbonizada allí donde el cuerpo no estaba cubierto de sangre o materia fecal. Los intestinos de la mujer se le habían desparramado por una amplia abertura practicada en el abdomen. A Nancy le recordó una ristra de salchichas hinchadas. Apartó la mirada a un lado.

—Que baje Waters ahora mismo —exclamó Grimsbo.

Nancy vio que se le tensaban los tendones del cuello, y que los ojos se le desencajaban de las órbitas.

—No le pongas la mano encima, Frank —logró articular Turner entre dos arcadas.

Nancy agarró a Grimsbo por su imponente antebrazo.

—Wayne tiene razón. Yo me ocupo de esto. Lárgate.

Un oficial de uniforme empujó a Waters por las escaleras. En cuanto vio el cadáver, se puso blanco y cayó de rodillas. Intentó decir algo, pero no emitió ni un sonido.

Nancy cerró los ojos recuperando la compostura. El cadáver no estaba allí. El hedor no impregnaba el aire. Se arrodilló junto a Waters.

—¿Por qué, Henry? —le preguntó con suavidad.

Waters la miró. Se le congestionó el rostro y gimió como un animal herido.

—¿Por qué? —repitió Nancy.

—Oh, no. Oh, no —aulló Waters, sujetándose la cabeza con ambas manos.

Con cada negación, la cabeza oscilaba de adelante a atrás, arrastrando su larga cabellera.

—Entonces, ¿quién lo ha hecho? Mírala, Henry. Está aquí, en el sótano de tu casa.

Waters miró a Nancy, boquiabierto.

—Voy a leerte tus derechos. Ya los has oído otras veces, ¿no? —preguntó Nancy, aunque parecía claro que Waters no estaba en condiciones de comentar sus derechos constitucionales. Echó la cabeza hacia atrás y articuló una especie de balido, un sonido inhumano.

—Llévenlo a comisaría —ordenó al oficial que estaba a espaldas de Waters—. Si usted, o cualquier otra persona, hace una sola pregunta a este individuo, se va a pasar el resto de su vida limpiando letrinas. ¿Queda bien claro? No se le han leído sus derechos constitucionales. Quiero que se le emplace en una sala de interrogatorios, con una guardia de dos hombres dentro y uno más fuera. Y absolutamente nadie, ni siquiera el jefe, hablará con él. ¿Entendido? Yo misma llamaré a O'Malley desde aquí. Ah, y que pase Michaels cuanto antes. Que llame a un equipo forense completo. Que un hombre quede de guardia a la entrada de la escalera. Aquí abajo no entra nadie más hasta que Glen diga que ha terminado su labor. No quiero que nadie me estropee esta escena del crimen.

Grimsbo y Turner se habían aproximado al cadáver, aunque asegurándose de no pisar el charco de sangre. Grimsbo respiraba entrecortadamente. Turner logró obligarse a mirar al rostro de la mujer. Era Patricia Cross, aunque a duras penas pudieron identificarla; la brutalidad del asesino no se había circunscrito sólo al cuerpo de la víctima.

El joven oficial de uniforme también se había quedado atónito mirando el cadáver, y por eso reaccionó con excesiva lentitud cuando Waters dio un salto al ponerse de pie. Nancy estaba algo vuelta de espaldas y advirtió lo que estaba ocurriendo por el rabillo del ojo. Cuando se dio la vuelta del todo, el policía estaba tendido en el suelo y Waters corría por las escaleras como alma que lleva el diablo, llamando a gritos a su madre.

El oficial que guardaba la entrada del sótano oyó chillar a Waters. Se plantó en medio de la puerta, con el arma desenfundada, cuando Waters cargaba con todo su peso contra él.

—¡No dispare! —exclamó Nancy en el momento en que oyó la detonación. El oficial trastabilló al retroceder, tropezando de espaldas contra la puerta del sótano. El disparo atravesó el corazón de Waters y éste cayó dando tumbos por las escaleras, golpeándose la cabeza contra el suelo de cemento. Pero Waters ni siquiera sintió el impacto: en ese instante ya estaba muerto.

10

—Lo he oído en las noticias de la noche. Caramba, casi no puedo creer que lo hayáis cazado —oyó decir Nancy Gordon a Peter Lake.

Estaba a solas en la oficina de la unidad especial, redactando informes. Se dio la vuelta en la silla giratoria. Lake se encontraba en el umbral. Llevaba unos tejanos bien planchados y un polo de rugby, ocre y azul; iba muy repeinado; parecía tan emocionado como feliz. No se le notaba en absoluto que pudiera estar pensando, lógicamente, en Sandra o en Melody Lake. Ni el menor indicio de tristeza.

—¿Cómo habéis dado en el clavo? —preguntó Lake a la vez que tomaba asiento en una silla, frente a Nancy.

—Por una llamada anónima, Peter. No te vayas a creer que ha sido ninguna genialidad nuestra.

—Es fantástico.

—Al parecer tenías razón.

Lake se encogió de hombros, reprimiendo a duras penas una sonrisa.

—Dime —preguntó con ingenuidad—, no le habrás contado a nadie que seguí a Waters sin dejarlo a sol ni a sombra, ¿verdad?

—No, ése es nuestro pequeño secreto —respondió ella.

—Gracias. Oye, me siento como un estúpido. Mira que haber tomado la iniciativa por mi cuenta, sin deciros nada... Tú sí que tenías razón. Si Waters se hubiese percatado, es muy posible que me hubiera matado.

—Tienes que sentir un gran alivio, ahora que sabes que hemos pillado al asesino de Sandy y de Melody, y más si piensas en el desenlace —dijo Nancy, en espera de su reacción.

El semblante de Lake pareció ensombrecerse de pronto.

—Es como si me hubiese quitado de encima un peso enorme. Tal vez ahora consiga reanudar mi vida con toda normalidad.

—¿Sabes una cosa, Peter? —dijo Nancy despreocupadamente—. Durante unos días estuve barajando la sospecha de que fueras tú el asesino.

—¿Por qué? —preguntó Peter, sobresaltado.

—Nunca pensamos que llegaras a ser un sospechoso de peso, pero en tu relato había algunas incoherencias.

—¿Por ejemplo?

—Por ejemplo, el desajuste en las horas. No llamaste al 911 hasta las ocho y cuarto, pero un vecino de tu urbanización te vio llegar a casa a eso de las siete y veinte. No conseguí pensar en nada que justificase por qué tardaste tanto en llamar a la policía.

—¿Estás de broma?

Nancy se encogió de hombros.

—¿De veras que he sido sospechoso... sólo por ese desajuste horario?

—¿Y qué estuviste haciendo durante casi una hora?

—Por Dios, Nancy, no me acuerdo. Me quedé aturdido. Es decir, hasta es posible que perdiera momentáneamente el conocimiento.

—Eso es algo que hasta ahora no habías mencionado.

Lake se quedó mirando a Nancy, boquiabierto.

—¿Sigo siendo sospechoso? ¿Es que me estás interrogando?

Nancy negó con la cabeza.

—El caso está cerrado, Peter. El jefe ha convocado una rueda de prensa para mañana por la mañana. En el sótano de Waters se encontraron tres rosas negras y una de esas notas, además, claro está, del cadáver de la pobre Patricia Cross.

—¿Y no te basta para creerlo? ¿De veras piensas honestamente que yo pude...?

—Cálmate, Peter —contestó Nancy. Cerró los ojos—. Estoy muy fatigada, y no me funciona la cabeza como debiera. La verdad es que ha sido un día muy largo.

—¿Cómo pretendes que me calme? Quiero decir, entiéndeme, que la verdad es que tú me caías bien, vaya, que me gustabas, y pensé que yo también te gustaba. Es una desilusión tremenda saber ahora, de repente, que tú me habías creído capaz de hacer... de hacer lo que ese bestia le hizo a esa mujer.

Nancy abrió bien los ojos. Lake parecía distante, como si estuviese visualizando el cadáver con las vísceras fuera de Patricia Cross. Y lo cierto es que no había estado en el lugar del crimen ni había tenido ocasión de leer el informe de la autopsia. Los medios de comunicación no fueron informados del estado en que se encontraba el cadáver de Patricia Cross.

—Ya te he dicho que nunca llegaste a ser un sospechoso de peso, y lo he dicho en serio —mintió Nancy con una sonrisa forzada—. En caso contrario, les habría comunicado a Turner y a Grimsbo que estabas siguiendo a Waters, ¿no te parece?

—Supongo que sí.

—Bueno, pues sabes que no lo hice. Ahora que Waters ha muerto es imposible que nadie sospeche de ti, ¿no crees?

Lake asintió con la cabeza.

—Oye —siguió Nancy—, de veras que estoy hecha polvo. Me queda un informe más por redactar antes de marcharme. ¿Por qué no te vas a casa, descansas y comienzas tu nueva vida?

—Es un buen consejo —dijo Lake poniéndose de pie—. Pienso hacerte caso. Además, quiero darte las gracias por todo lo que has hecho por mí. En serio, no sé cómo habría podido superar todo esto de no haber sido por tu ayuda.

Lake le tendió la mano. Nancy se quedó mirándola un segundo. ¿Era ésa la mano que había acabado cruelmente con la vida de Patricia Cross, de Sandra y de Melody Lake, o acaso se estaba volviendo loca? Le estrechó la mano; él sostuvo la suya un momento más de lo que habría sido necesario, y luego se la soltó, no sin antes darle otro breve apretón.

—Cuando las cosas vuelvan a ser normales para los dos, me encantaría invitarte a cenar —dijo Lake.

—No dejes de llamarme —repuso Nancy con el estómago revuelto.

Tuvo que recurrir a toda su fuerza de voluntad para decirlo con una sonrisa en los labios.

Lake salió de la oficina y Nancy dejó de sonreír. Lo de Waters era tan estupendo que no podía ser verdad. Ella no creía que ese pobre diablo hubiera sido el responsable de la carnicería que había visto en el sótano de su casa. Lake tenía que conocer la existencia del callejón y de la puerta de atrás. Con Waters en el trabajo y su madre inválida en cama, debió de resultarle bien fácil aparcar detrás sin que nadie lo viera, introducir el cadáver en el sótano y despedazarlo allí mismo. Lake era el autor de la llamada anónima, estaba completamente segura. Pero no tenía pruebas, y al día siguiente O'Malley comunicaría al mundo entero que Henry Waters era un asesino múltiple, y que el caso de las mujeres desaparecidas quedaba oficialmente cerrado.

TERCERA PARTE

Pruebas claras y concluyentes

CAPÍTULO VI

—Y eso fue lo que sucedió, señor Page —dijo Nancy Gordon—. Se cerró el caso. Henry Waters fue oficialmente inculpado de los asesinatos de las rosas negras. Poco después, Peter Lake desapareció. Vendió su casa, cerró sus cuentas bancarias. Sus socios se encontraron de la noche a la mañana al frente de un próspero negocio. Y nunca más se volvió a saber de él.

Page parecía desconcertado.

—No sé si se me escapa algún detalle. Su acusación contra Lake fue puramente circunstancial. A menos que existieran nuevas pruebas, no entiendo por qué sigue estando tan segura de que asesinó a aquellas mujeres y le cargó el mochuelo a Waters.

Gordon sacó del maletín un recorte de periódico y una fotografía en la que un hombre salía de la habitación de un motel, dejándolas una junto a otro.

—¿Reconoce usted a este hombre? —preguntó señalando la fotografía.

Page se acercó a recogerla.

—Es Martin Darius.

—Mire atentamente esta fotografía. Fue publicada en un periódico local. Es Peter Lake. Así que ya me dirá lo que piensa.

Page estudió las dos imágenes. Intentó imaginar a Lake con barba y a Darius sin ella; intentó calcular el tamaño de ambos hombres y cotejar su complexión.

—Podría tratarse de la misma persona —dijo.

—Se equivoca. Son la misma persona. Y el hombre que está asesinando a esas mujeres es el mismo que asesinó a las mujeres de Hunter's Point. Jamás comunicamos a la prensa de qué color eran las rosas, ni tampoco el contenido de las notas. Quien esté asesinando a esas mujeres, dispone de información que sólo estaba en poder de los miembros de la fuerza especial de la policía de Hunter's Point y, por supuesto, del asesino.

Gordon sacó una ficha de huellas dactilares del maletín y se la entregó a Page.

—Son las huellas dactilares de Lake. Compárelas con la ficha de Darius; tendrá que estar en algún archivo.

—¿Cómo ha encontrado a Lake aquí? —preguntó Page.

Gordon sacó una hoja de papel del maletín y la dejó sobre la mesa baja, junto a la fotografía.

—He registrado para ver si contenía huellas dactilares —dijo—. Está limpia.

Page cogió la carta. Estaba escrita en ordenador. El papel parecía barato, probablemente papel normal y corriente, a la venta en cientos de papelerías, imposible precisar en cuál. La nota decía: «Las Mujeres de Portland, Oregón, están "Para siempre en el recuerdo"». Las iniciales de cada palabra figuraban en mayúsculas, igual que las de las notas halladas en los domicilios de las víctimas.

—Esto lo recibí ayer mismo por correo. El matasellos era de Portland. Dentro encontré la fotografía de Darius y un artículo sobre sus actividades aparecido en el *Oregonian*. Supe que era Lake en el preciso instante en que vi la foto. Además, el sobre incluía un recorte acerca de usted, señor Page, junto con su dirección y un billete de la United Airlines. Nadie me recibió en el aeropuerto; por eso he venido a verlo.

—¿Y qué propone que hagamos, detective Gordon? Desde luego, no podemos someter a Darius a interrogatorio con todo esto que me trae.

—¡No! —dijo Gordon, alarmada—. Ni se le ocurra; es fundamental que Darius no se alarme. Tiene que mantenerse lejos de Martin Darius hasta que contemos con pruebas irrefutables para acusarlo. No tiene ni idea de lo inteligente que es el individuo al que se enfrenta.

A Page le sobresaltó la desesperación que notaba en Gordon.

—Sabemos cómo realizar nuestro trabajo, detective —dijo para tranquilizarla.

—Pero no sabe cómo es Peter Lake. Jamás se ha encontrado con nadie ni remotamente parecido.

—Eso ya lo dijo antes.

—Tiene que creerme.

—¿Hay alguna cosa más, algo que me esté ocultando?

Gordon estuvo a punto de contestar, pero negó con la cabeza.

—Estoy agotada, señor Page. Necesito descansar un poco. No puede ni imaginarse lo que significa esto para mí. Me refiero a que Lake haya salido a la luz después de tantos años... Si hubiese visto lo que le hizo a Patricia Cross...

Hubo una larga pausa. Page no dijo nada.

—Necesito encontrar un sitio donde alojarme —dijo Gordon bruscamente—. ¿Podría recomendarme algún motel, un sitio tranquilo?

—Sí, el Lakeview. Allí alojamos a los testigos procedentes de otras ciudades. Puedo acercarla, si quiere.

—No, no se moleste. Tomaré un taxi. ¿Podría llamar uno?

—Desde luego. Espere, tengo el listín de teléfonos en el dormitorio. Ahora mismo vuelvo.

—Le dejo la ficha de huellas dactilares, la fotografía y el recorte. Tengo copia de todo —dijo Gordon al tiempo que recogía la nota.

—¿Está segura de que no prefiere que la lleve? No es ninguna molestia.

Gordon negó con la cabeza. Page fue al dormitorio y llamó un taxi. Al regresar, se encontró a Gordon en el sofá, con los ojos cerrados.

—Llegará en menos de diez minutos —dijo.

Gordon abrió los ojos de golpe. Parecía sobresaltada, como si hubiese dormitado unos minutos y se hubiese despertado del susto.

—Ha sido un día muy largo —dijo la detective. Parecía avergonzada.

—Debe de ser el *jet lag* —dijo Page por seguir la conversación—. Espero que tenga razón respecto a Darius.

—La tengo —contestó Gordon, con el rostro rígido—. Tengo razón al ciento por ciento. Más le vale creerme, señor Page, porque la vida de muchas mujeres depende de ello.

CAPÍTULO VII

I

Definitivamente, algo no terminaba de encajar en la historia que había contado Gordon. Era como una novela con una trama excepcional y un final decepcionante. Además, había algunas incongruencias. Por su manera de contarla, diríase que la propia Gordon, así como Grimsbo y Turner eran detectives concienzudos y honestos. Así pues, si estaban convencidos de que Lake había asesinado a seis mujeres y le había cargado el mochuelo a Waters, ¿cómo pudieron dejar, lisa y llanamente, que se cerrase el caso? Por otra parte, ¿por qué iba a renunciar Lake a un próspero bufete como el suyo para desaparecer sin dejar rastro, si en el fondo estaba convencido de haber salido impune? ¿Habría seguido adelante en su interés amoroso por Gordon? Ella no había mencionado que existiera contacto alguno entre ambos después del arresto de Waters. Por último, quedaba por contestar el interrogante que Page había olvidado plantear. ¿Y las mujeres? Gordon no le contó qué había sido de las mujeres desaparecidas.

Mientras esperaba a que alguien cogiese el teléfono en el despacho de detectives del Departamento de Policía de Hunter's Point, Page hizo una lista de estas cuestiones en un bloc de hojas amarillas. Negros nubarrones de tormenta se congregaban por el oeste. Page estaba espantosamente cansado de la lluvia. Quizás esas nubes le diesen un respiro y atravesaran la ciudad antes de soltar su carga. Quizá dejaran sitio suficiente para que brillase el sol cuando hubiesen desaparecido.

—Roy Lenzer al habla.

Page dejó el bolígrafo encima del bloc.

—Detective Lenzer, soy Alan Page, fiscal titular de distrito del condado de Multnomah. Lo llamo desde Portland, Oregón.

—¿En qué puedo servirle? —preguntó Lenzer cordialmente.

—¿Hay en su departamento una detective llamada Nancy Gordon?

—Desde luego, pero ahora está de vacaciones. No regresa hasta dentro de una semana.

—¿Podría hacerme una descripción?

La descripción de Lenzer coincidía con la mujer que había visitado a Page en su domicilio.

—¿Hay algo en lo que pueda ayudarle? —preguntó Lenzer.

—Es posible. Nos hemos encontrado con una extraña situación. Recientemente han desaparecido en esta zona tres mujeres. En cada uno de los casos, hemos encontrado una nota en el dormitorio, sujeta por una rosa. La detective Gordon me dijo que participó en las investigaciones de un caso idéntico que tuvo lugar en Hunter's Point hace aproximadamente diez años.

—Me parece recordar que algo he oído acerca de ese caso, pero lamento decirle que sólo llevo cinco años en el departamento. Anteriormente estuve en Indiana, así que dudo que pueda servirle de ayuda.

—¿Qué me dice de Frank Grimsbo o de Wayne Turner? Son los otros detectives que se encargaron del caso.

—En la actualidad no hay en el departamento ningún detective que responda por esos nombres.

Page oyó un trueno a lo lejos y miró por la ventana. En el edificio de enfrente, una bandera ondeaba con violencia. Daba la impresión de estar a punto de desprenderse del mástil.

—Supongo que no existe ninguna posibilidad de que me proporcione una copia del archivo, ¿no? El tipo que fue eventualmente arrestado era Henry Waters.

—¿Waters?

—Eso es. Fue muerto de un tiro cuando ofreció resistencia a los agentes que procedían a su detención. Tengo entendido que hubo otras seis mujeres asesinadas. Una de ellas se llamaba Patricia Cross. Otra fue Melody Lake, una niña pequeña, y su madre, Sandra Lake. No recuerdo ahora mismo el nombre de las demás.

—Verá usted. Si me habla de un suceso de hace diez años, el archivo estará en el depósito. Me pondré a buscarlo y se lo comunicaré cuando lo encuentre. ¿Me dice por favor su dirección y su número de teléfono?

Page estaba dándole los datos a Lenzer cuando abrió la puerta Randy Highsmith, el ayudante del fiscal, para dejar pasar a William Tobias, jefe de la policía, y a Ross Barrow, el detective encargado del caso de las rosas negras. Page les hizo un gesto para que tomaran asiento y colgó el teléfono.

—Es posible que tengamos una novedad en el caso de las mujeres desaparecidas —dijo Page, y pasó a relatar la versión que le había dado Gordon de lo ocurrido en Hunter's Point.

—Antes de que apareciese el cadáver en casa de Waters, el principal sospechoso era Peter Lake, marido de una de las víctimas —concluyó Page—. Al parecer, había pruebas circunstanciales más que suficientes para plantear la posibilidad de que Lake le hubiese cargado el mochuelo a Waters. Poco después de que el caso fuera oficialmente cerrado y archivado, Lake desapareció. Hace un par de días, Gordon recibió un anónimo en el que se le comunicaba que «Las Mujeres de Portland, Oregón, estaban "Para siempre en el recuerdo"». Las iniciales estaban en mayúsculas, tal como suele hacer nuestro amiguito. Le adjuntaba una fotografía de Martin Darius al salir de un motel. Es posible que Martin Darius sea Peter Lake. Gordon cree, desde luego, que es nuestro asesino.

—Conozco a Martin Darius —dijo Tobias con tono de incredulidad.

—Todo el mundo conoce a Darius —dijo Page—. La cuestión es cuánto sabemos de él.

Page empujó la fotografía de Darius y el recorte de periódico con la fotografía de Lake hasta el otro lado de la mesa. Barrow, Tobias y Highsmith se inclinaron para verlas.

—Chico —dijo Highsmith, sacudiendo la cabeza.

—No estoy seguro, Al —dijo Tobias—. La foto del periódico no es demasiado clara.

—Gordon me dejó las huellas dactilares de Lake para que hagamos una comparación ¿te puedes ocupar de ello, Ross?

Barrow asintió y se quedó con la ficha.

—Me va a costar Dios y ayuda tragarme todo esto —dijo Tobias—. Me gustaría hablar con tu detective.

—Espera a que la llame. A mí también me gustaría que le oigas contar la historia con pelos y señales —dijo Page sin desvelar sus dudas, pues deseaba que todos los presentes tuviesen una mentalidad abierta, sin prejuicios, cuando oyesen la versión de Gordon.

Page marcó el número del motel Lakeview. Pidió que le comunicasen con la habitación de Gordon y se recostó en el respaldo, esperando a que el recepcionista le pusiera con ella.

—¿Que no está? ¿Cómo? Oiga, se trata de un asunto de la mayor importancia. ¿Sabe a qué hora se ha ido? Sí, entiendo. De acuerdo, dígale que se ponga en contacto con Alan Page en cuanto regrese.

Page le dejó su número de teléfono y colgó.

—Dice que se registró ayer por la noche, a eso de la una, pero que ahora no está. Cabe la posibilidad de que haya salido a desayunar.

—¿Qué es lo que quieres que hagamos, Al? —preguntó Highsmith.

—Quiero que se monte una vigilancia en torno a Darius durante las veinticuatro horas del día, por si acaso Gordon tiene razón.

—Me puedo encargar de eso —dijo Barrow.

—Asegúrate de utilizar a los mejores, Ross. No quiero que Darius sospeche que lo estamos siguiendo. Tú, Randy, tráeme un informe retrospectivo sobre Darius. Quiero conocer la historia de su vida, con todo detalle.

Highsmith asintió.

—En cuanto Gordon se ponga en contacto conmigo, os llamaré de nuevo.

Highsmith acompañó a Tobias y a Barrow fuera del despacho y cerró la puerta. Page pensó en telefonear de nuevo al Lakeview, pero había transcurrido muy poco tiempo desde su primera llamada. Volvió el sillón hacia la ventana. Estaba lloviendo a cántaros.

¿Cómo era posible que no hubiese detectado los fallos de la historia de Gordon la noche anterior? ¿Habría sido por la propia Gordon? Parecía tremendamente irritable, fuera de sí, como si la sacudiera una corriente eléctrica. Mientras hablaba, Page no había podido apartar la mirada de ella. Y no porque sintiera una atracción física irresistible. Lo que lo atraía era algo diferente: la pasión con que hablaba, su desesperación. Ahora, al no tenerla delante, podía pensar en los hechos con mayor claridad. Mientras estaba cerca de él generaba una especie de perturbación en los campos magnéticos, como el rayo que acababa de relampaguear sobre el río.

2

Betsy exploró visualmente el restaurante en busca de una mujer sola, mientras seguía a la camarera entre dos filas de mesas. Se fijó en una mujer alta, atlética, vestida con una llamativa blusa amarilla y un traje azul marino, sentada a una de las mesas que había junto a la pared. Mientras Betsy se acercaba, la mujer se puso de pie.

—¿Nora Sloane? —preguntó Betsy antes de que se dieran la mano.

Sloane era una mujer de tez muy pálida, como sus ojos azules. Llevaba el cabello castaño bastante corto. Betsy observó que tenía algunas canas, pero supuso que sería más o menos de su misma edad.

—Gracias por venir, señora Tannenbaum.

—Prefiero que me llames Betsy. Además, eres una buena vendedora. Cuando llamaste esta mañana y hablaste de invitarme a almorzar, ya había mordido el anzuelo.

Sloane se rió.

—Me alegro de que seas tan fácil de tratar —dijo—, porque mucho me temo que todo lo que vas a sacarme es un almuerzo gratis. Estoy escribiendo el artículo por mi cuenta y riesgo. Se me ocurrió la idea cuando cubrí la información de tu pleito contra los antiabortistas para el *Arizona Republic*.

—¿Eres de Phoenix?

—No, en realidad soy de Nueva York, pero a mi marido le ofrecieron un trabajo en Phoenix. Nos separamos al año de habernos trasladado. Arizona nunca me volvió loca, especialmente por vivir allí mi ex, y me enamoré de Portland mientras cubría la información de tu caso. Así es que hace un mes dejé el trabajo y me vine aquí. Ahora mismo aguanto gracias a mis ahorros, aunque estoy buscando trabajo. Decidí que éste era un buen momento para escribir este artículo; si no el mejor, al menos tan bueno como cualquier otro. Le planteé la idea a Gloria

Douglas, que es jefa de sección de la revista *Pacific West*, y se ha mostrado definitivamente interesada. Sólo que quiere ver un borrador del artículo antes de comprometerse a publicarlo.

—¿Qué es lo que quieres tratar en él?

—Las mujeres que se dedican a la abogacía activa. Y como columna vertebral del artículo quiero utilizar tu trayectoria profesional y los casos en los que has intervenido.

—Confío que no vayas a ponerme por las nubes.

—Eh, no te hagas la tímida conmigo —dijo Sloane, y rió—. Hasta hace muy poco las abogadas eran habitualmente relegadas al departamento de reinserción criminal, o a ocuparse de simples divorcios, en fin, a cuestiones definidas como «trabajo para mujeres». Lo que yo quiero exponer es que tú estás en la vanguardia de una nueva generación de mujeres capaces de vérselas con casos de asesinato e incluso de conseguir veredictos que obligan a pagar un millón de dólares. Ésos son campos que tradicionalmente han estado dominados por los hombres.

—Suena interesante, sí.

—Me alegro de que te lo parezca, porque la gente quiere leer algo que trate de ti. Tú eres el verdadero gancho de mi artículo.

—¿Y qué tendré que hacer?

—Poca cosa. La mayor parte del trabajo será hablar conmigo sobre el caso Hammermill y otros similares. Puede que en alguna ocasión te pida que me dejes asistir a un juicio, para hacer un seguimiento más cercano.

—Me parece perfecto. Si quieres que te diga una cosa, creo que hablar de los casos que he resuelto podría servirme para verlos en su justa perspectiva. Cuando los tuve entre manos, en todo momento me hallaba demasiado implicada.

Llegó el camarero. Sloane pidió una ensalada César y un vaso de vino blanco. Betsy pidió atún con pasta, pero prescindió del vino.

—¿Qué querías que hiciésemos hoy? —preguntó Betsy en cuanto se marchó el camarero.

—Pensé que podríamos repasar el material de fondo. He leído que se publicó en *Time*, pero lo considero muy superficial, ¿no? Me resultó imposible saber cómo te has convertido en lo que hoy eres. Por ejemplo, ¿destacabas ya en el instituto?

Betsy se echó a reír.

—No, Dios mío. Era timidísima. Una auténtica torpe.

Sloane sonrió.

—Creo que te entiendo. Eras de las más altas de clase, ¿verdad? Yo tenía ese mismo problema.

—Era la más alta de la clase. En la escuela elemental iba a todas partes con la cabeza gacha y los hombros encogidos, deseando desaparecer. Luego las cosas fueron a peor, porque me pusieron unas gafas de culo de vaso y un aparato dental. Parecía Frankenstein.

—¿Cuándo empezaste a sentir verdadera confianza en ti misma?

—No estoy muy segura de que alguna vez la haya sentido. Quiero decir que sí, que ya sé que hago un buen trabajo, pero siempre me preocupa no hacer lo suficiente. De todos modos, supongo que empecé a creer en mí misma durante el último año en el instituto. Era una de las primeras de la clase, ya no llevaba aparato, mis amigos me facilitaron algunos contactos y los chicos se empezaron a fijar en mí. Cuando me licencié en Berkeley era muchísimo más desenvuelta.

—Conociste a tu marido en la facultad de derecho, ¿no?

Betsy asintió.

—Ahora nos hemos separado —dijo.

—Vaya, lo siento.

Betsy se encogió de hombros.

—La verdad es que prefiero no hablar de mi vida privada. ¿Es necesario hablar de todo eso?

—No, si tú no quieres. Al fin y al cabo, el artículo no es para el *Enquirer*.

—Pues mucho mejor, porque no quiero hablar de Rick.

—Te entiendo perfectamente. Yo pasé por lo mismo en Phoenix, y sé lo difícil que puede llegar a ser. Así pues, pasemos a otro punto.

Llegó el camarero con los pedidos y, mientras comían, Sloane preguntó a Betsy algunas otras cosas sobre su infancia.

—No te dedicaste a ejercer la profesión nada más terminar la carrera, ¿verdad? —preguntó Sloane después de que el camarero recogiese los cubiertos.

—No.

—¿Y por qué no? Después de todo, lo has hecho muy bien.

—Eso ha sido pura suerte —contestó Betsy, ruborizándose levemente—. Hasta ese momento nunca se me había pasado por la cabeza irme de mi ciudad. Mis notas eran buenas, pero no lo suficiente para conseguir un puesto en uno de los grandes bufetes. Trabajé durante cuatro años en cuestiones de legislación del medio ambiente, al servicio del fiscal general. Me gustaba el trabajo, pero lo dejé cuando quedé embarazada de Kathy.

—¿Cuántos años tiene?

—Seis.

—¿Cómo volviste a ejercer?

—Cuando Kathy empezó a ir al jardín de infancia me aburría pasarme el día sin hacer nada. Rick y yo lo hablamos y decidimos que podría dedicarme a ejercer la profesión y llegar a casa a tiempo para ocuparme de Kathy. Margaret McKinnon, una amiga mía de los tiempos de la facultad, me ofreció su sala de juntas para que la usase como despacho. No tenía demasiados clientes, de modo que no era un trabajo constante. Me tocaban algunas infracciones menores por designación de oficio, algunos divorcios de lo más simple. Lo justo para entretenerme un poco.

»Luego, Margaret me ofreció un despacho sin ventanas, del tamaño del armario de las escobas, sin pagar alquiler, a cambio de que le concediese veinte horas de mis servicios profesionales cada mes. Me sentó fatal, pero Rick insistió en que no sería mala idea y que me vendría bien pasar más horas fuera de casa, siempre y cuando no aceptase más casos de la cuenta y los asuntos pendientes me permitieran recoger a Kathy al salir de la escuela y me quedara con ella si se ponía enferma. Ya sabes, ante todo debía seguir siendo madre de mi hija. De todos modos, la cosa salió de maravilla y empecé a ocuparme de algunos delitos más graves, de algunos divorcios más comprometidos, con lo cual también empecé a ganar más dinero.

—Tu gran campanazo fue el caso Peterson, ¿no es así?

—En efecto. Un buen día estaba sentada sin mucho que hacer, y el funcionario que asigna los casos de oficio me preguntó si estaría dispuesta a representar a Grace Peterson. Por entonces no sabía gran cosa del síndrome de la mujer maltratada, pero me acordé de haber visto a la doctora Lenore Walker en un programa de televisión. Ella sí que es experta en estos asuntos. El tribunal autorizó que se le pagase la cantidad estipulada y Lenore vino desde Denver para examinar a Grace. Lo que le había hecho su marido fue horroroso. Yo en cambio había llevado una vida a resguardo, sin problemas. Donde me crié de niña nadie hacía cosas así.

—Nadie que supieses tú.

Betsy asintió con tristeza.

—Nadie que yo supiese, desde luego. De todos modos, la prensa dio mucha publicidad al caso. Contamos con el apoyo de algunos grupos feministas y de bastantes periódicos. Después de la absolución de Grace Peterson, mi práctica profesional remontó muchísimo. Y más adelante me contrató Andrea Hammermill por la sentencia que emitió el jurado en el caso de Grace.

Llegó el camarero con los cafés. Sloane consultó la hora.

—Me dijiste que tenías una cita a la una y media, ¿no es cierto?

Betsy miró su reloj.

—¿Ya es la una y diez? La verdad es que hablando de todo esto he perdido la noción del tiempo.

—Magnífico. Esperaba que el proyecto te entusiasmase tanto como a mí.

—Y así es. ¿Qué te parece si me llamas y volvemos a hablar un día de éstos?

—Excelente. Te llamaré pronto. Ah, y gracias por dedicarme tu tiempo. De veras que lo agradezco.

3

Randy Highsmith sacudió la lluvia del paraguas y lo dejó en el suelo, bajo la guantera, mientras Alan Page sacaba el coche del aparcamiento. Llovía tanto que el paraguas no había servido de gran ayuda y Highsmith estaba empapado.

Highsmith era un hombre algo excedido de peso, con aire de estudioso y, aparte de ser un conservador furibundo, era el mejor fiscal de la oficina, Page incluido. Mientras obtenía el título de licenciado en derecho en Georgetown se enamoró de Patty

Archer, quien formaba parte del equipo asesor de un congresista. Luego se enamoró de Portland, en un viaje que hizo para conocer a la familia de su futura esposa. Cuando su congresista decidió que no iba a presentarse a la reelección, Highsmith y Patty se casaron y se marcharon al oeste, donde ella abrió un despacho de asesoría política y Randy se vio atrapado de buen grado por la oficina del fiscal de distrito del condado de Multnomah.

—Háblame de Darius —dijo Page cuando tomaron la autopista.

—Se vino a vivir a Portland hace ocho años. Tenía dinero de sobra para montar una empresa, pero aun así pidió un préstamo. Al tiempo se forjó una fama considerable e incrementó su fortuna invirtiendo en la revitalización del centro histórico de Portland. Su primer gran éxito fue Couch Street Boutique. Adquirió una manzana de edificios en derribo por una bagatela, los convirtió en un centro comercial cubierto y luego remodeló la zona de los alrededores hasta hacer de ella la parte más moderna de Portland, dedicándose al *leasing* de edificios remodelados, alquilando locales a los comercios más lujosos y a los restaurantes, todo ello mediante rentas relativamente asequibles. A medida que prosperó el negocio, las rentas fueron en aumento. Las plantas superiores de muchos de los edificios adquiridos fueron rehabilitados para viviendas. Siempre ha actuado así. Compra un montón de edificios de una zona deprimida, instala en ella un foco de atracción principal y luego construye en los alrededores. Hace poco ha empezado a dedicarse también a los centros comerciales de las afueras de la ciudad, a los complejos de apartamentos, etcétera.

»Hace dos años, se casó con Lisa Ryder, hija del presidente del Tribunal Supremo de Oregón, Victor Ryder. El antiguo bufete de Ryder, Parish, Marquette & Reeves, lleva todo su papeleo legal. He hablado con algunas amistades que tengo en ese bufete. Al parecer, Darius es tan brillante como carente de escrúpulos. El bufete dedica la mitad de sus energías a mantener intacta su honestidad; la otra mitad se invierte en defenderlo en los pleitos, cuando la primera mitad falla.

—¿A qué te refieres cuando hablas de un hombre sin escrúpulos? ¿Violaciones de la ley, cuestiones éticas, o qué?

—No, no hay nada ilegal. Pero es un tipo que sólo obedece sus propias reglas del juego, y que tiene un desprecio absoluto por los sentimientos de los demás. Por ejemplo, a comienzos de este año adquirió una serie de edificios de importancia histórica, situados todos en la misma calle, en la zona noroeste de la ciudad. Tenía la intención de derribarlos para construir viviendas nuevas en pleno centro. Se encontró con la firme protesta de varios grupos de acción civil, que consiguieron incluso una suspensión provisional de la adquisición con la idea de lograr que el gobernador declarase esos edificios de interés histórico y monumental. Pero un joven y astuto abogado de Parish, Marquette & Reeves convenció al juez de que revocase la suspensión provisional. De la noche a la mañana Darius ordenó que los bulldozers se pusieran en marcha y derribó toda una manzana antes de que nadie pudiera darse cuenta de lo que estaba ocurriendo.

—Un tío como ése tiene que haber hecho algo ilegal.

—Lo más próximo a la ilegalidad, que yo sepa, es un rumor según el cual es amigo íntimo de Manuel Ochoa, un hombre de negocios, mexicano, del que la DEA cree que se dedica a blanquear dinero procedente del narcotráfico de un cártel sudamericano. Es posible que Ochoa haya prestado dinero a Darius para la realización de un gran proyecto dentro del estado, tan arriesgado por lo visto que hasta sus bancos habituales se han echado atrás.

—¿Y qué me dices de su pasado? —preguntó Page al llegar al aparcamiento del motel Lakeview.

—Que no tiene pasado, lo cual concuerda con el supuesto de que tal vez se trata de Lake.

—¿Has comprobado los archivos de los periódicos, los currícula?

—Mejor que eso. He hablado con el principal reportero del *Oregonian*. Darius no concede entrevistas acerca de su vida privada. Por lo que cualquiera puede llegar a saber, es como si hubiese venido a este mundo hace sólo ocho años.

Page detuvo el coche delante del edificio del motel. En el reloj del salpicadero eran las cinco y veintiséis.

—Espérame aquí. Voy a ver si ha vuelto Gordon.

—Como quieras, pero hay una cosa más que deberías saber.

—Page se quedó con la portezuela a medio abrir—. Hemos encontrado una conexión entre nuestras mujeres desaparecidas y Darius.

Page cerró la puerta. Highsmith sonrió.

—Te he guardado lo mejor para el final. Tom Reiser, el marido de Wendy Reiser, trabaja en Parish, Marquette. Es el abogado que convenció al juez de que revocase la suspensión provisional. La Navidad pasada los Reiser asistieron a una fiesta celebrada en la finca de Darius. Este verano fueron invitados a una fiesta para celebrar la apertura de un nuevo centro comercial, dos semanas antes de que comenzaran a producirse las desapariciones. Reiser ha tenido numerosos tratos de negocios con Darius. Además, la firma de asesoría fiscal y financiera de Larry Farrar tiene a Construcciones Darius entre sus clientes. Tanto él como Laura Farrar también estuvieron en la fiesta en que se celebró la apertura del centro comercial. Ha hecho muchísimos trabajos para Darius. Por último, Victoria Miller; su marido, Russell, trabaja en Brand, Gates & Valcroft, que es la agencia publicitaria que representa a Construcciones Darius. Russell acababa de ser designado para llevar personalmente esa cuenta. Han estado los dos en el yate de Darius y en su casa, y también asistieron a la fiesta de apertura del centro comercial.

—Es increíble. Mira, quiero una lista de las mujeres que asistieron a esa fiesta. Tenemos que poner sobre alerta a Bill Tobias y a Barrow.

—Ya lo he hecho. Van a designar un segundo equipo de vigilancia para no perder de vista a Darius.

—Buen trabajo. Gordon podría ser la clave para desvelar todo esto.

Highsmith vio a Page correr hasta la oficina del gerente. Un hombre de baja estatura y camisa con frunces estaba al otro lado del mostrador. Page mostró al hombre su documento de identidad y le hizo una pregunta. Highsmith vio que el hombre negaba con la cabeza. Page añadió algo más. El gerente desapareció por una puerta y volvió después con una gabardina puesta. Cogió una llave de un clavo de la pared. Page siguió al gerente, salió tras él e hizo una seña a Highsmith.

Highsmith cerró de un portazo la puerta del coche y corrió hasta guarecerse bajo la cornisa de la segunda planta. La habitación de Gordon estaba al otro lado del motel, en la planta baja. Llegó cuando el gerente golpeaba en la puerta con los nudillos y llamaba en voz alta a Gordon. No hubo respuesta. Una de las ventanas miraba al aparcamiento; las cortinas verdes estaban cerradas. Del pomo de la puerta colgaba un cartel: «Por favor no molestar».

—Señorita Gordon —volvió a llamar el gerente. Esperaron un minuto y se encogió de hombros—. Que yo sepa, no ha estado en todo el día.

—De acuerdo —dijo Page—. Ábranos la puerta.

El gerente abrió con su llave y se situó a un lado. La habitación estaba a oscuras, pero alguien se había dejado encendida la luz del cuarto de baño, que proyectaba un pálido resplandor sobre la habitación desierta. La cama estaba hecha. Page entró en el cuarto de baño. Vio en el estante un cepillo de dientes, un tubo de pasta dentífrica y una caja de maquillaje. Page descorrió la cortina de la ducha. En la repisa había un frasco de champú. Salió del cuarto de baño.

—Deshizo aquí el equipaje. Hay un frasco de champú en la bañera, y no es una muestra del motel. Al parecer se disponía a darse una ducha.

—Y alguien debió de interrumpirla —dijo Highsmith señalando un cajón a medio abrir. Parte de las prendas de vestir de Gordon estaban en el cajón, y otra parte seguía en la maleta.

—Cuando hablamos en mi casa llevaba un maletín. ¿Lo ves por alguna parte?

Los dos hombres registraron la habitación, pero sin encontrar ni rastro del maletín.

—Mira esto —dijo Highsmith. Estaba delante de la mesilla de noche. Page vio un cuaderno con el anagrama del motel, al lado del teléfono.

—Parecen instrucciones. Una dirección.

—No lo toquemos. Quiero que un técnico del laboratorio recoja huellas dactilares en la habitación. Que lo consideren como la escena de un crimen, al menos hasta que sepamos algo.

—No hay rastros de violencia.

—Tampoco los había en los domicilios de las mujeres desaparecidas.

Highsmith asintió.

—Llamaré desde el despacho del gerente, por si hubiera huellas en el teléfono.

—¿Tienes alguna idea de dónde está esto? —preguntó Page mientras releía las notas tomadas en la libreta.

Highsmith frunció el entrecejo un momento.

—La verdad es que sí lo sé. ¿Te acuerdas de las casas que Darius arrasó con los bulldozers? Pues yo diría que ésta es la dirección.

—¿Qué hay allí ahora?

—Un solar vacío, de una manzana de extensión. En cuanto los vecinos vieron lo que había hecho Darius, se pusieron como locos. Se han sucedido las manifestaciones, los pleitos. Darius prosiguió pese a todo y llegó a levantar tres bloques, pero alguien les prendió fuego. Desde entonces, la construcción ha estado paralizada.

—Esto no me gusta nada. ¿Cómo iba a saber alguien dónde estaba Gordon? Fui yo quien le recomendó el Lakeview.

—Podría haber llamado por teléfono.

—No. Se lo he preguntado al gerente y no ha registrado ninguna llamada desde aquí. Por si fuera poco, no conoce a nadie en Portland. Por eso vino a mi casa. Dio por sentado que la persona que le había enviado el anónimo iría a esperarla al aeropuerto, pero no se presentó nadie. Junto con la carta, recibió un recorte que hablaba de mí, además de mi dirección. Si hubiese conocido a alguien aquí, no habría pasado la noche en el motel.

—Entonces, alguien tuvo que seguirla desde el aeropuerto, primero a tu casa y luego hasta aquí.

—Es posible.

—¿Y si esa persona hubiese esperado hasta comprobar que Gordon estaba en la habitación y luego la hubiese llamado, citándola en el solar?

—También pudo visitarla aquí. Luego convenció a Gordon de que se fuese con él, o se la llevó por la fuerza.

—Gordon es una detective —dijo Highsmith—. Quiero decir que se supone que es sensata, cuidadosa, no sé.

Page pensó en Gordon. Su intranquilidad, su tensión corporal.

—Está obsesionada, Randy. Gordon me dijo que ha seguido

siendo policía sólo para ir tras la pista de Lake. Durante los últimos diez años no ha perdido este caso de vista, y sigue soñando con él. Gordon es muy lista, pero puede que no lo sea tanto en lo que respecta a este caso.

El solar en construcción era más grande de lo que Page había imaginado. Las casas que Darius había destruido se alzaban a lo largo de un saliente con vistas al río Columbia. El terreno comprendía una empinada colina, muy arbolada, que descendía abruptamente hasta el agua. Una alta verja de aluminio rodeaba el terreno; ostentaba un cartelón en el que se leía: «Construcciones Darius – Prohibido el paso terminantemente». Page y Highsmith se protegieron bajo sus respectivos paraguas, se subieron el cuello de la gabardina y estudiaron el candado de la verja. Había luna llena, pero las nubes de tormenta la ocultaban intermitentemente. La lluvia, muy densa, hacía que la noche fuese tan negra como si no hubiese luna.

–¿Tú qué piensas? –preguntó Highsmith.

–Recorramos el perímetro de la verja, a ver si hay otro acceso. No hay indicio de que Gordon haya entrado por aquí.

–No fastidies, que llevo zapatos nuevos –se quejó Highsmith.

Sin contestarle, Page echó a caminar junto a la verja. El terreno había sido destrozado durante las obras de construcción. Page sintió el barro que cedía bajo sus pies. Al caminar, miraba por la verja, enfocando de vez en cuando la linterna hacia el interior del solar. En su mayor parte estaba desierto y aplanado, debido a la acción de las excavadoras. En un punto determinado vio un cobertizo; en otro, el haz de luz reveló los maderos rotos y quemados que habían formado parte de los cimientos de una de las edificaciones de Darius.

–Al, acerca aquí tu linterna –gritó Highsmith. Se le había adelantado unos pasos, y señalaba un pedazo de la verja que había sido arrancado y doblado. Page se aproximó corriendo. Hizo una pausa antes de alcanzar a Highsmith. Una ráfaga de aire frío le dio en la cara. Page apartó un instante la mirada y se subió el cuello de la gabardina, sujetándoselo con la mano libre.

–Mira esto –dijo Page. Estaba de pie bajo un antiguo roble,

apuntando con la linterna al suelo. El barro estaba surcado por huellas de neumáticos, aunque la hojarasca cubría en buena parte las huellas. Page y Highsmith las siguieron, a medida que se alejaban de la verja.

—Alguien ha cruzado este barrizal viniendo desde la carretera —dijo Page.

—Sí, pero no ha tenido por qué ser necesariamente esta noche.

Las huellas acababan en la calle. La lluvia habría barrido el barro depositado sobre el asfato.

—Yo creo que es al contrario, Al. El conductor ha tenido que llegar marcha atrás hasta la verja. No hay indicios de que diese la vuelta.

—¿Y por qué iba a hacerlo marcha atrás? ¿Por qué iba a llegar hasta la verja, arriesgándose a quedarse estancado en el barro?

—¿Qué es lo que hay en la parte de atrás de un coche?

Page asintió, imaginándose a Nancy Gordon doblada en el reducido espacio de un maletero.

—Venga, vamos —dijo al regresar al boquete abierto en la verja.

En lo más profundo de su corazón, Page sabía que iba a encontrarla allí, enterrada en la tierra blanda.

Highsmith siguió tras él. Al agacharse, el impermeable se le enganchó en un alambre suelto. Cuando pudo soltarse, Page ya le había sacado unos cuantos pasos; se lo había tragado la oscuridad y sólo era detectable por el oscilante haz de la linterna.

—¿Ves alguna huella por ahí? —preguntó Highsmith cuando se acercó a él.

—¡Cuidado! —gritó Page, sujetando a Highsmith por la gabardina.

Highsmith se detuvo en seco. Page enfocó abajo el haz de la linterna. Estaban exactamente al borde de un profundo hoyo que había sido excavado, seguramente, para cimentar un nuevo edificio. Hacia el fondo, invisible en la oscuridad, descendían las lisas paredes de barro. De pronto apareció la luna y su pálido resplandor iluminó el fondo del hoyo. La superficie, desigual, proyectaba sombras al azar sobre las rocas y los montones de tierra suelta.

—Voy a bajar —dijo Page, y empezó a descender por el

borde. Recorrió la pared del hoyo de costado, apoyándose contra la tierra, clavando bien los zapatos. A mitad del descenso hincó una rodilla en tierra y resbaló sobre el barro, hasta detener la caída agarrándose a una raíz que sobresalía del suelo. La raíz estaba quebrada por una pala de excavadora; el extremo brotaba del barro, pero Page consiguió finalmente detenerse.

—¿Estás bien? —gritó Highsmith de cara al viento.

—Sí. Oye, Randy, baja aquí. Alguien ha cavado hace bien poco.

Highsmith profirió una maldición y comenzó a bajar por el borde del hoyo. Cuando llegó al fondo, Page deambulaba lentamente por el barrizal, estudiando con todo detalle todo cuanto iluminaba su linterna. Daba la impresión de que el terreno había sido removido recientemente. Lo examinó con atención en la medida en que la oscuridad se lo permitía.

De golpe dejó de soplar el viento y Page creyó oír algo; algo que resbalaba en la sombra, donde no alcanzaba a ver. Tensó los músculos, aguzó el oído y entornó los ojos, escudriñando las sombras. Cuando por fin se convenció de que el ruido debía de ser producto de su imaginación, giró en redondo y fijó la vista en la base de una abrazadera de metal. Page se enderezó de inmediato y dio un paso atrás, tropezando contra un madero semioculto por el barro. Trastabilló y la linterna le cayó de la mano, trazando un abanico sobre la tierra empapada por la lluvia, al tiempo que desvelaba una mancha blanca. Una piedra o un vaso de plástico. Page se inclinó y cogió la linterna. Se acercó hasta el objeto y se agachó. Se quedó sin respiración. De la tierra sobresalía una mano humana.

El sol comenzaba a asomarse cuando el último cadáver fue desenterrado. En el momento en que el horizonte empezaba a teñirse de escarlata, dos oficiales levantaron el cuerpo y lo dejaron sobre una camilla. Alrededor de ellos, otros oficiales recorrían paso a paso, muy despacio, el terreno embarrado del solar en construcción en busca de otros enterramientos. En cualquier caso, la zona estaba ya tan bien peinada que no cabía pensar en que aparecieran más cuerpos.

Un automóvil había aparcado al borde mismo del hoyo. La

puerta del conductor estaba abierta. En el asiento permanecía sentado Alan Page, con un pie en tierra, sujetando un vaso de papel lleno de café casi hirviendo; intentaba no pensar en Nancy Gordon, y no conseguía pensar en otra cosa.

Apoyó la cabeza contra el respaldo. A medida que se retiraban las tinieblas de la noche, el río iba adquiriendo sus propias dimensiones. Page observó cómo aquella cinta gruesa y negra iba volviéndose líquida y turbulenta a la luz del rojizo amanecer. Creía que Nancy Gordon estaba en el fondo del hoyo, enterrada bajo el barro; se preguntaba si no podría haber hecho algo, cualquier cosa, para salvarla. E imaginaba la frustración de la detective, su rabia, por tener que morir a manos del hombre que había jurado detener a toda costa.

Había dejado de llover poco después de que llegase el primer coche de la policía. Ross Barrow se hizo cargo de la investigación en el lugar del crimen, tras consultar con los técnicos del laboratorio sobre la manera más indicada de manipular las pruebas que pudieran descubrir. Los focos iluminaban a los funcionarios que trabajaban en el hoyo. Se trazaron zonas de búsqueda y rastreo mediante cintas amarillas. Se montaron caballetes con más cintas amarillas para impedir la entrada de los mirones. En cuanto Page estuvo seguro de que Barrow podía proseguir la investigación sin su ayuda, se fue con Highsmith a comer algo a un restaurante cercano. Cuando regresaron, Barrow había logrado identificar sin lugar a dudas el cadáver de Wendy Reiser; otro oficial había localizado un segundo enterramiento.

A través del parabrisas, Page observó cómo Randy Highsmith avanzaba trabajosamente hacia el automóvil.

—Es el último —dijo Highsmith.

—¿Y en total?

—Cuatro cadáveres. Han sido identificados los de Laura Farrar, Wendy Reiser y Victoria Miller.

—¿Asesinadas igual que Patricia Cross?

—No los he mirado con demasiado detenimiento, Al. Si quieres que te diga la verdad, casi no he visto nada. La doctora Gregg sigue ahí abajo; ya te facilitará un informe exhaustivo cuando esté en condiciones de hacerlo.

Page asintió. Estaba habituado a vérselas con cadáveres, pero eso no significaba que le agradase ver un cadáver más de lo que podía agradarle a Highsmith.

—¿Y la cuarta mujer? —preguntó Page titubeando—. ¿Coincide con mi descripción de Nancy Gordon?

—No es una mujer, Al.

—¿Qué?

—Es un varón adulto, también desnudo, sólo que le quemaron la cara y las yemas de los dedos con ácido. Nos hará falta mucha suerte para identificarlo.

Page vio a Ross Barrow cruzar el barrizal y salió del coche.

—¿Vas a dejarlo ya, Ross?

—Ahí abajo no hay nada más. Puedes comprobarlo por ti mismo si quieres.

—Estaba seguro de que Gordon... No tiene sentido. Ella misma anotó la dirección.

—Es posible que al llegar aquí se encontrase con alguien y que se marchase —sugirió Barrow.

—No hemos encontrado huellas de pisadas —le recordó Highsmith—. Yo diría que tal vez ni siquiera encontró un modo de entrar.

—¿Habéis hallado algo que nos sirva para averiguar quién es el responsable de todo esto?

—Nada, Al. Nada de nada. Si quieres saberlo, en mi opinión alguien los ha matado a los cuatro en otra parte y los ha transportado hasta aquí.

—¿Por qué?

—En algunos de los cadáveres faltan determinados órganos. No los hemos encontrado; como tampoco han aparecido huesos ni fragmentos de carne sobrante. Es imposible haber limpiado una zona como ésta tan a conciencia.

—¿Crees que tenemos pruebas suficientes para arrestar a Darius? —preguntó Page a Highsmith.

—No sin Gordon, o sin alguna prueba de peso procedente de Hunter's Point.

—¿Y si no la encontrásemos? —preguntó Page preocupado.

—Llegado el caso podrías prestar juramento y declarar lo que ella te dijo. Quizá con eso consiguiéramos una orden de arresto por parte del juez. Al fin y al cabo, Gordon es policía y digna de toda confianza. Pero la verdad es que no lo sé. Con algo tan escaso como lo que tenemos por el momento, yo no me precipitaría.

—Por otra parte, tampoco hemos encontrado nada que relacione a Darius con las víctimas —añadió Barrow—. El hecho de haberlas encontrado en un solar que es propiedad de Construcciones Darius no significa gran cosa, especialmente al tratarse de un lugar desierto en el que podría haber entrado a escondidas cualquier persona.

—¿Sabemos ya si Darius es Lake? —preguntó Page a Barrow.

—Sí, las huellas dactilares coinciden.

—Bueno, algo es algo —dijo Highsmith—. Si conseguimos identificar esas huellas de neumático como producidas por uno de los vehículos de Darius...

—Y, sobre todo, si podemos encontrar a Nancy Gordon —dijo Page, mirando fijamente al fondo del hoyo.

Quería por todos los medios que Gordon estuviese viva, pero llevaba demasiado tiempo en el negocio de las muertes violentas y las esperanzas perdidas para agarrarse así como así a cualquier clavo ardiendo.

CAPÍTULO VIII

I

—¿Detective Lenzer? Soy Alan Page, de Portland, Oregón. El otro día hablé con usted.

—En efecto. Iba a llamarlo, porque el expediente que me pidió que le encontrase no aparece. Hace siete años instalamos un sistema informático de archivos, pero a pesar de todo he intentado localizarlo. Al ver que no figuraba en las listas, pedí a una de las secretarias que repasara los viejos archivos del almacén. Y no tiene ficha ni aparece la carpeta.

—¿No hay registro de salida?

—Si alguien se lo ha llevado, sólo puedo decirle que no ha seguido el procedimiento habitual. Teóricamente, es obligatorio rellenar una ficha para llevarse un expediente, y explicar la razón de su necesidad, pero en el registro no consta esa salida.

—¿Podría habérselo llevado la detective Gordon? Cuando vino a verme me mostró una ficha de huellas dactilares. Es probable que la hubiese extraído del archivo.

—El archivo no está en su despacho con el resto de sus cosas, y es contrario a las normas del departamento de policía llevarse un expediente a casa a menos que se indique la salida en el registro. Ya le digo, no hay registro de esa salida. Por otra parte, si efectivamente hubo seis mujeres asesinadas, estamos hablando de la cifra de homicidios más elevada que hayamos tenido aquí en toda la historia. Lo cual supone que seguramente se trata de un expediente que ocuparía una estantería entera, o puede que más. ¿Por qué motivo iba a desplazar Gordon semejante peso? Qué demonios, si no creo que cupiera en dos maletas de las grandes...

Page se lo pensó despacio.

—¿Tiene total seguridad de que no está archivado incorrectamente?

—Ese expediente no está en el almacén, se lo aseguro. La

persona que lo ha estado buscando ha hecho un trabajo a conciencia, y yo mismo he pasado un buen rato ahí en el sótano.

Page quedó en silencio unos instantes, y a renglón seguido decidió informar a Lenzer de todo.

—Detective Lenzer, estoy seguro de que Nancy Gordon se encuentra en peligro. Incluso es posible que haya muerto.

—¿Cómo?

—La conocí hace sólo dos noches, y ella me habló de los asesinatos de Hunter's Point. Estaba persuadida de que el hombre que cometió dichos asesinatos reside actualmente en Portland bajo un nombre falso, y que ha comenzado a cometer crímenes similares. Gordon se marchó de mi domicilio poco después de la medianoche y se dirigió en taxi a un motel. Al rato de instalarse, se marchó apresuradamente. En su habitación del motel, encontramos una dirección anotada en una libreta. Después del registro de la misma, descubrimos los cadáveres de tres mujeres de Portland que habían sido dadas por desaparecidas, más el cadáver de un hombre inidentificado. Fue torturado hasta morir. No sabemos dónde puede estar Gordon, y empiezo a pensar que tenía razón al suponer que el asesino de Hunter's Point se encuentra ahora mismo en Portland.

—Dios. Nancy me cae muy bien. Puede que sea un poco exagerada y nerviosa, pero es muy buena policía.

—La clave de este caso podría estar en los archivos de Hunter's Point. Es posible que se los haya llevado a casa. Yo le sugeriría que registraran su domicilio.

—Haré todo lo que esté en mi mano.

Page dijo a Lenzer que lo llamase a cualquier hora, le dio su teléfono particular y colgó. Lenzer había descrito a Gordon diciendo que era un poco exagerada y nerviosa, y Page tuvo que reconocer que estaba de acuerdo. Además, era una mujer consagrada en cuerpo y alma a su oficio. Llevaba diez años tras la pista del asesino, y aún le inflamaba el fuego de la pasión. El propio Page había sido así tiempo atrás, pero los años empezaban a hacer mella en él. La aventura de Tina y el posterior divorcio lo habían dejado emocionalmente exhausto, aunque lo cierto es que había empezado a perder terreno antes incluso de que la infidelidad se adueñase de su vida. Pelear por conseguir el puesto de fiscal de distrito había sido una maravilla. El trabajo en sí era apasionante. Luego, un buen día amaneció invadido por las responsabilidades del cargo y por el temor de que tal vez no fuese capaz de cumplirlas a conciencia. Había logrado dominar sus temores a fuerza de trabajar duro, pero el suspense había desaparecido. Todos los días empezaban a ser iguales unos a otros, y comenzaba a pensar en lo que podían ser diez años transitando el mismo camino.

Sonó el intercomunicador y Page accionó el botón de escucha.

—Tiene una llamada por la línea tres. Es un hombre que afirma tener información acerca de una de las mujeres asesinadas en el solar en construcción —le dijo su secretaria—. Debería hablar con él.

—Por supuesto. ¿Cómo se llama?

—Ramón Gutiérrez. Es el recepcionista del motel Hacienda, en Vancouver, estado de Washington.

Page pulsó el botón de la línea tres y estuvo cinco minutos hablando con Ramón Gutiérrez. Cuando hubo concluido, llamó a Ross Barrow y bajó después al despacho de Randy Highsmith. Al cabo de un cuarto de hora, Barrow recogió a Highsmith y a Page en la esquina del edificio y salieron rumbo a Vancouver.

2

—¿Puedo ver la tele? —preguntó Kathy.

—¿No quieres más pizza?

—Estoy llena.

Betsy se sentía culpable por la cena que le estaba ofreciendo a su hija, pero el día en el juzgado había sido agotador y no había tenido fuerzas para cocinar.

—¿Va a venir papá esta noche? —preguntó Kathy a la vez que miraba a su madre con evidente expectación.

—No —contestó Betsy, con la esperanza de que Kathy no le hiciese más preguntas sobre Rick. Le había explicado la separación unas cuantas veces, pero la niña se negaba a aceptar el hecho de que Rick muy probablemente no viviría con ellas nunca más.

Kathy parecía preocupada.

—¿Por qué no se queda papá con nosotras?

Betsy tomó a Kathy en brazos y la llevó al sofá del cuarto de estar.

—¿Quién es tu mejor amiga?

—Melanie.

—¿Te acuerdas de la pelea que tuvisteis las dos la semana pasada?

—Claro.

—Bueno, pues papá y yo también hemos tenido una discusión muy seria. Igual que la que tuviste tú con tu mejor amiga.

Kathy parecía confusa. Betsy la sostuvo en su regazo y la besó en la frente.

—Melanie y yo ya hemos hecho las paces. ¿Papá y tú no vais a hacer las paces?

—Puede ser. Ahora mismo, no lo sé. Y, mientras tanto, papá está viviendo en otra parte.

—¿Papá está cabreado contigo porque el otro día tuvo que recogerme en la guardería?

—¿Por qué me lo preguntas?

—El otro día estaba muy cabreado, y os oí discutir por mí.

—No, cariño —dijo Betsy, abrazando a Kathy con fuerza—. Todo esto no tiene nada que ver contigo. Es culpa nuestra. Estamos cabreados los dos, uno con el otro.

—¿Y por qué? —preguntó Kathy, a quien le temblaba la barbilla.

—No llores, cariño.

—Quiero que venga papá —dijo, sollozando sobre el hombro de Betsy—. No quiero que se vaya.

—No se marchará, no te preocupes. Será tu padre siempre, Kathy. Él te quiere.

De pronto, Kathy se apartó de Betsy y se bajó de su regazo.

—Tú tienes la culpa, por trabajar —gritó.

Betsy se quedó perpleja.

—¿Quién te ha dicho eso?

—Papá. Deberías quedarte conmigo en casa, igual que la mamá de Melanie.

—Papá trabaja —dijo Betsy, intentando mantener la calma—. Trabaja mucho más que yo.

—Claro, porque los hombres tienen que trabajar. Pero tú tienes que cuidar de mí.

Betsy deseó que Rick estuviese allí mismo, para poder partirle la cara a puñetazos.

—¿Quién se quedó contigo cuando tuviste la gripe? —preguntó Betsy.

Kathy lo pensó un momento.

—Tú, mamaíta —contestó, mirando a Betsy con respeto.

—Y cuando te hiciste daño en la rodilla, ¿quién fue a recogerte para traerte a casa? Kathy miró al suelo.

—¿Qué quieres ser cuando seas mayor? —preguntó Betsy.

—Actriz, o médico —respondió la pequeña.

—Pues eso es trabajar, cariño. Los médicos y las actrices trabajan igual que los abogados. Si te quedaras en casa todo el día, no podrías dedicarte a ese trabajo. —Kathy dejó de llorar. Betsy volvió a cogerla en brazos y agregó—: Yo trabajo porque me gusta, porque me lo paso bien. Y también cuido de ti, pero eso me gusta más, y me lo paso mucho mejor. Te quiero más que a mi trabajo, no hay ni punto de comparación. Pero no quiero quedarme todo el día en casa mientras tú estás en la escuela, porque eso sería un aburrimiento, ¿no te parece?

Kathy pareció pensárselo.

—¿Harás las paces con papá, igual que hice yo con Melanie?

—No estoy muy segura, cariño. Pero de un modo u otro, verás muchísimo a papá. Él te sigue queriendo mucho, y siempre será tu padre. Bueno, ahora, ¿por qué no ves la tele un poco, mientras recojo la cocina, y luego te leo otro capítulo de *El mago de Oz*?

—Es que no me apetece ver la tele.

—¿Prefieres ayudarme en la cocina?

Kathy se encogió de hombros.

—¿Y qué tal un chocolate caliente? Podría preparar unas tazas para las dos mientras limpiamos los platos.

—Vale —dijo Kathy sin demasiado entusiasmo. Betsy siguió a su hija hacia la cocina. Era demasiado pequeña para tener que soportar la pesada carga de los problemas que tenían sus padres entre sí, pero no iba a quedarle más remedio. Así eran las cosas; Betsy nada podía hacer al respecto.

Cuando terminaron con la cocina, Betsy leyó a Kathy dos

capítulos de *El mago de Oz* y la metió en la cama. Eran casi las nueve. Betsy miró la programación de la televisión y estaba a punto de encender el aparato cuando sonó el teléfono. Fue a la cocina y lo cogió al tercer timbrazo.

—¿Betsy Tannenbaum? —preguntó un hombre.

—Al habla.

—Soy Martin Darius. La policía ha venido a mi casa con una orden de registro. Quiero verla aquí inmediatamente.

Una alta tapia de ladrillo rodeaba la finca de Darius. Junto a la negra puerta de hierro forjado había estacionado un coche patrulla con un oficial al volante. Cuando Betsy llegó por el camino, el policía bajó del coche y se acercó a su ventanilla.

—Me temo que no está permitido entrar, señora.

—Soy la abogada del señor Darius —dijo Betsy, al tiempo que le mostraba su carnet del Colegio de Abogados. El oficial examinó el carnet un instante y se lo devolvió.

—Tengo órdenes de impedir que pase nadie.

—Puedo garantizarle que eso no incluye a la abogada del señor Darius.

—Señora, se está llevando a cabo un registro. No debe usted entrometerse.

—Por eso mismo he venido, agente. Una orden de registro no otorga a la policía el derecho a impedir el paso a la propiedad privada que se esté registrando. Tiene usted un *walkie-talkie* en el vehículo, ¿verdad? ¿Por qué no llama al detective que esté encargado de este asunto y le pregunta si puedo pasar?

La paternal sonrisa del agente dejó paso a un rostro tipo Clint Eastwood, pero regresó al coche y cogió el *walkie-talkie*. Estaba de vuelta en menos de un minuto, con aspecto de no ser muy feliz.

—El detective Barrow dice que puede usted pasar.

—Gracias —contestó Betsy cortésmente. Al alejarse, vio por el espejo retrovisor que el policía la miraba enfurecido.

Después de ver la tapia de ladrillo a la antigua usanza y el elaborado diseño de la puerta de hierro forjado, Betsy había dado por sentado que Darius viviría en una apacible mansión colonial, pero se encontró de golpe frente a una amalgama de cristales y acero que formaban ángulos agudos y delicadas curvas, sin la menor relación con el siglo XIX. Aparcó junto a un coche patrulla, casi al final de la curva de entrada. Un puente cubierto por una marquesina azul conectaba la curva con la entrada principal. Betsy miró hacia abajo al caminar por el puente, y por una amplísima claraboya de cristal vio a varios policías de pie al borde de una piscina cubierta.

En la puerta la esperaba otro policía que la guió por un breve tramo de escaleras, hasta llegar a una cavernosa sala de estar. Darius estaba de pie ante un gigantesco cuadro abstracto en el que abundaban los rojos intensos y los verdes chillones. A su lado había una esbelta mujer vestida de negro. Su melena larga y resplandeciente caía en cascada sobre sus hombros, y su bronceado delataba unas recientes vacaciones en el trópico. Era de una belleza asombrosa.

El hombre que se hallaba junto a Darius no tenía nada de bello. Resaltaba su abultado vientre de bebedor de cerveza, y tenía cara de estar como pez en el agua en cualquier taberna del puerto. Vestía un arrugado traje marrón y una camisa blanca. Llevaba la corbata torcida, y había dejado la gabardina sin ninguna clase de ceremonias sobre el respaldo de un sofá blanco como la nieve.

Antes de que Betsy pudiera abrir la boca, Darius le arrojó prácticamente a las manos un papel enrollado.

—¿Es una orden en regla? No pienso permitir ninguna invasión de mi privacidad mientras no haya leído usted hasta la última letra de ese maldito papel.

—Soy Ross Barrow, señora Tannenbaum —dijo el hombre del traje marrón—. La orden de registro está firmada por el juez Reese, así que cuanto antes comunique a su cliente que podemos proceder a realizar el registro, antes habremos terminado y nos habremos marchado de aquí. Podría haber empezado hace un buen rato, pero he preferido esperar a que llegase para dejar bien claro que el señor Darius tenía la debida representación legal durante el registro.

Si Darius hubiese sido un negro traficante de drogas en vez de uno de los empresarios blancos más prominentes en las altas esferas sociales, Betsy sabía de sobra que para cuando ella hubiese llegado la casa ya estaría hecha trizas. Alguien de arriba había ordenado a Barrow que procediese con extremada lentitud.

—La orden parece estar en regla, pero me gustaría ver la declaración jurada —dijo Betsy, solicitando el documento que la policía prepara para convencer a un juez de que hay motivos fundados que justifiquen una orden de registro de un domicilio particular. La declaración jurada revelaría la causa de que se sospechara que en algún lugar del domicilio de Darius podían hallarse pruebas concluyentes para acusarlo de haber cometido un crimen.

—Lo lamento, pero la declaración jurada está sellada.

—¿Podría decirme al menos por qué razón proceden a registrar el domicilio de mi cliente? Dicho de otro modo, ¿de qué se le acusa?

—Por el momento, no hay acusaciones concretas.

—Dejémonos de jueguecitos, detective. Nadie se pone a molestar a una persona como Martin Darius sin tener razones de peso.

—Pues tendrá que preguntárselo al fiscal de distrito, el señor Page, señora Tannenbaum. He recibido instrucciones de que todas las preguntas relativas al caso le sean remitidas a él.

—¿Dónde puedo localizarlo?

—Mucho me temo que no lo sé. Probablemente esté en su casa, pero no estoy autorizado a darle su número de teléfono.

—Pero ¿qué jodienda es ésta? —preguntó encolerizado Darius.

—Cálmese, señor Darius —dijo Betsy—. La orden de registro es perfectamente legal, así que pueden proceder al registro. Ahora mismo no podemos hacer nada para impedirlo. Si resultase que la declaración jurada no es conforme a la legislación, podremos impugnar toda clase de pruebas que hayan encontrado, y suprimirlas del procesamiento.

—¿Pruebas de qué? —exigió Darius—. Se han negado en redondo a decirme qué es lo que están buscando.

—Martin —dijo la mujer del vestido negro a la vez que le

apoyaba la mano en el antebrazo—, déjales que registren lo que quieran, por favor. Quiero que se vayan de aquí, y no lo harán hasta que no hayan terminado.

Darius se soltó el brazo.

—Registre la maldita casa —dijo a Barrow, colérico—. Pero más le vale que se consiga un buen abogado, porque lo voy a demandar hasta dejarle con el culo al aire, puede estar seguro.

El detective Barrow se marchó, mientras los insultos rebotaban sin el menor efecto a sus espaldas. En el momento en que llegó a las escaleras que salían de la sala de estar, un hombre de pelo gris, vestido con un chubasquero, entró en la casa.

—El dibujo de los neumáticos del BMW concuerda, y además hay un Ferrari negro en el garaje —le oyó decir Betsy.

Barrow hizo un gesto a dos policías de uniforme que guardaban la entrada. Lo siguieron mientras Barrow se aproximaba a Darius.

—Señor Darius, queda usted arrestado por los asesinatos de Wendy Reiser, Laura Farrar y Victoria Miller.

Darius se puso lívido, y la mujer se llevó la mano a la boca como si estuviese a punto de vomitar.

—Tiene derecho a permanecer en silencio... —dijo Barrow, leyendo una tarjeta plastificada que sacó de la billetera.

—¿Qué cojones es todo esto? —explotó Darius.

—¿De qué está hablando? —preguntó la mujer a Betsy.

—Es mi deber informarle de sus derechos, señor Darius —dijo Barrow.

—Creo que tenemos derecho a una explicación —intervino Betsy.

—No señora, no los tienen —repuso Barrow. Y terminó de leer a Darius sus derechos constitucionales—. Bien, señor Darius, ahora tengo que esposarlo. Es el procedimiento habitual; lo hacemos con todas las personas arrestadas.

—Usted no va a esposar a nadie —dijo Darius, dando un paso atrás.

—Señor Darius, no se resista —dijo Betsy—. No puede hacer eso, aunque el arresto sea ilegal. No le queda más remedio que acompañarlo, pero no diga ni una palabra. Detective Barrow —añadió—, quiero acompañar al señor Darius a la comisaría.

—Lo siento, pero es imposible. Supongo que no quiere usted que lo interroguemos, así que lo vamos a fichar en cuanto lleguemos. Yo no me acercaría a la cárcel hasta mañana por la mañana. Ni siquiera puedo garantizarle cuándo vamos a terminar de preparar su ficha policial.

—¿A cuánto asciende mi fianza? —inquirió Darius.

—No hay libertad bajo fianza en los casos de asesinato, señor Darius —respondió Barrow con calma—. De todos modos, la señora Tannenbaum puede solicitar una vista en la que se fije la cuantía.

—¿Qué está diciendo? —preguntó la mujer con incredulidad.

—¿Puedo hablar con el señor Darius un momento en privado? —preguntó Betsy.

Barrow asintió.

—Pueden ir allí —dijo, señalando un rincón de la sala de estar apartado de las ventanas.

Betsy condujo a Darius al rincón; la mujer hizo ademán de seguirlos, pero Barrow le hizo saber que no podía autorizarla a hablar con ellos.

—¿Qué es eso de que no hay libertad bajo fianza? No pienso sentarme en una celda, rodeado de narcotraficantes, drogadictos y chulos de putas.

—No se concede automáticamente la libertad bajo fianza en casos de asesinato o de traición, señor Darius. Es un hecho que recoge la propia Constitución. Sin embargo, siempre hay manera de conseguir que un juez fije cuantía para la fianza. Concertaré una audiencia en cuanto me sea posible, e iré a verlo a primera hora de la mañana.

—No puedo creerlo.

—Créaselo y escúcheme ahora con atención. Todo lo que diga será utilizado para demostrar su culpabilidad. Quiero que no diga ni pío, que no hable con nadie, ni con los polis, ni con un compañero de celda. Con nadie. La cárcel está llena de chivatos dispuestos a jugársela a cualquiera para conseguir que les rebajen la pena. Y los guardias repetirán punto por punto todo lo que usted diga ante el responsable de la fiscalía de distrito.

—Maldita sea, Tannenbaum. Sáqueme de ésta, y que sea cuanto antes. Ya le he pagado para que me proteja. No pienso ir a la cárcel.

Betsy vio que el detective Barrow hacía una señal a dos agentes.

—No lo olvide: ni palabra —dijo cuando Barrow se detuvo ante ellos.

—Las manos a la espalda, por favor —dijo uno de los agentes de uniforme. Darius obedeció y el agente le puso las esposas. La mujer miraba la escena con tal incredulidad que tenía los ojos como platos.

—La espero mañana a primera hora —dijo Martin Darius cuando se lo llevaron.

—Allí estaré.

Betsy sintió que alguien le tocaba el brazo.

—¿Señora Tannenbaum?

—Llámeme Betsy.

—Soy la mujer de Martin, Lisa. ¿Qué es lo que está pasando? ¿Por qué se han llevado a Martin?

Lisa Darius parecía desconcertada, pero Betsy no la vio derramar ni una lágrima. Parecía más bien una anfitriona cuya fiesta hubiese resultado una enorme desilusión, y no una mujer cuyo marido acababa de ser detenido por asesinato múltiple.

—Seguramente sabe usted lo mismo que yo, Lisa. ¿No mencionaron los policías nada que explicase por qué habían venido a su domicilio?

—Dijeron... Es que no me lo puedo creer. Nos preguntaron por las tres mujeres que habían aparecido muertas en uno de los solares en construcción que tiene Martin.

—Es cierto —dijo Betsy, recordando de repente por qué le habían resultado tan familiares los nombres que Barrow había pronunciado.

—Es imposible que Martin tuviese nada que ver con esa historia. Conocemos bien a los Miller, este verano los invitamos a hacer un crucero en nuestro yate. Tiene que tratarse de una equivocación.

—¿Lisa Darius?

Betsy y Lisa Darius miraron a la vez en dirección a las escaleras de la sala de estar. Un detective negro, vestido con tejanos y una cazadora roja de los Portland Trailblazers, avanzaba hacia ellas.

—Nos vamos a llevar su BMW. ¿Podría entregarme las llaves, por favor? —pidió educadamente, al tiempo que le entregaba la papeleta amarilla del resguardo de bienes confiscados.

—¿Nuestro coche? ¿Es que pueden hacer tal cosa? —preguntó Lisa a Betsy.

—Sí, en la orden de registro se hacía mención de los vehículos.

—¡Santo Dios! ¿Adónde vamos a parar?

—Me temo que mis hombres van a tener que registrar su casa palmo a palmo —le dijo el detective como si estuviese pidiéndole disculpas—. Intentaremos no desordenar nada y dejar en su sitio lo que no nos llevemos. Si lo desea, puede acompañarnos.

—De ninguna manera. Sólo le pido que se dé prisa, por favor. Quiero que salgan cuanto antes de mi casa.

El detective estaba avergonzado. Bajó la vista y se marchó. Barrow se había llevado su gabardina, pero había quedado una mancha de humedad en el sofá, donde la había dejado al entrar. Lisa Darius observó la mancha con gesto de asco y se sentó tan alejada de ella como le fue posible. Betsy tomó asiento a su lado.

—¿Cuánto tiempo va a estar Martin en la cárcel?

—Depende. Ahora, la fiscalía del estado tiene la difícil obligación de convencer al juez de que la acusación es bien sólida, si es que pretende encerrar a Martin y negarle la libertad bajo fianza. Solicitaré una audiencia inmediata. Si el estado no es capaz de sacar adelante su acusación, saldrá de la cárcel muy pronto. Pero si lo consigue, no saldrá de ninguna manera, a menos que en el juicio consigamos una sentencia absolutoria.

—Esto es increíble.

—Lisa —preguntó Betsy con cautela—, ¿tenía usted idea de que pudiera ocurrir algo como esto?

—¿Qué quiere decir?

—Sé por experiencia que la policía no suele pasar a la acción a menos que tenga serios motivos para acusar a alguien. Cometen errores, por descontado, pero no tantos como cabría pensar por la forma en que actúan en las series de televisión. Además, su marido no es ningún delincuente callejero. No puedo imaginarme cómo iba Alan Page a molestar de esta forma a una personalidad de la talla de Martin a menos que tuviese alguna prueba de verdadero peso. Sobre todo, siendo una acusación como ésta.

Lisa se la quedó mirando boquiabierta.

—¿Acaso insinúa...? Pensé que era usted la abogada de Martin. Pero si no cree en su palabra, no entiendo por qué va a encargarse de su caso. De todos modos, no sé cómo decidió Martin contratarla. Papá dice que Óscar Montoya y Matthew Reynolds son los dos mejores abogados criminalistas que hay en todo Oregón, y Martin podría haber contratado a cualquiera de los dos.

—Si una abogada se limita a pensar lo que su cliente quiere que piense, no está haciendo su trabajo de la mejor manera posible —dijo Betsy con toda calma—. Si hay algo que usted sepa acerca de estas acusaciones, mejor será que me lo diga para que pueda emprender la defensa de Martin en las debidas condiciones.

—Bien, pues yo no sé nada —contestó Lisa, apartando la mirada de Betsy—. Todo esto es un ultraje.

Betsy decidió no presionarla más.

—¿Hay alguien que pueda quedarse con usted? —preguntó.

—Sola estaré estupendamente.

—Este asunto se pondrá muy crudo, Lisa. Los medios de comunicación la acosarán noche y día, y vivir siendo un foco de atención constante es algo mucho peor de lo que la gente se imagina. ¿Tiene al menos un contestador que pueda utilizar para seleccionar las llamadas que reciba?

—Sí.

—Bien. Conéctelo y no atienda ni una sola llamada de los medios de comunicación. Como no tenemos ni idea de cómo se va a llevar a cabo la acusación contra Martin, ni siquiera sabemos qué es lo que puede hacerle más daño. Por ejemplo, decir a la prensa dónde estaba Martin en una fecha determinada puede ser algo crucial. Si usted dice que no estaba con él en una fecha determinada, podría destruir una coartada. Por eso, lo mejor es que no diga nada a nadie. Si algún reportero consigue ponerse en contacto con usted, dígale que hable conmigo. Y no hable jamás con la policía ni con las personas de la oficina del fiscal de distrito. Existe un privilegio en el caso de las comunicaciones entre cónyuges, y está en su derecho si decide negarse a hablar con quien sea. ¿Me entiende?

—Sí, no se preocupe. Creo que estaré bien. Y siento haberle

dicho eso. Me refiero a que Martin podría haber contratado a alguien mejor. Lo que pasa es...

—No hace falta que se disculpe, ni que me dé explicaciones. Todo esto tiene que ser muy duro para usted.

—No tiene por qué quedarse conmigo.

—Pero me quedaré hasta que concluya el registro. Quiero ver qué es lo que se llevan, porque así tal vez podamos deducir por qué piensan que Martin está implicado en esos asesinatos. He oído decir que un oficial le decía a Barrow que habían comparado el dibujo de los neumáticos del BMW con algo. Eso significa que piensan que el coche de Martin estaba en algún sitio. Quizá en el lugar del crimen.

—¿Y qué? Va en coche a los solares en construcción casi a diario. Todo esto es ridículo.

—Pronto lo veremos —dijo Betsy, aunque lo cierto es que estaba preocupada.

Lisa Darius podía mostrarse perpleja y sobresaltada por la detención de su marido, pero Betsy sabía que Martin Darius no lo había estado en ningún momento. Nadie deja un anticipo por valor de cincuenta y ocho mil dólares en manos de un abogado, si espera que lo detengan por robar en un comercio. Era, por el contrario, el tipo de anticipo que recibía un buen abogado por defender a alguien acusado de asesinato.

CAPÍTULO IX

—Es un placer saludarla, señora Tannenbaum —dijo Alan Page cuando Betsy tomó asiento en su despacho, frente a él—. Randy Highsmith quedó muy impresionado por su manera de llevar el caso Hammermill. Se deshizo en elogios hablando de usted. Y yo personalmente apreciaría la alabanza, porque a Randy no hay nada que le fastidie tanto como perder un caso.

—Creo que Randy tal vez no habría presentado los cargos si hubiese tenido idea de la brutalidad con que se comportaba el marido de Andrea.

—Muy caritativo por su parte, pero mejor será afrontar los hechos. Randy pensó que a usted siempre la iba a ganar de calle. Usted le dio una buena lección, y perder el caso Hammermill le servirá para ser un fiscal mejor de lo que era. De todos modos, no ha venido para hablar de viejas historias, ¿verdad? Ha venido para hablar de Martin Darius.

—Por lo que veo, el detective Barrow ha debido de llamarlo a su casa, utilizando el número de teléfono que no quiso facilitarme.

—Ross Barrow es un buen policía, que sabe cómo cumplir órdenes.

—¿Tendrá entonces la amabilidad de decirme por qué ha procedido a la detención de mi cliente?

—Creo que asesinó a las cuatro personas que encontramos enterradas en un solar de su propiedad.

—Eso es obvio, señor Page.

—¿Por qué no me llama Al?

—Encantada, Al. Puedes llamarme Betsy. Bien, y ahora que hemos empezado a tutearnos, ¿qué te parece si me dices por qué se ha procedido al registro del domicilio de Martin y a su posterior arresto?

—Me temo que no puedo —respondió Page, con una sonrisa.

—Será que no quieres.

—Betsy, sabes de sobra que no estamos autorizados a revelar nuestros informes policiales hasta que no exista un acta de acusación.

—Tendrás que explicar ante el juez qué es lo que tienes entre manos en cuanto hayamos concertado una audiencia para fijar la cuantía de la fianza.

—Muy cierto. Pero esa audiencia aún no está programada, y tampoco hay acta de acusación, así que voy a seguir al pie de la letra los estatutos que protegen cualquier hallazgo policial.

Betsy se retrepó en su asiento y sonrió con dulzura.

—Por lo que veo, no parece que tienes demasiada confianza en el caso, Al.

Page se rió para disimular la sorpresa que le produjo el que Betsy lo hubiese cazado con tanta facilidad.

—Tengo confianza de sobra en nuestro caso, Betsy —mintió—. Pero también tengo un sano respeto por tu capacidad profesional. No pienso cometer el mismo error de Randy, así que no voy a subestimarte. En cambio, sí debo confesarte que me sorprendió saber que, a pesar de tu adhesión a la causa feminista, estás defendiendo a Darius.

—¿Qué tiene que ver el feminismo con que represente a Martin Darius?

—¿Es que no te ha hablado de lo que ha hecho?

—Martin Darius no tiene ni idea de por qué ha sido detenido. Y yo tampoco.

Page la miró unos instantes y tomó una decisión.

—Supongo que no sería justo dejarte totalmente a oscuras, y por eso te diré que tenemos previsto proceder a la acusación de tu cliente por el secuestro, la tortura y el asesinato de tres mujeres y un hombre.

Page sacó de un sobre papel manila una foto en color del cadáver de Wendy Reiser y se la entregó a Betsy. Se puso pálida. La fotografía fue tomada nada más desenterrar el cadáver. La mujer, desnuda, estaba espatarrada en medio del barrizal. Betsy vio las incisiones producidas en el estómago y los cortes y las quemaduras que se le habían hecho en las piernas. También vio con toda claridad el rostro de Wendy Reiser. Diríase que aún muerta parecía estar sufriendo.

—Eso es lo que hace Martin Darius con las mujeres, Betsy, y puede que no sea ésta la primera vez que hace tal cosa. Tenemos fundadas razones para pensar que hace diez años un hombre llamado Peter Lake asesinó a seis mujeres en Hunter's Point, estado de Nueva York, de manera muy parecida, por no decir idéntica, a la que han sido asesinadas nuestras víctimas. Además, tenemos pruebas concluyentes de que Peter Lake y Martin Darius son la misma persona. Tal vez quieras interrogar a tu cliente sobre ese aspecto. Una cosa más. Hay otra mujer desaparecida. Te voy a hacer una oferta única, y no la repetiré: si esa mujer está viva y Darius nos dice dónde podemos encontrarla, tal vez podamos negociar un trato.

El ascensor de la cárcel la dejó ante un estrecho pasillo de cemento pintado en tonos pastel, amarillo y marrón. Frente a la puerta del ascensor había tres puertas reforzadas. Betsy utilizó la llave que le había dado el guardia para identificarse en el mostrador de las visitas. La puerta de en medio se abrió a una estrecha habitación. Nada más entrar, vio una pared partida en dos por una estrecha repisa; la parte inferior era de cemento y la superior una lámina de cristal antibalas. Betsy colocó su bloc de notas sobre la repisa y cogió el auricular que había en la pared de su izquierda.

Al otro lado del cristal, Martin Darius descolgó el aparato. Iba vestido con un mono anaranjado, pero seguía teniendo un aire tan imponente como la tarde en que la había visitado en su despacho. Llevaba el cabello y la barba bien peinados, y se sentó muy erguido, aunque con evidente incomodidad. Se inclinó hacia delante hasta casi tocar el cristal. Tenía la mirada levemente alterada, aunque ése era el único indicio de desasosiego.

—¿Para cuándo se ha fijado la audiencia de la fianza? —preguntó.

—Por el momento, no se ha fijado —respondió Betsy.

—Le dije que quería salir inmediatamente de aquí. Debería haber fijado la fecha de la audiencia a primera hora de esta mañana.

—Esto así no puede funcionar. Mire, yo soy una abogada, no

una correveidile. Si lo que quiere es dar órdenes a alguien que se encargue de cumplirlas, le sugiero que contrate un servicio de camareras.

Darius miró fijamente a Betsy durante unos instantes, y luego relampagueó en su rostro una gélida sonrisa de condescendencia.

—Lo lamento, pero pasar doce horas aquí dentro no creo que mejore la disposición anímica de nadie.

—He visitado a Alan Page, el fiscal de distrito, esta misma mañana. Me ha referido algunas cosas de gran interés. Además, me mostró las fotografías tomadas en el lugar de los hechos. Esas tres mujeres fueron torturadas, señor Darius. He visto muchas crueldades en mi vida, pero nada que se parezca a esto. El asesino no sólo puso fin a sus vidas, sino que se ensañó con las víctimas. Las rajó de parte a parte... —Betsy hizo un alto, ya que el recuerdo de lo que había visto poco antes la dejó sin respiración. Darius la observó. Ella aguardó a que él dijera algo, pero al ver que permanecía en silencio prosiguió hablando—: ¿No hay nada de esto que le resulte familiar?

—Yo no he matado a esas mujeres.

—No le he preguntado si las mató. Le he preguntado si en estos crímenes no hay nada que le resulte familiar.

Darius estudió a Betsy. A ella no le gustó la manera en que la miraba como si fuese un espécimen de laboratorio.

—¿Por qué me está interrogando? —preguntó él—. Al fin y al cabo, trabaja usted para mí, y no para el fiscal de distrito.

—Señor Darius, yo decido para quién trabajo, no lo olvide. Y ahora mismo no estoy muy segura de que desee trabajar para usted.

—Ya veo que Page le ha dicho algo, ¿eh? Algo ha debido de meterle en la cabeza.

—¿Quién es Peter Lake?

Betsy contaba con que se produjese alguna reacción, pero no se esperaba la que vio. El aire de gélida tranquilidad desapareció del semblante de Darius. Le tembló el labio inferior. De pronto, pareció un hombre a punto de echarse a llorar.

—Así que Page está al corriente de los sucesos de Hunter's Point.

—Señor Darius, no ha sido usted honesto conmigo.

—Entonces, ¿de eso se trata? —preguntó Darius señalando el cristal antibalas—. ¿Por eso no ha solicitado usted un vis a vis? ¿Es que le da miedo quedarse encerrada conmigo? ¿Le da miedo que yo...? —Darius calló de pronto. Apoyó la cabeza entre las manos.

—No creo que yo sea la persona más indicada para representar sus intereses en este caso —dijo Betsy.

—¿Por qué no? —preguntó Darius, con voz dolorida—. ¿Porque Page dice que he violado y asesinado a esas mujeres? ¿Se negó usted a representar a Andrea Hammermill cuando el fiscal de distrito la acusó de asesinar a su marido?

—Andrea Hammermill era víctima de un marido que la golpeó continuamente durante el tiempo que estuvieron casados.

—Pero ella lo mató, Betsy. Yo *no* he asesinado a esas mujeres. Lo juro. Yo *no* maté a nadie en Hunter's Point. Yo era Peter Lake, pero ¿sabe usted quién era Peter Lake? ¿También se lo ha contado Page? ¿Acaso sabe él quién era Peter Lake? Pues bien, Peter Lake era un hombre casado con la mujer más fabulosa del mundo. Era el padre de una niña perfecta, una niña que nunca hizo daño a nadie. Y su mujer y su hija fueron asesinados por un loco llamado Henry Waters, por una razón tan absurda que Peter jamás llegó a imaginarla siquiera. Peter era abogado. Ganaba dinero a espuertas. Vivía en una casa espléndida y tenía un coche de lujo, pero ni la fortuna que amasó con su trabajo, ni todas sus posesiones, podrían haberle hecho olvidar a la mujer y la hija que le habían sido arrebatadas. Por eso decidió huir. Asumió una nueva identidad e inició una nueva vida, porque su vida anterior le resultaba insoportable.

Darius calló de pronto. Tenía lágrimas en los ojos. Betsy no sabía qué pensar. Momentos antes, estaba convencida de que Darius era un monstruo. Ahora, al ser testigo de su dolor, ya no estaba tan segura.

—Le propongo un trato, Betsy —dijo Darius, aunque con voz casi inaudible—. Si llega usted a un punto en el que le resulta imposible creer que soy inocente, puede renunciar a mi defensa con todas mis bendiciones y quedarse con el anticipo.

Betsy no supo qué decir. Aquellas fotografías... No podía dejar de preguntarse cómo se habrían sentido las mujeres en los momentos iniciales, prolongados, de terror, a sabiendas de que lo mejor que podía ocurrirles era morir cuanto antes para de ese modo poner punto final a su dolor.

—No se preocupe —dijo Darius—. Entiendo cómo se siente. Usted sólo ha visto las fotografías; yo vi los cadáveres de mi mujer y de mi hija. Y aún sigo viéndolos.

Betsy se sintió fatal. Respiró hondo. No podía permanecer en aquella habitación estrecha ni un momento más. Necesitaba tomar el aire, necesitaba averiguar muchísimo más acerca de Peter Lake y de lo que había ocurrido en Hunter's Point.

—¿Se encuentra bien? —preguntó Darius.

—No, ni mucho menos. Me siento confundida.

—Me lo imagino. Page le ha hecho una buena jugarreta. Han dicho que mañana mismo compareceré ante el juez. Descanse bien esta noche y ya me dirá entonces qué es lo que ha decidido.

Betsy asintió.

—Ah, dos cosas más —dijo Darius mirándola directamente a los ojos.

—¿Sí?

—Si decide que voy a seguir siendo su cliente, tendrá que luchar por mí a cara de perro.

—¿Y qué más?

—De ahora en adelante, quiero que sus visitas sean vis a vis. Se acabó la jaula de cristal. No quiero que mi abogada me trate como a un animal en el zoo.

CAPÍTULO X

En cuanto Rita Cohen hubo abierto la puerta lo suficiente, Kathy se coló dentro y echó a correr hacia la cocina.

—No habrás vuelto a comprar esos cereales con sabor a chicle, ¿verdad, mamá? —preguntó Betsy.

—Betsy, pero si no es más que una niña. ¿Quién podría aguantar esos alimentos tan sanos que tú le das a todas horas? Déjala que disfrute un poco.

—Eso es precisamente lo que intento hacer. Si por ti fuera, su dieta sería bien alta en colesterol.

—En cambio, cuando yo aún estaba en edad de crecer, nadie tenía ni idea de lo que era el colesterol. Lo que comíamos nos hacía felices, porque no era lo mismo que se da de comer a los caballos. Mírame, tengo setenta y cuatro años y sigo fuerte como un roble.

Betsy abrazó a su madre y le dio un beso en la frente. Rita no tendría más de un metro sesenta de estatura, así que Betsy tuvo que agacharse. El padre de Betsy nunca había llegado al metro setenta; nadie se imaginaba a quién había salido Betsy tan alta.

—¿Y cómo es que no hay escuela? —preguntó Rita.

—Hoy toca día de planificación escolar. Me olvidé de leer el folleto que nos enviaron, así que no me enteré hasta ayer por la tarde, y gracias a que me lo dijo Kathy.

—¿Tienes tiempo para tomar un café? —preguntó Rita.

Betsy miró el reloj. Sólo eran las siete y veinte. Hasta las ocho, no la dejarían entrar en la cárcel para visitar a Darius.

—Claro que sí —respondió, y dejó la mochila con las cosas de Kathy en una silla, para seguir a su madre al cuarto de estar—. Le he metido algunos libros y algunos juguetes.

—Ver un poco la televisión no le hará ningún daño, comparado con esos cereales que le das.

Betsy se echó a reír.

—Basta con un solo día para que destruyas todas las buenas costumbres que haya podido inculcarle a lo largo de un año. Eres una amenaza para los niños.

—Tonterías —contestó Rita con brusquedad, al tiempo que servía dos tazas de café de la cafetera que había preparado con la esperanza de que Betsy prolongase un poco su visita—. Así que, cuéntame; ¿qué es lo que tienes entre manos esta mañana, que sea tan importante para abandonar sin ningún reparo a ese angelito adorable en compañía de un ogro como yo?

—¿Has oído hablar de Martin Darius?

—Desde luego.

—Pues lo represento yo.

—¿Qué ha hecho?

—El fiscal de distrito cree que Darius violó y asesinó a tres mujeres que han encontrado en uno de sus solares en construcción. También piensa que Darius torturó y asesinó a seis mujeres en Hunter's Point, estado de Nueva York, hace diez años.

—¡Dios mío! ¿Es culpable?

—No lo sé. Darius jura que es inocente.

—¿Y tú le crees?

Betsy sacudió la cabeza.

—Aún es pronto para saberlo.

—Es un hombre muy rico, Betsy. La policía no habría detenido a alguien tan importante si no tuviera pruebas.

—Mamá, si me creyese la palabra del fiscal del estado a pie juntillas, Andrea Hammermill y Grace Peterson estarían hoy entre rejas.

Rita parecía preocupada.

—¿Y crees que deberías representar a un hombre que viola y tortura a las mujeres, después de todo lo que has hecho en defensa de los derechos de la mujer?

—No es seguro que torturase a nadie, mamá. Además, esa etiqueta de feminista me la ha colgado la prensa. Yo quiero trabajar en favor de los derechos de la mujer, pero no quiero encasillarme como abogada de mujeres. Este caso me servirá para que no me considere una abogada unidimensional. Podría lograr una reputación capaz de cimentar mi carrera profesional. Y lo más importante de todo es que Darius puede ser inocente. El fiscal de distrito no piensa decirme de ninguna manera por qué cree que Darius es culpable, y eso me despierta muchas suspicacias. Si las tuviera todas consigo, si pudiese demostrar que Darius es culpable, tendría la confianza suficiente para decirme qué ha descubierto.

—No quiero que salgas escaldada de este asunto.

—No saldré escaldada, mamá, porque de todos modos haré un buen trabajo. Cuando gané el caso de Grace, aprendí unas cuantas cosas. Tengo talento. Soy una muy buena abogada penalista, se me da de maravilla hablar con los miembros del jurado. Soy imbatible a la hora de interrogar y examinar a los testigos. Si consigo ganar este caso, en todo el país se van a enterar de lo buena que soy, y por eso quiero aceptarlo, por eso me va tanto en ello. Pero voy a necesitar tu ayuda.

—¿Qué quieres decir?

—Este caso se va a prolongar al menos durante un año. El juicio podría durar varios meses. El estado va a solicitar la pena de muerte, me temo, por lo que tendré que luchar a brazo partido, y te estoy hablando de un asunto sumamente complicado, de cosas que sucedieron hace diez años. Tengo que averiguar todo lo que pueda acerca de Hunter's Point y de la historia personal de Darius. Eso significa que estaré trabajando muchas veces hasta muy tarde, que tendré que dedicarme a esto incluso los fines de semana, y que voy a necesitar que me ayudes con Kathy. Si estoy comprometida con alguien, si me retraso en el tribunal, alguien tendrá que recogerla de la escuela, prepararle la cena...

—¿Y qué me dices de Rick?

—No se lo puedo pedir. Y sabes bien por qué.

—No, no sé por qué. Es el padre de Kathy. Además, es tu marido. Debería ser tu máximo admirador.

—Puede que sí, pero no lo es. Nunca ha podido aceptar el hecho de que soy una auténtica abogada, y de que me dedico con éxito a la profesión.

—Entonces, ¿qué se pensó que ibas a hacer cuando te pusiste de nuevo la toga?

—Creo que se pensó que no iba a pasar de ser una afición más o menos entretenida, como si me dedicase a coleccionar sellos o a cualquier otra ocupación que me distrajese un poco mientras no tenía que preparar la cena o limpiar la casa.

—Bueno, él es el hombre de la casa, y a los hombres les gusta pensar que son los que manejan el cotarro. En cambio, ahí apareces tú, venga a salir en los periódicos e incluso en la televisión.

—Mira, mamá, no quiero hablar de Rick. ¿Te importa? Sólo conseguiré enfadarme.

—De acuerdo, no hablemos de él. Además, y por descontado, cuenta con mi ayuda.

—No sé cómo me las podría arreglar sin ti.

Rita se ruborizó y agitó la mano ante su hija.

—Bah, para eso estamos las madres.

—Abuelita —gritó Kathy desde la cocina—. No encuentro la natilla de chocolate.

—¿Para qué querrá natilla de chocolate a las siete y media de la mañana? —preguntó Betsy.

—No es asunto tuyo —contestó Rita en tono imperativo—. Ya voy, cariño. Está demasiado alta, no la puedes alcanzar.

—Tengo que irme —dijo Betsy con un gesto de resignación—. Por favor, que no vea demasiado la tele, ¿de acuerdo?

—No te preocupes. Esta mañana sólo vamos a leer a Shakespeare y a estudiar álgebra —respondió Rita mientras entraba en la cocina.

Reggie Stewart estaba esperando a Betsy sentado en un banco, cerca del mostrador de visitas de la cárcel. Stewart había tenido varios trabajos distintos, todos ellos insatisfactorios, hasta que descubrió su talento para la investigación. Era un hombre delgado, de un metro ochenta de estatura, cabello castaño y revuelto y brillantes ojos azules, que sólo parecía estar cómodo con camisas de franela a cuadros, tejanos y botas tejanas. Stewart tenía una manera muy personal, incluso rara, de ver las cosas, así como una manera muy sarcástica de intimidar a determinadas personas hasta desalentarlas. A Betsy le gustaba su manera de utilizar la imaginación, así como su habilidad para conseguir que la gente confiase en él. Estos atributos habían resultado tener un valor incalculable en los casos Hammermill y Peterson, en los que las mejores pruebas de los abusos cometidos por los maridos procedieron de los parientes de las víctimas, pruebas que habrían quedado sepultadas bajo muchos estratos de odio y orgullo de familia de no haber sido por la perseverancia y la capacidad de persuasión de Reggie.

—¿Preparada, jefa? —preguntó Stewart, sonriendo al levantarse del banco.

—Siempre —contestó Betsy con una sonrisa.

Stewart había rellenado los impresos de visita para que los dos obtuviesen permiso de entrada. Un guardia esperaba sentado tras una lámina de cristal, en la sala de control. Betsy entregó los dos impresos y sus documentos de identidad por la ranura y solicitó una visita vis a vis con Martin Darius. En cuanto el guardia les comunicó que estaban autorizados, Reggie y ella sacaron todos los objetos metálicos que tenían en los bolsillos, se quitaron los relojes y joyas y pasaron por el detector de metales. El guardia inspeccionó el maletín de Betsy y acto seguido llamó al ascensor. Cuando llegó, Betsy insertó la llave en el cerrojo correspondiente a la séptima planta y la hizo girar. El ascensor subió y las puertas se abrieron ante el mismo pasillo estrecho por el que había caminado Betsy el día anterior. Esta vez se dirigió hacia el final del corredor y esperó ante una gruesa puerta de metal equipada con un cristal no menos grueso en la mitad superior. A través del cristal vio las dos salas de entrevistas vis a vis de la séptima planta. Estaban vacías.

—Darius va a resultar un cliente muy exigente —dijo Betsy a Stewart mientras esperaban al guardia—. Está acostumbrado a ser el que manda, es muy inteligente y además está sometido a una presión tremenda.

—Entendido.

—Hoy nos limitaremos a escuchar. No comparecerá ante el juez hasta las nueve, así que disponemos de una hora. Quiero que nos dé su versión de lo ocurrido en Hunter's Point. Si a las nueve no hemos terminado, podrás hacerlo tú más tarde.

—¿De qué se le acusa?

Betsy sacó del maletín una copia del acta de acusación.

—Esto tiene muy mala cara, jefa —dijo Stewart tras leer las acusaciones—. Por cierto, ¿quién es «Fulano de Tal»?

—El hombre encontrado en el solar. La policía no tiene ni idea de quién pueda ser. Tenía la cara y las yemas de los dedos desfigurados con ácido, y el asesino llegó a destrozarle la dentadura a martillazos para impedir que se le identificase a partir de los registros dentales.

Stewart hizo una mueca.

—Me temo que va a ser un conjunto de fotografías del lugar del crimen que no tengo ningunas ganas de ver.

—Son peores de lo que te imaginas, Reg. Les he echado un vistazo antes de desayunar y casi lo vomito todo.

—¿Tú cómo lo ves?

—¿Quieres decir que si creo que Darius lo hizo? —Betsy sacudió la cabeza—. No estoy segura. Page está convencido, pero una de dos: o Darius me dedicó ayer una actuación teatral fantástica, o no es culpable.

—Así que tenemos un auténtico galimatías. Imposible saber quién lo hizo.

—Puede que sí.

De pronto, una recia cerradura se abrió con un chasquido. Betsy estiró el pescuezo y vio a Darius, que pasaba junto al guardia para entrar en el estrecho espacio que separaba las dos salas de entrevistas vis a vis. Cuando su cliente estuvo encerrado en una de ellas, el guardia dejó pasar a Betsy y a Stewart a la zona de contacto y cerró la puerta de la salita en la que habían estado esperando. Tras dejarlos con Darius, el hombre salió de la zona de visita por la puerta por la que había entrado.

La sala de entrevistas vis a vis era muy reducida. La mayor parte del espacio disponible lo ocupaba una amplia mesa circular y tres sillas de plástico dispuestas a su alrededor. Darius estaba sentado en una de ellas. No se puso de pie cuando entró Betsy.

—Veo que se ha traído usted un guardaespaldas —dijo, estudiando con atención a Stewart.

—Éste es Martin Darius; le presento a Reggie Stewart, mi detective privado.

—¿Sólo ha contratado a uno? —preguntó Darius, ignorando la mano que le tendía Reggie. Stewart la retiró lentamente.

—Reggie es muy bueno en su oficio. Sin él nunca habría podido ganar el caso Hammermill, pero si cree que va a necesitar más detectives, encárguese usted de buscarlos y contratarlos. En fin, aquí tiene una copia del acta de acusación.

Darius cogió el papel y lo leyó.

—Page basa la acusación en diversas teorías, según la muerte de cada una de las personas. Lo acusa de ser el autor material del asesinato de un ser humano, sólo que dicho asesinato tuvo lugar mientras cometía usted el delito de secuestro. Lo acusa de asesinar a otras personas mediante torturas; en este supuesto se encuentra más de una víctima. Si logra convencer a un jurado de que usted es autor de un homicidio con agravantes, el juicio pasará a una segunda fase, en la que se fijará la pena. En realidad, se trataría de un segundo juicio, centrado exclusivamente en la cuestión del castigo.

»En esa segunda fase, la fiscalía del estado tendrá que convencer a los miembros del jurado de que cometió usted el crimen deliberadamente, de que la provocación en que pudiera haber incurrido la víctima, en caso de que hubiese ocurrido, no es motivo atenuante de la gravedad del delito, y de que, en suma, existe la probabilidad contrastada de que en el futuro seguiría siendo usted una persona peligrosa para la sociedad. Si los miembros del jurado respondieran afirmativa y unánimemente a este interrogante, sería usted condenado a muerte, a menos que existan atenuantes que puedan convencer a alguno de los miembros del jurado de que no merece usted la pena de muerte. Si alguno de los miembros del jurado respondiera negativamente a cualquiera de estos interrogantes, tendrían que decidir por mayoría si es usted condenado a cadena perpetua sin reducción o a cadena perpetua con un mínimo de treinta años. ¿Alguna pregunta por ahora?

—Pues sí, Tannenbaum —dijo Darius, observándola con una sonrisa que delataba curiosidad—. ¿Por qué pierde el tiempo en explicarme en qué consiste esa segunda fase? Yo no he secuestrado, no he torturado y no he asesinado a ninguna de esas mujeres. Y espero que pueda convencer de ello al jurado.

—¿Y qué me dice de Hunter's Point? —preguntó Betsy—. Todo eso va a desempeñar un papel fundamental en su juicio.

—El asesino era un hombre llamado Henry Waters. Fue abatido a tiros cuando intentó resistirse a los policías que fueron a detenerlo. Encontraron el cuerpo de una de sus víctimas descuartizado en el sótano de su casa. Todo el mundo sabía que Waters era el asesino, y el caso quedó cerrado.

—Entonces, ¿cómo puede explicarme que Page esté convencido de que usted mató a las mujeres de Hunter's Point?

—No tengo la menor idea. Yo fui una de las víctimas, por el amor de Dios. Ya se lo dije. Waters asesinó a Sandy y a Melody. Formé parte de la unidad especial que se constituyó para investigar aquellos asesinatos.

—¿Y cómo ocurrió tal cosa? —preguntó Betsy, sorprendida.

—Me ofrecí voluntario. Como abogado defensor yo gozaba de gran prestigio. Pensé que podría aportar una visión radicalmente nueva de la mentalidad del criminal. El alcalde se mostró de acuerdo.

—¿Cómo es que no se dedicó a la práctica de la abogacía cuando se trasladó a Oregón?

Darius dejó de sonreír.

—¿Y qué importancia puede tener eso?

—Da la impresión de que intentaba usted esconderse. Lo mismo cabe pensar al haberse teñido el pelo de negro.

—Mi mujer y mi hija fueron asesinadas, Tannenbaum —dijo Darius—. Yo encontré los cadáveres. Sus muertes formaban parte de mi antigua vida. Cuando me trasladé aquí me encontré con una oportunidad única para empezar de nuevo. Ni siquiera deseaba ver mi antigua cara en el espejo, porque me haría recordar las caras de Sandy y Melody junto a la mía, en las viejas fotografías. Tampoco quería trabajar en lo mismo porque había demasiadas relaciones entre ese trabajo y mi vida anterior. —Se inclinó hacia delante. Apoyó los codos sobre la mesa y se sostuvo la cabeza entre los dedos, aplicándose un masaje en la frente como si intentase borrar dolorosos recuerdos—. Lamento que le parezca una locura, pero puede decirse que, en efecto, estuve ligeramente loco durante un tiempo. Había sido inmensamente feliz, y de repente aparece un maníaco...

Darius cerró los ojos. Stewart lo estudió con atención. Betsy estaba en lo cierto. O el tipo era un gran actor, o era inocente.

—Necesitaremos encontrar los viejos archivos de Hunter's Point —dijo Betsy a Stewart—. Probablemente tengas que viajar allí para hablar con los detectives que trabajaron en el caso. La teoría de Page se derrumba por sí sola si Martin no fue el autor de los asesinatos de Hunter's Point.

Stewart asintió y a continuación preguntó:

—¿Quiénes son sus enemigos, señor Darius? ¿Quién lo aborrece tanto como para intentar culparlo de esos asesinatos?

Darius se encogió de hombros.

—Me he ganado un montón de enemigos. Por ejemplo, esos imbéciles que han paralizado el proyecto de construcción en el solar en el que fueron hallados los cadáveres.

—Señor Darius —dijo Stewart con paciencia—, con el debido respeto, no estará insinuando en serio que un simple grupo dedicado a la conservación de edificios de carácter histórico sea el responsable de su inculpación, ¿o sí?

—Incendiaron tres edificios de mi propiedad.

—¿No percibe ninguna diferencia entre la quema de un objeto inanimado y la tortura de tres mujeres hasta su muerte? Estamos buscando a un monstruo, señor Darius. ¿A quién conoce que carezca de conciencia, de compasión, que piense que los seres humanos no tienen más valor que los insectos y que, además, lo odie a usted a muerte?

Betsy no esperaba que Darius tolerase la insolencia de Stewart, pero él la sorprendió de nuevo. En vez de enojarse, se retrepó en la silla, frunciendo el entrecejo de pura frustración a la vez que intentaba contestar la pregunta de Stewart.

—Lo que pueda decir aquí ha de quedar entre nosotros, ¿no es así?

—Reggie es nuestro detective. El privilegio de comunicación entre abogado y cliente es aplicable a todo lo que usted pueda decirle.

—De acuerdo. Pues me viene a la cabeza un nombre en concreto. Hay un proyecto de construcción en el sur de Oregón que no fui capaz de financiar. Los bancos no se fiaron de mis garantías. Así pues, acudí a Manuel Ochoa. Es un individuo que no hace gran cosa, pero que tiene muchísimo dinero. Nunca se me ocurrió preguntarle de dónde sacaba tantísima pasta, pero he oído rumores.

—¿Estamos hablando de los colombianos, señor Darius? ¿Cocaína, *heroína*? —preguntó Reggie.

—No lo sé, ni quise saberlo en su día. Le pedí el dinero y él me lo dio. Si tuviese que seguir en prisión me costaría mucho cumplir los términos del acuerdo que firmé. Si Construcciones Darius se declarase en bancarrota, Ochoa ganaría mucho dinero.

—Y esa gente de las drogas seguramente es capaz de cepillarse a una o dos mujeres sin pensarlo dos veces —añadió Stewart.

—¿Sabe Ochoa lo de Hunter's Point? —preguntó Betsy de repente—. En todo esto, no sólo estamos buscando a un psicópata, sino a uno que tenga un conocimiento íntimo de su pasado secreto.

—Buena pregunta —dijo Stewart—. ¿Quién más conoce lo ocurrido en Hunter's Point, aparte de usted?

Darius pareció ponerse enfermo. Apoyó de nuevo los codos en la mesa y descansó la cabeza entre las palmas abiertas.

—Ésa es la pregunta que no he dejado de hacerme, Tannenbaum, desde que me di cuenta de que alguien me estaba tendiendo una trampa mortal. Pero no podría contestarla. En Portland, nunca he hablado de Hunter's Point con nadie. Lo cierto es que la persona que me está tendiendo esta trampa lo sabe todo al respecto, y no acierto a imaginar cómo es eso posible.

—Café solo —dijo Betsy a su secretaria nada más entrar por la puerta—. Ah, y pídeme un sándwich de pavo, beicon y queso suizo del Heathman Pub.

Dejó el maletín sobre la mesa y echó un vistazo a la correspondencia y a los mensajes que Ann había colocado en el centro del escritorio. Tiró los folletos publicitarios a la papelera, colocó las cartas importantes en su bandeja de entradas y decidió que ninguna de las llamadas telefónicas exigía una contestación inmediata.

—El sándwich estará listo en un cuarto de hora —anunció Ann a la vez que dejaba el café sobre la mesa de Betsy.

—Estupendo.

—¿Qué tal ha ido la comparecencia?

—Una jaula de grillos. El juzgado estaba lleno de periodistas. Ha sido mucho peor que el caso Hammermill.

Ann salió. Betsy dio un sorbo al café y encontró el teléfono del doctor Raymond Keene, antiguo perito forense del estado que actualmente ejercía la medicina en privado. Cuando un abogado defensor necesitaba una comprobación de los resultados expuestos por el perito forense oficial, acudía por lo común al doctor Keene.

—Cuéntame qué tienes para mí, Betsy.

—Hola, Ray. Tengo el caso Darius.

—¿En serio?

—En serio. Tres mujeres y un hombre, los cuatro brutalmente torturados. Quiero saberlo todo sobre cómo fallecieron, aparte de lo que se les pudo hacer antes de que falleciesen.

—¿Quién ha hecho las autopsias?

—Susan Gregg.

—Es una profesional competente. ¿Existe alguna razón en especial por la que quieras comprobar la veracidad de sus hallazgos?

—No es tanto cuestión de hallazgos. El fiscal de distrito piensa que Darius ya hizo esto mismo hace diez años, en Hunter's Point, estado de Nueva York. Allí fueron asesinadas seis mujeres, según lo que he podido saber hasta ahora. En aquel caso hubo un sospechoso que fue abatido por la policía al resistirse. Page no cree que aquel sospechoso fuera el verdadero asesino. Cuando recibamos los informes de las autopsias de Hunter's Point, querría que comparases los casos para ver si existe un *modus operandi* similar.

—Vaya, parece interesante. ¿Te lo reveló el propio Page?

—Se lo pregunté después de la comparecencia.

—Llamaré a Sue para ver si puedo acercarme al depósito de cadáveres esta misma tarde.

—Cuanto antes, mejor.

—¿Quieres que realice otra autopsia o sólo que revise su informe?

—Haz todo lo que se te ocurra. A estas alturas no tengo ni idea de lo que pueda ser importante.

—¿Qué pruebas de laboratorio ha practicado Sue?

—No lo sé.

—Probablemente, no habrá practicado todas las que debería. Lo comprobaré. Las reducciones presupuestarias no fomentan la realización de un intenso trabajo de laboratorio.

—No tenemos que preocuparnos por el presupuesto. Darius pondrá todo lo que haga falta.

—Eso es lo que yo quería oír. Te llamaré en cuanto tenga algo que contarte. Ánimo, dales caña.

—Lo haré, Ray.

Betsy colgó el teléfono.

—¿Preparada para salir a almorzar? —preguntó Nora Sloane con cierto titubeo desde la puerta del despacho. Betsy levantó la vista sobresaltada—. La recepcionista no estaba. He esperado unos minutos...

—Oh, lo siento, Nora. Habíamos quedado para almorzar, ¿no es así?

—En efecto, a las doce.

—Te pido disculpas. Me había olvidado por completo. Acabo de tomar un caso nuevo que me ocupa todo el tiempo.

—Martin Darius, lo sé. Es el titular de primera página del *Oregonian*.

—Me temo que hoy no es buen día para almorzar. Estoy hasta las cejas de trabajo. ¿Podemos dejarlo para otro día?

—Por mí, no hay problema. De hecho, estaba segura de que querrías cancelar la cita. Iba a llamar por teléfono, pero... Betsy —dijo Sloane con excitación—, ¿podría hacer un seguimiento de este caso, asistir a las reuniones, hablar con tu detective privado? Es una oportunidad fantástica para ver tu forma de trabajar en un caso de los grandes.

—No lo sé...

—No diría nada. Guardaría en secreto todas tus confidencias. Me comportaré como una mosca posada en la pared.

Sloane parecía tan excitada que Betsy no quiso desilusionarla, si bien una grieta en su estrategia defensiva podría tener efectos devastadores. Se abrió la puerta y entró Ann con una bolsa de papel ocre. Sloane miró por encima del hombro.

—Lo siento —dijo Ann, a punto de salir.

Betsy le indicó que se quedase.

—Hablaré con Darius —dijo—. Tendrá que dar su visto bueno. Luego lo pensaré con calma. Nunca haría nada que pueda poner en peligro a un cliente.

—Lo entiendo perfectamente —dijo Sloane—. Te llamaré dentro de unos días, para saber qué decides.

—Siento lo del almuerzo.
—No hay problema. Y muchas gracias.

Cuando Betsy llegó, delante de su casa había una furgoneta con el logotipo de la CBS y otra con el de la ABC.

—¿Quiénes son, mamá? —preguntó Kathy al ver que dos rubias elegantemente vestidas se acercaban al coche. Llevaban sendos micrófonos e iban seguidas por dos hombres fornidos, pertrechados con cámaras de televisión portátiles.

—Monica Blake, de la CBS, señora Tannenbaum —dijo la más baja de las dos cuando Betsy abrió la puerta.

Blake retrocedió con cierta torpeza y la otra mujer se aprovechó de su indecisión.

—¿Qué explicación puede dar una mujer como usted, conocida por sus radicales planteamientos feministas, para asumir la defensa de un hombre que presuntamente ha secuestrado, violado, torturado y asesinado a tres mujeres?

Betsy se puso colorada. Se dio la vuelta bruscamente y miró con furia a la reportera de la ABC sin hacer caso del micrófono que le había plantado delante de la cara.

—En primer lugar, yo no tengo que explicar nada. Eso es asunto del estado. En segundo lugar, soy abogada. Una de las tareas a las que me dedico es a la defensa de aquellas personas, hombres y mujeres por igual, que hayan sido acusadas de cometer un crimen. A veces, estas personas han sido injustamente acusadas, simplemente porque el estado ha cometido un error. Martin Darius es inocente, y me enorgullece representarlo y defenderlo de esas falsas acusaciones.

—¿Y si no fueran falsas? —preguntó la reportera de la CBS—. ¿Cómo puede conciliar el sueño por las noches, sabiendo lo que él les hizo a esas mujeres?

—Le sugiero que lea la Constitución. El señor Darius es inocente hasta que no se pruebe lo contrario. Ahora, si no le molesta, tengo que preparar la cena y ocuparme de una niña pequeña. No pienso contestar a más preguntas en mi casa. Considero su presencia como una invasión de mi privacidad. Si desean hablar conmigo, tengan la amabilidad de llamar a mi despacho para concertar una cita. Por favor, no vuelvan a venir a mi casa.

Betsy caminó alrededor del coche y abrió la puerta de Kathy, que saltó al suelo, mirando a las cámaras por encima del hombro mientras su madre la arrastraba hacia la casa. Las dos reporteras continuaron haciéndole preguntas a gritos.

—¿Vamos a salir en la tele? —preguntó Kathy cuando Betsy cerró de un portazo.

CAPÍTULO XI

I

Alan Page estaba atrapado en un automóvil, descendiendo por una carretera llena de curvas a una velocidad de vértigo. Los frenos rechinaban y los neumáticos despedían humo mientras él giraba furiosamente el volante una y otra vez para evitar una colisión inevitable. Cuando se incorporó en la cama, estaba a centímetros de los incendiarios faros de un inmenso descapotable. El sudor le pegaba el pijama de franela a la piel humedecida, y oía extenuado el violento latir de su corazón. Respiró hondo varias veces, sin estar aún seguro de dónde se encontraba, y esperando morir de un momento a otro en medio de un amasijo de fuego, acero retorcido y cristales rotos.

—Joder —murmuró cuando recuperó el sentido de la orientación. En su despertador faltaban dos minutos para las cinco de la mañana, de modo que aún restaba hora y media hasta que sonase la alarma y cuatro horas y media para que diese comienzo la audiencia para fijar la fianza... o para denegarla. Se desplomó otra vez sobre la almohada, ansioso y convencido de que ya no podría conciliar el sueño, obsesionado por la pregunta que en ningún momento lo había dejado descansar desde que se produjo la detención de Martin Darius. ¿Habría jugado sus bazas demasiado pronto? ¿Disponía de pruebas «claras y concluyentes» de que Martin Darius era un asesino?

Ross Barrow y Randy Highsmith se habían mostrado contrarios a realizar el registro del domicilio de Darius, incluso después de saber lo que Gutiérrez les había dicho. Los dos eran partidarios de esperar hasta que encontrasen a Nancy Gordon y tuviesen razones de mayor peso, pero él hizo caso omiso de sus recomendaciones e indicó a Barrow que llevase a cabo el arresto si las huellas de neumáticos encontradas en el lugar del crimen coincidían con el automóvil de Darius. A estas alturas, en cambio, se preguntaba si Barrow y Highsmith no habrían estado en lo cierto desde el primer momento. Él había dado por seguro que podría localizar a Nancy Gordon antes de la audiencia, pero a pesar de que tres detectives trabajaban en ello contra reloj, no habían encontrado ni una sola pista.

Como no podría dormir, sí podría al menos descansar. Cerró los ojos y vio a Nancy Gordon. Había pensado constantemente en la detective desde que tuvo la certeza de que su cuerpo no había sido encontrado en el hoyo. Si estuviese viva, se habría puesto en contacto con él nada más tener noticia del arresto de Darius. Si estuviese viva, habría regresado en algún momento al Lakeview. ¿Estaría ya muerta, con una expresión de sufrimiento inimaginable pintada en el rostro? Darius sabía cuáles eran las respuestas a las preguntas de Page, pero la ley impedía que Alan hablase con él.

Page iba a necesitar toda su energía en el juzgado, pero el miedo que le atenazaba el estómago no lo dejaba dormir. Decidió que se daría una ducha, se afeitaría, desayunaría y se pondría su mejor traje y una camisa recién planchada. Una ducha y un buen desayuno le ayudarían a sentirse persona otra vez. Luego llegaría en coche al juzgado e intentaría convencer al honorable Patrick Norwood, juez del condado de Multnomah, de que Martin Darius era un asesino múltiple.

2

Martin Darius había dormido en paz y se sentía descansado cuando despertó con el resto de los internos en el calabozo del juzgado del condado de Multnomah. Betsy Tannenbaum había dispuesto que su peluquero le cortase el pelo, y el guardián del calabozo le había permitido darse una rápida ducha antes de pasar a la sala. Sólo le fastidió el ánimo el desayuno a base de panqueques pegajosos, untados con un jarabe de arce diluido y pringoso. Darius aprovechó el sabor ácido del café carcelario para reducir el dulzor del desayuno, y pese a todo se lo comió entero, pues sabía que le esperaba un día muy largo en la sala.

Betsy habría cambiado todo su guardarropa por las prendas que su cliente vestía en el momento de ser detenido. Cuando Darius se reunió con ella en la sala de entrevistas, antes de comenzar la audiencia, llevaba un traje de chaqueta cruzada, de lana gris oscura con rayas más claras, una camisa de algodón y una corbata azul marino de seda natural con minúsculas motas blancas. Betsy vestía una chaqueta sencilla y una falda a juego, a grandes cuadros blancos y negros, y una blusa de seda blanca, de cuello amplio. Cuando entrasen por el corredor de la sala, bajo los focos de la televisión, tendrían el aspecto de una de las parejas que se suelen ver en la serie *Así viven los ricos y los famosos*, en vez de un sospechoso de asesinato múltiple y su portavoz.

—¿Cómo se encuentra? —preguntó Darius.

—Estupendamente.

—Me alegro. Hoy quiero que esté como nunca. La cárcel puede resultar interesante si uno se lo toma como una experiencia educativa, pero yo, la verdad, ya estoy preparado para licenciarme.

—Me alegra que conserve su sentido del humor.

Darius se encogió de hombros.

—Tengo fe en usted, Tannenbaum. Por eso la contraté. Usted es la mejor, y no creo que me decepcione.

El elogio sirvió para que Betsy se sintiera mejor. Lo disfrutó cuanto pudo y además se creyó lo que Darius acababa de decirle. Era la mejor, y por eso la había escogido a ella antes que a Matthew Reynolds, a Óscar Montoya y al resto de los penalistas y defensores más conocidos.

—¿A quién tenemos por juez? —preguntó Darius.

—A Pat Norwood.

—¿Qué tal es?

—Es un vejete correoso al que le falta poco para jubilarse. Parece un gnomo, y en los juicios se comporta como un ogro. Tampoco es un erudito en leyes, pero sí que es absolutamente imparcial. Norwood es descortés e impaciente a la hora de tratar tanto al fiscal como a la defensa, y no se dejará amedrentar por Alan Page ni por la prensa. Si Page no saca adelante su compromiso mediante pruebas de peso, en lo que respecta a la fianza Norwood hará lo que tiene que hacer.

—¿Cree usted que el estado conseguirá respaldar la acusación con pruebas de peso? —preguntó Darius.

—No, Martin. No creo que lo consigan.

Darius sonrió.

—Eso es lo que quería oír. —La sonrisa se le fue de los labios cuando cambió de tema—. ¿Estará Lisa presente en la sala?

—Por supuesto. Ayer mismo hablé con ella.

—Pues parece que tiene usted más suerte que yo a la hora de hablar con mi esposa.

—Lisa se ha mudado a la casa de su padre. No se sentía cómoda estando ella sola en la casa.

—Tiene gracia —dijo Darius, dedicando a Betsy una gélida sonrisa—. Ayer por la noche llamé a Su Señoría y me dijo que ella no estaba en casa.

—Es posible que hubiese salido.

—Desde luego. La próxima vez que hable con mi esposa, por favor dígale que venga a visitarme. ¿Lo hará?

—Claro que sí. Ah, antes de que lo olvide, una mujer llamada Nora Sloane está escribiendo un largo artículo sobre las abogadas que nos dedicamos a la defensa criminal. Quiere hacer un seguimiento de mi actuación en este caso. Si se lo permito, existe la posibilidad de que conozca en detalle la estrategia de la defensa, o de que llegue a conocer algunas confidencias entre abogado y cliente. Le he dicho que tenía que dar usted su permiso antes de consentir que se implicase en este caso. ¿Tiene usted alguna objeción, o está dispuesto a dejar que haga el seguimiento?

Darius sopesó la pregunta unos instantes y sacudió la cabeza.

—No, no me importa en absoluto. Además —sonrió—, tendrá usted más incentivos para realizar un gran trabajo a mi favor si hay alguien que está escribiendo algo importante acerca de usted.

—Nunca se me había ocurrido verlo de ese modo.

—Por eso soy millonario, Tannenbaum. Siempre considero todos los aspectos.

3

Existían varias salas equipadas con aparatos de vídeo de alta definición y con tecnología informática que Patrick L. Norwood podría haber escogido debido a su antigüedad en el juzgado, pero el juez Norwood prefirió que la audiencia se celebrase en la sala en la que imponía su criterio con mano férrea desde hacía más de veinte años. La sala tenía el techo muy alto, grandiosas columnas de mármol y un estrado de madera trabajada a mano. Era anticuada, perfectamente idónea para un hombre que tenía el talante judicial de un juez de la horca del siglo pasado.

La sala estaba llena hasta los topes al comenzar la audiencia que fijaría o negaría la fianza de Martin Darius. Los que habían llegado tarde para encontrar un sitio estaban alineados en el vestíbulo. Los espectadores habían tenido que pasar por un detector de metales antes de entrar en la sala, y dentro había numerosos guardias de seguridad, debido a las amenazas de muerte.

Harvey Cobb, un hombre negro, ya mayor, puso orden en la sala. Era el alguacil de Norwood desde el día en que el juez había sido designado. Norwood salió de su despacho por una puerta situada detrás del estrado. Bajo, rechoncho, era feo como el pecado, pero su cara de sapo estaba coronada por una abundante y nívea cabellera.

—Siéntense —dijo Cobb. Betsy ocupó su lugar al lado de Darius y miró de reojo a Alan Page, que estaba sentado junto a Randy Highsmith.

—Puede llamar a su primer testigo, señor Page —ordenó Norwood.

—El estado llama a Ross Barrow, su señoría.

Harvey Cobb hizo que el detective Barrow levantase la mano derecha y jurase decir toda la verdad. Barrow tomó asiento en el estrado de los testigos y Page leyó sus credenciales de investigador de la brigada de homicidios.

—Detective Barrow, a mediados del pasado mes de agosto ¿tuvo usted constancia de una serie de desapariciones insólitas?

—En efecto. En agosto, un detective de nuestra sección de personas desaparecidas me comentó que una mujer llamada Laura Farrar había sido dada por desaparecida por su esposo, Larry Farrar. Larry indicó al detective que...

—Protesto, señoría. No son más que rumores —dijo Betsy poniéndose de pie.

—Denegada —dijo Norwood—. Esto es una audiencia para fijar o denegar una fianza, y no un juicio en toda regla. Pienso permitir que el fiscal del estado disponga de cierto margen de maniobra. Si necesita interrogar usted a algunos de estos testigos, puede mandarlos comparecer más adelante. Prosiga, señor Page.

Page hizo un gesto de asentimiento dedicado a Barrow, quien continuó con su versión de la investigación.

—Farrar indicó al detective que el 10 de agosto había vuelto al trabajo a eso de las ocho de la tarde. Su casa estaba en perfecto orden, pero su mujer había desaparecido. No echó en falta sus prendas de vestir, ni sus cosméticos. De hecho, por lo que pudo calcular, en su domicilio no faltaba absolutamente nada. Lo único desacostumbrado que pudo encontrar fue una rosa y una nota que Farrar halló sobre la almohada de la cama de su esposa.

—¿Había algo digno de mención respecto a la rosa?

—Sí, señor. En un análisis de nuestro laboratorio se manifiesta que la rosa había sido teñida de negro.

—¿Qué decía la nota?

—«Para siempre en el recuerdo.»

Page entregó un documento y una fotografía al ordenanza del juez.

—Se trata de una fotocopia de la nota que apareció en el domicilio de los Farrar y de una fotografía de la rosa que allí se encontró, señoría. Los originales siguen estando en el laboratorio. He hablado de este asunto con la señora Tannenbaum y está dispuesta a estipular la presentación de estas copias y de otras semejantes, sólo con la intención de que sean válidas en esta audiencia.

—¿Es así? —preguntó Norwood a Betsy. Ella asintió—. Las pruebas serán aceptadas.

—Ese detective de la sección de personas desaparecidas, señor Barrow, ¿le comentó algo sobre una segunda desaparición a mediados de septiembre?

—Sí, señor. La desaparición de Wendy Reiser, esposa de Thomas Reiser, la denunció su marido mencionando circunstancias idénticas a las que habían concurrido en la primera.

—¿No había nada alterado en el domicilio? ¿No faltaba nada?

—Así es.

—Thomas Reiser ¿encontró una rosa negra y una nota sobre la almohada de su esposa?

—En efecto.

Page presentó una fotocopia de la nota de Reiser y una fotografía de la rosa de Reiser.

—¿Qué informó el laboratorio sobre la segunda nota y la segunda rosa?

—Que son idénticas a la nota y a la rosa que se encontraron en el domicilio de los Farrar.

—Por último, detective, ¿tuvo usted conocimiento de una tercera desaparición, más reciente que las otras?

—Sí, señor. Russell Miller denunció que su esposa, Victoria, había desaparecido en circunstancias similares a las de los otros dos casos. Una nota y una rosa sobre la almohada. No faltaba nada en el domicilio, ni se echó nada en falta.

—Hace unos cuantos días ¿tuvo noticia del paradero de estas mujeres?

Barrow asintió con gravedad.

—Los cadáveres de las tres mujeres, junto al de un hombre no identificado, fueron hallados recientemente; estaban enterrados en un solar en construcción que es propiedad de Construcciones Darius.

—¿Quién es el propietario de Construcciones Darius?

—Martin Darius, el procesado.

—¿Estaba cerrada con llave la puerta del solar?

—Sí, señor.

—¿Pero había un boquete en la verja del perímetro, cercano a la zona en la que fueron encontrados los cadáveres?

—Sí, señor.

—¿Se hallaron algunas huellas de neumático cerca de ese boquete?

—Así es.

—La noche en que el señor Darius fue arrestado, ¿llevó usted a cabo una orden de registro en su domicilio?

—Sí, señor.

—¿Se localizó algún vehículo durante el registro?

—Localizamos un todoterreno, un BMW y un Ferrari negro.

—Paso a presentar las pruebas numeradas del diez al veintitrés, que consisten en fotografías del solar en construcción, del boquete hallado en la verja, de las huellas de neumático, del lugar del enterramiento y de los cadáveres en el momento de su levantamiento así como de los vehículos.

—Nada que objetar —dijo Betsy.

—Se reciben las pruebas.

—¿Se realizó un molde en yeso de las huellas de neumáticos?

—En efecto. Las huellas del solar coinciden con el dibujo de los neumáticos del BMW que encontramos en casa de Darius.

—¿Se examinó el portaequipajes del BMW para hallar otros rastros, como pelos o fibras que pudiesen haber pertenecido a cualquiera de las víctimas?

—Sí, señor. No se encontró nada.

—¿Dieron en el laboratorio alguna explicación?

—El portaequipajes había sido recientemente limpiado con aspiradora y detergente.

—¿Qué antigüedad tenía el BMW?

—Un año más o menos.

—¿No era un coche recién adquirido?

—No, señor.

—Detective Barrow, ¿tiene usted constancia de que exista alguna conexión que relacione al procesado con las mujeres asesinadas?

—Sí, señor. El señor Reiser trabaja en el bufete legal que representa a Construcciones Darius. Tanto él como su esposa conocieron personalmente al procesado en una fiesta que éste celebró con motivo de la inauguración de un nuevo centro comercial.

—¿Con qué anterioridad a la desaparición de la primera mujer, Laura Farrar, tuvo lugar esta fiesta?

—Aproximadamente, tres semanas.

—¿Asistieron el señor y la señora Farrar a esa fiesta?

—Así es. El señor Farrar trabaja en la empresa contable cuyos servicios suele contratar el señor Darius.

—¿Y Russell y Victoria Miller?

—También asistieron a la fiesta, sólo que en este caso hay relaciones más íntimas con el procesado. El señor Miller acababa de ser nombrado responsable de la cuenta de Construcciones Darius en Brand, Gates & Valcroft, la agencia de publicidad.

Además, este matrimonio mantenía relaciones de tipo social con el señor y la señora Darius.

Page comprobó sus notas y departió en secreto con Randy Highsmith.

—Señora Tannenbaum, puede interrogar al testigo.

Betsy tomó un bloc de notas en el que había anotado varios puntos que deseaba plantear a Barrow. Seleccionó también varios informes policiales sobre los hallazgos que había recibido del fiscal de distrito.

—Buenos días, detective Barrow. Tengo entendido que varios equipos de expertos criminalistas del laboratorio criminal del estado de Oregón rastrearon los domicilios de las tres mujeres asesinadas, ¿no es así?

—En efecto.

—¿No es también verdad que ninguno de estos avezados científicos pudo localizar ni una sola prueba que relacionase a Martin Darius con los domicilios de Laura Farrar, Victoria Miller o Wendy Reiser?

—La persona que haya asesinado a esas mujeres es sumamente inteligente. Sabe muy bien cómo dejar perfectamente limpio el lugar del crimen.

—Señoría —dijo Betsy con toda calma—, ¿tendría la amabilidad de indicar al detective Barrow que atienda a las preguntas que voy a hacerle y que se limite a contestarlas según su recto entender? Estoy segura de que el señor Page se ocupará en su argumentación de explicar los problemas que haya afrontado en la investigación de este caso.

El juez Norwood fulminó a Betsy con la mirada.

—No tengo por qué oír reprimendas de su parte, señora Tannenbaum. Limítese a plantear las objeciones que considere oportunas. —Norwood se volvió entonces hacia el testigo—. Y usted ha testificado en suficientes vistas para tener bien aprendida la lección. Limítese a contestar a las preguntas que se le formulen, y ahórrese las respuestas inteligentes. Con eso no va a impresionarme.

—Así pues, detective Barrow —continuó Betsy—, ¿qué contesta? ¿Se encontró una sola huella de tipo físico que pueda relacionar a mi cliente con alguna de las víctimas encontradas o con los domicilios de las mujeres desaparecidas?

—No.
—¿Y en los cadáveres?
—Encontramos las huellas de los neumáticos.
—Señoría...
—Detective Barrow, ¿había huellas de neumáticos en el cuerpo de alguna de las mujeres? —inquirió el juez con sarcasmo.
Barrow pareció avergonzarse.
—Perdone, señoría.
—¿Me ha entendido usted, detective? —preguntó el juez Norwood.
—No se halló ninguna prueba de carácter físico en el lugar del enterramiento que pudiera relacionar al procesado con ninguna de las mujeres.
—¿Apareció además un hombre en el enterramiento?
—Sí.
—¿Quién es?
—No hemos podido identificarlo.
—De modo que no hay nada que relacione a ese individuo con Martin Darius.
—Eso no lo sabemos. Hasta que no descubramos quién es, no estamos en condiciones de investigar las posibles conexiones que pudiera tener con su cliente.
Betsy iba a protestar, pero decidió dejar que pasara el comentario sin subrayarlo. Cuantos más ejercicios de esgrima realizara Barrow, más fastidiado se sentiría el juez.
—Ha comentado anteriormente el detalle de las huellas de neumático que se encontraron cerca de la verja. ¿No le parece que además debería mencionar la entrevista que mantuvo usted con Rudy Doschman?
—En efecto, lo he entrevistado. ¿Qué sucede?
—¿Tiene usted el informe redactado sobre dicha entrevista? —preguntó Betsy mientras se encaminaba hacia el estrado de los testigos.
—Sí, pero no lo llevo encima.
—¿Le importa que le preste mi copia? Lea este párrafo si es tan amable —dijo Betsy a la vez que entregaba al detective un informe policial que había encontrado entre el material referente a los hallazgos.

Barrow leyó el informe y alzó la mirada.

—El señor Doschman es uno de los capataces de Construcciones Darius. ¿Trabajaba en el solar en el que fueron descubiertos los cadáveres? —preguntó Betsy.

—Sí.

—¿Le dijo a usted que el señor Darius visitó el solar en frecuentes ocasiones, no es cierto?

—Sí.

—¿En su BMW?

—Sí.

—¿Le explicó además que el boquete de la verja llevaba ya algún tiempo abierto?

—Sí.

—De hecho, ¿no podría ser el lugar por el que penetraron en el recinto del solar los pirómanos que incendiaron los bloques de viviendas construidos por el señor Darius hace ya algunas semanas?

—Es posible.

—¿Exise alguna prueba que relacione al señor Darius con las rosas o con las notas?

Barrow pareció a punto de decir algo, pero optó por callar y negó con la cabeza.

—Y se reafirma en lo dicho, a pesar de que diversos oficiales de la Policía de Portland realizaron un registro a conciencia en el domicilio del señor Darius tras haber obtenido la correspondiente orden.

—No encontramos ninguna prueba que lo relacionase con las rosas ni con las notas —respondió Barrow con sequedad.

—Ni tampoco armas con las que se hubiesen podido cometer los asesinatos.

—No.

—¿Y en el portaequipajes del BMW, nada que lo relacionase con los crímenes?

—Nada.

Betsy se volvió hacia Darius.

—¿Alguna cosa más que desee preguntar?

Darius sonrió.

—Lo está haciendo estupendamente, Tannenbaum —dijo por lo bajo.

—No hay más preguntas.

Barrow se levantó, bajó del estrado de los acusados y se encaminó rápidamente hacia el fondo de la sala, mientras Page llamaba a su siguiente testigo.

—Doctora Susan Gregg —dijo Page. Una atractiva mujer, de cuarenta y tantos años y pelo entrecano, vestida con un conservador traje de chaqueta gris, ocupó el estrado de los testigos.

—¿Da la defensora su consentimiento respecto a la cualificación profesional de la doctora Gregg en lo tocante a esta vista? —preguntó Page a Betsy.

—Asumimos que la doctora Gregg es sobradamente conocida en la sala —dijo Betsy—, de modo que, sólo con objeto de que conste en esta vista, estipulamos que la doctora Gregg es perito forense del estado y está cualificada para opinar autorizadamente sobre la causa de la muerte de cualquier fallecido.

—Gracias —dijo Page a Betsy—. Doctora Gregg, a comienzos de esta misma semana, ¿fue solicitada su presencia en un solar en construcción, propiedad de Construcciones Darius, con objeto de examinar los restos de cuatro individuos que fueron descubiertos allí?

—Afirmativo.

—¿Realizó usted la autopsia de las cuatro víctimas?

—En efecto.

—Doctora Gregg, ¿qué es una autopsia?

—El examen de un cadáver realizado, entre otras cosas, con el objeto de determinar la causa de la muerte.

—¿Tendría la amabilidad de explicar en qué consistió la autopsia por usted realizada?

—Desde luego. Examiné los cadáveres con atención en busca de heridas de gravedad, de enfermedades de tipo natural y de otras causas de muerte que pudieran calificarse de naturales.

—¿Falleció alguna de las víctimas de muerte natural?

—No.

—¿Qué heridas detectó usted?

—Los cuatro individuos presentaban numerosas quemaduras y cortes en diversas partes del cuerpo. El varón presentaba tres dedos amputados. Se detectaron huellas de cortes profundos en los pechos de las mujeres; los pezones de las tres habían sido mutilados, al igual que los genitales tanto de las mujeres como del varón. ¿Quiere usted que entre en detalle?

—No será necesario en esta vista. ¿Cómo fallecieron las tres mujeres?

—Las tres presentaban cortes profundos en el abdomen, a resultas de los cuales sufrieron heridas de extrema gravedad en órganos vitales.

—Cuando a una persona se le abre el vientre de ese modo, ¿muere rápidamente?

—No. En semejantes condiciones, una persona puede permanecer cierto tiempo con vida.

—¿Podría dar a la sala su estimación?

Gregg se encogió de hombros.

—Es difícil de precisar. Entre dos y cuatro horas, tal vez. Finalmente, la pérdida de sangre produce paro cardíaco.

—¿Fue ésa la causa de la muerte de estas mujeres?

—Sí.

—¿Y el varón?

—Fue objeto de un disparo en la nuca, mortal de necesidad.

—¿Ordenó usted que se realizasen pruebas en el laboratorio?

—Sí. Pedí un análisis de sangre de las víctimas con el objeto de detectar la presencia de alcohol. Los resultados fueron negativos en todos los casos. Asimismo, ordené un análisis de orina para detectar el consumo de drogas. Este análisis de orina revela la presencia de cinco drogas: cocaína, morfina, marihuana, anfetaminas y PCP. Los resultados fueron negativos en todos los casos.

Page examinó sus notas y departió con Highsmith en secreto antes de comunicar a Betsy que el testigo quedaba a su disposición. Ella releyó un fragmento del informe de las autopsias y frunció el entrecejo.

—Doctora Gregg, me encuentro algo confusa por ciertos comentarios que hace usted en la página cuatro de su informe. ¿Fueron violadas las mujeres?

—Es difícil de precisar. Descubrí magulladuras y desgarros en las zonas genital y rectal. Me refiero a desgarros que indicarían, posiblemente, la penetración por un objeto extraño.

—¿Hizo pruebas para la detección de semen?

—No encontré ningún rastro de líquido seminal.

—Así pues, no podría usted afirmar de modo concluyente que las víctimas fuesen violadas.

—Tan sólo puedo afirmar que existió penetración violenta en los tres casos, pero no se hallaron pruebas de eyaculación.

—¿Ha llegado usted a alguna conclusión respecto del lugar en el que fueron asesinadas? ¿Se produjo el asesinato en el solar en construcción?

—En mi opinión, las víctimas fueron asesinadas en otro lugar.

—¿Por qué lo dice?

—En el lugar de los hechos tendríamos que haber encontrado gran cantidad de sangre, debido a las innumerables heridas inflingidas. Además, dos de las mujeres habían sufrido la amputación de diversos órganos.

—¿No podría haber diluido la lluvia todo resto de sangre?

—No lo creo, ya que estaban enterradas. La lluvia habría lavado la sangre de la superficie, pero aun así tendríamos que haber encontrado una abundante cantidad de sangre bajo los cuerpos.

—Por lo tanto, ¿considera usted que las mujeres fueron asesinadas en algún otro lugar y posteriormente trasladadas al solar en construcción?

—Afirmativo.

—En el supuesto de que hubiesen sido transportadas en el portaequipajes de un BMW, ¿habría sido posible borrar todo rastro de sangre de dicho portaequipajes?

—Protesto —dijo Page—. La doctora Gregg no está cualificada para contestar a esa pregunta. Su profesión es la de doctora en medicina forense, y no la de químico.

—De todos modos, que conteste, si es que puede —dictaminó el juez.

—Me temo que esa pregunta se halla fuera de mi campo de experiencia —respondió la doctora.

—¿Al varón también le abrieron el vientre?

—No.

—No hay más preguntas.

Alan Page se puso de pie. Parecía un tanto vacilante.

—Señoría, quisiera testificar personalmente. El señor Highsmith realizará el interrogatorio.

—Protesto, señoría. Es contrario a toda ética que un fiscal de distrito testifique personalmente en el caso que intenta demostrar.

—Posiblemente eso sea cierto en un jucio celebrado ante un jurado, señoría —replicó Page—, pero esta sala no tendría ningún problema a la hora de decidir sobre mi credibilidad como testigo, si esto fuera necesario, sencillamente porque también voy a poner en tela de juicio la postura del estado.

Norwood parecía perplejo.

—Esto es insólito. ¿De veras considera necesario testificar?

—¿Qué es lo que se propone? —susurró Darius al oído de Betsy.

Betsy sacudió la cabeza. Observó a Page. Parecía estar a disgusto, molesto. Definitivamente, algo perturbaba al fiscal de distrito.

—Señoría, me encuentro en posesión de pruebas que es preciso dar a conocer si su señoría va a tomar una decisión razonada respecto a la posible fianza. A menos que testifique personalmente, quedará sin oírse en esta sala la prueba más relevante de que disponemos para afirmar que Martin Darius es el hombre que asesinó a Laura Farrar, a Wendy Reiser y a Victoria Miller.

—Me encuentro confundido, señor Page —dijo Norwood—. ¿Cómo es posible que esté usted en posesión de semejante prueba? ¿Es usted testigo ocular? —Norwood sacudió la cabeza, desconcertado—. No termino de comprenderle.

Page carraspeó.

—Señoría, sí existe un testigo. Se llama Nancy Gordon. —Darius respiró hondo y se inclinó hacia delante, a la expectativa—. Hace diez años tuvo lugar en Hunter's Point, estado de Nueva York, una serie de asesinatos idéntica a la que tratamos de esclarecer. El día anterior al descubrimiento de los cadáveres, la detective Gordon me comunicó abundantes datos sobre aquellos asesinatos, aparte de explicarme por qué estaba convencida de que Martin Darius había sido el autor de los mismos.

—En ese caso, llame a testificar a la detective Gordon —dijo Norwood.

—No me es posible. Ha desaparecido, y es probable que incluso haya muerto. Se alojó en un motel nada más salir de mi domicilio. La llamé varias veces al día siguiente, a las ocho y a las ocho y media. Creo que algo tuvo que ocurrirle poco después de inscribirse en el motel. Da la impresión de que estaba deshaciendo su equipaje cuando algo o alguien la interrumpió. En su habitación estaban todas sus pertenencias, pero ella no ha vuelto a recogerlas. He dispuesto que un grupo de detectives inicie su búsqueda, pero hasta el momento no hemos tenido suerte.

—Señoría —dijo Betsy—, si el señor Page va a testificar acerca de las afirmaciones de esta mujer con el objeto de demostrar que mi cliente asesinó a varias mujeres hace diez años, todo eso serán puras habladurías. Sé positivamente que la sala ha concedido al señor Page cierto margen de maniobra, pero es preciso que se respeten los derechos estatales y constitucionales de mi cliente a la hora de examinar cara a cara a las personas que testifiquen en su contra.

Norwood asintió.

—Eso es verdad, señora Tannenbaum. Debo decirle, señor Page, que esto me fastidia. ¿No existe ningún otro testigo de Hunter's Point al que pueda usted llamar para que testifique acerca de estos u otros crímenes?

—No, señoría, al menos con tan poco margen de tiempo. Conozco los nombres de los otros detectives que investigaron el caso, pero ninguno trabaja ya en la policía de Hunter's Point, por lo que me ha sido imposible localizarlos por el momento.

Norwood se recostó en su sillón y prácticamente desapareció del campo visual de los presentes. Betsy se moría de ganas de saber qué había dicho a Page la detective desaparecida, pero su obligación era lograr que ese testimonio no se oyera en la sala por si acaso era la munición que necesitaba Page para que Martin Darius siguiera en la cárcel.

—Son las once y cuarto, señores —dijo Norwood—. Aplazaremos la vista hasta la una y media. Entonces estaré dispuesto a oír todas las argumentaciones legales.

Norwood se puso de pie y salió de la sala. Harvey Cobb golpeó con el mazo y todos los asistentes se levantaron.

—Ahora sí sé por qué piensa Page que maté a esas mujeres —susurró Darius a Betsy—. ¿Cuándo podemos hablar?

—Subiré a la celda ahora mismo.

Betsy se dirigió a uno de los guardias.

—¿Podría quedarse el señor Darius en la sala de entrevistas? Querría hablar con él.

—Desde luego, señora Tannenbaum. Pero vamos a esperar a que se desaloje la sala antes de llevarlo arriba. Si lo desea, puede subir con nosotros en el ascensor de las celdas.

—Sí, gracias.

El guardia esposó a Darius. Betsy miró hacia la parte posterior de la sala. Lisa Darius se encontraba cerca de la puerta, hablando con Nora Sloane. Lisa miró a Betsy; Betsy le sonrió. Lisa no le devolvió la sonrisa, pero sí hizo un gesto. Betsy le hizo una señal con la mano para indicarle que en cuestión de minutos estaría con ella. Lisa dijo algo a Sloane; ésta sonrió y dio una palmada a Lisa en el hombro antes de marcharse de la sala.

—Voy a hablar un momento con Lisa —dijo Betsy a Darius.

Lisa la esperaba mientras miraba con nerviosidad a través del cristal a los periodistas que esperaban al otro lado de la puerta.

—Esa mujer dice que está trabajando con usted en un artículo para el *Pacific West* —dijo.

—Así es —contestó Betsy—. Va a hacer el seguimiento de mi defensa de Martin para conocer mi método de trabajo.

—Me ha dicho que le gustaría hablar conmigo. ¿Qué debo hacer?

—Nora me parece una persona responsable, pero la decisión depende enteramente de usted. ¿Cómo lo lleva?

—Es terrible. Los periodistas no me dejan ni a sol ni a sombra. Cuando me fui a casa de mi padre tuve que salir a escondidas de la finca, por el bosque, para que no supiesen a dónde iba.

—Lo lamento, Lisa. Pero esto no va a resultarle más fácil, al menos por el momento.

Lisa titubeó antes de hacerle otra pregunta.

—¿Consentirá el juez en concederle a Martin la libertad bajo fianza?

—Hay bastantes probabilidades; a este paso, no le quedará más remedio. Por lo que hemos podido ver, las pruebas presentadas por el estado han sido bastante débiles —respondió. Al advertir que Lisa parecía preocupada, preguntó—: ¿Hay algo que la inquiete?

—No —repuso Lisa demasiado deprisa.

—Si por casualidad sabe algo del caso, por favor, no dude en decírmelo. No quiero encontrarme con sorpresas.

—Son los periodistas. De veras que me están poniendo nerviosa —dijo Lisa, aunque Betsy se dio cuenta de que estaba mintiendo.

—Cuando usted quiera —dijo el guardia a Betsy.

—Tengo que hablar con Martin. Por cierto, quiere que vaya a visitarlo.

Lisa asintió, aunque parecía tener la mente muy lejos de allí.

—¿Quién es Nancy Gordon? —preguntó Betsy a Darius. Estaban sentados uno junto al otro en la estrecha sala de visitas del juzgado.

—Uno de los detectives de la unidad especial. La conocí la noche en que murieron Sandy y Melody. Me entrevistó en la casa. Gordon estaba prometida a otro policía, al que asesinaron poco antes del día en que iban a casarse. Seguía estando muy dolida cuando me sumé a la unidad especial, a pesar de lo cual intentó echarme una mano para que me recuperase de mi dolor. Nancy y yo estuvimos juntos en varias ocasiones con motivo de la investigación. No me di cuenta al principio, pero ella se tomó mi amistad como si fuese otra cosa y... bueno. —Darius miró a Betsy a los ojos. Prácticamente se tocaban las rodillas de uno y otro. Inclinó la cabeza hacia ella—. Yo era vulnerable, lógicamente. Los dos lo éramos. No puede comprender usted cómo se siente uno después de haber perdido a alguien a quien ama tanto. Es algo que no se puede comprender hasta el día en que te sucede a ti.

»Terminé por convencerme de que Waters era el asesino de las rosas, pero cometí un estúpido error. Sin decírselo a nadie, comencé a seguirlo. Incluso monté guardia frente a su casa, con la esperanza de capturarlo *in fraganti*. —Darius sonrió con cara de no haber roto un plato en su vida—. Enredé la investigación, y a punto estuve de echarlo todo a perder. Mi presencia ante la casa de Waters resultó tan obvia que uno de los vecinos llamó a la policía para quejarse de aquel extraño, es decir de mí, que parecía haber acampado allí delante. Cuando llegó la policía, me sentí un perfecto idiota. Nancy me sacó del apuro. Nos reunimos en un restaurante cercano a la comisaría de policía y me soltó una buena bronca. Cuando terminamos de cenar se había hecho tarde. Me ofrecí a llevarla a casa, porque tenía el automóvil en el taller. Los dos habíamos tomado unas cervezas. Ni siquiera recuerdo quién empezó. En definitiva, terminamos acostándonos juntos.

Darius se miró las palmas de las manos, como si estuviese avergonzado. Luego sacudió la cabeza.

—Fue una estupidez —continuó—. Tendría que haberme dado cuenta de que ella se lo iba a tomar demasiado en serio. Quiero decir que a los dos nos vino bien pasar una noche en amor y compañía. Ambos estábamos muy solos, pero ella terminó por pensar que yo la quería, y no era así. Hacía muy poco que había perdido a Sandy. Cuando dejé bien claro que no quería continuar nuestra relación, ella se amargó. Por fortuna, poco después Waters fue capturado, aunque murió al resistirse a los agentes que fueron a detenerlo, con lo cual mi trabajo en la unidad especial había terminado y ya no existía razón para que siguiéramos viéndonos. Sólo que Nancy no se resignó a que la historia terminase de aquella forma. Me llamó continuamente a casa y al despacho. Quería que nos viésemos y que hablásemos de lo nuestro. Le dije que no teníamos nada en común, nada de qué hablar, pero le costó mucho aceptarlo.

—¿Lo aceptó al final?

Darius asintió.

—Dejó de llamarme a todas horas, pero yo sabía que seguía estando amargada. Lo que no consigo entender es cómo ha podido pensar que yo maté a Sandy y a Melody.

—Si el juez deja que Page testifique —dijo Betsy—, pronto lo averiguaremos.

CAPÍTULO XII

—Permítame explicarle cómo veo yo la situación, señora Tannenbaum —dijo el juez Norwood—. Sé al dedillo lo que establece la Constitución acerca de la confrontación de los testigos con el procesado, y no quiero decir que no tenga usted razón suficiente en sus objeciones, pero nos encontramos en una vista para fijar o denegar la fianza, mientras que las cuestiones serían muy diferentes en un juicio. Lo que el señor Page intenta hacer es convencerme de que tiene tal cantidad de pruebas que una sentencia que dictamine la culpabilidad del procesado es algo que cabe dar prácticamente por descontado. A su entender, parte de estas pruebas decisivas provendrán de esta detective actualmente desaparecida o de alguna otra persona de Nueva York. Voy a permitirle que exponga cuáles son estas pruebas, pero también voy a tener en consideración que por el momento carece de testigo y que es posible que no consiga citarlo, como así tampoco a los otros detectives, para que se personen en la sala en la fecha que se fije para el juicio. Por ello, yo decidiré qué peso atribuyo a ese testimonio, pero de todos modos le voy a permitir que lo exponga. Si no le agrada mi manera de proceder, no es culpa suya, y no seré yo quien se lo reproche. Es posible que me equivoque. Precisamente por eso mismo existen en este país los tribunales de apelación. Llegados a este punto, señor Page, puede dar su testimonio.

Betsy ya había hecho constar sus objeciones para que quedasen registradas en las actas, de modo que no dijo nada más cuando Alan Page prestó juramento.

—Señor Page —comenzó Randy Highsmith—, la noche anterior al día en que se procedió a desenterrar los cadáveres de Victoria Miller, Wendy Reiser, Laura Farrar y un varón hasta el momento desconocido en un solar en construcción que es propiedad del procesado, ¿recibió usted la visita de una mujer en su domicilio?

—Sí.

—¿Quién era esta mujer?

—Nancy Gordon, detective del Departamento de Policía de Hunter's Point, estado de Nueva York.

—En el momento en que recibió la visita de la detective Gordon, ¿se habían difundido ampliamente los detalles relativos a la desaparición de tres mujeres en Portland?

—Al contrario, señor Highsmith. La policía y la oficina del fiscal de distrito ni siquiera tenían demasiada certeza acerca de la situación en que pudieran encontrarse estas mujeres, de manera que se decidió dar a los casos el tratamiento de simples desapariciones. La prensa desconocía las similitudes existentes entre los tres casos, y los maridos de las víctimas habían accedido a cooperar con nosotros renunciando a divulgar los detalles de las desapariciones.

—¿Cuáles eran las similitudes que acaba de mencionar?

—Las rosas negras y las notas que decían: «Para siempre en el recuerdo».

—¿Qué le dijo la detective Gordon para que usted terminase por creer que disponía de cierta información que podía ser de considerable utilidad en la resolución del misterio que envolvía estas desapariciones?

—Estaba al corriente de todo lo relativo a las rosas y las notas.

—¿Cuándo y dónde le dijo que había entrado en posesión de esta información?

—Hace diez años, en Hunter's Point, donde tuvo lugar una serie de desapariciones prácticamente idéntica a ésta.

—¿Qué relación tenía ella con el caso de Hunter's Point?

—Fue miembro de la unidad especial que se creó para investigar el caso.

—¿Cómo tuvo conocimiento la detective Gordon de las desapariciones que se habían producido aquí, y de las similitudes existentes entre los casos?

—Me dijo que había recibido un anónimo que la llevó a pensar que la persona que fue responsable de los asesinatos de Hunter's Point estaba actualmente residiendo en Portland.

—¿Quién era esa persona?

—Ella lo había conocido con el nombre de Peter Lake.

—¿Le proporcionó alguna información de fondo sobre el tal Peter Lake?

—En efecto. Era un abogado de notable éxito, residente en Hunter's Point. Estaba casado con Sandra Lake y tenían una hija de seis años llamada Melody. La mujer y la hija fueron asesinadas; junto al cadáver de la madre apareció en el suelo una nota que decía «Para siempre en el recuerdo» y la consabida rosa negra. Lake tenía cierta influencia en las esferas políticas, y el alcalde de Hunter's Point ordenó al jefe de policía que lo admitiese en la unidad especial. Lake pronto pasó a ser el principal sospechoso, aunque él nunca tuvo conocimiento de este hecho.

—¿Han sido comparadas las huellas dactilares de Peter Lake con las de Martin Darius?

—Sí.

—¿Con qué resultado?

—Martin Darius y Peter Lake son la misma persona.

Highsmith entregó al ordenanza dos fichas de huellas dactilares y un informe de un experto en dactilografía, y les asignó un número de la enumeración de pruebas.

—Señor Page, ¿le dijo la detective Gordon por qué tenía la convicción de que el procesado había asesinado a las mujeres de Hunter's Point?

—Sí, me lo dijo.

—Exponga ante la sala qué le dijo.

—Peter Lake estaba relacionado de un modo u otro con cada una de las mujeres desaparecidas en Hunter's Point. Gloria Escalante formó parte de uno de los jurados ante los que Lake tuvo que defender un caso. Samantha Reardon era miembro del mismo club de campo que los Lake. El marido de Anne Hazelton era un abogado; los Lake y los Hazelton estuvieron juntos en algunas reuniones sociales del Colegio de Abogados. Patricia Cross y Sandra Lake, la esposa de Peter, estaban las dos en la Liga Femenina.

»La detective Gordon conoció a Lake la tarde en que Sandra y Melody Lake fueron asesinadas. Fue la primera vez que se descubrió un cadáver. En todos los demás casos, cuando desaparecía una mujer, la nota y la rosa aparecían sobre la almohada de su dormitorio. En ninguna de estas notas se encontraron huellas dactilares. La nota que se encontró en el domicilio de Lake sí tenía las huellas de su esposa. Los detectives pensaron que Sandra Lake descubrió la nota y que su marido la asesinó para que no pudiese relacionarlo con las desapariciones cuando por fin se hiciera pública la existencia y el contenido de las notas. Asimismo, pensaron que Melody presenció el asesinato de su madre, y que fue asesinada por el mero hecho de haber sido testigo.

—¿Existía alguna discordancia respecto de la hora en que Peter Lake informó a la policía de los asesinatos?

—Efectivamente. Peter Lake comunicó a la policía que había descubierto los cadáveres en cuanto entró en la casa, y que permaneció un rato sentado en las escaleras de la entrada, recuperándose de la conmoción sufrida, para llamar después al 911. La llamada al 911 se recibió a las ocho y cuarto, aunque un vecino que residía cerca de la casa de los Lake vio llegar a Peter Lake poco después de las siete y veinte. Los integrantes de la unidad especial supusieron que Lake empleó cincuenta y cinco minutos en llamar a la policía porque las víctimas aún estaban con vida cuando llegó a su casa.

—¿Había alguna cosa más que pudiese implicar a Lake?

—Un individuo llamado Henry Waters trabajaba en una floristería. Su furgoneta fue vista en los alrededores del domicilio de los Escalante el día en que desapareció la señora Escalante. Waters tenía antecedentes por exhibicionismo y voyeurismo. El cadáver de Patricia Cross fue hallado en el sótano de la casa de Waters. Le habían abierto el vientre, exactamente igual que a las tres mujeres de Portland. Waters nunca llegó a tener verdadera entidad de sospechoso, pero Lake no estaba al corriente de este hecho. Waters era prácticamente un retrasado mental; en sus antecedentes no figuraba ninguna acción violenta. No existía relación alguna entre él y una sola de las víctimas. Sin decírselo a nadie, Lake montó guardia frente a la casa de Waters y lo siguió durante varios días, antes de que se descubriese el cadáver de Patricia Cross.

—¿Qué llevó a la policía a visitar la casa de Waters?

—Una llamada anónima hecha por un hombre que nunca fue

identificado. Los miembros de la unidad especial creyeron que Lake había llevado a Cross a la casa de Waters, que la asesinó en el sótano y que hizo después esa llamada a la policía.

—¿Por qué no se procesó a Lake en Hunter's Point?

—Waters fue abatido a tiros por resistirse a ser detenido. El jefe de policía y el alcalde hicieron una aparición en público, durante la cual explicaron el caso y atribuyeron a Waters la autoría de los asesinatos de las rosas. No hubo más asesinatos, con lo que el caso quedó cerrado.

—¿Por qué vino a Portland la detective Gordon?

—Cuando tuvo conocimiento de las rosas y las notas que habían aparecido en los domicilios de las mujeres desaparecidas en Portland, se dio cuenta de que la misma persona era responsable de los crímenes de Hunter's Point y los de Portland, debido al color de las rosas y al contenido de las notas, que nunca se comunicaron al público en Hunter's Point.

—¿A dónde fue la detective Gordon tras abandonar su domicilio?

—Al motel Lakeview. El gerente dijo que se registró unos veinte minutos después de marcharse de mi domicilio.

—¿Ha visto a la detective Gordon después de que se fuera de su domicilio? ¿Ha hablado con ella?

—No. Ha desaparecido.

—¿Se ha procedido a registrar su habitación en el motel?

Page asintió.

—Daba la impresión de que estaba deshaciendo su equipaje cuando le ocurrió algo —respondió—. Cuando vino a verme traía un maletín con un abundante material relacionado con el caso. Ese maletín no apareció en el motel. También encontramos la dirección del solar en construcción donde fueron encontrados los cuerpos; estaba anotada en una libreta, junto al teléfono.

—¿Qué conclusiones extrae de todo ello?

—La llamó alguien para darle la dirección del solar.

—¿Qué supone que sucedió después?

—Ella había venido sin coche. Hemos hablado con todas las compañías de taxi, y ninguna de ellas la recogió en el Lakeview. A mi entender, la persona que la llamó también pasó a recogerla.

—No hay más preguntas, señoría.

Betsy sonrió hacia Page, pero éste no le devolvió la sonrisa. Parecía malhumorado y estaba sentado con rigidez, muy erguido, con las manos sobre el regazo.

—Señor Page, en Hunter's Point se llevó a cabo una larguísima investigación, ¿no es así?

—Eso es lo que dijo la detective Gordon.

—Doy por sentado que habrá leído usted los informes relacionados con dicha investigación.

—No, no los he leído —dijo Page, cambiando de postura con incomodidad.

—¿Y a qué se debe?

—No están en mi poder.

—¿Los ha solicitado a Hunter's Point?

—No.

Betsy frunció el entrecejo.

—Si tiene previsto llamar a testificar a la detective Gordon deberá aportar también sus informes.

—Lo sé.

—¿Hay alguna razón por la cual no los haya solicitado?

Page enrojeció.

—Al parecer han sido mal archivados.

—¿Perdone?

—La policía de Hunter's Point está intentando localizarlos. Los informes no están donde deberían. Pensamos que la detective Gordon sí sabe dónde se encuentran, porque me facilitó algunos objetos, como la ficha de huellas dactilares correspondiente a Peter Lake, que casi con total seguridad procede de ese archivo.

Betsy decidió pasar a otra cuestión.

—Durante su interrogatorio directo ha dicho usted repetidas veces «Los miembros de la unidad especial pensaban...» ¿Ha tenido ocasión de hablar con los miembros de dicha unidad especial?

—No, aparte de la detective Gordon.

—¿Sabe por lo menos dónde están ahora los integrantes de dicha unidad?

—Acabo de saber que Frank Grimsbo es jefe de seguridad de Marlin Steels.

—¿Dónde se encuentra la sede de esa empresa?

—En Albany, Nueva York.

Betsy tomó nota.

—¿No ha hablado con Grimsbo?

—No.

—¿Cómo se llaman los demás detectives?

—Además de Gordon y Grimsbo, la unidad especial estaba compuesta por un criminólogo llamado Glen Michaels y por otro detective llamado Wayne Turner.

Betsy anotó los nombres. Cuando levantó la mirada, Page la observaba con un rostro pétreo.

—Señor Page, ¿no es cierto que carece usted de pruebas que apoyen la historia que le contó su misteriosa visitante?

—Aparte de lo que me dijo la detective, sí.

—¿Qué detective?

—Nancy Gordon.

—Era la primera vez que veía usted a esa mujer, ¿correcto?

Page asintió.

—¿Ha visto alguna vez una fotografía de Nancy Gordon?

—No.

—Así pues, no podría afirmar que la persona que se presentó en su casa como Nancy Gordon fuera efectivamente Nancy Gordon, ¿o sí?

—Existe una Nancy Gordon que trabaja en el Departamento de Policía de Hunter's Point.

—Eso no lo pongo en duda, pero no tenemos ninguna certeza de que sea la persona que fue a visitarlo, ¿verdad?

—Así es.

—Tampoco existe ninguna prueba de que esta mujer haya muerto, ni de que sea víctima de algún chantaje o extorsión.

—Ha desaparecido.

—¿Se encontraron rastros de sangre en su habitación?

—No.

—¿Señales de violencia?

—No —contestó Page a regañadientes.

—¿Hubo algún testigo presencial de los asesinatos de Sandra y Melody Lake?

—Su cliente podría haber sido testigo de esos asesinatos —contestó en tono desafiante.

—Para apoyar su teoría no posee usted más que teorías propuestas, por cierto, por su misteriosa mujer.

—Eso es verdad.

—¿No es también verdad que el jefe de policía y el alcalde de Hunter's Point declararon oficialmente que Henry Waters era el asesino de todas aquellas mujeres?

—Sí.

—¿Incluidas Sandra y Melody Lake?

—Sí.

—De lo cual se deduce que el señor Lake, o el señor Darius, es una víctima más, ¿no es así? —Page no contestó, y Betsy prefirió no forzarlo, de modo que continuó—. Señor Page, hubo seis víctimas en Hunter's Point, incluida una niña de seis años. ¿Se le ocurre alguna razón por la que un alto funcionario público, de probada responsabilidad, decidiera cerrar un caso como aquél y declarar públicamente que un determinado individuo era el asesino, si existiese la más remota posibilidad de que el auténtico asesino siguiera en libertad?

—Es posible que los funcionarios quisieran disipar el temor que se había apoderado de la comunidad.

—¿Quiere decir que ese anuncio público podría haber formado parte de una vulgar añagaza para conseguir que el asesino bajase la guardia mientras la investigación seguía su curso?

—Exactamente.

—Pero lo cierto es que la investigación se dio por concluida, ¿no es así?

—No, al menos según la detective Gordon.

—En cambio, no hubo más asesinatos después de que muriese Henry Waters.

—Así es.

Betsy hizo una pausa y miró directamente al juez Norwood.

—No hay más preguntas, señoría.

—¿Señor Highsmith? —preguntó el juez Norwood.

—No tengo más preguntas que hacer al señor Page, señoría.

—Puede bajar del estrado, señor Page.

Page se puso lentamente de pie. Betsy pensó que parecía cansado, derrotado, lo cual le inspiró cierta satisfacción. Sin embargo, no disfrutaba por haber humillado a Page —de hecho, le parecía un tipo de lo más decente—, pero se tenía bien merecido el daño que ella pudiera haberle infligido. Había quedado bien claro que había procedido a la detención de Martin Darius apoyado en las pruebas más inconsistentes que cupiera imaginar, que lo había obligado a pasar varios días en prisión y que lo había calumniado. Una derrota pública era un precio ínfimo a pagar por ese insensato incumplimiento del deber público.

—¿Hay más testigos? —inquirió el juez.

—Sí, señoría. Dos, aunque serán breves —contestó Highsmith.

—Proceda.

—El estado llama a declarar a Ira White.

Un hombrecillo bajo y regordete, vestido con un traje marrón que le quedaba francamente mal, llegó apresuradamente desde el fondo de la sala. Sonrió, nervioso, mientras prestaba juramento. Betsy calculó que tendría treinta y tantos.

—Señor White, ¿cómo se gana usted la vida? —preguntó Randy Highsmith.

—Soy agente de ventas de Finletter Tools.

—¿Dónde tiene su base de operaciones?

—En Phoenix, Arizona, aunque mi territorio asignado abarca los estados de Oregón, Montana, Washington, Idaho y algunas partes del norte de California, limítrofes con la frontera de Oregón.

—¿Dónde se encontraba a las dos de la tarde del 11 de octubre de este año?

La fecha le sonó conocida. Betsy repasó los informes de la policía. Aquella tarde había sido denunciada la desaparición de Victoria Miller.

—En mi habitación, en el motel Hacienda.

—¿Dónde se encuentra ese motel?

—En Vancouver, estado de Washington.

—¿Por qué motivo estaba en su habitación?

—Acababa de registrarme. Tenía previsto asistir a una reunión a las tres, pero antes quería deshacer el equipaje, ducharme y cambiarme de ropa.

—¿Recuerda el número de su habitación?

—Bueno, usted me dejó ver una copia del registro, si a eso se refiere. Era la 102.

—¿Dónde se encuentra situada, con relación a la oficina del gerente?

—Justamente al lado, en la planta baja.

—Señor White, aproximadamente a las dos de la tarde, ¿oyó algo que le llamase la atención en la habitación de al lado?

—Sí. Había una mujer que estaba gritando y llorando.

—Hable de eso al juez, por favor.

—Muy bien —dijo White, cambiando de postura para mirar directamente al juez Norwood—. No oí nada hasta que salí de la ducha, por el ruido del agua, claro. En cuanto cerré el grifo, oí un chillido, como si alguien sintiese dolor. Me sobresaltó. Los tabiques de ese motel no son particularmente gruesos. La mujer suplicaba a quien estuviese con ella que no le hiciera daño. Lloraba y sollozaba. Fue difícil oír lo que decía, pero algo sí que entendí. De todos modos, la oí llorar claramente.

—¿Durante cuánto tiempo se prolongó esa situación?

—No mucho.

—¿Llegó a ver en algún momento al hombre o a la mujer de la habitación de al lado?

—Vi a la mujer. Estaba pensando en llamar al gerente, pero todo se tranquilizó entonces. Ya se lo he dicho, no duró demasiado. De todos modos, me vestí para ir a mi reunión y me marché a eso de las dos y media, más o menos. A esa misma hora salía ella del motel.

—¿La mujer de la habitación de al lado?

White asintió.

—¿Recuerda qué aspecto tenía?

—Desde luego. Muy atractiva. Rubia, con un buen tipo.

Highsmith se acercó al estrado de los testigos y le mostró una fotografía.

—¿Le resulta conocida esta mujer?

White observó la fotografía.

—Es ella.

—¿Qué seguridad tiene?

—Total y absoluta.

—Señoría —dijo Highsmith—, presento la prueba número treinta y cinco que aporta el estado, una fotografía de Victoria Miller.

—Nada que objetar —dijo Betsy.

—No hay más preguntas —dijo Highsmith.

—La defensa no desea interrogar al señor White —dijo Betsy al juez.

—Puede retirarse, señor White —dijo el juez Norwood al testigo.

—El estado llama a declarar a Ramón Gutiérrez.

Un joven de tez morena, bien vestido, con un fino bigotillo, ocupó el estrado.

—¿Podría decirnos dónde trabaja, usted? —preguntó Randy Highsmith.

—En el motel Hacienda.

—Eso está en Vancouver.

—Sí.

—¿Cuál es su trabajo?

—Soy el recepcionista del turno de la mañana.

—¿A qué se dedica por las tardes?

—Estudio en la Universidad del Estado de Portland.

—¿Qué carrera?

—Primero de medicina.

—¿Así que poco a poco lo va sacando adelante? —preguntó Highsmith con una sonrisa.

—Sí.

—Se diría que tiene que ser bastante duro.

—Fácil desde luego no es.

—Señor Gutiérrez, ¿estaba trabajando usted en el motel Hacienda el 11 de octubre de este año?

—Sí.

—Descríbanos la estructura del motel.

—Tiene dos plantas. Hay una balconada que recorre el perímetro de la segunda planta. El mostrador de recepción está en el lado norte, en la planta baja.

—¿Cómo están numeradas las habitaciones de la planta baja?

—La habitación contigua a la oficina es la 102. La siguiente es la 103, y así sucesivamente.

—¿Ha traído la hoja de registro correspondiente al 11 de octubre?

—Sí —dijo Gutiérrez, entregando al ayudante del fiscal de distrito una página alargada, amarillenta, de un libro de asiento.

—¿Quién estaba registrado esa tarde en la habitación 102?

—Ira White, de Phoenix, Arizona.

Highsmith volvió la espalda al testigo y miró a Martin Darius.

—¿Quién estaba registrado en la habitación 103?

—Una tal Elizabeth McGovern, de Seattle.

—¿Anotó usted el registro de la señora McGovern?

—Sí.

—¿A qué hora?

—Poco después de mediodía.

—Hago entrega al testigo de la prueba número treinta y cinco. ¿Reconoce usted a esa mujer?

—Es la señora McGovern.

—¿Está seguro?

—Sí. Era un belleza, una mujer impresionante —dijo Gutiérrez con tristeza—. Luego, cuando vi su foto en el *Oregonian*, la reconocí enseguida.

—¿A qué fotografía se refiere?

—A la fotografía de las mujeres asesinadas. Sólo que allí se decía que su nombre era Victoria Miller.

—¿Llamó usted a la oficina del fiscal de distrito en cuanto leyó la noticia en el periódico?

—De inmediato. Hablé con el señor Page.

—¿Por qué llamó usted?

—En el periódico se decía que desapareció aquella noche, la del 11 de octubre, y por eso pensé que la policía querría tener noticia del tío.

—¿Qué tío?

—El que estaba con ella en la habitación.

—¿Vio usted a un hombre en la habitación, con la señora Miller?

—Bueno, en la habitación no. Pero lo vi entrar y salir. Ya había estado antes allí.

—¿Con la señora Miller?

—Sí. Más o menos, una o dos veces por semana. Ella hacía el registro, y él aparecía después. —Gutiérrez sacudió la cabeza—. Lo que nunca pude entender es que, si deseaba pasar desapercibido, ¿por qué iba en semejante coche?

—¿Qué coche?

—Un fantástico Ferrari negro.

Highsmith buscó una fotografía entre las que había depositado antes sobre la mesa del ordenanza y se la entregó al testigo.

—Ésta es la prueba número diecinueve aportada por el estado, una fotografía del Ferrari negro propiedad de Martin Darius. Quisiera saber si en su opinión se parece al coche que conducía el hombre que entró en la habitación con la señora Miller.

—Reconozco el coche.

—¿Cómo lo sabe?

Gutiérrez señaló en dirección a la mesa de la defensa.

—Ése de ahí es Martin Darius, ¿no?

—Sí, señor Gutiérrez.

—Pues ése es el tío.

—¿Por qué no me dijo lo de Victoria Miller? —preguntó Betsy a Martin Darius en cuanto estuvieron a solas en la sala de visitas.

—Cálmese —dijo Darius con paciencia.

—No me diga que me calme —respondió Betsy, enfurecida por la gélida compostura de su cliente—. Maldita sea, Martin soy su abogada ¿no? ¿No cree que me habría parecido sumamente interesante saber que se estaba usted follando a una de las víctimas, y que además le dio una paliza, precisamente el mismo día en que desapareció?

—Yo no le di una paliza a Vicky. Le dije que no quería que siguiéramos viéndonos y se puso histérica. Me atacó, y tuve que controlarla. Además, ¿qué tiene que ver con obtener o no la fianza el que me acostase con Vicky?

Betsy sacudió la cabeza.

—Esto puede hundirlo, Martin. Puede ser su fin. Conozco bien a Norwood. Es de lo más estricto. Un tipo chapado a la antigua, en serio. Lleva más de cuarenta años casado con su mujer, va a misa los domingos. Si me lo hubiera dicho, podría haber suavizado el impacto que seguramente le ha causado la novedad.

Darius se encogió de hombros.

—Lo siento —dijo, aunque no de corazón.

—¿También se beneficiaba de Laura Farrar o de Wendy Reiser? En la cama, claro...

—Apenas las conocía.

—¿Qué me dice de esa fiesta para celebrar la inauguración del centro comercial?

—Allí había centenares de personas. Ni siquiera recuerdo haber hablado con Farrar o con Reiser en aquella ocasión.

Betsy se echó hacia atrás en su asiento. Se sentía sumamente incómoda estando a solas con Darius, en la estrechez de la sala de visitas.

—¿Adónde se dirigió al salir del motel Hacienda?

Darius sonrió con cara de no haber roto un plato en su vida.

—A una reunión en Brand, Gates & Valcroft, con Russ Miller y el resto de la gente que trabajaba en la cuenta de publicidad de Construcciones Darius. Tenía que asegurarme de que Russ estuviese al frente de esa cuenta. Pero supongo que eso ya no funcionará en lo sucesivo.

—Es usted el hijo de puta más frío que he visto en mi vida, Martin. Primero se pasa por la piedra a la mujer de Miller, y luego le echa a él un hueso como premio. Ahora se ríe usted de ella, después de que ha sido brutalmente asesinada. La doctora Gregg ha dicho que pudo estar viva varias horas, rajada por la mitad, sufriendo el dolor más espantoso que se pueda imaginar. ¿Sabe cuánto tuvo que sufrir antes de perder la vida?

—No, Tannenbaum, no tengo ni idea de lo mucho que tuvo que sufrir —dijo Darius a la vez que la sonrisa abandonaba su rostro—, porque yo no la maté. A todo esto, ¿qué le parece si compartiese un poquito de su generosa simpatía también conmigo? A mí me están tendiendo una trampa, me están cargando un mochuelo de tomo y lomo. Yo soy el que se levanta todos los días en medio de ese hedor carcelario, yo soy el que tiene que comer esa bazofia.

Betsy fulminó a Darius con la mirada y se puso de pie.

—¡Guardia! —gritó, golpeando la puerta—. Por hoy, he tenido más que suficiente, Martin. Estoy harta de usted. Lo que se dice harta.

—Como quiera.

El guardia se inclinó para abrir la cerradura.

—La próxima vez que hablemos, quiero saber toda la verdad. Y eso incluye lo ocurrido en Hunter's Point.

Se abrió la puerta. Mientras Darius la veía marcharse, una leve sonrisa se dibujó en sus labios.

CAPÍTULO XIII

I

International Exports estaba en la planta vigésimo primera del edificio del First Interstate Bank, entre unas cuantas pequeñas oficinas, agrupadas en un rincón a espaldas de una compañía de seguros. Una mujer de mediana edad y aspecto hispano alzó la mirada de su ordenador cuando Reggie Stewart abrió la puerta. Parecía sorprendida, como si allí cualquier visitante fuese una visión de lo más inesperada.

Momentos después, Stewart estaba sentado frente a la mesa de Manuel Ochoa, un mexicano bien trajeado, robusto, de tez olivácea y un poblado bigote entrecano.

—Este asunto de Martin es terrible. El fiscal de distrito debe de estar loco para arrestar a una persona tan destacada como él. Supongo, de todos modos, que no habrá pruebas de peso en su contra —dijo Ochoa a la vez que ofrecía a Stewart un delgado purito.

Stewart alzó la mano para rechazar la invitación.

—Francamente, no sabemos qué es lo que se trae Alan Page entre manos. Está jugando sus cartas sin dejar que se le vea el plumero. Por eso he comenzado a hablar con las personas que conocen bien al señor Darius. Intentamos averiguar qué es lo que está tramando Page.

Ochoa sacudió la cabeza en ademán de simpatía.

—Haré todo lo que pueda por ayudar, señor Stewart.

—¿Por qué no me explica que relación mantiene con Darius?

—Somos socios en un negocio en concreto. Él quería construir un centro comercial cerca de Medford, pero los bancos no estuvieron dispuestos a financiarlo, y por eso acudió a mí.

—¿Qué tal marcha la empresa?

—Me temo que no muy bien. Martin ha tenido ciertas dificultades últimamente. En parte, debido a ese desgraciado asunto del solar en que fueron descubiertos los cadáveres.

Tiene muchísimo dinero invertido en el proyecto de las viviendas ésas, y todo ese capital está inmovilizado. Sus deudas van en aumento. Nuestra empresa conjunta también ha quedado en dique seco.

—¿Es grave la situación financiera de Darius?

Ochoa expulsó el humo mirando el techo.

—Sí, es grave. Yo estoy preocupado por mi inversión, aunque obviamente estoy protegido por una póliza de seguro.

—Si el señor Darius tiene que permanecer en la cárcel, e incluso si es condenado, ¿qué será de sus negocios?

—No sabría decírselo. Martin es el genio que mueve toda su empresa, pero con él trabajan hombres muy competentes.

—¿Qué grado de amistad lo une al señor Darius?

Ochoa dio una profunda calada a su purito.

—Hasta hace poco, se podría decir que éramos amigos, aunque no íntimos. Compañeros de negocios, sería quizá más apropiado. He invitado a Martin a mi casa en algunas ocasiones, hemos estado juntos en determinadas veladas de tipo social. Sin embargo, las presiones financieras han puesto en aprietos nuestra relación.

Stewart colocó sobre la mesa las fotos de las tres mujeres desaparecidas y una hoja de papel en la que figuraban las fechas de sus desapariciones.

—¿Estuvo usted con el señor Darius en alguna de estas fechas?

—No lo creo.

—¿Qué me dice de las fotografías? ¿Ha visto alguna vez al señor Darius en compañía de alguna de estas mujeres?

Ochoa estudió las fotos y negó con la cabeza.

—No, pero he visto a Martin con otras mujeres. —Stewart sacó una libreta—. Vivo solo, y mi casa es muy grande. Me encanta reunirme con mis amistades. Y algunas de estas amistades son mujeres atractivas y solteras.

—¿Tendría la amabilidad de explicármelo mejor, señor Ochoa?

Ochoa se echó a reír.

—A Martin le gustan las mujeres jóvenes, pero siempre ha sido discreto. En mi casa dispongo de dormitorios para mis amistades.

—¿Ha consumido drogas el señor Darius?

Ochoa miró a Stewart con curiosidad.

—¿Qué tiene eso que ver con su investigación, señor Stewart?

—Tengo que averiguar todo lo que pueda acerca de mi cliente. Nunca se sabe qué puede ser importante.

—No tengo ningún conocimiento sobre drogas —dijo Ochoa, y a continuación miró su Rolex—. Además, me temo que llego tarde a una cita.

—Gracias por haberme recibido.

—El placer es mío. Y si puedo ser de utilidad para ayudar a Martin, no dude en hacérmelo saber. Transmítale mis mejores deseos.

2

Nora Sloane estaba esperando a Betsy sentada en un banco, a la salida del ascensor del juzgado.

—¿Has hablado con Darius?

—Martin dice que puedes hacer el seguimiento.

—¡Espléndido!

—Reunámonos después de la vista y te expondré cuáles son las reglas del juego.

—Perfecto. ¿Sabes cómo se va a pronunciar el juez Norwood?

—No. Su secretario sólo nos ha comunicado que estemos aquí a las dos.

Betsy dobló la esquina del pasillo al final del cual se encontraba la sala del juez Norwood. La mayoría de la gente estaba apiñada ante las puertas de la sala. Había equipos de televisión junto a la entrada, y un guardia de seguridad controlaba el paso de los asistentes a través de un detector de metales. Betsy mostró en un visto y no visto su carnet del Colegio de Abogados y el guardia se hizo a un lado para dejarla pasar. Betsy y Sloane pasaron por detrás de él sin tener que hacer cola ante el detector de metales.

Martin Darius y Alan Page ya estaban en la sala. Betsy tomó asiento junto a Darius y sacó sus carpetas y un bloc de notas de su maletín.

—¿Ha podido ver a Lisa? —le preguntó.

Betsy exploró visualmente la sala, que ya estaba llena de gente.

—Le dije a mi secretaria que la llamase, pero no veo que haya llegado.

—Tannenbaum, ¿qué es lo que va a dictaminar? —Darius intentaba mantener la calma y que sus palabras resultasen despreocupadas, pero se le notaba que estaba nervioso.

—Pronto lo sabremos —dijo Betsy cuando Harvey Cobb golpeó el mazo para que los presentes guardaran silencio.

El juez Norwood salió de su cámara. En una mano cogía con fuerza varias hojas de papel amarillo, rayado. Si se había tomado el tiempo y la molestia de poner por escrito las razones de su decisión, significaba que contaba con que su decisión fuese revocada y con que la acusación del estado recurriese a un tribunal de apelación.

—Nos encontramos ante un caso sumamente desconcertante —dijo el juez sin más preámbulo—. Estamos hablando de una persona que ha torturado brutalmente y asesinado posteriormente a cuatro inocentes. Esa persona no debería andar a sus anchas por las calles de nuestra ciudad. Por otra parte, en este país nos enorgullecemos de presuponer que toda persona es inocente mientras no se demuestre lo contrario. Asimismo, la Constitución garantiza el derecho a libertad bajo fianza de todo procesado, derecho que, no obstante, se puede denegar a un procesado en un caso de asesinato sólo si el estado demuestra que existen pruebas claras y concluyentes de su culpabilidad.

»Señor Page, usted ha demostrado sin apelación posible que estas personas fueron asesinadas. Ha demostrado que sus cadáveres fueron enterrados en un solar que es propiedad del señor Darius al que éste visita con frecuencia, como usted también ha demostrado. Ha demostrado además que Darius mantenía relaciones extraconyugales con una de las víctimas, e incluso que cabe la posibilidad de que la hubiese maltratado físicamente el día en que desapareció. Lo que de ninguna manera ha demostrado de modo claro y convincente es que exista una conexión entre el procesado y los asesinatos. Nadie vio al señor Darius asesinar a estas personas. No existen pruebas de tipo científico que lo relacionen con ninguno de los cadáveres ni con los domicilios de los cuales las víctimas desaparecieron. Ha identificado usted el dibujo de los neumáticos del BMW con las huellas halladas en el lugar de los hechos, pero el señor Darius visitaba dicho solar con relativa frecuencia y en su automóvil particular. Ciertamente, es sospechoso que las huellas condujesen al boquete abierto en la verja perimetral del solar en construcción, pero no es suficiente, especialmente por cuanto que no existe prueba alguna que relacione directamente ese BMW con ninguna de las víctimas.

»Ahora bien, sé positivamente que insistirá usted en que el señor Darius destruyó todas las pruebas mediante una limpieza exhaustiva del portaequipajes del coche, y esto desde luego que parece sospechoso. Con eso y con todo, el criterio que debo emplear para denegar la concesión de la libertad bajo fianza es la existencia de pruebas claras y concluyentes, y la ausencia de dichas pruebas, al margen de lo sospechosas que puedan resultar las circunstancias concomitantes, no es sustituto válido de las pruebas que, como digo, no se han presentado en esta sala. En realidad, señor Page, el meollo de su acusación está en la información que haya podido proporcionarle la tal detective Gordon. Sin embargo, no ha estado aquí presente para que la señora Tannenbaum pudiera someterla a un examen cara a cara. ¿A qué se debe que no esté presente? No lo sabemos. ¿Ha sido víctima de un chantaje, de una extorsión, o quizá de algo peor? ¿O es que se ha inventado toda la historia que le contó a usted, y en ese caso es tan sensata que no desea bajo ningún concepto cometer perjurio? Incluso en el supuesto de que aceptase lo que usted ha dicho, el señor Darius sería culpable de los asesinatos de Hunter's Point sólo si asumimos la teoría de la detective Gordon. El tal Henry Waters fue oficialmente declarado autor de los asesinatos según el pronunciamiento de la policía. Si Waters era el asesino, el señor Darius fue una víctima más de ese individuo.

El juez Norwood hizo una pausa para beber un sorbo de agua. Betsy reprimió una sonrisa triunfal. Miró de reojo a su izquierda. Alan Page estaba sentado con la espalda rígida al frente.

—Se fija la fianza en la suma de un millón de dólares. Señor

Darius, podrá quedar en libertad cuando deposite el diez por ciento de dicha cantidad.

—Señoría... —exclamó Page poniéndose de pie.

—No servirá de nada su protesta, señor Page. Ya he tomado una decisión. Si quiere conocer mi opinión personal, me sorprende que haya forzado la celebración de esta vista sobre un caso tan resbaladizo e inconsistente.

El juez Norwood dio la espalda al fiscal y se levantó del sillón.

—Ahora estoy convencido de que acerté al contratarla, Tannenbaum —exclamó Darius—. ¿Cuánto tiempo tardaré en salir de aquí?

—El tiempo que le lleve depositar la fianza y el que demoren en la prisión para proceder a su libertad inmediata.

—Entonces hágame el favor de llamar a Terry Stark, el administrativo jefe de Construcciones Darius. Está esperando noticias suyas. Indíquele qué cantidad tiene que depositar y dígale que la traiga sin más tardanza.

Nora Sloane esperó a que Betsy acabara de responder a las preguntas de los periodistas y luego caminó con ella hacia los ascensores.

—Tienes que sentirte fenomenal —le dijo.

Betsy estuvo tentada de soltarle a Sloane la misma respuesta despreocupada que había soltado a los periodistas, pero en el fondo Nora le caía bien, y pensó que podía confiar en ella.

—No del todo.

—¿Por qué?

—Reconozco que haber ganado me llena de satisfacción, pero Norwood tiene razón. La acusación de Page era de lo más endeble. Esta vista la habría ganado cualquiera. Si esto es todo lo que Page puede conseguir, el caso nunca llegará a juicio. Además, no tengo ni idea de quién es Martin Darius. Si es un esposo y padre que encontró un día a su mujer y a su hija brutalmente asesinadas, entonces hoy habré hecho una buena acción. Pero ¿y si realmente asesinó a las mujeres encontradas en el hoyo?

—¿Crees que es culpable?

—Yo no he dicho eso. Martin insiste en que es inocente, y no he visto hasta la fecha nada que me convenza de lo contrario. Lo que quiero decir es que sigo sin saber con certeza qué es lo que ha ocurrido, ni aquí ni en Hunter's Point.

—Si estuvieras convencida de que Darius es el asesino de las rosas, ¿te encargarías pese a todo de su defensa?

—En los Estados Unidos contamos con un sistema, ¿verdad? No es perfecto, lo sé pero ha funcionado bien durante doscientos años y se fundamenta en que toda persona, al margen de lo que haya hecho, tiene derecho a un juicio justo. El día en que empiezas a discriminar entre las personas, por la razón que sea, ese sistema se resquebraja. La verdadera prueba de ese sistema llega cuando ha de juzgar a un Bundy, o a un Mason, o cualquiera al que todo el mundo tema y desprecie. Si también a esas personas puede dárseles un juicio justo, entonces sí que estamos en condiciones de emitir con la conciencia tranquila el mensaje de que vivimos en una nación en la que impera la ley.

—¿Eres capaz de imaginar un caso en el que no defenderías al acusado? —preguntó Sloane—. Me refiero a un cliente que te pudiera resultar tan repugnante que tu conciencia te impidiese representarlo.

—Ése es el interrogante que has de afrontar cuando decides hacerte abogado criminalista. Si no puedes representar a ese cliente, entonces es que tu sitio está fuera de este tinglado. —Betsy miró el reloj—. Perdona, Nora, pero por hoy tendrás que conformarte con esto. Tengo que cerciorarme de que la fianza de Martin se deposite, y mi madre está cuidando a Kathy, así que tendré que irme del despacho algo más temprano de lo habitual.

—¿Kathy es tu hija?

Betsy sonrió.

—Me gustaría conocerla.

—Te presentaré pronto a Kathy, y también a mi madre. Te caerán bien. A lo mejor te invito un día de estos a cenar a casa.

—Me encantaría.

3

—Lisa Darius te espera en tu despacho —dijo Ann en cuanto entró por la puerta—. Espero que no te importe. Está muy molesta, aunque no sé por qué, y no le agradaba la idea de sentarse en la sala de espera.

—No importa. ¿Se ha enterado de que Martin ha obtenido la libertad bajo fianza?

—Sí. Cuando entró le pregunté cómo se había pronunciado el juez, y me dijo que habías ganado.

—Pues no la vi en la sala.

—La llamé para que asistiera a la vista en cuanto me pediste que lo hiciera.

—Estoy segura de que lo hiciste, Ann. Mira, llama por favor a Terry Stark a Construcciones Darius —dijo Betsy a la vez que anotaba el nombre y el número de teléfono—. Hace unos días le indiqué qué debía hacer para depositar la fianza. Dile que tendrá que presentar un cheque conformado, al portador, por valor de cien mil dólares. Si hay algún problema, avísame.

Betsy no reconoció a Lisa al principio. Vestía unos vaqueros ceñidos, un jersey azul de cuello vuelto y un anorak multicolor. Llevaba el pelo largo recogido en una trenza y los ojos, esmeralda, los tenía enrojecidos de tanto llorar.

—Lisa, ¿te encuentras bien?

—Jamás pensé que lo iban a soltar. Estoy tan aterrada...

—¿De Martin? ¿Por qué?

Lisa se tapó la cara con ambas manos.

—Es tan cruel... Nadie sabe cuánto. En público es encantador, desde luego. Y en ocasiones, cuando estamos solos es igual de encantador conmigo. Me sorprende, me regala flores, joyas. Cuando quiere, me trata como a una reina, y así me olvido de cómo es por dentro en realidad. Dios santo, Betsy. Creo que sí ha matado a esas mujeres.

Betsy se quedó de una pieza. Lisa se puso a llorar.

—¿Quieres un vaso de agua? —le preguntó Betsy.

Lisa negó con la cabeza.

—No, en un momento estaré bien.

Permanecieron sentadas en silencio, mientras Lisa recuperaba el aliento. Fuera, el sol invernal brillaba de tal manera, y el aire era tan prístino y terso, que daba la sensación de que podría partirse en un millón de pedazos. Cuando Lisa por fin habló, sus palabras brotaron como una catarata.

—Entiendo lo que tuvo que sufrir Andrea Hammermill, sobre todo al aguantarlo durante tanto tiempo, porque no quieres que nadie llegue a saber lo penoso que puede llegar a ser, y porque también hay buenos momentos... y porque lo quieres.

Lisa sollozó. Se estremeció de pies a cabeza. Betsy quiso consolarla, pero también quería enterarse de lo que Darius le había hecho para que estuviera en semejante estado, de modo que optó por seguir sentada, quieta, y esperar a que Lisa recobrase el dominio de sí misma.

—Yo lo quiero, de veras, y también lo odio, y me da pavor —dijo Lisa, desesperada—. Pero es que... Si él...

—El maltrato físico dentro del matrimonio es algo relativamente común, Lisa, más de lo que tú crees. Pero un asesinato múltiple no lo es. ¿Por qué piensas que Martin pudo haber asesinado a esas mujeres?

—Es que no son sólo los malos tratos, no sólo las palizas. Hay además algo pervertido en... en lo que hace. Sus necesidades sexuales... Una vez... Esto me resulta muy difícil.

—Tómate el tiempo que sea necesario.

—Él quería hacer el amor. Habíamos estado en una fiesta. Yo estaba agotada, y se lo dije. Él insistió. Tuvimos una discusión. No, no es cierto. Él nunca discute. Él... él...

Lisa cerró los ojos. Tenía las manos apretadas con fuerza sobre el regazo, y el cuerpo rígido. Cuando empezó a hablar, mantuvo los ojos cerrados.

—Me dijo con toda la calma del mundo que iba a hacer el amor conmigo. Yo estaba cada vez más enojada. Su forma de hablar... Me hablaba como si yo fuera una niña muy pequeña, o una retrasada mental. Me enfureció. Y cuanto más gritaba yo, más calmado estaba él. Por fin me dijo que me desnudara, y lo dijo igual que le habría ordenado a un perro que se tumbase. Le contesté que se fuera al infierno. Acto seguido, sin darme cuenta de lo que había pasado, estaba tendida en el suelo. Me había dado un tremendo puñetazo en el estómago. Me quedé sin respiración. Estaba totalmente desamparada.

»Cuando recuperé la respiración, levanté la mirada. Martin

sonreía. Me ordenó de nuevo que me desnudase, con esa misma voz. Aún no podía ni decir palabra, pero de ninguna de las maneras iba a ceder a sus órdenes. Me negué, moviendo la cabeza. Se arrodilló, me agarró un pezón a través de la blusa y apretó con fuerza. A punto estuve de perder el conocimiento, por el daño que me hizo. Estaba llorando y me debatía en el suelo. Me hizo lo mismo en el otro pezón y yo no pude soportarlo. Lo más horroroso era lo metódico de sus actos. No había ni pizca de pasión. Y tenía una sonrisa casi inapreciable en la cara, como si estuviese gozando una inmensidad pero no quisiera que nadie se diese cuenta. Estaba a punto de desmayarme cuando dejó de pellizcarme. Me quedé tendida en el suelo, exhausta. Sabía que no podría resistirme más. En cuanto me ordenó que me desnudase una vez más, me quité la ropa sin decir nada.

—¿Te violó? —preguntó Betsy, que se sentía ligeramente mareada.

Lisa negó con la cabeza.

—No, eso fue lo peor. Me miró unos instantes. Tenía una sonrisa de satisfacción que jamás olvidaré. Me dijo después que debía someterme a él siempre que deseara hacer el amor conmigo, y que me castigaría debidamente cada vez que le desobedeciera. Me dijo que me pusiera a cuatro patas. Pensé que iba a tomarme por detrás. En cambio, me hizo arrastrarme por el suelo como una perra. En el dormitorio hay un armario ropero. Abrió la puerta y me ordenó que entrase, desnuda. Me dijo que me quedase ahí dentro y permaneciera en silencio hasta que me dejara salir. Me dijo que si hacía un solo ruido me castigaría severamente. —Volvió a sollozar—. Me tuvo todo el fin de semana dentro del armario, sin darme de comer. Metió un poco de papel higiénico y un cubo por si... para que lo usara si... Estaba muerta de hambre y de miedo.

»Me dijo que abriría la puerta cuando él estuviese dispuesto, y que inmediatamente haría el amor con él a no ser que quisiera volver dentro del armario. Cuando abrió la puerta, salí a cuatro patas y... Hice todo lo que él quiso que hiciera. Cuando hubo terminado conmigo, me llevó al cuarto de baño y me bañó como si fuese un bebé. Sobre la cama había dejado ropa mía, un vestido de noche. Y un brazalete. Debió de costarle una fortuna. Era de diamantes, de rubíes, de oro. Era la recompensa por mi obediencia. Cuando estuve vestida, me llevó a un restaurante de lujo y me invitó a una cena opípara. Durante toda la velada, me trató como a una reina. Estaba convencida de que volvería a desearme en cuanto llegáramos a casa. Durante la cena, no pude pensar en nada más. Tuve que sobreponerme y obligarme a cenar, porque sentía náuseas sólo de pensar en lo que se me venía encima, pero más miedo me daba lo que podría hacerme si me negaba a probar bocado. Luego, cuando llegamos a casa se acostó y se durmió, y estuvo una semana sin tocarme.

—¿Alguna vez te volvió a hacer algo parecido?

—No —dijo Lisa, cabizbaja—. No fue necesario, porque yo había aprendido la lección. Si él decía que deseaba hacer el amor, yo hacía lo que él quisiera. Y recibí a cambio mi recompensa, una y otra vez. Nadie ha sabido, hasta ahora mismo, lo que he tenido que pasar.

—¿No pensaste nunca en abandonarle? —preguntó Betsy.

—Me... me advirtió que si le decía a alguien lo que me había hecho, o si intentaba huir de su lado, me mataría. Si hubieses visto de qué forma me lo dijo, con qué calma, con qué frialdad... Me di cuenta de que lo haría. Supe que estaba dispuesto a hacerlo. —Lisa respiró hondo varias veces, hasta que recobró el dominio de sí—. Pero aún hay algo más —agregó luego. Betsy se fijó en una bolsa de plástico que había junto a la silla de Lisa, quien se agachó y sacó un álbum de fotos que colocó sobre su regazo—. Estaba segura de que Martin tenía por ahí un lío con otra. Nunca dijo nada al respecto y yo nunca le vi con otra mujer, pero lo sabía. Un día, decidí registrar sus cosas mientras estaba en el trabajo, para ver si encontraba alguna prueba. En cambio, encontré esto.

Lisa golpeó con la uña la cubierta del álbum y se lo entregó a Betsy. Betsy lo colocó en el centro del escritorio. La cubierta era marrón, algo desvaído, con un filete dorado. Betsy abrió el álbum. En la primera página, bajo un envoltorio de plástico, había varios recortes de prensa acerca de los sucesos de Hunter's Point, tomados del periódico local de Hunter's Point, del *Times* neoyorquino, de *Newsday* y de otros periódicos. Betsy ojeó el resto de las páginas sin pararse a leer los artículos. Todos ellos trataban del caso de Hunter's Point.

—¿No le has preguntado nunca a Martin por esto? —preguntó Betsy—. Es extraño.

—No. Estaba demasiado aterrada. Lo volví a dejar en su sitio. En cambio, hice otra cosa: contraté a un detective privado para seguir a Martin y para averiguar más datos acerca de Hunter's Point.

—¿Cómo se llama el detective?

—Samuel Oberhurst.

—¿Tienes su dirección, o un número de teléfono donde pueda localizarlo?

—Tengo un número de teléfono.

—¿Y la dirección?

—Conseguí su nombre gracias a una amiga que lo contrató para acumular pruebas de cara a su divorcio. Ella me dio el número, un número donde siempre sale un contestador automático. Siempre nos reunimos en un restaurante.

—¿Adónde le enviabas los cheques?

—Siempre le pagué en metálico.

—Dame el nombre de tu amiga; haré que mi investigador se ponga en contacto con ella si fuese necesario.

—Se llama Peggy Fulton. El abogado que llevó su divorcio era Gary Telford. Él le proporcionó el nombre del detective. Preferiría que no hablaras con ella a menos que fuese imprescindible.

—Será mejor hablar con el abogado —dijo Betsy a la vez que sacaba una hoja de papel y anotaba los datos en varios espacios en blanco—. Lisa, esto es un impreso por el que nos autorizas, a mí o a mi investigador, a revisar los archivos de Oberhurst.

Mientras Lisa leía el impreso, Betsy indicó a Ann que llamase a Reggie Stewart para que se presentase de inmediato en su despacho. Lisa firmó el impreso y se lo devolvió a Betsy.

—¿Qué te dijo Samuel Oberhurst?

—Estaba convencido de que Martin me engañaba, pero aún no había descubierto con quién.

—¿Y sobre Hunter's Point?

—Me dijo que aún no había comenzado a trabajar en ello.

El relato de Lisa había afectado profundamente a Betsy. Sólo de pensar en Darius tratando a su mujer como a un animal le revolvía el estómago, y la descripción de Lisa la hizo sentir un intenso malestar físico. Pero eso no significaba que Darius fuese un asesino, y Betsy seguía siendo su abogada.

—¿Por qué has acudido a mí, Lisa?

—No lo sé. Estoy muy confusa por todo. En casa, me pareciste muy comprensiva; además, sabía cuánto tuviste que luchar por Andrea Hammermill y por esa otra mujer, Peterson. Confiaba en que pudieras decirme qué debo hacer.

—¿Tienes previsto decirle al fiscal de distrito lo que me has dicho a mí, o piensas darle este álbum?

Lisa pareció sobresaltarse.

—No. ¿Por qué iba a hacerlo?

—Para hacerle daño a Martin.

—No, no quiero... Todavía lo amo. Mejor dicho, Betsy, si Martin hizo todo eso... si torturó y asesinó a esas mujeres, necesito saberlo.

Betsy se inclinó hacia delante y miró directamente a los ojos verdes y llorosos de Lisa.

—Soy la abogada de Martin, Lisa. Como profesional me debo a mi cliente, incluso en el supuesto de que sea culpable.

Lisa parecía perpleja.

—¿Seguirás adelante con su defensa, aun a sabiendas de que hizo lo que hizo?

Betsy asintió.

—Pero es posible que no lo hiciera, Lisa, y lo que me has dicho podría ser muy importante. Si Oberhurst estaba siguiendo a Martin en una de las fechas en las que se denunciaron las desapariciones de esas mujeres, podría proporcionar a Martin una espléndida coartada. Page va a basar la argumentación en el hecho de que el mismo hombre asesinó a las tres mujeres, y lo más probable es que así fuera. Lo único que debo hacer es demostrar que Martin no mató a una de ellas, a cualquiera, para que la acusación del fiscal de distrito carezca de fundamento.

—No había pensado en eso.

—¿Cuándo fue la última vez que hablaste con Oberhurst?

—Hace unas semanas. Le dejé unos cuantos mensajes en el contestador, pero no me devolvió las llamadas.

—Haré que mi investigador se ponga en contacto con él. ¿Puedo quedarme por el momento con el álbum?

Lisa asintió. Betsy se levantó, caminó alrededor de la mesa y apoyó la mano sobre el hombro de la mujer.

—Gracias por haber confiado en mí. Sé que ha debido de ser muy difícil.

—Tenía que contárselo a alguien —murmuró Lisa—. Lo he mantenido en secreto durante demasiado tiempo.

—Tengo una amiga que quizá pueda ayudarte. Se llama Alice Knowland. Es muy agradable, muy compasiva. Se la he sugerido a otras mujeres con problemas similares al tuyo, y a algunas les ha ayudado mucho.

—¿Qué es, una médico?

—Una psiquiatra, pero no dejes que eso te asuste. Lo de psiquiatra no es más que un título algo llamativo para una persona que sabe escuchar a los demás y que tiene experiencia en ayudar a personas atormentadas. Es posible que te venga bien. Podrías ir a verla unas cuantas veces y dejar de ir cuando quieras, si no te sirve de ayuda. Piénsalo y llámame si lo necesitas.

—Lo haré —dijo Lisa, poniéndose de pie—. Y gracias por escucharme.

—No estás sola, Lisa. No lo olvides. —Betsy la rodeó con ambos brazos y la estrechó—. Martin volverá a casa esta noche. ¿Te quedarás con él? —preguntó.

—No, no podría. Estoy viviendo en casa de mi padre, hasta que decida qué voy a hacer.

—Muy bien.

—No le digas a Martin que he venido a verte, por favor.

—No lo haré, al menos si puedo evitarlo. Es mi cliente, pero no quiero hacerte daño.

Lisa se secó los ojos y se fue. Betsy estaba agotada. Se imaginó a Lisa, hambrienta y aterrorizada, acurrucada en un rincón del armario, a oscuras, percibiendo el olor de su propia orina y de sus heces. Se le revolvió el estómago. Salió del despacho y recorrió el pasillo hasta los servicios, donde abrió el grifo. Se salpicó la cara con agua fresca y bebió del grifo directamente en las manos.

Recordó las preguntas que Nora y los periodistas le habían hecho. ¿Cómo era capaz de conciliar el sueño tras haber salvado a Martin Darius, sabiendo lo que sabía de él? ¿Qué no sería capaz de hacer un hombre que trataba a su propia esposa como a una perra a una mujer que no conociese de nada, en el supuesto de que la tuviese enteramente en sus manos? ¿No le haría lo que el asesino de las rosas había hecho a sus víctimas? ¿Era Martin el asesino?

Betsy recordó el álbum y se secó la cara. Regresó a su despacho. Iba por la mitad del álbum cuando entró Reggie Stewart.

—Mis felicitaciones por el resultado de la vista.

—Acerca una silla. Tengo algo que podría hacer trizas la acusación contra Martin.

—Excelente.

—Lisa Darius acaba de venir a verme. Sospechaba que Martin la engañaba con otra, así que contrató a un detective privado para seguirlo. ¿Has oído hablar de un tal Samuel Oberhurst?

Stewart pensó unos instantes y negó con la cabeza.

—El nombre me suena, pero estoy seguro de que no nos hemos cruzado antes.

—Aquí tienes su número de teléfono y una autorización de Lisa. Oberhurst tiene un contestador automático. Si no consigues dar con él, prueba suerte con un abogado especialista en divorcios; se llama Gary Telford. Lisa consiguió el nombre de Samuel Oberhurst gracias a uno de sus clientes. Dile a Gary que trabajas para mí; nos conocemos. Averigua si Oberhurst estaba siguiendo a Darius en una de las fechas en las que desaparecieron las mujeres, cualquiera de las tres. Podría ser la coartada que necesitamos.

—Me pondré manos a la obra enseguida.

Betsy señaló el álbum.

—Lisa lo encontró entre las cosas de Martin cuando estaba buscando algo que le sirviese como prueba del lío de faldas que tenía su marido. Está lleno de recortes referentes al caso de Hunter's Point.

Stewart miró por encima del hombro de Betsy a medida que ella iba pasando las páginas. La mayor parte de los artículos versaban sobre las desapariciones. Había varios artículos sobre los asesinatos de Melody y Sandra Lake; otra de las partes estaba dedicada al cadáver mutilado de Patricia Cross, que apareció en el sótano de la casa de Henry Waters, y a la muerte de éste. Betsy pasó a la última parte del álbum y se quedó helada.

—Dios mío, hubo supervivientes.

—¿Qué? Yo pensaba que todas las mujeres habían sido asesinadas.

—No, mira esto. Aquí dice que Gloria Escalante, Samantha Reardon y Anne Hazelton fueron encontradas con vida en una vieja granja.

—¿Dónde?

—No da más información. Espera un momento. No, no hay nada más. Según este artículo, todas ellas rechazaron la posibilidad de ser entrevistadas.

—No lo entiendo. ¿No te ha habado Darius de todo esto?

—Ni palabra.

—¿Y Page?

—Siempre se ha referido a ellas como si hubiesen muerto.

—Tal vez Page no lo sepa —aventuró Stewart.

—Eso es imposible,

—¿Y si Gordon no se lo hubiese dicho?

—¿Por qué no iba a decírselo? ¿Por qué no iba a decírselo Martin? Aquí hay algo que no cuadra, Reg. Todo esto no tiene pies ni cabeza. Ni Gordon ni Martin han mencionado a las supervivientes, los archivos de Hunter's Point han desaparecido... Esto no me gusta nada.

—Ya sé que te entusiasman los misterios, Betsy, pero yo en cambio creo que esto nos ofrece una gran oportunidad para tu cliente. Las supervivientes tienen que saber quién las secuestró, quién las torturó. Si no fue Darius, asunto terminado.

—Pero es posible que Martin no hablase de las supervivientes por saber que cualquiera de ellas podría identificarlo.

—Bueno, no hay más que una manera de averiguarlo —dijo Stewart—. Que Ann me reserve una plaza en un vuelo a Hunter's Point, y que sea cuanto antes.

—Espera. Antes, quiero que vayas a Albany. Frank Grimsbo, otro de los detectives que formaron parte de la unidad especial, es actualmente jefe de seguridad de Marlin Steels, una empresa de Albany.

—Lo que tú digas.

Betsy llamó a Ann por el intercomunicador y le dio instrucciones precisas.

—¿Qué me dices del detective privado? —preguntó Stewart cuando Betsy terminó.

—De Oberhurst me ocupo yo. Antes que nada quiero que hagas ese viaje. En todo este asunto hay algo muy extraño, Reg. Me juego cualquier cosa a que las respuestas que necesitamos tienen que estar en Hunter's Point.

4

Alan Page salió de la sala del juzgado medio aturdido. Apenas entendió las preguntas de los periodistas, a las que contestó mecánicamente. Randy Highsmith le dijo que no se tomase la derrota tan a pecho, y le aseguró que no era culpa suya que no hubiese aparecido Nancy Gordon, aunque lo cierto era que tanto Highsmith como Barrow le habían advertido a tiempo de que estaba cometiendo un error al darse tanta prisa en proceder al arresto de Darius. Incluso tras tener conocimiento del incidente del motel Hacienda, tanto el detective como el ayudante del fiscal le propusieron que avanzase en la investigación del caso con pies de plomo. Page había hecho caso omiso de sus recomendaciones, y ahora pagaba por ello.

Page se marchó del despacho en cuanto pudo. En la parte posterior del edificio había un ascensor que bajaba directamente al sótano; decidió tomarlo y cruzó la calle corriendo, en dirección al aparcamiento, con la esperanza de que no lo viese nadie, de que nadie le hiciera más preguntas acerca de la humillación que había sufrido en público.

Al llegar a su casa se sirvió un whisky nada más quitarse la gabardina. Lo bebió casi de un trago, volvió a llenar el vaso y se lo llevó al dormitorio. ¿Por qué lo había jodido todo? Desde que Tina lo abandonara no había dado una a derechas. Ésta era la primera vez en que su defectuosa manera de pensar lo había metido en un lío, pero ciertamente había sido sólo cuestión de tiempo. No dormía lo suficiente, apenas se alimentaba, no lograba concentrarse. Y ahora lo obsesionaba el espectro de una mujer a la que sólo había visto durante un par de horas.

Se acomodó delante del televisor en medio de un estupor alcohólico. La vieja película que comenzó a ver ya la había visto mil veces. Dejó que las imágenes en blanco y negro flotasen sobre la pantalla sin fijarse en ellas. ¿Había ordenado el arresto de

Martin Darius para intentar proteger a Nancy Gordon? ¿Llegó a pensar que podría impedir así que entrasen en contacto? ¿Qué sentido tenía semejante decisión? ¿Que sentido tenía su vida?

5

Martin Darius aparcó el Ferrari delante de su domicilio. Hacía frío; la neblina lo envolvió nada más salir del coche. Tras una semana en la cárcel, el aire helado y húmedo le sentó bien. Darius cruzó el puente. Las luces estaban apagadas. A duras penas llegó a ver el plácido estanque bajo la cristalera; el resto de la casa también estaba a oscuras. Abrió la puerta y tecleó el código para desactivar la alarma.

Muy probablemente, Lisa se habría escondido de él en casa de su padre, pero eso no le importó. Después de pasar una semana entre individuos sucios y asustados, respirando el aire rancio de la cárcel del condado, una noche a solas sería todo un placer. Disfrutaría de la tranquilidad y gozaría tomando una ducha que lo librase del agrio olor de la cárcel que se le había incustrado en todos los poros.

Se sirvió una copa, encendió las luces exteriores y contempló a través del amplio ventanal cómo caía la lluvia sobre el césped. Aborrecía la cárcel, aborrecía recibir órdenes de un imbécil, aborrecía convivir con aquellos idiotas. Cuando se dedicaba a la abogacía penal en Hunter's Point había llegado a sentir un abierto desprecio por sus clientes; todos ellos eran perdedores incapaces de alcanzar algún éxito en este mundo, de modo que sorteaban sus problemas mediante el robo o la violencia. En cambio, el medio en que él vivía estaba controlado por un hombre superior a los demás, que doblegaba a su antojo la voluntad de los otros.

Según el modo de pensar de Martin Darius sólo había una única razón para tolerar la existencia de las mentes inferiores, y era que alguien debía ocuparse del trabajo de baja categoría. En más de una ocasión se había preguntado cómo sería el mundo si estuviese regido por los fuertes, si el trabajo inferior lo realizase una clase de esclavos seleccionados entre los hombres y mujeres más dóciles de la clase mentalmente servil. Los hombres podrían ocuparse de los trabajos pesados; las mujeres inferiores serían seleccionadas mediante técnicas de reproducción en razón de su belleza.

Hacía frío en la casa; Darius tembló. Pensó en las mujeres: seres dóciles cuya existencia sería tolerada sólo por su belleza y su servilismo. Todas ellas serían excelente motivo de entretenimiento y disfrute. Imaginó a sus esclavas, sometidas instantáneamente a sus órdenes, a sus deseos. Obviamente, también habría esclavas desobedientes que se negarían a cumplir sus órdenes, y a ésas habría que aplicarles un castigo adecuado.

Darius tuvo una erección pensando en las mujeres. Habría sido bien fácil ceder a la fantasía, abrirse la bragueta y aliviar la deliciosa sensación de tensión que le invadía. Pero ceder de ese modo habría sido una muestra de debilidad, de modo que abrió los ojos y respiró hondo. El hombre inferior sólo vivía de sus fantasías porque le faltaba la fuerza de voluntad y la imaginación propias de los fuertes. El hombre superior, en cambio, hacía de sus fantasías una realidad.

Darius dio un sorbo y se aplicó el vaso helado contra la frente. Había pensado con mucho detenimiento en su dilema mientras estuvo encerrado en la cárcel. Sabía con total certidumbre lo que iba a suceder a continuación: era libre. Los periódicos habían recogido la opinión del juez Norwood en el sentido de que las pruebas presentadas eran insuficientes para condenarlo. Eso significaba, lisa y llanamente, que aún tendría que morir alguien más.

Darius miró el reloj: eran casi las diez. Lisa aún estaría levantada. El problema era, de todos modos, conseguir comunicarse con ella. En la cárcel sólo había podido realizar llamadas a cobro revertido, y el juez Ryder había rechazado todas las que intentó. Darius marcó el número del juez.

—Residencia Ryder —contestó una voz profunda al cabo de tres timbrazos.

—Por favor, dígale a mi esposa que se ponga, juez.

—No desea hablar contigo, Martin.

—Eso quiero que me lo diga ella personalmente.

—Me temo que no va a ser posible.

—Juez, ahora soy un hombre libre y no tengo por qué soportar sus interferencias. Lisa es mi esposa, así que si ella me dice que no desea hablar conmigo, lo aceptaré de grado. Pero quiero oírlo de sus propios labios.

—Déjame hablar con él, papá —dijo Lisa al fondo.

El juez debió de tapar el teléfono, porque Darius sólo alcanzó a oír una discusión apagada. Luego se puso Lisa.

—No quiero que vuelvas a llamarme, Martin.

Lo dijo con voz temblorosa. Martin la imaginó estremecida.

—El juez Norwood me ha puesto en libertad porque no creyó que yo fuese culpable, Lisa.

—Pero él... Él no sabe lo que yo sí sé.

—Lisa...

—No quiero verte.

—¿Es que tienes miedo?

—Sí.

—Perfecto. Prefiero que tengas miedo, porque aquí está pasando algo de lo que no tienes ni idea. —Darius oyó que Lisa inspiraba hondo y que el juez le preguntaba si la estaba amenazando—. No quiero que vengas a casa de ninguna manera. Es demasiado peligroso para ti. Pero tampoco quiero que te quedes en casa de tu padre. En todo Portland no hay un solo sitio donde puedas estar a salvo.

—¿Qué estas diciendo?

—Quiero que te vayas a alguna parte donde estés segura, hasta que yo te diga que puedes regresar. Si tienes miedo de mí, no me digas a dónde vas a ir. Es sencillo. Estaremos en contacto a través de tu padre. ¿De acuerdo?

—No te entiendo. ¿De qué debería tener miedo?

Darius cerró los ojos.

—Lisa, en primer lugar no te lo puedo decir; en segundo lugar, es mejor que no lo sepas. Pero créeme: corres un gran peligro.

—¿Qué clase de peligro?

A Lisa se le notó el pánico en la voz. El juez Ryder le arrebató el teléfono de la mano.

—Ya basta, Darius. Cuelga ahora mismo o llamaré al juez Norwood para que te vuelva a encerrar.

—Juez, sólo intento salvarle la vida a Lisa, y usted en cambio la está poniendo en peligro. Es absolutamente imprescindible que...

Ryder colgó de golpe. Darius se quedó oyendo la comunicación cortada. Ryder siempre había sido un perfecto gilipollas, y de lo más pomposo, además. Ahora, su terquedad podía costarle la vida a su hija. Si Darius le explicase el porqué, el juez jamás podría creerle. En realidad, aprovecharía lo que le dijese para lograr que lo mandasen a la silla eléctrica. Darius deseó poder hablar del asunto con Betsy Tannenbaum. Era una mujer muy inteligente, a la que quizá se le ocurriera una solución, pero tampoco podía planteárselo. Aunque estaba seguro de que respetaría el privilegio de las relaciones entre abogado y cliente, seguramente renunciaría a su defensa, y él la necesitaba más que nunca.

Darius no había visto la luna durante todo el tiempo que había estado en prisión. La buscó en esos momentos, pero el cielo estaba cubierto. Se preguntó en que fase estaría la luna, y confió que no estuviera llena, porque con luna llena salen a la calle todos los chiflados. Martin se estremeció, pero no de frío. En esos momentos, él era el único que no se encontraba en peligro, si bien esa situación podía cambiar en cualquier momento. Darius no quiso reconocerlo, pero tenía miedo.

CUARTA PARTE

El pacto con el diablo

CAPÍTULO XIV

I

Gary Telford tenía la sonrisa brillante y los ojos luminosos de un joven, pero su cuerpo fláccido y sus entradas hacían que pareciese bastante mayor. Compartía despacho con otros seis abogados en uno de los edificios de acero y cristal de treinta y tantas plantas que habían brotado en pleno centro de Portland a lo largo de los últimos veinte años. El despacho de Telford tenía una buena vista del río Willamette. En los días más claros, se alcanzaban a ver algunas cumbres de la sierra de Cascade, incluidos los majestuosos picos de Mount Hood y de Mount St. Helen, un volcán aún activo que había entrado en erupción por última vez a comienzo de los ochenta. Ese día las nubes bajas se habían adueñado del cielo y era difícil ver incluso la orilla este del río, envuelta por la neblina.

—Gracias por recibirme —dijo Betsy cuando se estrecharon la mano.

—Ha pasado mucho tiempo desde la última vez —dijo Gary con calidez—. Además, me muero de ganas de saber en qué sentido puedo tener relación con este asunto de Darius.

—Cuando representaste a Peggy Fulton en su proceso de divorcio, ¿utilizaste los servicios de un detective privado llamado Samuel Oberhurst?

Telford dejó de sonreír.

—¿Por qué quieres saberlo?

—Lisa Darius sospechaba que su marido tenía un lío con otra mujer. Pidió consejo a tu cliente y Peggy le proporcionó el nombre de Oberhurst. Por lo visto, estaba siguiendo a Darius, y tenía la esperanza de que Oberhurst lo estuviese vigilando cuando se produjo la desaparición de alguna de las mujeres, de modo que me proporcionase una coartada.

—Y si Lisa Darius contrató a Oberhurst, ¿para qué tienes que hablar conmigo?

—Ella no dispone de su dirección; sólo tiene un teléfono de contacto. He llamado en varias ocasiones, pero sólo he conseguido dejarle mensajes en el contestador. Y no me ha devuelto mis llamadas. Esperaba que tuvieras la dirección de su oficina.

Telford pareció sopesar con detenimiento la información recibida. Parecía incomodo.

—Dudo mucho que Oberhurst tenga una oficina.

—Entonces, ¿qué hace? ¿Trabaja en casa?

—Supongo que sí. Siempre que me he reunido con él lo hemos hecho aquí.

—¿Y las facturas? ¿A dónde le mandas los cheques?

—Siempre le he pagado en metálico, como él deseaba. Y por adelantado.

—Vaya, me resulta un tanto insólito.

—Sí, la verdad es que es un tío un tanto insólito. —Telford hizo una pausa—. Mira, intentaré ayudarte a encontrar a Oberhurst, pero hay algo que te conviene saber. Parte de los trabajos que suele hacer no son totalmente legales. ¿Me entiendes?

—No estoy muy segura.

Telford se inclinó sobre la mesa con gesto de conspirador.

—Digamos que deseas averiguar qué es lo que dice una determinada persona cuando cree hablar en total privacidad. Para eso contratas a Oberhurst. ¿Entiendes lo que quiero decir?

—¿Qué es, un experto en electrónica?

Telford asintió.

—Pincha teléfonos, pone micrófonos ocultos. Me insinuó que incluso ha cometido algunos hurtos, y tiene antecedentes penales. Creo que pasó algún tiempo en la cárcel, en el sur, no sé exactamente dónde, por algunos robos.

—Suena bastante desagradable.

—Sí. A mí no me cae bien. Sólo lo utilicé una vez en una investigación, y lamento haberlo hecho.

—¿Por qué?

Telford tamborileó sobre la mesa. Betsy dejó que se tomara tiempo para decidir qué iba a contarle.

—¿Podemos mantener esto a un nivel estrictamente confidencial?

Betsy asintió.

—Lo que quería Peg... En fin, estaba un tanto histérica. No

se tomó el divorcio nada bien. De todos modos, no fui más que una especie de intermediario en todo este asunto. Dijo que deseaba que alguien le hiciese cierto trabajito, un detective privado que no hiciera preguntas. Los puse en contacto y le pagué a él sus honorarios. La verdad es que nunca lo utilicé para trabajar en el caso. De todos modos, alguien le dio una buena paliza a Mark Fulton una semana después de que yo pusiera en contacto a Oberhurst y a Peg. Por lo que tengo entendido, fue una paliza en toda regla. La policía pensó que se trataba de un robo.

—¿Y por qué piensas que no fue así?

—Oberhurst intentó sacar tajada también de mí. Se presentó en mi despacho unos días después de la paliza y me mostró un artículo de prensa al respecto. Me dijo que podía quedarme tranquilo, y que si le daba dos mil pavos nadie me relacionaría con el hecho. Le dije que se fuera a tomar viento. Yo no sabía nada de todo el asunto. De hecho, por lo que pude enterarme, para mí que se lo había inventado todo. Quiero decir que se encuentra con el artículo, se imagina que me puede tocar la moral a cambio de dos de los grandes y que yo no voy a decir ni pío, porque la suma en cuestión no explica el riesgo que habría asumido.

—¿Y no te entró miedo?

—Enseguida. Es un tío muy robusto, con pinta de gánster. Tiene la nariz rota, habla como un maleante. No falla. Sólo que yo supuse que me estaba poniendo a prueba. Si hubiese cedido a sus pretensiones, habría vuelto por más. Por otra parte, yo no había cometido ningún error. Ya te lo he dicho, me limité a ponerlos en contacto.

—¿Cómo podría hablar con Oberhurst? —preguntó Betsy.

—A mí me dio su nombre Steve Wong en una fiesta. Prueba suerte con él, dile que lo llamas de mi parte.

Telford consultó una guía de abogados y anotó el teléfono de Wong al dorso de una de sus tarjetas de visita.

—Gracias.

—Me alegro de haberte ayudado. Pero ten cuidado con Oberhurst; es una mala bestia.

2

Betsy almorzó en el Zen y se fue de compras al Saks de la Quinta Avenida, pensando en encontrar un buen traje. Era la una y cuarto cuando regresó a su despacho. Tenía varios mensajes telefónicos y dos docenas de rosas rojas sobre la mesa de trabajo. Su primera intuición fue que eran de Rick, y ante la idea el corazón le dio un vuelco. Rick le enviaba flores cuando empezaron a salir juntos, y también el día de los enamorados. Era algo que habría hecho si lo que deseaba era volver a vivir a con ella.

—¿De quién son? —preguntó a Ann.

—No lo sé, acaban de traerlas. Hay una tarjeta.

Betsy dejó a un lado los mensajes telefónicos. Había un sobre pequeño pegado al jarrón que contenía las flores. Le temblaban los dedos cuando abrió el sobre y sacó una tarjeta blanca que decía:

El mejor amigo del hombre es su abogado.
Hiciste un trabajo excelente.
UN CLIENTE MUY AGRADECIDO
Martin

Betsy dejó la tarjeta sobre la mesa. La excitación que sentía se le atragantó.

—Son de Darius —le dijo a Ann, con la esperanza de que no se le notase la decepción.

—Qué atento.

Betsy no dijo nada. Momentos antes había deseado con intensidad que las flores fuesen de Rick. Betsy se debatió un momento, y acto seguido marcó su número de teléfono.

—Despacho del señor Tannenbaum —dijo la secretaria de Rick.

—Julie, soy Betsy. ¿Está Rick?

—Lo siento, señora Tannenbaum, pero no estará en su despacho en todo el día. ¿Quiere que le diga que ha llamado?

—No, gracias. No hace falta.

Se cortó la comunicación. Betsy sostuvo el auricular un momento y después colgó. ¿Qué habría podido decir si Rick hubiese estado en su despacho? ¿Se habría arriesgado a humillarse y decirle que deseaba que vivieran juntos de nuevo? ¿Qué habría contestado Rick? Betsy cerró los ojos un momento y respiró hondo varias veces para calmarse. Para distraerse, echó un vistazo a los mensajes recibidos. La mayor parte no corría ninguna prisa, pero uno de ellos era del doctor Keene. Cuando Betsy recuperó el dominio de sí misma, marcó su número.

—Sue hizo un muy buen trabajo, Betsy —dijo el patólogo cuando por fin pasaron al asunto que debían tratar—. Pero pese a todo he encontrado algo que te puede interesar.

—Un momento, que saque mi bloc. Adelante, dispara.

—En un examen médico de este tipo, siempre se recogen muestras de orina en el cadáver para detectar la presencia de drogas. La mayor parte de los laboratorios sólo realizan un test con el que se puede precisar si la víctima había consumido morfina, cocaína, anfetaminas, etcétera. Eso es lo que hizo Sue. Yo pedí a mis técnicos de laboratorio que realizasen un análisis de orina en busca de otras sustancias. Encontramos lecturas positivas y muy altas de barbitúricos en todas las mujeres. Volví a analizar la sangre. Total, cada una de las tres había ingerido pentobarbital a niveles que se salían de la escala aceptable.

—¿Qué quieres decir?

—El pentobarbital no es una droga común, y por eso no la localizó el laboratorio de Sue. Se trata de un anestésico.

—No te sigo.

—Es una sustancia que se utiliza en los hospitales para anestesiar al paciente antes de una intervención quirúrgica. No se trata de una droga que las mujeres hubiesen podido ingerir por su cuenta, lo cual significa que alguien tuvo que suministrársela. Ahora bien, esto es lo más raro de todo, Betsy. Estas mujeres presentaban entre tres y cuatro miligramos de pentobarbital disueltos en la sangre. Es un nivel altísimo. Mejor dicho, es una cantidad casi mortal de necesidad.

—¿Qué es lo que me estás diciendo?

—Betsy, lo que quiero decirte es que las tres mujeres fallecieron a causa de una sobredosis de pentobarbital, y no a causa de las lesiones sufridas.

—Pero fueron torturadas.

—Sufrieron mutilaciones, desde luego. He visto también

quemaduras producidas seguramente con cigarrillos y cables eléctricos; los pezones les fueron seccionados con cuchillas de afeitar, los labios mayores estaban quemados y el clítoris rasgado, los pechos mutilados, en fin, y también hay pruebas de que diversos objetos les fueron introducidos analmente. Con todo y eso, cabe la posibilidad de que las mujeres estuviesen inconscientes en el momento de sufrir dichas lesiones. Hay secciones microscópicas en los bordes de las heridas que muestran un comienzo de proceso de reparación celular. Y esto me hace pensar que casi con toda seguridad fallecieron entre doce y veinticuatro horas después de que les fuesen infligidas.

Betsy calló unos instantes. Cuando habló, su voz denotaba la confusión en que estaba sumida.

—Eso no tiene ningún sentido, Ray. ¿Qué beneficio podría obtenerse en la tortura de una persona que está inconsciente?

—Lo ignoro. Ése es tu problema, Betsy. Yo sólo soy un «sierra-huesos».

—¿Y qué me dices del hombre?

—Pues que la suya es una historia totalmente distinta. En primer lugar, no ingirió pentobarbital. Ni una gota. En segundo lugar, también hay huellas de reaparición de los tejidos en varias de las heridas, lo cual indica que fue torturado a lo largo de un tiempo considerable. La muerte se produjo posteriormente, a resultas de un disparo, tal como dijo Sue.

—¿Cómo es posible que la doctora Gregg se haya equivocado en lo que respecta a la muerte de las mujeres?

—Bien fácil. Te encuentras con una persona que ha sido rajada desde la entrepierna hasta el pecho, con los intestinos colgando, y das por sentado que ésa es la causa más lógica de la muerte. Yo habría pensado lo mismo si no me hubiese encontrado con el pentobarbital.

—Me estás dando un dolor de cabeza monumental, Ray.

—Pues tómate dos aspirinas y llámame mañana por la mañana.

—Muy gracioso.

—Me alegro de haber aportado una pequeña alegría a tu vida.

Colgaron, pero Betsy se quedó releyendo sus notas, dibujando en el bloc. Los garabatos que hizo tenían tanto sentido como lo que el doctor Keene acababa de decirle.

3

El vuelo que tomó Reggie Stewart para cruzar el país de punta a punta llegó con retraso al aeropuerto John Fitzgerald Kennedy, de modo que tuvo que darse prisa para coger el vuelo con el que tenía previsto llegar a Albany. Cuando el avión llegó a su destino Stewart se encontraba hecho unos zorros. Tomó una habitación en un motel próximo al aeropuerto, comió algo caliente, se dio una ducha y se cambió sus botas tejanas, sus vaqueros y la camisa de franela, por un traje azul marino, camisa blanca y corbata a rayas rojas y amarillas. Volvía a sentirse persona cuando estacionó el coche de alquiler en el aparcamiento de la sede central Marlin Steels quince minutos antes de la hora fijada para su cita con Frank Grimsbo.

—Gracias por recibirme tan de inmediato —dijo Stewart en cuanto la secretaria lo dejó a solas con el jefe de seguridad de la fábrica.

—Me ha podido la curiosidad —contestó Grimsbo con una ancha sonrisa—. No he conseguido adivinar qué es lo que puede querer de mí un detective privado de Portland, estado de Oregón. —Grimsbon hizo un gesto hacia el mueble bar—. ¿Quiere que le sirva una copa?

—Bourbon solo, gracias —dijo Stewart sin dejar de mirar por la ventana el asombroso paisaje que dominaba el río Hudson. El despacho de Grimsbo estaba decorado por una mesa de casi dos metros y medio de largo, y un secreter ambos de palorrosa. En las paredes, los cuadros representaban viejas escenas de caza. El sofá y los dos sillones eran de cuero negro. La verdad es que estaba a años luz del asfixiante almacén que había compartido con los integrantes de la unidad especial de Hunter's Point. Al igual que su entorno, Grimsbo también había cambiado. Conducía un Mercedes en vez de su destartalado Chevrolet, y había perdido hacía mucho tiempo la afición a las prendas de poliéster. Sus trajes de mil rayas, en tonos grises, delataban su gusto conservador, aparte de haber sido hechos de encargo para disimular una barriga de bebedor de cerveza que sin embargo había reducido drásticamente mediante dieta y ejercicio. Aunque estaba calvo casi por completo, había mejorado en todos los demás sentidos. Si alguno de sus viejos conocidos suponía que echaba de menos aquellos tiempos dedicados a la investigación de homicidios, estaba muy equivocado.

—Así pues, ¿qué le trae a Albany desde Portland? —preguntó Grimsbo cuando entregaba a Stewart su copa.

—Trabajo para una abogada llamada Betsy Tannenbaum, que actualmente tiene a su cargo la defensa de un prominente empresario acusado de asesinato.

—Eso es lo mismo que le dijo a mi secretaria cuando me llamó. Pero no termino de entender qué tiene que ver ese asunto conmigo.

—Usted trabajaba en el Departamento de Policía de Hunter's Point, ¿no es cierto?

—Sí, pero hace más de nueve años que no tengo ninguna relación con él.

—Me interesaría comentar con usted un caso en el que trabajó hace unos diez años. Me refiero al asesino de las rosas.

Grimsbo estaba llevándose el vaso a los labios, pero se le congeló el gesto bruscamente.

—¿Por qué le interesa el asesino de las rosas? Eso es historia antigua.

—Si me permite que se lo explique, lo entenderá enseguida.

Grimsbo sacudió la cabeza.

—No sé si hará falta. Es un caso muy difícil de olvidar.

—Hábleme de ello.

Grimsbo apoyó la cabeza en el respaldo y cerró los ojos como si estuviera intentando visualizar los sucesos. Sorbió su whisky.

—Comenzamos a recibir informes acerca de una serie de mujeres desaparecidas. En sus domicilios no se hallaron huellas de violencia, ni faltaba tampoco ningún objeto, pero en todos los casos, apareció sobre la almohada de la mujer desaparecida una rosa y una nota en la que se decía «Para siempre en el recuerdo». Luego, fueron asesinadas una niña de seis años y su madre. Fue el marido y el padre de ambas quien encontró los cadáveres; junto al de la mujer, había una nota y una rosa. Un vecino de la urbanización en que vivían las víctimas había visto una camioneta de una floristería frente a la casa de éstas, o quizás en las cercanías. Ha pasado algún tiempo, así que no recuerdo los sucesos con toda exactitud. En cualquier caso, descubrimos que el repartidor, era un individuo llamado Henry Waters, que tenía antecedentes penales por delitos sexuales menores. De todos modos, recibimos una llamada anónima, cuyo autor nos dijo que había hablado con Waters en un bar, y que Waters le había dicho que tenía retenida a una de las mujeres desaparecidas en el sótano de su casa. Y ciertamente encontramos allí a una de las mujeres desaparecidas.

Grimsbo meneó la cabeza.

—Todo un espectáculo. Si se lo contase con todo detalle, no podría usted creerse lo que aquel hijo de puta le había hecho a la mujer. Yo quise matarlo allí mismo, y lo habría hecho, pero las cosas se torcieron y el muy animal intentó escapar. Uno de mis compañeros le disparó y acabó con su vida. Eso fue todo.

—¿Era Peter Lake el individuo que encontró los cadáveres de su esposa y de su hija?

—Así es. Lake.

—¿Le satisface la conclusión de que aquel repartidor fuese el asesino?

—Totalmente. Demonios, si en su casa encontraron también algunas notas y algunas rosas, aparte del cadáver. No le quepa duda de que dimos con el hombre que buscábamos.

—Se creó una unidad especial para investigar el caso, ¿verdad?

Grimsbo asintió.

—¿Formaba Nancy Gordon parte de la unidad especial?

—Desde luego.

—Señor Grimsbo...

—Llámeme Frank.

—Frank, mi cliente es Peter Lake. Se mudó a Portland hace unos ocho años y cambió de nombre. Actualmente se llama Martin Darius y es un constructor de notable éxito en la ciudad. Es un hombre a quien respeta todo el mundo. Hace unos tres meses empezaron a desaparecer algunas mujeres de Portland. En las almohadas de dichas mujeres se hallaron notas y rosas idénticas a las de Hunter's Point. Hace dos semanas, los cadáveres de las mujeres desaparecidas, así como el de un hombre, fueron descubiertos en un solar en construcción que es propiedad de Martin Darius. Nancy Gordon habló con nuestro fiscal de distrito para decirle que Darius, es decir, Lake, las había asesinado.

Grimsbo sacudió la cabeza.

—Nancy siempre estuvo un poco mosqueada por Lake.

—¿Está usted de acuerdo con ella?

—De ninguna manera. Ya le he dicho que Waters era el asesino. De eso no me cabe ninguna duda. Bien es cierto que durante un tiempo llegamos a pensar en la posibilidad de que Lake fuese el asesino. Las pruebas que apuntaban en este sentido no pasaron de ser circunstanciales, aunque es verdad que yo no apreciaba a ese tipo. Ahora bien, las pruebas en su contra ya le digo que era circunstanciales, mientras que las pruebas en contra de Waters no admitían lugar a dudas.

—¿Qué me dice del hecho de que Lake se marchase de Hunter's Point?

—Yo no lo culpo por eso. Si alguien asesinase de forma brutal a mi mujer y a mi hija, yo no querría acordarme de ellas a diario. Irse de la ciudad, empezar de nuevo a partir de cero... Bueno, diríase que eso es lo que habría hecho cualquiera que estuviese en sus cabales.

—Y las demás investigaciones ¿sirvieron para llegar a la conclusión de que Lake era inocente?

—Sí, al menos en el caso de todos los detectives, con la salvedad de Nancy.

—¿Hubo alguna prueba que sirviese para eximir, a Lake de toda posible responsabilidad?

—¿Por ejemplo?

—¿Adujo alguna coartada que explicase su presencia en otro lugar a la hora en que se cometieron los asesinatos?

—No recuerdo que tal cosa llegase a ocurrir. Por supuesto, ha pasado bastante tiempo y quizá me falle la memoria. ¿Por qué no lo comprueba usted en el archivo? Estoy seguro de que los archivos siguen estando en Hunter's Point.

—No, los archivos han desaparecido.

—¿Cómo?

—No lo sabemos. —Stewart hizo una pausa—. ¿Qué clase de persona es Nancy Gordon?

Grimsbo dio un sorbo a su whisky y giró el sillón para mirar por la ventana. En su despacho se estaba realmente cómodo, aunque por la ventana se veía el terreno cubierto por una fina capa de nieve. Los árboles, ya sin hojas, se mecían a impulsos de un viento helado.

—Nancy es una mujer decidida. Aquel caso nos obsesionó a todos, pero a ella la afectó más que al resto. Tuvo lugar inmediatamente después de que ella perdiese a su novio, otro policía, asesinado en el cumplimiento del deber. Pensaban casarse poco después. Fue una auténtica tragedia; yo creo que aquello la desequilibró durante una temporada. Y fue entonces cuando las mujeres comenzaron a desaparecer, con lo que Nancy se sumergió por completo en la investigación del caso. No quiero decir que no sea una espléndida detective. Todo lo contrario. Pero creo que en aquel caso en concreto perdió la elemental objetividad necesaria.

Stewart asintió mientras tomaba nota.

—¿Cuántas mujeres desaparecieron en Hunter's Point?

—Cuatro.

—Y una de ellas fue hallada en el sótano de casa de Waters, ¿no?

—Así es.

—¿Qué les sucedió a las demás?

—Las encontraron en una vieja granja perdida en el campo, si no recuerdo mal. Yo no participé en ese hallazgo; estaba en comisaría, redactando informes.

—¿Cómo las encontraron?

—¿Perdón?

—¿No fue abatido Waters de un disparo en el momento mismo en que se descubrió el cadáver en su domicilio? —preguntó Stewart. Ante el asentimiento de Grimsbo, agregó—: Así pues, ¿quién comunicó a la policía el paradero de las otras mujeres?

Grimsbo se rascó la cabeza con gesto pensativo.

—La verdad es que, honestamente, no lo recuerdo. Podría haber sido su madre. Sí, Waters vivía con su madre. O tal vez encontrásemos alguna nota escrita. La verdad, no lo recuerdo.

—¿Identificó alguna de las supervivientes a Waters?

—Posiblemente. Ya le he dicho que no me tocó a mí interrogarlas. Estaban bastante confusas, si no recuerdo mal.

A duras penas las encontraron con vida. Habían sido torturadas, así que fueron directamente conducidas al hospital.

—¿Se le ocurre alguna razón que explique por qué Nancy Gordon no comentó a nuestro fiscal de distrito la existencia de supervivientes?

—Ah, ¿es que no se lo dijo?

—No, no lo creo.

—Demonios. No lo sé. Pero ¿por qué no se lo pregunta a ella?

—Porque no es posible; ha desaparecido.

—¿Qué? —Frank Grimsbo pareció sentirse positivamente alarmado.

—Gordon se presentó en el domicilio de Alan Page, nuestro fiscal de distrito, a última hora de la noche, hace ya de esto unos cuantos días. Le habló con todo detalle de los sucesos de Hunter's Point. Luego se inscribió en un motel, pero cuando Page le telefoneó a la mañana siguiente, ya no pudo localizarla. Sus efectos personales seguían en la habitación, pero no había ni rastro de ella.

—¿Y no la han buscado? —preguntó Grimsbo con cierta ansiedad.

—Desde luego. Sin ella Page no podría argumentar ninguna acusación. De hecho, perdió la vista para fijar la fianza por no poder presentar el testimonio de Gordon.

—No sé qué decirle... ¿No será que ha regresado a Hunter's Point?

—No. Allí pensaban que estaba de vacaciones. Nunca dijo que pensara viajar a Portland, y en la policía de Hunter's Point nadie tiene noticias de ella.

—Dios mío, espero que no le haya ocurrido nada grave. Quizá se haya marchado a alguna otra parte. ¿No acaba de decir que en Hunter's Point creían que estaba de vacaciones?

—Sí, pero si estuviese de vacaciones no se habría dejado la ropa y el maquillaje en un motel.

—Es cierto. —Grimsbo parecía preocupado.

Meneó la cabeza.

—¿Hay algo más que pueda hacer por usted, señor Stewart? Mucho me temo que tengo trabajo que hacer...

—No, gracias. Me ha servido usted de gran ayuda. —Stewart

dejó su tarjeta de visita y la de Betsy sobre la mesa de Grimsbo–. De todos modos, si se acuerda de algún detalle del caso que pudiera servir de ayuda a nuestro cliente, por favor no deje de llamarnos.

–Lo haré.

–Ah, una cosa más. Querría conversar con el resto de los integrantes de la unidad especial de Hunter's Point. ¿Sabe usted dónde podría encontrar a Glen Michaels o a Wayne Turner?

–De Michaels hace años que no tengo noticia, pero a Wayne debería resultarle muy sencillo localizarlo en una o dos semanas.

–¿Y eso?

–Le bastará con encender el televisor. Es el ayudante administrativo del senador Colby. Estará sentado a la derecha del senador durante el proceso de su ratificación en el cargo.

Stewart anotó la información en su cuaderno, dio las gracias a Grimsbo y se marchó. Tan pronto como se hubo cerrado la puerta, Grimsbo tomó asiento ante su mesa y llamó a un número de teléfono de Washington D. C. Wayne Turner contestó al primer timbrazo.

CAPÍTULO XV

I

Reggie Stewart se acomodó en un sillón ante la mesa del doctor Pedro Escalante. El cardiólogo había engordado notablemente a lo largo de los últimos diez años, y el cabello negro y rizado se le había vuelto gris casi por completo. Seguía siendo un hombre animado con los pacientes, pero su buen humor ya no era tan natural como antaño.

Se habían reunido en la consulta del cardiólogo en la clínica Wayside. En una pared colgaban un diploma de la Universidad de Brown y otro de la Escuela de Medicina de Tuft; bajo el diploma, se veía un dibujo a lápices de colores en el que una niña hecha con palotes se encontraba junto a una flor amarilla casi tan alta como ella. De un extremo a otro del dibujo estaba trazado con todo primor un arco iris.

—¿De su hija? —preguntó Stewart. En una de las esquinas de la mesa se veía una foto de Gloria Escalante, en la que sostenía en brazos a una niña pequeña. Stewart supuso que la niña, era la autora del dibujo y preguntó por ella como una manera de allanar una conversación que con toda seguridad iba a servir para evocar recuerdos dolorosos.

—Nuestra hija adoptiva —contestó Escalante con tristeza—. Después de lo que pasó Gloria ya no pudo tener hijos.

Stewart asintió, pues no se lo ocurrió nada que añadir a tal observación

—Mucho me temo que ha hecho usted el viaje en balde, si su único propósito era hablar con mi esposa. Hemos hecho todo lo posible por superar el pasado —dijo el médico.

—Entiendo perfectamente por qué no desea su esposa entrevistarse conmigo, pero debe usted saber que es literalmente cuestión de vida o muerte. En Oregón existe la pena de muerte, y no cabe duda de que mi cliente será condenado a la pena capital si se demuestra su culpabilidad.

Al doctor Escalante se le endurecieron los rasgos.

—Señor Stewart, si su cliente ha tratado a esas mujeres tal y como fue tratada mi esposa, la pena de muerte me parece un castigo absolutamente insuficiente.

—Usted conoció a mi cliente cuando se hacía llamar Peter Lake, doctor Escalante. Su mujer y su hija fueron asesinadas por Henry Waters. Él sufrió la misma angustia que usted. Estamos hablando de una trampa de la peor especie que se puede imaginar, y es posible que su mujer disponga de información que sirviese para demostrar la inocencia de un hombre que está siendo indebidamente procesado.

Escalante bajó la mirada.

—Nuestra postura es firme y no la vamos a modificar, señor Stewart. Mi esposa no va a conversar con nadie acerca de lo que le sucedió. Bajo ningún concepto. Nos ha costado diez años superar el pasado, y vamos a mantenernos por encima de ello cueste lo que cueste. De todos modos, tal vez yo pueda serle de alguna utilidad. Tal vez yo pueda contestar a alguna de las preguntas que desee formular.

—Se lo agradezco mucho.

—No me gustaría que la considerase una persona insensible, señor Stewart. Debo decirle que consideramos muy en serio la posibilidad de acceder a la entrevista que usted debería sostener con ella, pero llegamos a la conclusión de que sería demasiado para Gloria. Es una mujer muy fuerte créame. Muy fuerte. De otro modo, no habría sobrevivido. Ahora bien, por fuerte que sea, hace muy poco tiempo que ha empezado a parecerse a la persona que era antes de todo aquello. Y desde que usted nos llamó por teléfono ha vuelto a tener pesadillas.

—Créame, doctor, yo jamás sometería a su esposa a...

—No, no. Entiendo muy bien por qué ha venido usted, y no le culpo por ello. Pero quiero que entienda por qué no podemos permitir que ella viva de nuevo todo lo que ocurrió.

—Doctor Escalante, la principal razón de que quiera hablar con su esposa no es otra que descubrir si llegó a ver en algún momento el rostro del hombre que la secuestró.

—Pues si ése es el motivo por el que ha venido a verme, mucho me temo que lo voy a desilusionar. Fue atacada por la espalda, y el secuestrador le aplicó cloroformo. Durante su cautiverio, estuvo obligada a utilizar en todo momento un capuchón sin agujeros para los ojos... Sobre todo siempre que... siempre que aparecía su captor.

—¿Nunca le vio la cara?

—Jamás.

—¿Y las otras mujeres? ¿Sabe usted si alguna llegó a verlo?

—No tengo ni idea.

—¿Sabe usted dónde podría encontrar a Ann Hazelton o a Samantha Reardon?

—Ann Hazelton se suicidó seis meses después de la liberación. Reardon estuvo ingresada en un sanatorio psiquiátrico durante algún tiempo. Sufrió una crisis tremenda. Simon Reardon, el marido de Samantha, incluso se divorció de ella —dijo Escalante con evidente desagrado—. Se marchó de aquí hace algunos años. Es neurocirujano; probablemente pueda usted localizarlo a través de la Asociación de Médicos de Norteamérica. Tal vez sepa dónde reside actualmente la señora Reardon.

—Le agradezco mucho la información —dijo Stewart mientras tomaba nota en su libreta.

—También podría ponerse en contacto con otro detective. A lo mejor él sí la ha localizado.

—¿Cómo dice?

—Hubo otro detective; vino a vernos en verano, pero tampoco le permití hablar con Gloria.

—¿En verano? Las desapariciones no empezaron a producirse hasta el mes de agosto.

—No, esto debió de ser en mayo, o a principios de junio.

—¿Podría decirme qué aspecto tenía ese otro detective?

—Era un hombre fornido. Pensé que seguramente se había dedicado al boxeo o al fútbol americano, porque tenía la nariz rota.

—Pues no parece tratarse de ninguna persona de la oficina del fiscal. Por otra parte, dudo mucho que hubiesen comenzado a investigar en fecha tan temprana. ¿Recuerda su nombre?

—Era de Portland. Eso dijo, por lo menos, pero aquí debo de tener su tarjeta. —El doctor abrió el primer cajón de su escritorio y sacó una tarjeta de visita normal y corriente—. Samuel Oberhurst —dijo a la vez que entregaba la tarjeta a Stewart. En la tarjeta figuraban el nombre y el número de teléfono de

Oberhurst, pero sin dirección. El número era el mismo que le había proporcionado Betsy.

—Doctor Escalante, ¿qué le ocurrió a su esposa y a las demás mujeres después de que fueran secuestradas?

Escalante respiró hondo. Stewart se dio cuenta del dolor que sufría, a pesar de los años transcurridos.

—Mi esposa me dijo que estuvo con otras tres mujeres. Permanecieron encerradas en una vieja granja. No está nada segura de dónde podría encontrarse, porque se hallaba inconsciente cuando fue transportada allí, y se encontraba demasiado conmocionada cuando fue liberada. Casi muere de inanición. Fue un milagro. Escalante hizo una pausa. Se pasó la lengua por los labios y de nuevo respiró hondo. Las mujeres estuvieron en todo momento desnudas, en un establo, encadenadas por los tobillos. Siempre que aparecía él, les obligaba a ponerse las capuchas para que no lo viesen. Luego... las torturaba —Escalante cerró los ojos y sacudió la cabeza como si quisiera desprenderse de imágenes excesivamente dolorosas para revivir—. Nunca le he pedido que me cuente qué les hizo, pero sí he visto los informes médicos.

Hizo una nueva pausa.

—No creo que necesite esa información, doctor. No me será necesaria —dijo Stewart.

—Gracias.

—Lo que sí me parece importante es la identificación. Si su esposa pudiera recordar algo acerca de su captor que nos ayudase a demostrar que no se trataba de Peter Lake...

—Entiendo. Se lo preguntaré, pero estoy convencido de que difícilmente podrá ayudarle.

El doctor Escalante estrechó la mano de Stewart y le mostró la salida. Volvió después a su consulta y tomó entre ambas manos la foto de su mujer y su hija.

2

Betsy tenía fijada una vista sobre un caso de divorcio para el viernes y estaba metiendo los papeles en su maletín para llevárselos a casa, cuando Ann le dijo que Stewart la llamaba por teléfono.

—¿Qué tal te ha ido? —preguntó Betsy.

—Bien, aunque no he conseguido gran cosa. En todo este asunto hay algo muy raro, y lo veo más raro cada minuto que pasa.

—Cuenta.

—No consigo detectar qué es lo que no marcha, pero sé de sobra cuándo me quieren dar largas. Y eso es lo que me está sucediendo cada vez que entrevisto a alguien.

—¿Tú crees que mienten? ¿Por qué? O, mejor dicho, ¿en qué?

—Ésa es la cuestión, Betsy. No tengo ni idea. Pero me empieza a parecer que hay algo muy raro.

—Cuéntame qué es lo que has podido averiguar hasta el momento —dijo Betsy.

Stewart le refirió sus conversaciones con Frank Grimsbo y con el doctor Escalante.

—Cuando me despedí de Escalante, pasé una tarde en la biblioteca pública repasando recortes de periódico sobre el caso. Supuse que habría entrevistas con las víctimas, con los detectives. Pues no: nada de nada. John O'Malley, el jefe de policía, fue el principal portavoz durante el caso. Según sus palabras, Waters fue el autor de los crímenes. Caso cerrado. Las mujeres supervivientes fueron hospitalizadas de inmediato. Reardon pasó a una institución mental. Escalante nunca quiso hablar con la prensa; Hazelton, cuya mujer acabó suicidándose, lo mismo. La cosa siguió así durante unas semanas y el caso dejó de ser noticia. La prensa tuvo que ocuparse de otras cosas, lógico. Pero tras leer los informes y las declaraciones de O'Malley, uno sigue sin saber qué es lo que les ocurrió realmente a aquellas mujeres. Luego hablé con Roy Lenzer, un detective de la policía de Hunter's Point. Es el que está intentando localizar los archivos del caso, por encargo de Page. Sabe que Gordon ha desaparecido. Incluso registró su domicilio, por si estuvieran allí los archivos. No tuvo suerte. Alguien se ha llevado todos los archivos del caso. Date cuenta de que hablamos de una estantería repleta de informes, de fotografías, qué sé yo. ¿Por qué? ¿Por qué iba a llevarse alguien semejante cantidad de papeles relativos a un caso que tiene diez años de antigüedad? ¿Qué podía haber en aquellos archivos?

—Oye, Reg, ¿llegó a visitar Oberhurst a la policía?

—Se lo pregunté a Lenzer. E incluso llamé a Grimsbo. Por lo que he llegado saber, Oberhurst no habló con nadie más después de la conversación que tuvo con el doctor Escalante. Y eso no tiene ni pies ni cabeza. Si estaba investigando el caso por orden de Lisa Darius, antes que nada tendría que haber pasado por la policía.

—Bueno, no necesariamente —dijo Betsy. Y habló con su detective de sus encuentros con Gary Telford—. Todo esto me empieza a dar muy mala espina, Reg. Déjame que te eche una encima: supongamos que fueses un detective sin escrúpulos, un antiguo presidiario que trabaja en este terreno al borde de la ley, una persona nada contraria a los pequeños chantajes. Al contrario. Pues bien, la mujer de un prestigioso empresario te contrata porque piensa que su marido la engaña con otra. Además, te da un álbum de recortes en el que abundan las informaciones sobre un antiguo caso de asesinato. Bien; supongamos que este detective tan peculiar viaja a Hunter's Point y habla con el doctor Escalante. No le sirve de ayuda, pero sí le proporciona información suficiente para hallar el paradero de Samantha Reardon, que es la otra víctima superviviente. La única. ¿Qué me dices si Oberhurst hubiese encontrado a Reardon y si ella hubiese identificado a Peter Lake sin ningún género de dudas como el autor de su secuestro y su tortura?

—Bien. Entonces Oberhurst regresa a Portland ¿y qué? —dijo Stewart—. ¿Iba a chantajear a un asesino múltiple? Habría que estar loco para hacer eso.

—A ver, Reg; ¿quién es Fulano de Tal?

Hubo un silencio en la línea.

—Mierda —dijo Stewart.

—Exactamente. Sabemos que Oberhurst le mintió a Lisa. Le dijo que ni siquiera había empezado a investigar el asunto de Hunter's Point, pero lo cierto es que estuvo en Hunter's Point. Y ha desaparecido. He hablado con todos los abogados habidos y por haber que pudieron contratarlo. Nadie había contactado con él. No devuelve los mensajes que se le dejan en su contestador automático. Fulano de Tal es del mismo tamaño y complexión que Oberhurst. ¿Qué te juegas a que el cadáver tiene la nariz rota?

—No admito apuestas. ¿Qué piensas hacer?

—No podemos hacer nada. Darius es nuestro cliente. Todo esto es confidencial.

—¿Aun cuando lo hubiese matado?

—Aun cuando lo hubiese matado, sí señor.

Betsy oyó que Stewart aspiraba con fuerza.

—Tú eres la jefa —oyó decir a Stewart—. ¿Qué quieres que haga ahora?

—¿Has intentado concertar una cita con Wayne Turner?

—No hay manera. Me ha dicho su secretaria que esta demasiado ocupado debido a los prolegómenos de la ratificación en el cargo.

—Maldita sea. Gordon, Turner, Grimsbo. Todos ellos saben algo. ¿Qué me dices del jefe de la policía? ¿Cómo se llamaba?

—O'Malley. Me ha dicho Lenzer que se jubiló y se fue a vivir a Florida hace unos nueve años.

—Bien —dijo Betsy, al borde de la desesperación—. Entonces, sigue intentando encontrar a Samantha Reardon. Es nuestra mejor apuesta; luego, ya veremos.

—Si lo hago, Betsy, sólo será por ti. Si fuese otra persona... Tengo que decírtelo; normalmente me importa un comino, pero ahora me empieza a importar. Este caso no me gusta una mierda.

—Pues ya somos dos. No sé por dónde podríamos tirar del hilo. Ni siquiera estamos seguros de andar por el buen camino. Y lo primero que debo averiguar es si me equivoco o no.

—¿Y si te equivocas?

—No tengo ni idea.

3

A las nueve, Betsy metió a Kathy en la cama y se puso una bata de franela; se preparó una cafetera y esparció sobre la mesa del comedor los papeles del caso de divorcio que le tocaba defender el viernes. El café la despejó, pero continuamente pensaba en Darius. ¿Era culpable? Betsy no podía quitarse de la cabeza la cuestión que ella misma había planteado a Alan Page durante su testificación: habiendo seis víctimas, entre ellas una niña de seis años de edad, ¿por qué iban a cerrar el caso tanto el alcalde como el jefe de la policía de Hunter's Point si existía, aunque fuese remotamente, alguna posibilidad de que Peter Lake, o cualquier otra persona, fuera realmente el asesino? Aquello no tenía sentido.

Betsy dejó a un lado los documentos del divorcio y colocó delante de sí uno de sus blocs de páginas amarillas. Comenzó a hacer su lista con todo lo que sabía acerca del caso Darius. La lista terminó por ocupar tres páginas. Cuando llegó a la información que Reggie Stewart le había proporcionado aquella misma tarde, se le ocurrió una idea. Y simultáneamente frunció el entrecejo.

Betsy sabía que Samuel Oberhurst no era ajeno a la tentación del chantaje. De hecho, ya lo había intentado en la persona de Gary Telford. Por lo tanto, si Martin Darius era el asesino de las rosas no se lo pensaría dos veces a la hora de matar a Oberhurst, siempre y cuando el detective se hubiese propuesto hacerle chantaje. Sin embargo, la suposición de que el desdichado Fulano de Tal fuese efectivamente Samuel Oberhurst sólo tenía sentido si Samantha Reardon hubiese identificado a Darius como el asesino de las rosas. Y precisamente ahí radicaba lo más difícil. La policía tuvo que interrogar a Reardon cuando por fin la rescataron. Si la unidad especial había sospechado que Peter Lake, y no Henry Waters, era el secuestrador, habrían mostrado a Reardon una fotografía de Lake. Si ella llegó a identificar a Lake como su secuestrador, ¿por qué anunciaron el alcalde y el jefe de la policía que Waters, ya muerto, era el asesino? ¿Por qué cerraron el caso?

El doctor Escalante había comentado que Reardon había sido internada en una institución psiquiátrica. Tal vez no resultara posible interrogarla de inmediato, pero antes o después alguien tuvo que entrevistarse con ella. Grimsbo había dicho a Reggie que Nancy Gordon estaba obsesionada con el caso, que nunca había creído que Henry Waters fuese el asesino. Así pues, pensó Betsy, si se daba por hecho que Reardon había identificado a Lake en un momento u otro, ¿por qué no iba Nancy Gordon, o cualquier otra persona, a reabrir el caso?

Quizá nadie preguntó nada a Reardon hasta que Oberhurst se hubo puesto en contacto con ella. Ahora bien, ¿no habría tenido por la prensa noticias de Henry Waters? ¿No se habría dado cuenta de un modo u otro de que la policía había acusado a un inocente? Tal vez se encontraba tan traumatizada que había querido olvidar todo lo ocurrido aun cuando eso supusiera dejar a Lake en libertad. Pero en el supuesto de que eso fuera verdad, ¿por qué iba a decirle a Oberhurst que Lake era su secuestrador?

Betsy suspiró. Algo se le estaba escapando. Se puso en pie y fue a la sala de estar con su taza de café. En una cesta, junto a su sillón favorito, vio el suplemento del *New York Times*. Tomó asiento y decidió echarle un vistazo. A veces, la mejor manera de considerar un problema era olvidarlo al menos durante un rato. Había leído el suplemento de «Libros», el «Magazine» y el suplemento de «Artes», pero aún le faltaba el semanal.

Leyó un artículo sobre los combates en Ucrania y otros sobre la reanudación de las hostilidades entre Corea del Norte y Corea del Sur. La muerte estaba por todas partes. Volvió la hoja y comenzó a leer un perfil biográfico de Raymond Colby. Betsy sabía de sobra que Colby obtendría el nombramiento y eso le molestaba, aunque sólo fuese porque en el Tribunal Supremo ya no existiría división de opiniones, ya que estaba dominado por hombres blancos y adinerados procedentes del mismo fondo cultural, con idénticas ideologías. Eran hombres que ignoraban lo que significaba ser pobre, no tener recursos, que habían sido nominados por los sucesivos presidentes del partido republicano sin otro motivo que su voluntad de poner los intereses de la clase adinerada y del gobierno por delante de los intereses del individuo. Colby era igual que todos los demás. Estudios en Harvard, consejero delegado de Marlin Steels, gobernador de Nueva York, senador de los Estados Unidos durante los últimos nueve años... Betsy leyó el historial de los éxitos obtenidos por Colby mientras fue gobernador y senador, así como una predicción de sus intenciones de voto en diversos supuestos que podrían llegar al Supremo, y luego leyó por encima un artículo sobre la situación de la economía. Cuando terminó el periódico, volvió al comedor.

El caso de divorcio era un lío tremendo. La cliente de Betsy y su esposo no tenían hijos y había acordado repartirse casi todas sus propiedades, pero estaban dispuestos a llegar a las manos por un paisaje de lo más barato que habían comprado a un pintor callejero en París durante su luna de miel. Ir a juicio por aquel cuadro ridículo les iba a costar a los dos diez veces más que el valor del cuadro, pero ninguno estaba dispuesto a renunciar. Obviamente, no era el cuadro lo que alimentaba su rencor. Betsy odiaba ese tipo de casos. De todos modos, suspiró ya que era gracias a ellos que podía vivir holgadamente. Comenzó a leer la solicitud de divorcio y recordó algo que había leído en el artículo sobre Raymond Colby.

Dejó a un lado la solicitud. La idea se le había ocurrido tan deprisa que se sintió levemente mareada. Regresó al cuarto de estar y releyó la biografía de Colby. Ahí estaba, había sido senador de los Estados Unidos durante nueve años. El jefe de la policía de Hunter's Point, John O'Malley, se había jubilado en Florida hacía nueve años. Frank Grimsbo trabajaba para Marlin Steels, la antigua compañía de Colby, desde hacía nueve años. Y Wayne Turner era el ayudante administrativo del senador.

La calefacción estaba puesta, pero Betsy tuvo la impresión de estar abrazada a un bloque de hielo. Volvió al comedor y releyó la lista de hechos destacables del caso Darius. Ahí estaba todo. Bastaba con enfocar las cosas de una manera determinada para que todo encajase a la perfección. Martin Darius era el asesino de las rosas. La policía de Hunter's Point lo sabía cuando anunció que Henry Waters era el criminal, momento en que el caso quedó cerrado. Betsy por fin entendió cómo pudo marcharse Peter Lake de Hunter's Point pese a tener las manos sucias de sangre. Lo que en cambio no lograba imaginar era por qué el gobernador del estado de Nueva York tramaría una conspiración con la unidad policial y con el alcalde de Hunter's Point para poner en libertad a un asesino múltiple.

CAPÍTULO XVI

I

Brillaba el sol, pero la temperatura era algo inferior a cero grados. Betsy entró, se quitó el abrigo y le dolían las mejillas a causa del frío. Se frotó las manos para entrar en calor y pidió a Ann que le trajese una taza de café. Cuando entró su secretaria con una taza humeante sobre un posavasos, Betsy estaba marcando un número de Washington D. C.

—Oficina del senador Colby.

—Quisiera hablar con Wayne Turner, por favor.

—Un momento, le paso con su secretaria.

Betsy cogió la taza. Le temblaba la mano. Quería que su voz sonara segura y serena, pero tenía un miedo de muerte.

—¿En qué puedo servirle?

—Me llamo Betsy Tannenbaum. Soy una abogada de Portland, estado de Oregón, y quisiera hablar con el señor Turner.

—El señor Turner está muy ocupado preparando el proceso de ratificación del senador. Si quiere dejarme su número de teléfono, él se pondrá en contacto con usted tan pronto como le sea posible.

Betsy sabía de sobras que Turner jamás le devolvería la llamada. Sólo existía una forma de obligarlo a ponerse al teléfono. Estaba convencida de saber al dedillo lo que había ocurrido en Hunter's Point, y tenía que jugárselo todo a esa baza: insistir en que tenía razón.

—Se trata de un asunto que no puede esperar. Por favor, dígale al señor Turner que soy la abogada de Peter Lake y que deseo hablar con él inmediatamente. —Cuando la secretaria le pidió que repitiese el mensaje, a Betsy se le ocurrió agregar—: Dígale que si no está dispuesto a hablar conmigo, estoy convencida de que la prensa sí querrá oírme.

La secretaria de Turner indicó a Betsy que esperase. Betsy cerró los ojos y probó una técnica de meditación que había aprendido de joven, cuando iba a clase de yoga. No le sirvió de nada, y se sobresaltó cuando Turner se puso al habla.

—¿Quién llama? —ladró.

—Ya se lo he dicho a su secretaria, señor Turner. Me llamo Betsy Tannenbaum y soy la abogada de Martin Darius, a quien usted conoció como Peter Lake cuando vivía Hunter's Point. Quiero hablar inmediatamente con el senador Colby.

—El senador está tremendamente ocupado con el proceso de su ratificación, señora Tannenbaum. ¿No podría usted esperar hasta que todo haya concluido?

—No pienso esperar hasta que el senador esté sano y salvo en el Tribunal Supremo. Si el senador no accede a hablar conmigo, mucho me temo que tendré que hablar con la prensa.

—Maldita sea. Si difunde usted cualquier irresponsab...

—Cálmese, señor Turner. Si tuviera la amabilidad de pensar en este asunto, aunque sólo sea un momento, se daría cuenta de que sería perjudicial para mi cliente que recurriese a los medios de comunicación. Es algo que sólo haría si no me quedase otro remedio. Pero no pienso dejarme comer el terreno.

—Si usted sabe lo de Lake, si sabe lo del senador, ¿por qué está haciendo esto? —le preguntó Turner.

Betsy hizo una pausa. La pregunta de Turner no podía haber sido más certera. ¿Por qué se había guardado todo lo que sabía? ¿Por qué no había confiado en Reggie Stewart? ¿Por qué estaba dispuesta a cruzar el país entero para conocer las respuestas a sus preguntas?

—Se trata de algo estrictamente personal, señor Turner. Tengo que saber qué clase de persona es mi cliente. Tengo que conocer la verdad. Debo entrevistarme con el senador Colby, y puedo presentarme en Washington mañana mismo.

Turner permaneció unos segundos en silencio. Betsy miró por la ventana. En el edificio de enfrente, dos hombres en mangas de camisa parecían discutir un proyecto de edificio. En el piso de arriba, un grupo de secretarias trabajaban en sus ordenadores. Hacia la parte superior del edificio, Betsy vio el cielo reflejado en la pared de cristal. Las nubes, verdosas, se desplazaban sobre un cielo igual de verdoso.

—Hablaré en seguida con el senador Colby y volveré a llamarla.

—Quiero que sepa que no soy una amenaza, señor Turner. De ninguna manera quisiera echar a perder la nominación del senador. Hágaselo saber.

Turner colgó el teléfono y Betsy exhaló; no estaba ni mucho menos acostumbrada a amenazar verbalmente a un senador de los Estados Unidos, ni tampoco a trabajar en un caso que podría destrozar la reputación de alguna de las figuras de mayor relevancia política. Pensó en los casos de Hammermill y de Peterson; en dos ocasiones había llevado sobre sus hombros el peso de la salvación de una persona, y difícilmente podría pensar en una responsabilidad mayor que ésa. Colby no era más que un hombre, por muy senador que fuese, y bien podía ser la clave de que Martin Darius estuviese libre y pudiese haber asesinado a tres mujeres inocentes en Portland.

—Nora Sloane por la uno —le dijo Ann por el intercomunicador.

La cliente a la que Betsy defendía en el caso de divorcio iba a estar en el juzgado a las nueve menos cuarto, y ya eran las ocho y diez. Betsy quería concentrarse en las cuestiones concretas de ese divorcio, pero decidió que podría concederle un minuto a Sloane.

—Perdona que te moleste —dijo Sloane en tono de disculpa—. ¿Recuerdas que te dije que deseaba entrevistar a Kathy y a tu madre, de ser posible? Estaba pensando si tal vez podríamos hacerlo este fin de semana...

—Posiblemente tenga que ausentarme de la ciudad, y mi madre seguramente cuidará de Kathy, así que puedes hablar con las dos a la vez. A mi madre la volverá loca que la entrevistes. Déjame hablar con ella y te llamo para decirte en qué quedamos. ¿Me dices tu número?

—¿Qué te parece si te llamo yo? Pensaba salir dentro de nada...

—Como quieras. Tengo que estar en el juzgado en media hora, pero calculo que habré terminado a eso de las doce. Llámame por la tarde.

Betsy miró el reloj. Le quedaban veinte minutos para preparar el caso de divorcio, y ni un segundo más para pensar en Martin Darius.

2

Reggie Stewart encontró a Ben Singer, el abogado que había llevado el divorcio de Samantha Reardon repasando los archivos judiciales. Singer no tenía noticias de Reardon desde hacía años, pero sí conservaba su dirección; vivía en un edificio próximo al campus universitario.

La mayor parte de las viviendas cercanas a la universidad eran relativamente antiguas, unifamiliares, y estaban rodeadas de jardines bien cuidados, con abundantes olmos y robles, aunque también existía un grupo de apartamentos y residencias para estudiantes situado a unas cuantas manzanas del campus, cerca ya de la autopista. Stewart estacionó en un aparcamiento que recorría longitudinalmente todo un complejo de apartamentos, grisáceo y sombrío. Había nevado la noche anterior. Stewart dio un salto hasta alcanzar la acera, ya limpia de nieve, y se dirigió a la oficina del encargado del bloque. Una mujer de cuarenta y tantos años, vestida con unos recios pantalones y un jersey verde, le abrió la puerta. Estaba fumando y parecía sonrojada. Tenía el cabello color fresa y muy rizado.

—Me llamo Reggie Stewart; busco al encargado.

—Estamos al completo —contestó la mujer con brusquedad.

Stewart le entregó su tarjeta de visita. La mujer se puso el cigarrillo entre los labios y la leyó detenidamente.

—¿Es usted la encargada? —preguntó Stewart. La mujer asintió—. Estaba intentando localizar a Samanha Reardon y ésta es la última dirección que tengo de ella.

—¿Qué es lo que desea? —le preguntó la mujer con suspicacia.

—Tal vez disponga de información que podría ser muy beneficiosa para un cliente que hace años vivía en Hunter's Point.

—Pues no es su día de suerte, amigo. No está aquí.

—¿Sabe cuándo piensa volver?

—No tengo ni idea. Lleva fuera desde el verano. —La encargada volvió a leer la tarjeta de visita—. También vino preguntando por ella otro detective de Portland; lo recuerdo porque ustedes dos son la únicas personas de Oregón que he conocido en mi vida.

—¿Era un tío voluminoso, robusto, con la nariz rota?

—Exacto. ¿Es que lo conoce?

—Sí... bueno, no personalmente. ¿Cuándo vino a verla?

—Lo único que recuerdo es que hacía calor. Reardon se marchó al día siguiente, me pagó un mes por adelantado y me dijo que no sabía cuánto tiempo iba a estar ausente. Luego, una semana después, volvió por sus pertenencias y se marchó definitivamente.

—¿No dejó nada aquí, no le pidió que le guardase nada?

—Qué va. El apartamento que tenía era amueblado, y ella prácticamente no tenía nada suyo. —La encargada meneó la cabeza—. Mire, una vez subí a su apartamento para arreglarle un grifo que perdía. Pues no vi ni un póster en la pared, nada encima de las mesas. Cualquiera diría que acababa de instalarse. Y llevaba ya... Ni me acuerdo. Da miedo, ¿eh?

—¿Habló alguna vez con ella?

—Sí, claro. De cuando en cuando la veía. Pero sólo la saludaba, y ella a veces ni siquiera contestaba. Era muy reservada.

—¿Tenía algún trabajo?

—Pues sí, trabajaba en... No sé, creo que era secretaria, o recepcionista. Algo así. Puede que trabajase en la consulta de un médico. Sí, eso es. Era contable de un médico. Eso es. Y tenía todo el aire de una contable. Parecía una rata de biblioteca. No se cuidaba nada, y eso que tenía muy buen tipo, aunque había que mirarla dos veces. Era alta, atlética, pero siempre vestía como una vieja solterona. Como si quisiera asustar a los hombres y que no se le acercasen, ¿me entiende?

—¿No tendrá usted una fotografía suya?

—¿De dónde iba a sacar una fotografía? Ya le dicho que ella no tenía siquiera pósters en su apartamento. Y es raro, porque todo el mundo tiene sus recuerdos, ya sabe.

—Pero hay personas que no quieren ni pensar en el pasado —dijo Stewart.

La encargada dio una calada del cigarrillo y asintió.

—¿Era de ésas? ¿Malos recuerdos?

—Los peores —dijo Stewart—. Los peores que se puedan tener.

3

—Déjame que te ayude a fregar los platos —dijo Rita.

No los había recogido después de la cena para poder ver con Kathy uno de sus programas preferidos, antes de que Betsy la llevase a dormir.

—Antes de que me olvide —dijo Betsy a la vez que apilaba los platos—, es posible que te llame una mujer, una tal Nora Sloane. Le he dado tu número. Es la que está escribiendo ese artículo para *Pacific West*, me parece que te lo había dicho.

—¿Ah, sí?

—Quiere hacerte una entrevista, y también a Kathy.

—¿Que me va a entrevistar a mí? —presumió Rita.

—Sí, mamá. Tu gran ocasión para saltar a la fama y ser inmortal.

—Tú eres mi inmortalidad, cariño. De todos modos, estaré pendiente de que llame —dijo Rita—. ¿Hay alguien mejor que tu propia madre para darle los detalles más importantes de tu vida?

—No, y eso es lo que más temo.

Betsy aclaró los platos y Rita los colocó en el lavaplatos.

—¿Tienes tiempo antes de irte a casa? Quería hablarte de un asunto.

—Claro.

—¿Quieres café o té?

—Un café, gracias.

Betsy sirvió dos tazas y se acomodaron en el cuarto de estar.

—Se trata del caso Darius —dijo Betsy—. No sé qué hacer. No dejo de pensar en esas mujeres, en lo que tuvieron que pasar. ¿Y si él las hubiese asesinado?

—Betsy, ¿no me has dicho siempre que la culpabilidad o la inocencia de tu cliente es lo de menos, mientras tú seas su abogada?

—Lo sé. Y eso es lo que digo siempre. Y lo creo. Además, me va a hacer mucha falta el dinero que gane con el caso, sobre todo si Rick y yo... nos divorciamos. Y el prestigio. Aunque perdiese, seguirían teniéndome como la abogada de Martin Darius. Este caso me ha puesto en boca de todo el mundo.

Si renunciase, me colgarían la etiqueta de ser una abogada incapaz de soportar la presión de un caso de los grandes.

—Entonces, ¿qué te preocupa? ¿Que salga libre?

—Eso es, mamá. Sé positivamente que puedo conseguir que lo dejen en libertad. Page no las tiene todas consigo, ni mucho menos. Ya se lo dejó bien claro el juez Norwood durante la vista en la que se fijó la fianza. Pero yo sé cosas de las que Page no tiene ni idea, y...

Betsy meneó la cabeza. Estaba visiblemente afectada.

—Betsy, alguien tendrá que representar a Martin Darius —dijo Rita con voz calmada—. Si no lo haces tú, lo tendrá que hacer otro abogado. Estoy de acuerdo con lo que siempre has dicho, que hasta los asesinos y los narcos se merecen un juicio justo. Es algo que a mí me cuesta mucho trabajo aceptar. Un hombre capaz de hacerle eso a una mujer, o a quien sea... dan ganas de escupirle encima. Pero lo que sucede es que tú no estás defendiendo a esa persona. ¿No es eso lo que en realidad quieres decirme? Tú estás preservando un sistema justo y bueno.

—Ésa es la teoría, mamá, pero ¿y si no puedes conciliar el sueño porque sabes que vas a dejar libre a una persona que...? Ya hizo lo mismo en Hunter's Point. Estoy absolutamente segura. Entonces, si consigo que quede en libertad, ¿quién será el siguiente? No hago otra cosa que pensar en lo que tuvieron que sufrir esas mujeres, solas, desamparadas, despojadas de toda su dignidad.

Rita se acercó a su hija y la tomó de la mano.

—Betsy, estoy orgullosísima de lo que has hecho a lo largo de tu vida. Cuando eras niña, jamás pensé que serías abogada. Tienes un trabajo importante. Haces cosas importantes, cosas que otra gente no tiene el valor de hacer. Pero por eso se paga un precio. ¿Tú crees que el presidente duerme bien? ¿Y los jueces? ¿Y los militares? Lo que pasa es que estás descubriendo la parte negativa de la responsabilidad. Lo de aquellas mujeres maltratadas fue bien fácil. Estabas de parte de Dios. Ahora Dios está en tu contra. Pero tienes que hacer tu trabajo aunque tu trabajo te haga sufrir. Tienes que hacerlo a toda costa y no te puedes salir por la tangente.

De pronto Betsy se echó a llorar. Rita la abrazó.

—Estoy hecha un lío, mamá. Quería tanto a Rick... Se lo di todo y él me abandonó. Si siguiese a mi lado y me pudiese ayudar... Esto no puedo hacerlo sola.

—Sí, sí que puedes. Tú eres fuerte. Nadie podría hacer lo que tú has hecho si no tuviese tu fuerza.

—Entonces, ¿por qué no lo veo yo del mismo modo? Me siento vacía, agotada.

—Es difícil verte a ti como te ven los demás. Sabes muy bien que no eres perfecta, por eso insistes en tus debilidades. Pero tienes fuerza de sobra, créeme. —Rita calló un momento; parecía distante. Luego miró a Betsy y agregó—: Te voy a contar algo que nadie sabe. La noche que murió tu padre estuve a punto de quitarme la vida.

—¡Mamá!

—Estaba sentada en nuestro dormitorio, tú ya te habías dormido, y saqué las pastillas del armario del cuarto de baño. Creo que estuve mirando aquellas pastillas durante una hora, pero no fui capaz de hacerlo. Tú no me dejabas. Sólo pensaba en ti. Pensaba en lo mucho que echaría en falta verte crecer, saber qué ibas a hacer de tu vida. No tomar aquellas pastillas fue lo más inteligente que he hecho en mi vida, porque ahora te puedo ver tal como eres. Y estoy orgullosísima de ti.

—¿Y si yo no me orgullezco de mí? ¿Y si sólo estuviese en esto por el dinero, por la fama? ¿Y si sólo estuviese ayudando a un hombre que es en verdad perverso a escapar del castigo, a que quede en libertad para producir un dolor insufrible a otras personas inocentes?

—No sé qué decirte —contestó Rita—. No conozco los hechos en detalle ni puedo ponerme en tu lugar. Pero confío en ti y sé que harás lo que haya que hacer.

Betsy se secó los ojos.

—Siento mucho haberte puesto en esta situación, pero eres la única persona con la que puedo sincerarme ahora que Rick se ha marchado.

—Me alegro de saber que sirvo para algo. —Rita le sonrió. Betsy la abrazó con fuerza. Le había sentado bien llorar, hablar de lo que hacía tiempo que no hablaba con nadie, pero eso no le sirvió para sentirse más cerca de las respuestas.

CAPÍTULO XVII

El domingo por la tarde Raymond Colby estaba frente a la chimenea de su casa esperando a que llegase la abogada de Portland. El mayordomo había preparado el fuego. Colby extendía las manos para entrar en calor y quitarse del cuerpo un frío que nada tenía que ver con la gélida lluvia que había vaciado de gente las calles de Georgetown.

Se abrió y se cerró la puerta. Tenía que ser Wayne Turner con Betsy Tannenbaum. Colby se enderezó la chaqueta del traje. ¿Qué podía querer Tannenbaum? Ésa era realmente la cuestión. ¿Sería una persona con la que pudiese razonar? ¿Tendría un precio? Turner no creía que la abogada de Lake lo supiese todo, pero sí que sabía lo suficiente para destrozar sus posibilidades de ser ratificado en el cargo. Quizá se pusiera de su parte una vez que conociese los hechos. Después de todo pronunciarse en público no sólo destruiría a Raymond Colby, sino también a su cliente.

Se abrió la puerta del cuarto de estar y Wayne Turner se hizo a un lado. Colby miró de arriba abajo a su visitante. Betsy Tannenbaum era atractiva, pero Colby se dio cuenta de que no era una mujer que lo fiase todo a su apariencia. Iba vestida con un austero traje negro y una blusa color crema. Tenía aspecto de mujer de negocios, tal vez un poco nerviosa, supuso, sintiéndose como pez fuera del agua, pero dispuesta a enfrentarse con él en su propio terreno. Colby sonrió y le tendió la mano. Ella se la estrechó con firmeza. No le atemorizaba mirar a Colby a los ojos, estudiarlo con la mirada tal como él había hecho.

—¿Qué tal el vuelo? —preguntó Colby.

—Muy bien —Betsy observó la sala de estar. Frente a la chimenea había tres sillones de respaldo alto.

Colby le indicó con un gesto que tomara asiento.

—¿Puedo ofrecerle algo para entrar en calor?

—Sí, un café, gracias.

—¿No prefiere nada más fuerte?

—No, gracias.

Betsy ocupó el sillón más próximo a la ventana. Colby se sentó en el centro. Wayne Turner sirvió el café usando un termo plateado que el mayordomo había dejado sobre una bandeja en una mesita auxiliar de caoba. Betsy miró el fuego. En el trayecto desde el aeropuerto apenas se había dado cuenta del tiempo que hacía. Ahora que estaba a resguardo, se estremeció como si fuese una reacción retrasada tras la tensión de las horas precedentes. Wayne Turner alargó a Betsy una delicada taza de porcelana y un platillo con rosas estampadas. Las rosas eran pálidas, y los tallos dorados.

—¿En qué puedo servirle, señora Tannenbaum?

—Sé lo que hizo usted hace diez años en Hunter's Point, senador. Pero quiero saber por qué.

—¿Y qué es lo que hice?

—Corrompió usted a los integrantes de la unidad especial del Departamento de Policía de Hunter's Point, destruyó los archivos policiales y maquinó un complot para proteger a un monstruoso asesino múltiple que goza torturando a mujeres.

Colby asintió con tristeza.

—Parte de lo que dice es verdad, pero no toda la verdad. Ninguno de los integrantes de la unidad especial es un funcionario corrupto.

—Tengo conocimiento de las compensaciones —respondió Betsy en tono cortante.

—¿Qué es lo que cree saber?

Betsy se sonrojó. Se había dejado llevar, espoleada por las coincidencias, y las improbabilidades, hacia la única solución posible, pero no quería dar la impresión de estar fanfarroneando. Por otra parte, si comunicase a Colby cómo lo había averiguado, él entendería con toda claridad que a ella no se le tomaba el pelo.

—Sé que el mandato de un senador tiene una duración de seis años —contestó Betsy—, y que está usted a mitad del segundo mandato. Eso significa que es usted senador de los Estados Unidos desde hace nueve años. Hace nueve años, Frank Grimsbo dejó un oscuro y mal pagado empleo en la policía de una minúscula ciudad para ocupar un puesto espléndidamente retribuido en Marlin Steels, su antigua empresa. Hace nueve años John O'Malley, el jefe de policía de aquella pequeña ciudad, se jubiló y se instaló en Florida. Wayne Turner, otro de los integrantes de aquella unidad especial que investigó al asesino de las rosas, es actualmente su asesor. Me preguntaba cómo es posible que tres miembros de aquella unidad especial de la policía de repente disfrutasen de tan espléndidas condiciones de vida y por qué todos ellos se beneficiaban, de un modo u otro, de que fuese usted senador de los Estados Unidos. Y la respuesta era evidente. Ésa había sido su compensación por guardar un secreto y por destruir los archivos de aquella investigación en torno al asesino de las rosas.

Colby asintió.

—Excelentes deducciones, pero sólo en parte correctas. Hubo recompensas, pero no sobornos. Frank Grimsbo logró ser jefe de seguridad de Marlin Steels después que yo le consiguiese un empleo en dicha empresa. El jefe O'Malley sufrió un ataque al corazón y tuvo que jubilarse. Tengo una gran fortuna personal. Wayne me dijo que John estaba en una delicada situación financiera, de la cual le ayudé a salir. Y Wayne ya estaba estudiando derecho cuando tuvieron lugar los secuestros y asesinatos. Se licenció dos años más tarde y yo le ayudé a conseguir un empleo en Washington, pero no personalmente. Wayne comenzó a trabajar para mí un año antes de que concluyese mi primer mandato. Para entonces se había labrado una excelente reputación en el entorno del Congreso. Cuando Larry Merrill, mi antiguo asesor, retomó su bufete profesional en Manhattan, le pedí a Wayne que ocupase su lugar. Así que ya lo ve, la explicación de estos hechos no es tan siniestra como usted suponía.

—Pero no me equivoco en lo tocante a los archivos.

—El jefe O'Malley se ocupó de eso.

—¿Y el perdón?

Colby pareció mucho más viejo de repente.

—Todos tenemos algo en la vida que desearíamos no haber hecho jamás. Pienso en Hunter's Point a todas horas, pero no logro adivinar qué otro desenlace podría haber tenido.

—¿Cómo es posible que hiciera tal cosa, senador? Ese individuo no es un ser humano. Debió usted comprender que volvería a hacerlo otra vez, en otra parte.

Colby la miró directamente a los ojos, pero en realidad no estaba viendo a Betsy. Parecía totalmente perdido, como un hombre al que acaban de comunicarle que padece una enfermedad incurable.

—Lo sabíamos, Dios nos perdone. Lo sabíamos, pero no tuvimos otra elección.

QUINTA PARTE

Hunter's Point

CAPÍTULO XVIII

I

Nancy Gordon oyó un tintineo de cristales rotos cuando Peter Lake quebró la cristalera inferior de la puerta de atrás para introducir la mano por entre las astillas, alcanzar el pomo y abrir desde dentro. Nancy oyó rechinar las bisagras oxidadas. Cambió de postura bajo las sábanas y fijó la mirada en la puerta, esforzándose por ver mejor en la oscuridad.

Dos horas antes, Nancy estaba a solas en la oficina de la unidad especial cuando apareció Lake para comunicarle que se había enterado de la muerte de Henry Waters por el noticiario. Tal como estaba planeado, Nancy dijo a Lake que había sospechado de él, que pensaba que era el asesino de las rosas debido al intervalo transcurrido entre el momento en que un vecino le vio llegar a casa en su coche y su llamada al 911, y debido también a la torpe labor de vigilancia que había emprendido acechando a Waters. Lake se había mostrado alarmado, pero Nancy le aseguró que estaba totalmente satisfecha de que Waters hubiese sido identificado como el asesino, dado lo cual no había llegado a comentar con nadie sus sospechas. Después, bostezó y le dijo a Lake que se marchaba a casa porque estaba muy cansada. A partir de ese momento había estado en la cama, a la espera.

Unos pantalones negros, un pasamontañas negro y un jersey negro de cuello vuelto ayudaban a Lake a fundirse en la oscuridad. Llevaba en la mano un revólver de cañón corto. Nancy no le oyó cruzar el cuarto de estar. El hueco de la puerta del dormitorio estaba vacío, pero al instante siguiente lo ocupaba por completo la silueta de Lake. Cuando encendió la luz, Nancy se incorporó en la cama, fingiendo una enorme sorpresa. Lake se quitó el pasamontañas.

—Tú lo sabías, Nancy. ¿No es verdad? —Ella se quedó boquiabierta, como si la visita fuese totalmente inesperada—. De veras que me gustas, pero no puedo arriesgarme a que vuelvas a abrir el caso.

Nancy miraba el revólver.

—No pensarás que vas a salir impune si matas a un policía.

—No tengo elección. Eres demasiado inteligente. Antes o después habrías caído en la cuenta de que Waters era inocente, y entonces habrías ido por mí. Incluso es probable que consiguieras pruebas suficientes para convencer a un jurado.

Lake avanzó hasta ubicarse al otro lado de la cama.

—Pon las manos encima de la sábana y retírala lentamente.

Nancy estaba durmiendo con una sola sábana, muy ligera, debido al calor. Retiró la sábana lentamente, con cuidado de recogérsela junto a la cadera derecha, para que Lake no descubriese la silueta de la pistola que tenía allí escondida. Nancy llevaba puestas una braguita y una camiseta. La camiseta se le había enrollado bajo los senos, con lo que dejó al descubierto la rígida musculatura de su vientre. Nancy oyó una reposada y larga inspiración.

—Bonita vista —dijo Lake—. Quítate la camiseta —Nancy abrió los ojos simulando sorpresa—. No te voy a violar, no te preocupes. Y no porque no quiera. La verdad es que he tenido abundantes fantasías contigo, Nancy. Eres muy distinta de las otras. Las otras son pura blandenguería, en realidad son como el ganado, bien fáciles de adiestrar. Tú en cambio eres dura. Estoy segura de que resistirías. Y eso sí que sería un disfrute. Lo malo es que deseo que las autoridades sigan pensando que Henry Waters era el asesino de las rosas, de modo que tendrás que morir en el transcurso de un robo que pienso simular ahora mismo.

Nancy miró asqueada a Lake.

—¿Cómo pudiste matar a tu mujer y a tu hija?

—No es posible que pienses que eso lo había planeado. Yo las quería, Nancy. Pero Sandy encontró una nota y una rosa que tenía previsto utilizar al día siguiente. No me enorgullezco de lo que he hecho. Me entró pánico. Por mucho que pensé en ello, no se me ocurrió una sola explicación que pudiera dar a Sandy el día en que la prensa revelara el mensaje de las notas. Sandy habría ido a contárselo a la policía y así habría acabado conmigo.

—¿Y qué excusa tienes por matar a Melody? No era más que un niña.

Lake sacudió la cabeza. Parecía auténticamente desasosegado.

—¿Te parece que resultó fácil? —a Lake le temblaba el mentón y una lágrima le asomó por el rabillo del ojo—. Sandy se puso a chillar. Pude golpearla antes de que siguiera gritando, pero Melody la había oído. Estaba en las escaleras, viéndolo todo por entre los barrotes de la barandilla. La cogí en brazos y la abracé, al tiempo que intentaba imaginar alguna manera de perdonarla, pero no hubo forma, así que tuve que matarla, y lo hice de modo que no sufriese. Fue lo más duro que he hecho en mi vida.

—Déjame ayudarte, Peter. Nunca podrán probar tu culpabilidad. Hablaré con el fiscal de distrito. Podremos argüir una demencia pasajera como eximente de tus actos...

Lake sonrió con tristeza. Volvió a sacudir la cabeza, apesadumbrado o tal vez arrepentido.

—Nunca funcionaría, Nancy. Nadie me dejaría suelto así de fácil. Piensa en lo que le hice a Pat. Piensa en las otras. Además, no estoy loco. Si supieras por qué lo hice, me entenderías.

—Explícamelo. Me gustaría entenderlo.

—Lo lamento, pero no tenemos tiempo. Además, no serviría de nada, porque vas a morir.

—Por favor, Peter. Necesito saberlo. Tiene que haber una razón que explique un plan tan brillante.

Condescendiente, Lake le dedicó una sonrisa.

—No hagas eso, Nancy. No tiene sentido. ¿De qué te puede valer que pospongamos el momento decisivo?

—Antes puedes violarme si quieres. Átame. Además, es lo que quieres, ¿no? Estoy desvalida, estoy a tu merced —suplicó, deslizando la mano derecha bajo la sábana.

—No te rebajes así, Nancy. Pensé que tenías más clase que las otras.

Lake vio moverse la mano de Nancy. Se le nubló el rostro.

—¿Qué es eso?

Nancy echó mano de la pistola. Lake le asestó un golpe tremendo en la mejilla con el revólver. Crujió un hueso. Nancy se quedó ciega un instante. La puerta de su armario se abrió de golpe. Lake se quedó helado al ver salir como un torbellino a Wayne Turner del armario. Turner disparó y alcanzó a Lake en el hombro. El revólver de éste cayó al suelo en el momento en que Frank Grimsbo aparecía por la puerta del dormitorio, lanzándose sobre Lake e inmovilizándolo contra la pared.

—Quédate quieta —le gritó Turner a Nancy arrojándose sobre la cama. Lake seguía inmovilizado contra la pared y Grimsbo estaba atizándole puñetazos en plena cara—. ¡Basta, Frank! ¡Para! —le gritó Turner. Mantenía la pistola apuntada contra Lake, a la vez que con la otra mano intentaba detener a Grimsbo. Éste aún le soltó otro puñetazo; la cabeza de Lake rebotó contra la pared y se le quedó caída de lado. Una mancha húmeda se extendió sobre el tejido negro que le cubría el hombro derecho, a medida que le manaba sangre de la herida—. Cógele la pistola —dijo Turner—. Está junto a la cama. Y mira a ver cómo está Nancy.

Grimsbo se puso de pie. Estaba temblando.

—Estoy bien —dijo Nancy. Tenía entumecida la mejilla, y a duras penas veía algo por el ojo izquierdo.

Grimsbo recogió la pistola de Lake. Se plantó delante de él y comenzó a respirar más deprisa.

—Ponle las esposas —ordenó Turner. Grimsbo se quedó quieto delante de Lake, con la pistola elevada, como si fuese algo dotado de vida propia—. No vayamos a joderla, Frank —dijo Turner—. Ponle las esposas, ya basta.

—¿Por qué? —repuso Grimsbo—. Podría haber recibido dos disparos cuando atacó a Nancy. Tú le alcanzaste en el hombro al salir del armario, y yo podría haberle pegado un tiro cuando este pedazo de mierda se lanzó sobre mí y, cosas del destino, resulta que le di entre los ojos.

—No ha ocurrido de ese modo, porque de sobra sabía yo que no iba a ser así —dijo Turner con voz neutra.

—¿Y qué? ¿Vas a delatarme y a testificar cuando me juzguen por homicidio? ¿Me vas a meter en la prisión de Attica durante el resto de mis días por haber acabado con esta escoria?

—Nadie llegaría a saberlo, Wayne —dijo Nancy con tranquilidad—. Yo respaldaría a Frank.

Turner se volvió hacia Nancy, quien miraba a Lake con odio inocultable.

—No me lo puedo creer. Sois policías los dos. Lo que estáis pensando es un homicidio en primer grado.

—Pero no en este caso, Wayne —dijo Nancy—. Para cometer un homicidio hay que acabar con la vida de un ser humano, y Lake no es humano. No sé qué pueda ser, pero estoy segura de que no es humano. Un ser humano jamás mata a sangre fría a su propia hija. Tampoco desnuda a una mujer, la raja de la entrepierna al esternón, le saca los intestinos y la deja morir lentamente. Ni siquiera puedo imaginar qué les habrá hecho a las mujeres desaparecidas. —Se estremeció—. No quiero ni pensarlo.

Lake asistía en silencio a la discusión. No movió en ningún momento la cabeza, pero fijó la mirada en cada uno de los que hablaban sobre su destino inmediato. Advirtió que Turner titubeaba. Nancy se levantó de la cama y se puso al lado de Grimsbo.

—Wayne, un buen día saldrá de prisión —dijo—. Convencerá a un tribunal de apelación de que revise su caso, los convencerá para que lo suelten, o convencerá a cualquier jurado de que está loco, y una vez internado en un sanatorio lo dejarán salir en cuanto se haya curado milagrosamente. ¿De veras te quieres despertar un buen día y enterarte por los periódicos de que una mujer ha sido secuestrada en Salt Lake City o en Minneapolis, de que en su dormitorio, sobre su almohada, ha aparecido una nota en la que se dice a su marido que ha desaparecido y que queda «Para siempre en el recuerdo»?

Turner dejó caer el brazo. Tenía los labios secos y un nudo en el estómago.

—Lo haré yo, Wayne —dijo Grimsbo, sacando su arma reglamentaria y entregando a Nancy el revólver de Lake—. Sal de aquí si quieres. Puedes recordar que sucedió tal como te he dicho, porque así es como en realidad va a ocurrir, y así es como se sabrá que ha ocurrido, si todos nos ponemos de acuerdo.

—Mierda —dijo Turner. Tenía el puño cerrado con fuerza, y con la otra mano sujetaba el revólver tan fuerte que el metal le cortaba la palma.

—No podéis matarme —logró decir Lake, aunque el dolor le dificultaba mucho articular palabra.

—Cállate y deja de joder —dijo Grimsbo—, o acabo ahora mismo contigo.

—No están muertas —logró añadir Lake, entornando los ojos y cerrándolos incluso, para sobreponerse a una arcada—. Las otras mujeres aún viven. Matadme y morirán todas. Matadme, y las habréis matado a todas.

2

El gobernador Raymond Colby se agachó para pasar bajo las aspas del helicóptero, todavía en rotación y echó a correr hacia el coche de policía que lo esperaba. Larry Merrill, el asesor administrativo del gobernador, bajó a tierra tras él y lo siguió corriendo por la pista. Junto al coche de policía esperaban un hombre pelirrojo, de baja estatura, y un negro mucho más alto. El pelirrojo abrió la puerta de atrás para que entrase Colby.

—John O'Malley, gobernador. Soy el jefe de policía de Hunter's Point. Éste es el detective Wayne Turner; él se encargará de informarle. La verdad es que la situación es muy delicada.

El gobernador Colby tomó asiento dentro del coche de policía y Turner se sentó a su lado. Cuando Merrill estuvo ubicado en el asiento del acompañante, O'Malley arrancó en dirección a la casa de Nancy Gordon.

—Desconozco qué es lo que ha podido saber hasta ahora, gobernador.

—Empiece por el principio, detective Turner. Prefiero estar seguro de que no se me escapa ni un detalle.

—Hemos tenido conocimiento de que una serie de mujeres han desaparecido en Hunter's Point. Todas ellas casadas con profesionales de gran éxito, y sin hijos. Ningún rastro de violencia. En la primera ocasión dimos por hecho que estábamos ante un caso de desaparición pura y simple. Lo único que resultaba digno de mención era una nota aparecida sobre la almohada de la mujer, que decía «Para siempre en el recuerdo». La nota estaba sujeta por una rosa teñida de negro. Supusimos que la propia mujer la había dejado allí. Luego, desapareció la segunda mujer y descubrimos la misma nota, la misma rosa. Después de la cuarta desaparición, todas ellas con el denominador común de la rosa y la nota, Sandra y Melody fueron asesinadas. Sandra era la esposa de Peter Lake, a quien tengo entendido que conoce bien, gobernador. Melody era su hija.

—Fue una tragedia —dijo Colby—. Peter me ha dado todo su apoyo desde hace bastante tiempo. El pasado otoño lo nombré para que formara parte de una comisión.

—Él las mató, gobernador. Mató a su esosa y a su hija a sangre fría. Luego le quiso colgar el mochuelo a un individuo llamado Henry Waters. Introdujo a una de las mujeres secuestradas en casa de Waters y le abrió el vientre en el sótano, aparte de dejar unas cuantas rosas negras y otras tantas notas. Luego hizo una llamada anónima a la policía.

Eran las cuatro de la madrugada y dentro del coche la oscuridad era total. Al pasar junto a una farola Turner advirtió que Colby estaba pálido.

—¿Qué Peter Lake mató a Sandy y a Melody?

—Sí, señor.

—Me cuesta trabajo creerlo.

—Lo que voy a comunicarle ahora mismo es algo que sólo saben el jefe O'Malley, los detectives Frank Grimsbo y Nancy Gordon, y yo mismo. El jefe creó una unidad especial que iba a ocuparse exclusivamente del asunto de las desapariciones. La fuerza especial estaba compuesta por Gordon, Grimsbo y yo, aparte de un experto en temas forenses. Sospechamos que tal vez fuera nuestro asesino incluso después de encontrar el cadáver de Patricia Cross en casa de Waters, de modo que le pusimos cerco. Gordon dijo a Lake que sospechaba de él, pero que había mantenido en secreto las pruebas que podrían haber servido para inculparlo; le dijo que no lo había comentado con nadie. A Lake le pudo el pánico, tal como pensamos que sucedería. Entró por la fuerza en casa de Gordon, con la clara intención de matarla. Ella consiguió que confesara la autoría de los asesinatos. Habíamos puesto micrófonos ocultos en su casa y tenemos grabada la conversación. Grimsbo y yo estábamos escondidos y lo oímos todo. A final, detuvimos a Lake.

—Entonces, ¿qué problemas hay? —preguntó Colby.

—Tres mujeres desaparecidas siguen con vida. De milagro. Lake las tiene sometidas a una dieta durísima; poco les falta para morir de hambre. Les da de comer una sola vez por semana. No piensa decirnos cuándo les dio de comer por última vez, ni tampoco dónde están, a menos que el gobernador le otorgue pleno perdón.

—¿Qué? —preguntó Merrill con incredulidad—. El gobernador no puede otorgar perdón a un asesino múltiple.

—¿No es posible encontrarlas? —preguntó Colby—. Tienen que estar en algún sitio que sea propiedad de Lake. ¿No han registrado todas su propiedades?

—Verá usted; Lake ha ganado mucho dinero en estos últimos años. Tiene muchísimas propiedades; por si fuera poco, la mayor parte ni siquiera están a su nombre. No disponemos del personal suficiente, para no hablar del tiempo que nos llevaría encontrar a esas mujeres antes de que mueran de hambre.

—Entonces sí prometeré el perdón a Peter. Y en cuanto nos diga dónde tiene secuestradas a esas mujeres, podrán ustedes proceder a su arresto. Un pacto firmado bajo ese tipo de presiones será insostenible ante un tribunal.

Merrill parecía incómodo.

—Me temo que sí lo sería, Ray. Cuando trabajaba con el fiscal general de los Estados Unidos, otorgamos inmunidad a un asesino a sueldo contratado por la mafia a cambio de que testificase en un juicio contra un pez gordo. Dijo que estaba presente cuando se ordenó el asesinato, pero el día que se encontró el cadáver se encontraba en Las Vegas. Comprobamos la veracidad de su declaración. Se alojaba en el Caesar's Palace. Varios testigos ajenos al asunto, gente de probada honradez, lo vieron almorzar en el casino. Cumplimos nuestra parte del trato, testificó, el pez gordo fue condenado y él se largó tan contento. Luego descubrimos que sí había sido el autor del asesinato, aunque lo hizo a las doce menos cuarto de la noche, y acto seguido cogió un avión a Las Vegas.

»Nos pusimos furiosos. Volvimos a detenerlo y lo procesamos por asesinato, pero el juez desestimó la acusación. Según su pronunciamiento, todo lo que el acusado nos dijo era verdad. No le hicimos las preguntas adecuadas. Revolví todos los archivos intenté todas las estratagemas y los recursos imaginarios para conseguir que el tribunal de apelación nos diese una sentencia favorable. No tuvimos suerte. Los principios del contrato prevalecen, al igual que el debido procesamiento. Si ambas partes llegan a un acuerdo de buena fe y si el acusado cumple su parte del trato, cualquier tribunal respetará el acuerdo. Si accedes a otorgar el perdón, Ray, mucho me temo que ese perdón será inamovible.

—Entonces no tengo elección.

—Sí que la tienes —insistió Merrill—. Dile que no hay trato. No puedes otorgar perdón a un asesino múltiple y confiar en salir reelegido. Eso equivaldría a un suicidio político.

—Maldita sea Larry —le espetó Colby—, ¿cómo esperas que reaccionen los votantes si llega a sus oídos que he dejado morir a tres mujeres con la intención de salir reelegido?

Raymond Colby abrió la puerta del dormitorio de Nancy Gordon. Frank Grimsbo estaba sentado junto a la puerta, con el arma en alto y los ojos fijos en el prisionero. Las persianas estaban bajadas y la cama seguía deshecha. Peter Lake estaba esposado a una silla, de espaldas a la ventana. Nadie le había curado los cortes de la cara y la sangre se le había secado; tenía el aspecto de un luchador que hubiese sufrido una derrota. Lake debería estar aterrado; en cambio, daba la impresión de tener la situación perfectamente controlada.

—Gracias por venir, Ray.

—¿Qué está pasando aquí, Pete? Esto es una locura. ¿De veras mataste a Sandy y a Melody?

—No me quedó más remedio, Ray. Ya se lo he explicado a la policía. Tú sabes bien que no lo habría hecho si hubiese podido escoger.

—Una niña tan pequeña, la dulzura en persona... ¿Cómo eres capaz de tolerar tu propia vida?

Lake se encogió de hombros.

—Eso es lo de menos, Ray, y ahora no importa. Lo que sí está claro es que a mí no me meten en la cárcel, y quiero que de eso te encargues tú.

—No está en mis manos, Pete. Has matado a tres personas, y eres moralmente responsable de la muerte de Waters. No puedo hacer nada por ti.

Lake sonrió.

—En ese caso, ¿a qué has venido?

—A pedirte que digas a la policía dónde tienes escondidas a las otras mujeres.

—Imposible, Ray. Mi vida depende de que la policía no lo sepa.

—¿Vas a dejar morir a tres mujeres inocentes?

Lake se encogió de hombros.

—¿Qué más da seis muertes que tres? En cuanto me condenen a muerte por la primera ya no me podrán castigar más. No envidio tu postura, Ray. Ojalá no hubiese tenido que poner a un viejo amigo, al que admiro profundamente, en semejante postura. Puedes creerme. Pero no pienso decir dónde están las mujeres a menos que me otorgues el perdón. Y te aseguro que cada minuto que pasa es vital. Esas mujeres deben de tener a estas alturas un hambre y una sed insoportables. Ni siquiera sabría decirte cuánto podrán aguantar si siguen sin comer ni beber.

Colby se sentó en la cama, frente a Lake.

—Me considero amigo tuyo, Pete. Y sigo sin poder dar crédito a lo que estoy oyendo. Como amigo, te ruego que salves a esas mujeres. Te prometo que intercederé en tu nombre ante las autoridades. Tal vez se pueda interponer un alegato y calificar el delito de homicidio involuntario.

Lake negó con la cabeza.

—Ni hablar de la cárcel. Ni un sólo día. Sé de sobra cómo se trata en la cárcel a un violador. No aguantaría vivo ni una semana.

—Pete, estás confiando en que ocurra un milagro. ¿Cómo quieres que te deje en libertad?

—Mira, Ray; a ver si nos entendemos. Te lo voy a poner muy claro: o me dejas en libertad, o esas mujeres mueren sin remedio. No hay otra alternativa, y estás perdiendo un tiempo muy valioso discutiendo conmigo.

Colby se inclinó hacia delante y se quedó mirando al suelo. Lake sonrió.

—¿En qué términos planteas el trato?

—Quiero que se me otorgue el perdón por todos los crímenes que haya cometido en el estado de Nueva York y que se me garantice la inmunidad, con lo cual no habrá acusación ninguna ni seré procesado por ninguno de los crímenes de que las autoridades puedan acusarme en el futuro. Quiero el perdón por escrito, y un vídeo que recoja el momento en que lo firmes. Quiero que el original de la cinta de vídeo y el escrito del perdón sean entregados al abogado que yo designe; quiero además inmunidad frente al procesamiento en un tribunal federal...

—Eso no lo puedo garantizar. No tengo autoridad para...

—Pues llama al fiscal general o a quien sea. Llama al presidente si es necesario. Esto no es negociable. No pienso dejarme cazar mediante un procesamiento federal por violación de los derechos civiles.

—Veré qué puedo hacer.

—Eso es lo único que pido. Pero conste que si no haces lo que te digo, esas mujeres van a morir. Ah, una cosa más. Quiero una garantía de que el estado de Nueva York pagará cualquier procesamiento civil si me ponen pleito las supervivientes o el marido de Patricia Cross. No pienso perder mi dinero en esto. Los costes del procurador y los abogados incluidos.

El último comentario de Lake permitió al gobernador ver a Lake tal como era. El apuesto y joven profesional urbano con el que había cenado en varias ocasiones, con el que había jugado al golf, era el disfraz de un monstruo. Colby sintió que le invadía la cólera y que sustituía al entumecimiento que había sentido desde que pudo conocer la verdadera naturaleza de Lake. Se puso de pie.

—Necesito saber de qué tiempo disponen esas mujeres para indicar al fiscal general la rapidez con que debemos actuar.

—No te lo voy a decir, Ray. De mí no vas a obtener ninguna información hasta que me hayas dado lo que acabo de pedirte. De todos modos —añadió Lake sonriendo—, te recomendaría que te dieses prisa.

3

Los coches de policía y las ambulancias avanzaban a toda velocidad por la bacheada carretera sin asfaltar; las sirenas ululaban con la esperanza de que las mujeres cautivas las oyesen y recuperasen el ánimo. En cada una de las tres ambulancias iba un equipo completo de médicos y enfermeras. El gobernador Colby y Larry Merrill viajaban en el mismo coche que el jefe O'Malley y Wayne Turner. Frank Grimsbo conducía otro coche de policía, con Nancy Gordon a su lado. En el asiento posterior iba Herb Carstairs, el abogado que Lake había solicitado. En el maletín, cerrado con llave, llevaba una cinta de vídeo en la que aparecía el gobernador Colby en el momento que firmaba el perdón, así como una copia de éste con una addenda firmada por el fiscal de los Estados Unidos. A su lado, esposado de pies y manos, iba sentado Peter Lake, que parecía indiferente a la alta velocidad de todos los vehículos.

La caravana trazó una curva al término de la cual Nancy vio la granja. Parecía desierta. El jardín delantero estaba cubierto de maleza y la pintura se desprendía de las paredes de la casa. A la derecha de ésta, cruzando una explanada polvorienta, había un deteriorado granero.

En cuanto el coche se detuvo, Nancy se apeó y echó a correr a toda velocidad. Subió de un salto las escaleras de la casa y golpeó la puerta. Tras ellas acudieron corriendo los médicos y las enfermeras. Lake había dicho que las mujeres se encontraban en el sótano. Nancy encontró la puerta del sótano y la abrió de golpe. La recibió una apestosa vaharada de orines, excrementos y cuerpos sin asear; sintió una arcada. Luego respiró hondo y gritó:

—¡Policía! ¡Están salvadas!

Comenzó a bajar las escaleras de dos en dos, pero se quedó parada en seco en cuanto vio lo que había en aquel sótano.

Nancy se sintió como si alguien le hubiese abierto un agujero en el pecho y le hubiese arrancado el corazón. Después, con el tiempo, llegaría a pensar que su reacción debió de ser muy parecida a la de los soldados que liberaron a los presos de los campos de concentración. Las ventanas del sótano estaban pintadas de negro y la única iluminación procedía de unas cuantas bombillas colgadas del techo. Una parte del sótano estaba dividida mediante tabiques de contrachapado de modo que formase seis pequeños establos. Tres estaban vacíos; todos ellos aparecían cubiertos de paja y sucios colchones. Una cámara de vídeo, emplazada en un trípode, apuntaba a cada uno de los tres establos ocupados. Además del colchón, en cada uno de ellos había un reloj de mesa, barato, así como una botella de plástico llena de agua, con una pajilla de plástico y un cuenco de comida para perros. Las botellas parecían estar vacías. Nancy acertó a ver restos de una especie de engrudo en los cuencos.

Hacia el fondo del sótano había una zona abierta en la que destacaban un colchón cubierto por una sábana y una mesa grande. Nancy no llegó a identificar todos los instrumentos que había sobre ésta, pero uno de ellos era sin lugar a dudas un hierro de marcar ganado. Se hizo a un lado para que los médicos pudieran pasar. Miró a las tres supervivientes. Estaban desnudas, con los pies encadenados a la pared por los tobillos. La cadena tenía la longitud mínima para que pudieran alcanzar la botella de agua y el cuenco de comida para perros. Las mujeres de los dos primeros establos estaban tendidas en el colchón, de costado. Diríase que sus ojos flotaban al fondo de las cuencas. Nancy vio sus costillas marcadas. Tenían cortes y magulladuras por todo el cuerpo. La mujer del tercer establo era Samantha Reardon. Estaba acurrucada contra la pared, sin expresión en el rostro, mirando fijamente a sus rescatadores.

Nancy caminó lentamente hasta el pie de la escalera. Reconoció a Ann Hazelton sólo por su melena pelirroja. Tenía las piernas pegadas al pecho, en posición fetal, y sollozaba lastimeramente. El marido de Ann había proporcionado a la policía una fotografía en la que ella aparecía en el hoyo 18 del club de golf, sonriente, con una cinta amarilla que le recogía su larga melena pelirroja.

Gloria Escalante estaba en el segundo establo. No manifestaba expresión ninguna; Nancy advirtió que lloraba cuando el médico se inclinó sobre ella para tomarle el pulso, a la vez que un policía procedía a soltarle los grilletes.

Nancy comenzó a temblar. Wayne Turner se le acercó por detrás y le apoyó las manos en los hombros.

—Venga, vamos —le dijo con dulzura—. Aquí estamos estorbando.

Nancy dejó que la guiase por las escaleras hasta salir a la luz del día. El gobernador Colby tan sólo había echado un vistazo al sótano, y acto seguido salió a respirar aire fresco. Se le había puesto la piel grisácea; estaba sentado en una de las escaleras del porche, como si no tuviese fuerzas para ponerse de pie.

Nancy miró hacia los coches y descubrió a Lake en uno de ellos. Frank Grimsbo montaba guardia ante la puerta. El abogado de Lake se había volatilizado. Nancy pasó por delante del gobernador; éste le preguntó si las mujeres estaban bien, pero ella no contestó. Wayne Turner caminaba a su lado.

—Déjalo, Nancy —le dijo—. Ya ha pasado todo.

Pero Nancy no le hizo ningún caso.

Frank Grimsbo la miraba con expectación.

—Están vivas todas —dijo Turner.

Nancy se agachó para mirar a Lake a la cara. La ventanilla estaba entreabierta para que el preso pudiera respirar en el calor sofocante. Lake se volvió hacia Nancy. Estaba tranquilo y en paz, pues sabía que muy pronto sería un hombre libre. Sonrió con afectación, devorando a la detective con la mirada, pero sin decir palabra. Si esperaba que Nancy descargase su cólera sobre él, estaba muy equivocado. No le quitaba ojo de encima, aunque lo miraba sin expresión ninguna.

—Esto no ha terminado —dijo.

Acto seguido se irguió y caminó hacia una arboleda que había junto a la casa, al otro lado del granero. De espaldas a la granja, todo lo que alcanzaba a ver era la belleza del paisaje. Se notaba el frescor de la sombra bajo las verdes copas de los árboles, el olor de la hierba y las flores silvestres. Trinó un pájaro. El horror que sintió Nancy al ver a las mujeres cautivas había desaparecido, al igual que su cólera. Sabía qué le iba a deparar el futuro, y no le dio miedo. Ninguna mujer tendría por qué temer a Peter Lake nunca más, porque Peter Lake era hombre muerto.

4

Nancy Gordon llevaba un chándal negro, había aplicado betún negro sobre las Nike blancas y llevaba el pelo corto recogido por una cinta azul marino, con lo cual era imposible verla a la tenue luz de la luna que relucía sobre Los Prados. Aparcó en una silenciosa bocacalle. Se apeó y echó a correr por un jardín trasero. Estaba muy tensa, atenta a cualquier ruido. Ladró un perro, pero las casas a uno y otro lado siguieron a oscuras.

Hasta que Peter Lake apareció en su vida, Nancy Gordon jamás había odiado a otro ser humano. Ni siquiera estaba segura de odiar a Lake, porque lo que sentía iba mucho más allá del odio. Desde el momento en que vio a aquellas mujeres en el sótano de la granja, Nancy tuvo la total certeza de que era necesario suprimir a Lake, tal como se suprime a una alimaña.

Nancy era una policía que había jurado respetar la ley. Y la respetaba, sólo que esta situación la había llevado a un punto tan lejano de la experiencia normal de los seres humanos que había terminado por pensar que las leyes cotidianas no eran en modo alguno aplicables. Nadie podría haberla hecho esperar día tras día hasta que llegase el momento de leer en un periódico la noticia de una nueva desaparición. Sabía de sobra que desde el momento en que alguien descubriese el cadáver de Lake, ella iba a ser la principal sospechosa. Podría poner a Dios por testigo de que no tenía ni la más remota intención de pasar en la cárcel el resto de su vida, pero tampoco tenía otra alternativa. Si tenían que cazarla, que así fuera; en cambio si asesinaba a Lake y lograba salir indemne, sería porque así lo habría querido Dios. Estaba dispuesta a vivir con las consecuencias de su acto, pero no así con las consecuencias de la liberación de Peter Lake.

Avanzó por la parte trasera de la mansión colonial de dos plantas en que vivía Lake, rodeando el lago artificial. Las casas vecinas estaban a oscuras; en cambio, había una luz en el cuarto de estar de Lake. Nancy observó su reloj digital: eran las tres y media de la madrugada. Él estaría durmiendo. Nancy sabía que el sistema de seguridad de la casa estaba equipado con temporizadores que accionaban las luces, y decidió apostar a que ésa era la razón de que la luz del cuarto de estar estuviese encendida.

Se agazapó y cruzó el jardín a la carrera. Llegó a la casa y se apretó contra la pared. Llevaba un calibre 38 que Ed había confiscado a un traficante de drogas dos años antes. Ed nunca informó del arma incautada, de modo que difícilmente podrían relacionarla con ella.

Nancy recorrió la pared hasta llegar a la puerta de entrada. Aquella misma noche había estudiado las fotografías tomadas cuando se procedió a levantar los cadáveres; mentalmente, hizo un plano de la casa de Peter Lake, memorizando en lo posible la disposición de los muebles. Durante la investigación había aprendido el código de la alarma, cuyo panel estaba a la derecha. Tendría que desactivarla rápidamente.

La calle estaba desierta. Nancy había tomado las llaves de Sandra Lake, que se encontraban en uno de los compartimentos en que se guardaban las pruebas, en comisaría. Introdujo la llave en la cerradura, la giró y encendió una linterna de bolsillo. Acto seguido dio media vuelta al pomo con la mano libre, respiró hondo y abrió la puerta. La alarma emitió un chirrido; enfocó la linterna sobre las teclas del panel a la vez que introducía el código. Cesó el ruido. Nancy se volvió con la pistola en la mano. Nada. Expulsó el aire que había contenido, apagó la linterna y se enderezó.

Un rápido recorrido por la planta baja confirmó las sospechas de Nancy en cuanto a las luces del cuarto de estar. Tras cerciorarse de que no había nadie abajo, se dirigió a las escaleras y comenzó a subir despacio, con la pistola por delante. La primera habitación a la izquierda era el dormitorio de Lake. Cuando llegó al rellano, descubrió que la puerta estaba cerrada. Se acercó lentamente, caminando con cuidado a pesar de que la mullida alfombra amortiguaba sus pasos. Se detuvo junto a la puerta y repasó sus movimientos: abrir la puerta sin hacer ruido, encender la luz, disparar contra Lake hasta vaciar el cargador. Respiró hondo y abrió la puerta muy despacio.

Adaptó la vista a la oscuridad. Detectó el perfil de la cama de matrimonio que dominaba la habitación. Nancy despejó el odio de su mente, así como sus demás sentimientos. Se distanció de la acción: no iba a matar a una persona, sino que iba a disparar contra un objeto. Como si fuese una práctica de tiro al blanco, nada más. Entró en silencio en la habitación, encendió la luz y apuntó.

SEXTA PARTE

El ángel vengador

CAPÍTULO XIX

—La cama estaba vacía —dijo Wayne Turner a Betsy—. Lake se había marchado. Comenzó a planear su desaparición al día siguiente de asesinar a su mujer y a su hija. Todas sus cuentas bancarias, salvo una, habían sido canceladas y varias de sus propiedades inmobiliarias vendidas con idéntica celeridad. Su abogado se encargó de la venta de su propia casa. Carstairs dijo que desconocía el paradero de Lake. Y nadie podía obligarlo a revelarlo debido al privilegio que protege las relaciones entre un abogado y su cliente. Dimos por supuesto que Carstairs tendría instrucciones precisas para remitir el dinero percibido por la venta a una cuenta de Suiza o de las islas Caimán.

—El jefe O'Malley me llamó inmediatamente —dijo el senador Colby—. Yo estaba enfermo; firmar el perdón de Lake fue, con mucho, lo más difícil que he hecho en mi vida, pero no se me ocurrió ninguna otra cosa que hacer. No podía permitir que muriesen esas mujeres. Cuando O'Malley me dijo que Lake había desaparecido, tan sólo pude pensar en las víctimas inocentes que aún podría cobrarse precisamente por mi culpa.

—¿Por qué no lo hizo público? —preguntó Betsy—. Podría haber hecho saber al mundo entero quién era Lake y qué había hecho.

—Muy pocas personas sabían que Lake era el asesino de las rosas, y según los términos del perdón estábamos obligados a guardar silencio.

—Una vez que estuvieron libres las mujeres, ¿cómo es que no lo mandó al infierno? ¿Cómo es que no hizo público lo que sabía?

Colby contempló el fuego en la chimenea. Al contestar, lo hizo con una voz hueca.

—Discutimos esa posibilidad, pero tuvimos miedo. Lake dijo que se vengaría, que mataría a más personas si rompíamos el pacto que habíamos firmado con él.

—Un anuncio público habría destruido la carrera del senador —añadió Wayne Turner—, y eso es algo que ninguno de nosotros deseaba. Sólo un puñado de personas estaba al corriente del perdón y de la culpabilidad de Lake. O'Malley, Gordon, Grimsbo, yo, el fiscal de los Estados Unidos, el fiscal general, Carstairs, Merrill y el senador. Ni siquiera se lo comunicamos al alcalde. Todos teníamos constancia del valor que desplegó Ray al firmar el perdón. Ninguno de nosotros quería que sufriese por ello, así que hicimos voto de proteger a Ray, y hasta la fecha lo hemos cumplido.

—¿Y así se olvidaron de Lake, sin más?

—Nunca lo hemos olvidado, señora Tannenbaum —dijo Colby—. Yo en concreto aproveché mis contactos en la policía de Albany y en el FBI para dar comienzo a la caza de Lake. Nancy Gordon dedicó su vida a rastrear su pista. Pero era demasiado inteligente para nosotros.

—Ahora que ha tenido conocimiento del perdón, ¿qué es lo que piensa hacer? —le preguntó Turner.

—No lo sé, francamente.

—Si el perdón y estos nuevos asesinatos pasaran a ser de dominio público, la confirmación en el cargo del senador Colby sería inviable. Perdería el apoyo de los conservadores más acérrimos que forman parte del Comité Judicial; los liberales, por su parte, lo crucificarían. Una noticia como ésta sería la respuesta que esperan por sus oraciones.

—Me doy perfecta cuenta.

—Además, hacerlo de dominio público es algo que tampoco servirá de ayuda a su cliente.

—Wayne —dijo Colby—, la señora Tannenbaum tendrá que decidir por sí sola. Ella sabrá qué es lo que va a hacer con toda la información que obra en su poder; nosotros no podemos presionarla. Tal como están las cosas, bastante tiene con la presión a que está sometida. Sin embargo —añadió volviéndose hacia Betsy—, sí he de hacerle una pregunta. Tengo la impresión de que ya había deducido usted la existencia del perdón otorgado.

—Eso es cierto. Me pregunté cómo pudo largarse Lake de Hunter's Point con las manos limpias. La única respuesta que pude encontrar fue la del perdón, y sólo el gobernador del estado de Nueva York estaba en condiciones de concederlo. Usted pudo mantener el perdón en secreto, pero los integrantes de la unidad especial sí tenían que conocer su existencia, y fueron precisamente ellos los que obtuvieron la debida recompensa por su fidelidad. Era la única respuesta que encajaba en todos los sentidos.

—Lake no sabe que usted ha venido a verme, ¿verdad?

—No —respondió Betsy después de titubear un instante.

—Y usted tampoco le ha pedido que confirme sus suposiciones, ¿no es así?

Betsy negó con la cabeza.

—¿Recuerda usted el conflicto de emociones que lo embargaron cuando Lake le pidió que le otorgase el perdón? Pues imagínese cómo me siento ahora, senador. Soy una abogada francamente buena; tengo conocimientos y capacidad suficiente para conseguir que mi cliente quede en libertad. Él mantiene contra viento y marea su inocencia, pero mi investigación me ha llevado a descubrir pruebas que razonablemente permiten poner en duda su palabra. Hasta hoy mismo no tenía total certeza de que Martin me estuviese mintiendo. No deseaba enfrentarme a él hasta conocer a fondo la verdad.

—Y ahora que la conoce, ¿qué es lo que va a hacer?

—Todavía no lo he pensado. Si fuese un caso de otra índole, me importaría un comino; me limitaría a cumplir con mi trabajo y a defender a mi cliente. Pero en este caso las cosas no son así de fáciles. Esto es...

Betsy hizo una pausa; ¿qué podía decir que los presentes en la sala no conociesen de antemano?

—No siento ninguna envidia por usted, señora Tannenbaum —dijo el senador—. De veras sigo pensando que obré como debía, porque no tenía posibilidad de elección. Ésa es la única razón por la que he sido capaz de convivir con lo que hice, aun cuando ni por un instante he dejado de arrepentirme de ello. Usted todavía puede alejarse de Lake.

—En ese caso, estaría incumpliendo mis responsabilidades, ¿no lo cree?

—Responsabilidades, sí —repitió Colby—. ¿Por qué nos empeñamos en asumirlas? ¿Por qué nos cargamos con el peso de una serie de problemas que terminarán por hacernos pedazos? Cada vez que pienso en Lake, desearía no haberme dedicado jamás a la política. Pero entonces pienso también en algunas de las buenas obras que he sido capaz de hacer. —Él guardó silencio un momento, al cabo del cual se puso de pie y tendió la mano a Betsy—. Ha sido un placer conocerla, señora Tannenbaum. Lo digo de veras.

—Gracias por su sinceridad y por su acogida, senador.

—Wayne podrá llevarla de vuelta a su hotel.

Wayne Turner siguió a Betsy al salir ésta de la sala. Colby se hundió de nuevo en su sillón. Se sentía viejo, desgastado. Quiso quedarse para siempre ante el fuego de la chimenea, olvidar todo aquello de lo que acababa de hablar. Pensó en las responsabilidades que tenía ella en tanto integrante del género humano. ¿Cómo podría convivir consigo misma si Lake fuese absuelto? Le obsesionaría durante el resto de sus días, tal como lo obsesionaba a él.

Colby se preguntó si el perdón por fin se haría público. De ser así, su vida pública habría tocado a su fin. El presidente retiraría su nominación y él jamás saldría reelegido. Por extraño que fuera, no le preocupaba esa posibilidad. No tenía ningún control sobre Betsy Tannenbaum. Su destino dependía íntegramente de las decisiones que ella quisiera tomar.

CAPÍTULO XX

I

—¿Doctor Simon Reardon?

—Sí, dígame.

—Me llamo Reginald Stewart; soy detective privado. Trabajo para Betsy Tannenbaum, una abogada de Portland, estado de Oregón.

—No conozco a nadie en Portland.

El doctor Reardon parecía molesto. Stewart pensó que había detectado en él un remoto acento británico.

—Se trata de Hunter's Point y de su ex mujer, doctor Reardon. De hecho, lo llamo desde Hunter's Point. Confío que pueda concederme unos minutos para explicarle de qué se trata.

—No tengo ningún interés en hablar de Samantha.

—Por favor, escuche lo que tengo que decirle. ¿Recuerda usted a Peter Lake?

—Señor Stewart, de aquellos tiempos no hay nada que se pueda olvidar.

—Hace poco tiempo que en Portland fueron secuestradas tres mujeres. En cada uno de sus domicilios apareció una rosa negra y una nota que decía «Para siempre en el recuerdo». Recientemente se descubrieron los cadáveres de las tres, enterrados en un solar que es propiedad de Peter Lake. Ha sido acusado de los tres homicidios.

—Pensé que la policía de Hunter's Point había localizado al asesino. ¿No era un repartidor, un retrasado mental o algo así? ¿No era un delincuente con antecedentes por delitos sexuales?

—El fiscal de distrito del condado de Multnomah piensa que la policía de Hunter's Point cometió un error. Estoy tratando de hallar a las supervivientes de aquellos hechos. Ann Hazelton ha muerto; Gloria Escalante no quiere de ninguna manera hablar conmigo. La señora Reardon es mi última esperanza.

—Hace ya algunos años que no es mi esposa —dijo el médico con evidente desagrado—, y no tengo ni idea de dónde puede localizar usted a Samantha. Me trasladé a Minneapolis para alejarme de ella; hace mucho tiempo que no cruzamos palabra. Lo último que supe de ella fue que seguía viviendo en Hunter's Point.

—¿Están divorciados?

Reardon rió ásperamente.

—Señor Stewart, fue mucho más que un simple divorcio. Samantha intentó matarme.

—¿Qué?

—Está enferma. Yo en su lugar no perdería el tiempo; es imposible fiarse de cualquier cosa que ella diga.

—Todo esto... ¿fue consecuencia del secuestro?

—No cabe duda de que las torturas y el cautiverio tuvieron que contribuir a ello, pero mi esposa siempre fue una mujer desequilibrada. Por desgracia, estaba tan enamorado de ella que no me di cuenta hasta después de casarnos. No hacía otra cosa que racionalizar sus actos y disculparla... —Reardon respiró hondo—. Lo lamento. Sigue produciéndome este efecto, incluso después de todos estos años.

—Doctor Reardon, no desearía que se sintiera incómodo, pero Lake se enfrenta a una posible pena de muerte y necesito saber cuanto pueda sobre los hechos de Hunter's Point.

—¿Y no está la policía en condiciones de decirle lo que usted tiene tanto interés en conocer?

—No, señor. Los archivos del caso no aparecen por ninguna parte.

—Qué extraño.

—Sí, sí que lo es. Créame, si dispusiera de esos archivos no habría venido. Estoy seguro de que resulta doloroso que un desconocido como yo venga a hurgar en ese período de su vida. Nuestro fiscal de distrito tiene la mosca en la oreja respecto al tal Lake, cuando éste al igual que usted, no fue más que una víctima. Así que necesita su ayuda.

Reardon suspiró.

—Muy bien, adelante. Haga las preguntas que desee.

—Gracias, señor. ¿Puede decirme algo acerca de la señora Reardon, o como se haga llamar en la actualidad?

—No sé cómo se hace llamar. Aún se hacía llamar Reardon cuando yo me marché de Hunter's Point.

—¿Cuándo fue eso?

—Hace unos ocho años. En cuanto obtuve la sentencia de divorcio.

—¿Qué ocurrió entre su esposa y usted?

—Ella era enfermera de cirugía en el Hospital Universitario. Era una mujer muy hermosa, muy... sensual, sí. Era buena en casi todo, pero el sexo se le daba mejor que nada en el mundo —dijo Reardon con amargura—. Me quedé tan atrapado en su cuerpo que no me pude dar cuenta de todo lo que estaba ocurriendo a mi alrededor. El problema más obvio era su tendencia al robo. La detuvieron en dos ocasiones por hurtar en las tiendas. Nuestro abogado consiguió que los casos no llegaran a los tribunales, y me encargué de indemnizar a los afectados. Pero ella carecía por completo de remordimientos. Consideraba aquellos incidentes como si fuesen cosa de chiste, al menos en cuanto estuvo libre de culpa. Luego hay que hablar de los gastos. Yo ganaba mucho dinero, pero estábamos metidos hasta las orejas en créditos y deudas. Me secó todas las cuentas de ahorro, sobrecargó hasta los límites nuestras tarjetas de crédito. Me llegaba el agua al cuello, y tuvieron que pasar cuatro años después del divorcio hasta que volví a hacer pie. Y con ella era imposible razonar. Le enseñé las cuentas, tracé un presupuesto que se comprometió a respetar. Pero en cuanto nos metíamos en la cama, y ella se encargaba de que fuera cada dos por tres, me olvidaba de todo lo que le había dicho; si no, armaba un jaleo del demonio o me impedía entrar en su dormitorio. Fueron los tres peores años que he pasado en mi vida.

»Entonces fue secuestrada y torturada, y su situación empeoró. La frágil cadena que hasta entonces la mantuvo anclada en la realidad se partió definitivamente mientras estuvo apresada. Ni siquiera podría describirle cómo se comportaba después. Estuvo hospitalizada durante casi un año entero. Rara vez decía nada; no dejaba que un hombre se le acercase. Tendría que haberme dado cuenta de lo que estaba pasando, pero cuando volvió a casa después de su liberación, me sentí culpable por lo ocurrido. Sé que difícilmente podría haberla protegido; yo estaba en el hospital cuando fue secuestrada, pero así y todo uno se da cuenta de...

—Suele ser muy común... me refiero a ese sentimiento.

—Sí, lo sé. Pero saber algo en términos intelectuales y dirimir ese conocimiento de manera emocional son dos cosas radicalmente distintas. Ojalá hubiese estado más preparado.

—¿Qué ocurrió después que ella volviese a casa?

—De ninguna manera quiso compartir dormitorio conmigo. Cuando yo estaba en casa, ella se encerraba en su habitación. No tengo ni idea de lo que hacía mientras yo estaba en el trabajo. Cada vez que hablaba ponía de manifiesto una conducta claramente irracional. Insistía en que el hombre que la había secuestrado seguía estando en libertad. Le mostré los artículos de los periódicos acerca del arresto de Waters y del tiroteo en que concluyó, pero ella decía que ése no era el hombre. Quiso una pistola, adujo que necesitaba estar protegida. Yo me negué en redondo, por supuesto. Comenzó a acusarme de haber tramado una conspiración con la policía. Entonces intentó matarme. Una tarde, al volver yo del hospital, me apuñaló con un cuchillo de cocina. Por fortuna, había ido a casa con un colega. A él también lo hirió, pero él consiguió asestarle un golpe y dejarla medio inconsciente. Entre los dos logramos reducirla. Samantha se retorcía y chillaba incluso cuando la hubimos inmovilizado... Decía que yo intentaba matarla. Para mí fue algo muy duro. Tuve que ingresarla en un sanatorio psiquiátrico. Y entonces fue cuando decidí poner fin a nuestra vida en común.

—No lo culpo por ello. A mi entender, fue usted mucho más allá de su deber de esposo.

—Desde luego que sí. Pero sigo sintiéndome mal por haberla abandonado, aun cuando de sobra sé que no tuve elección.

—Me ha dicho que la ingresó en un sanatorio psiquiátrico. ¿Podría decirme en cuál?

—En St. Jude. Se trata de un hospital psiquiátrico privado, cercano a Hunter's Point. Me trasladé a otra ciudad y corté con ella por lo sano; no tuvimos ningún tipo de contacto desde entonces. Sé que estuvo internada durante algunos años, pero creo que finalmente fue dada de alta.

—¿Intentó Samantha ponerse en contacto con usted después de su liberación?

—No. Me aterraba esa posibilidad, pero no llegó a producirse.

—¿No tendrá usted por casualidad una fotografía de ella? No apareció ninguna en los periódicos.

—Cuando me vine a Minnesota me deshice de todas. Tiré todo lo que pudiera recordármela.

—Gracias por atenderme, doctor. Probaré suerte en St. Jude. Quizás allí sepan algo de su ex mujer, quizá tengan noticias recientes de ella.

—Una cosa más, señor Stewart. Si encuentra a Samantha, por favor no le diga que ha hablado conmigo, ni le diga tampoco dónde estoy.

2

Randy Highsmith fue directamente del aeropuerto a la oficina del fiscal de distrito. Había empezado a sentir los efectos del *jet lag* y poco le habría importado irse a casa, pero sabía cuántas ganas tenía Page de saber qué era lo que había averiguado en Hunter's Point.

—No son buenas noticias, Al —dijo Highsmith en cuanto estuvieron a solas—. He llegado a todas partes un día después que el investigador de Darius; me temo que sabe todo lo que sabemos nosotros.

—¿Y de qué se trata?

—Nancy Gordon no fue totalmente sincera contigo. Frank Grimsbo y Wayne Turner me dijeron que sólo Gordon llegó a considerar a Lake como serio sospechoso. Terminó por obsesionarse con él y nunca admitió que Waters fuese el asesino de las rosas, pero todos los demás sí que lo pensaron. Pero hay algo más. Tampoco nos dijo que tres de las mujeres secuestradas en Hunter's Point no murieron. Hazelton, Escalante y Reardon fueron halladas con vida en una vieja granja. Hazelton ha muerto, no he localizado a Reardon y Escalante nunca llegó a ver la cara del individuo que la raptó.

—Entonces, ¿por qué me hizo pensar que todas las mujeres de Hunter's Point habían sido asesinadas?

—No tengo ni idea. Lo único que sé es que nuestra acusación contra Martin Darius empieza a ser una mierda delicada.

—No tiene ningún sentido —dijo Page, hablando más para sí mismo que para Page—. Waters ha muerto. Si él fuese el asesino de las rosas, ¿quién mató a las mujeres cuyos cadáveres encontramos en el solar? Tuvo que ser alguien que conociese todos los detalles del caso de Hunter's Point como sólo la policía llegó a conocerlos. Esa descripción sólo es válida para una persona: Martin Darius.

—Al, hay otra persona que encaja en esa descripción —dijo Highsmith.

—¿Quién?

—Nancy Gordon.

—¿Estás loco? Pero si es policía...

—¿Y si fuese ella la que está loca? ¿Y si lo hubiese hecho para tenderle una trampa a Darius y cargarle el mochuelo? Piénsalo. ¿Habrías considerado sospechoso a Darius si ella no te hubiese dicho que era Lake?

—Te olvidas de la carta anónima en la que se le comunicó que el asesino estaba en Portland.

—¿Podríamos tener la seguridad de que no la escribió ella misma?

—No me lo creo.

—Bien, pues te lo creas o no, una cosa sí está clara: la acusación se nos está deshaciendo entre los dedos. Además, hay un nuevo inconveniente. Aproximadamente un mes antes de que en Portland se produjese la primera desaparición, un detective privado llamado Samuel Oberhurst había empezado a investigar los asesinatos de Hunter's Point.

—¿Quién le encargó la investigación? ¿A quién representa?

—No le dijo a nadie por qué estaba investigando, pero pienso preguntárselo. Tengo su número de teléfono y espero conseguir la dirección por medio de la compañía de teléfonos.

—¿No ha habido suerte con los archivos?

—Para nada.

Page cerró los ojos y apoyó la cabeza contra el respaldo de la silla.

—Voy a parecer un perfecto idiota, Randy. Tendremos que renunciar al procesamiento. Debería haberos hecho caso a ti y a Ross. Nunca tuvimos nada de nada; todo esto no son más que suposiciones mías.

—No te des aún por vencido, Al. Este detective privado podría saber alguna cosa.

Page negó con la cabeza. Había envejecido desde el divorcio y ya no tenía la energía de otro tiempo. Durante una breve temporada este caso le había recargado las pilas, pero Darius se le estaba yendo de las manos y bien pronto sería el hazmerreír de todos los abogados del país.

—No, Randy. Este caso lo vamos a perder, me doy perfecta cuenta. Lo único que teníamos era a Gordon, y ahora da la impresión de que ni eso.

3

—Hola, mamá —dijo Betsy, y luego de dejar el maletín abrazó a Rita Cohen.

—¿Qué tal el vuelo? ¿Has comido algo?

—El vuelo ha sido estupendo; he comido en el avión.

—Pues entonces es como si no hubieras comido. Te prepararé algo.

—Gracias, pero no tengo hambre —dijo Betsy al colgar el abrigo—. ¿Qué tal Kathy?

—Así, así. Rick se la llevó el sábado al cine.

—¿Qué tal está? —dijo Betsy con la esperanza de que su pregunta no pareciera demasiada interesada.

—El muy desvergonzado ni siquiera se atrevió a mirarme a los ojos en todo el tiempo que estuvo aquí. Se moría de ganas de marcharse.

—No estarías brusca con él, ¿no?

—Vaya, no pasó conmigo el mejor rato del día —contestó Rita. Luego sacudió la cabeza—. Pobrecita niña. Kathy estaba muy ilusionada cuando se marchó con él, pero al regresar parecía muy triste. Anduvo cabizbaja y casi ni probó la cena.

—¿Pasó alguna cosa más mientras estuve fuera? —preguntó Betsy con la esperanza de que hubiese alguna buena noticia.

—El domingo por la tarde vino un rato Nora Sloane —respondió Rita con una sonrisa maliciosa—. Se lo conté todo.

—¿Qué te preguntó?

—De todo. Sobre tu niñez, tus casos... Estuvo muy atenta con Kathy.

—Parece una mujer muy agradable. Confío en que le salga un buen artículo, porque está trabajando muy duro. De veras.

—Ah, antes de que se me olvide, cuando vayas a la escuela habla con la señora Kramer. Kathy tuvo una pelea con otra niña, y por lo visto se ha portado mal en clase.

—Pasaré a verla esta misma tarde —dijo Betsy, notoriamente preocupada. Por lo común, Kathy era un ángel en la escuela. No hacía falta ser Sigmund Freud para darse cuenta de lo que estaba ocurriendo.

—Anímate —le dijo Rita—. Es una niña estupenda, sólo que está pasando una mala racha. Mira, te queda una hora antes de ir a recogerla. Toma un poco de tarta; te preparo una taza de descafeinado y me cuentas tu viaje.

—De acuerdo. Supongo que sí, que tengo hambre. Prepáralo tú; yo me quiero cambiar.

—Así me gusta oírte hablar —dijo Rita sonriendo—. Ah, para tu información, Kathy ganó la pelea. Me lo dijo ella misma.

CAPÍTULO XXI

Cuando Betsy Tannenbaum era pequeña nunca se dormía hasta que su madre le garantizaba que no había monstruos en el armario ni debajo de la cama. Fue una etapa que se le pasó rápido. Betsy dejó de creer en los monstruos. Luego conoció a Martin Darius. Lo que daba a Darius un aire tan aterrador era su absoluta disimilitud con las deformidades de grandes fauces, abiertas de par en par, que la acechaban en las zonas oscuras de su habitación. Si se entregasen a cien individuos las fotografías de las autopsias, ninguno de ellos podría creer que el caballero elegantemente vestido que se hallaba a la entrada del despacho de Betsy era capaz de cortarle los pezones a Wendy Reiser o de utilizar un hierro de marcar ganado para torturar a Victoria Miller. Aun a sabiendas de lo que sabía, Betsy tuvo que obligarse a realizar mentalmente esa conexión. Lo cierto es que Betsy lo sabía, y el resplandeciente sol del invierno no bastó para evitar que se sintiera tan aterrorizada como aquella niña pequeña que creía que los monstruos la acechaban en la oscuridad.

—Siéntese, señor Darius —dijo Betsy.

—Veo que ha dejado de llamarme Martin. Entonces debe de tratarse de un asunto muy serio.

Betsy no sonrió. Darius le dirigió una mirada burlona pero tomó asiento sin hacer más comentarios.

—Renuncio a ser su abogada.

—Pensé que habíamos convenido que sólo haría eso si creyese firmemente que soy culpable de haber asesinado a Farrar, Reiser y Miller.

—Creo firmemente que usted las mató. Sé todo lo que hay que saber respecto de Hunter's Point.

—¿Todo? ¿Qué es todo?

—He pasado el fin de semana en Washington, D. C. hablando con el senador Colby.

Darius asintió con gesto de apreciación.

—Impresionante, desde luego. Ha sido usted capaz de desenmarañar todo el asunto de Hunter's Point en un visto y no visto.

—Me importan un pimiento sus adulaciones, Darius. Me ha estado mintiendo desde el primer día. Hay algunos abogados a los que no les importa a quién tengan que defender en tanto la minuta sea suficientemente elevada. Pero yo no soy de esa clase. Cuando contacte con su nuevo abogado, dígale que me llame para que le haga entrega de su archivo. No quiero ver en mi despacho nada que me recuerde a usted.

—Hay que ver cómo se pone. Parece muy segura de saberlo todo, ¿no es así?

—Sé lo suficiente para no creer en nada de lo que pueda decirme.

—Me siento un poco decepcionado, Tannenbaum. Ha conseguido recorrer buena parte del laberinto con auténtica brillantez, y de repente se pone usted unas orejeras precisamente cuando llega a la parte que requiere una auténtica solución.

—¿De qué me está hablando?

—Le estoy hablando de tener fe en su cliente. Le estoy hablando de no dejar en la estacada a una persona que necesita desesperadamente su ayuda. Soy inocente de las muertes de Reiser, Farrar y Miller. Si no demuestra usted que soy inocente, el auténtico asesino se va a salir con la suya; se va a ir con las manos limpias, igual que hice yo en Hunter's Point.

—¿Reconoce su culpabilidad en las atrocidades de Hunter's Point?

Darius se encogió de hombros.

—¿Cómo podría negarlo, ahora que ya ha hablado con Colby?

—¿Cómo fue capaz de hacer semejante cosa? Ni siquiera los animales tratan así a los otros animales.

Darius parecía sorprendido.

—¿Acaso siente fascinación por mí, Tannenbaum?

—No, señor Darius; lo que siento por usted es repugnancia.

—Entonces ¿por qué me está interrogando acerca de Hunter's Point?

—Quiero saber por qué llegó usted a pensar que tenía el derecho de entrometerse en la vida de otras personas y convertir en un infierno el resto de los días que les quedaran en la tierra. Quiero entender cómo pudo usted destruir las vidas de aquellas mujeres con semejante despreocupación.

Darius dejó de sonreír.

—No hubo despreocupación en lo que hice.

—Lo que no consigo entender es cómo funciona una mente como la suya, o como la de Speck, o como la de Bundy. ¿Qué hizo que se sintiese mal consigo mismo hasta el punto de que sólo pudo seguir adelante deshumanizando a aquellas mujeres?

—No me compare con Bundy ni con Speck, Tannenbaum. Ellos fueron dos patéticos fracasados, con personalidades absolutamente inadaptadas. Yo era un abogado de éxito en Hunter's Point, igual que aquí soy un empresario de éxito.

—Entonces ¿por qué lo hizo?

Darius titubeó. Parecía sumido en un debate consigo mismo.

—¿Sigue amparándome el privilegio de las relaciones entre un abogado y su cliente? —Betsy asintió—. ¿Todo lo que pueda decirle quedará entre nosotros? —Betsy asintió de nuevo—. Se lo pregunto porque en el fondo me apetece decírselo. Tiene usted una inteligencia muy superior a la media, y además parte de un punto de vista femenino. Sus reacciones me resultarán sumamente informativas.

Betsy se dio cuenta de que debía echar a patadas a aquel hombre de su despacho y de su vida, pero la fascinación que sentía por él paralizó su intelecto. Como permaneció en silencio, Darius se retrepó en su sillón.

—Lo que hice fue llevar a cabo un experimento, Tannenbaum. Deseaba saber qué se siente siendo Dios. No recuerdo en qué momento germinó exactamente la idea del experimento; sí recuerdo un viaje que hice con Sandy a Barbados. Tumbado en la playa, al sol, estuve pensando en lo perfecta que era mi vida. Para empezar, tenía un trabajo excelente, que me proporcionaba más ingresos de lo que jamás había soñado, y además tenía a Sandy, todavía sexy hasta decir basta, incluso después de traer al mundo a mi adorable Melody. Tenía a mi Sandy, tan deseosa de complacerme, tan descerebrada. Me casé con ella por su cuerpazo, y nunca se me ocurrió levantar la capota y ver qué tenía dentro hasta que ya era demasiado tarde.

—Darius meneó la cabeza con un gesto melancólico—. La perfección es aburrida, Tannenbaum. Hacer el amor con la misma mujer, un día tras otro, sin importar lo hermosa y lo hábil que pueda ser, es igual de aburrido. Siempre he tenido una intensa vida interior, abundantes fantasías, así que un buen día me pregunté qué sentiría si el mundo de mis fantasías se convirtiese en realidad. ¿Cambiaría algo mi vida? ¿Podría descubrir lo que estaba buscando? Decidí averiguar qué sucedería si mis fantasías cobraban vida de pronto.

»Me costó varios meses encontrar la granja. No podía fiarme de ningún empleado, así que yo mismo construí los establos. Después seleccioné a las mujeres; debían ser mujeres de probada inutilidad, mujeres que vivían de sus maridos como parásitos, mujeres hermosas, mimadas, de las que utilizan su belleza para engatusar a los hombres y para que éstos se casen con ellas, mujeres que después le chupan a uno la riqueza, el respeto y la confianza en sí mismo. Esas mujeres nacieron de nuevo en mis mazmorras. El establo que les adjudiqué a cada una se convirtió en su mundo, y yo me convertí en su sol, su luna, su viento, su lluvia.

Betsy recordó la descripción de las mujeres que había hecho Colby. Recordó sus ojos hundidos, sus costillas marcadas. Recordó la mirada vacía, la inexpresividad de las mujeres muertas en las fotografías.

—Reconozco que fui cruel con ellas —continuó Darius—, pero estaba obligado a deshumanizarlas por completo, para que me fuese posible modelarlas de acuerdo con la imagen que quería crear. Cuando me presentaba ante ellas llevaba puesta una máscara, y a ellas les hacía llevar máscaras de cuero sin agujeros para los ojos. Una vez por semana les facilitaba sus alimentos, racionados mediante un cálculo científico para mantenerlas al borde de la inanición. Limité incluso las horas de sueño que les concedía. ¿No mencionó Colby los relojes y las cámaras de vídeo? ¿No se preguntó usted qué utilidad tendrían? Fue el toque final, la coronación de mi obra. Recuerde que yo tenía mujer e hija, un trabajo que atender, de manera que sólo podía estar con mis súbditas unas pocas horas por semana, si bien quería tener total control sobre ellas, estar siempre presente, incluso cuando no iba a visitarlas. Por eso programé las cámaras de vídeo para que funcionasen cuando yo no estaba con ellas. Por un monitor les daba órdenes que debían cumplir. Cada hora, de acuerdo con un horario establecido de antemano, debían hacer una reverencia ante la cámara y realizar los actos que yo les indicase, trucos propios de un perro bien enseñado: dar vueltas por el suelo, ponerse a cuatro patas, masturbarse. Tenían que hacer todo lo que yo ordenase. Luego, revisaba las cintas y castigaba con severidad cualquier desviación de mis normas.

Darius hablaba con la mirada perdida en una escena que ninguna persona en su sano juicio podría imaginar. Betsy tuvo la sensación de que si se movía se rompería en pedazos como una muñeca de porcelana.

—Las transformé por completo; dejaron de ser vacas exigentes y se convirtieron en obedientes cachorritos. Eran completamente mías. Yo mismo las bañaba. Comían como los perros, de un cuenco para perros. Tenían prohibido hablar a menos que yo les dijese que lo hicieran, y sólo les permitía dirigirse a mí para rogarme que las castigara y agradecerme el dolor que yo les producía. Al final, hacían cualquier cosa con tal de evitar el sufrimiento. Suplicaban beberse mis meadas, me besaban las botas cuando se lo permitía.

Darius tenía tan tensa la cara que Betsy pensó que fácilmente podría desgarrársele la piel. Una oleada de náuseas le invadió la boca del estómago.

—Algunas de ellas se resistían, pero pronto terminaron por entender que no es posible negociar nada con un dios. Otras en cambio obedecían de inmediato. Por ejemplo, Cross. Nunca supuso para mí el menor reto. Era una vaca absoluta. Tan dócil y tan carente de imaginación como un pedazo de arcilla. Por eso la escogí para mi sacrificio.

Antes de que Darius comenzara a hablar, Betsy dio por supuesto que no podría decir nada que ella no fuese capaz de tolerar, pero de pronto no quiso oír ni una palabra más.

—¿Le dio alguna paz su experimento? —preguntó Betsy para que Darius dejara de hablarle de las mujeres. Tenía la respiración entrecortada y sentía un leve mareo. Darius salió del trance como por arte de magia.

—El experimento me proporcionó el placer más exquisito que se pueda sentir, Tannenbaum. Los momentos que compartí con aquellas mujeres fueron los mejores de mi vida. Pero Sandy encontró la nota, y todo terminó. Había que ponerle fin, porque corría el riesgo de que me capturasen. Por fin me capturaron, pero en seguida quedé libre, y aquella sensación de libertad fue lo más exultante que he sentido jamás.

—¿Cuándo repitió de nuevo el experimento, Martin?

—Nunca. Quise repetirlo, pero uno aprende por experiencia propia. Había tenido suerte en una ocasión, y no estaba dispuesto a arriesgarme a que me sentenciasen a cadena perpetua o a incluso a la pena capital.

Betsy miró a Darius fijamente, con desprecio.

—Quiero que salga ahora mismo de mi despacho. No quiero verlo nunca más.

—No puede dejarme así, Tannenbaum. La necesito.

—Contrate a Óscar Montoya o a Matthew Reynolds.

—Óscar Montoya o Matthew Reynolds son buenos abogados, pero tienen el pequeño defecto de no ser mujeres. Me juego el pellejo a que ningún jurado podría creer que una feminista tan ardiente como usted sería capaz de defender a un hombre que tratase a una mujer tal y como el asesino trató a Reiser, a Farrar y a Miller. Si la cosa se pone tan fea como parece que va a ponerse, es usted mi única esperanza.

—En ese supuesto, acaba de perder usted su única esperanza, Darius. Es usted el individuo más vil que he conocido en mi vida. Ni sueñe con que voy a defenderlo. Le repito que no quiero verlo nunca más.

—Está renegando del trato que hicimos. Ya le he dicho que yo no he matado a Farrar, a Reiser ni a Vicky Miller. Alguien me está tendiendo una trampa mortal. Si me condenan, este caso quedará cerrado y usted será la responsable de que el asesino acabe con la vida de una nueva víctima, y luego de la siguiente.

—¿De veras piensa que voy a creerle después de lo que me acaba de decir, después de todas sus mentiras?

—Escuche, Tannenbaum —dijo Darius. Apoyó los codos sobre la mesa y atravesó a Betsy con una penetrante mirada—. Yo no he matado a esas mujeres. Alguien quiere que me declaren culpable, y estoy bastante seguro de quién puede ser.

—¿Quién?

—Sólo Nancy Gordon sabe lo suficiente de este caso como para tenderme semejante trampa. Vicky, o Reiser, esas mujeres jamás habrían sospechado nada de ella. Es una mujer, al fin y al cabo. Les habrá enseñado su placa. Cualquiera de ellas pudo dejarla entrar en su casa con toda facilidad. Por eso no había señales de violencia en ninguno de los lugares del crimen. Probablemente se fueron con ella de buen grado, probablemente no se dieron cuenta de lo que estaba ocurriendo hasta que ya era demasiado tarde.

—Ninguna mujer sería capaz de hacer lo que usted hizo.

—No sea ingenua. Gordon ha estado obsesionada conmigo desde los tiempos de Hunter's Point. Lo más probable es que esté loca.

Betsy recordó lo que había podido saber acerca de Nancy Gordon. Aquella mujer había intentado asesinar a Darius en Hunter's Point. Había dedicado su vida en cuerpo y alma a localizarlo. Ahora bien, ¿tenderle una trampa de semejante forma? A juzgar por lo que sabía Betsy, Gordon se habría plantado delante de Darius y le habría disparado a quemarropa.

—No me lo trago.

—Usted sabe que Vicky se marchó del motel Hacienda a las dos y media. Yo estuve con Rusell Miller y con algunas personas más en la agencia de publicidad casi hasta las cinco.

—¿Quién puede servirle de coartada después de que saliera de la agencia de publicidad?

—Por desgracia, nadie.

—No pienso hacerlo. Usted representa todo lo que para mí es motivo de repulsión. Aun cuando no haya matado a las mujeres de Portland, sí cometió aquellos crímenes inhumanos en Hunter's Point.

—Y usted será la única responsable del asesinato de la siguiente víctima en Portland. Piénselo, Tannenbaum. Ahora mismo no hay acusaciones contra mí. Eso quiere decir que tendrá que morir otra mujer más para que el estado disponga de las pruebas necesarias para reabrir mi procesamiento.

Esa noche, Kathy se apretó contra Betsy, sentadas las dos en el sofá, aunque con la atención puesta en los dibujos animados.

Betsy besó a su hija en la cabeza y se preguntó cómo era posible que existiera esa pacífica escena en la misma realidad en la que unas mujeres, acurrucadas en la oscuridad, esperaban a que un torturador les infligiese un dolor insoportable. ¿Cómo era posible que se reuniese con un hombre como Martin Darius en su trabajo y que viese los dibujos de Walt Disney con su hija, en casa, sin perder la cordura? ¿Cómo había podido Peter Lake pasar una mañana siendo el dios del horror en una fantasía truculenta y perversa, y jugar por la tarde con su hija pequeña?

Betsy ansió que no existiese más que una sola realidad; una realidad en la que Rick y ella estuviesen viendo los dibujos de Walt Disney, con Kathy hecha un ovillo entre los dos, la realidad que pensó que era real antes de que Rick la abandonase y antes de que conociese a Martin Darius.

Betsy siempre había sido capaz de separar su vida doméstica de su vida laboral. Antes de Darius, sus clientes habían sido más patéticos que aterradores. Había defendido a ladronzuelos, a gente que había conducido en estado de embriaguez, a carteristas y a delincuentes juveniles. Seguía teniendo amistad con las dos mujeres a las que había salvado de la acusación de homicidio. Incluso cuando se llevaba trabajo a casa, ese trabajo era algo que sólo estaría pasajeramente allí. En cambio, Darius se le había metido en el alma. La había transformado. Betsy había dejado de creer que estaba sana y salva. Y lo peor de todo era que sabía que Kathy tampoco lo estaba.

CAPÍTULO XXII

I

St. Jude parecía por fuera más un colegio privado de carácter elitista que un sanatorio psiquiátrico. Lo circundaba un alto muro recubierto de hiedra que se perdía en el bosque. El edificio de la administración, que había sido en tiempos la residencia del millonario Alvin Piercy, era de ladrillo rojo, con ventanales retranqueados y arcos de estilo gótico. Piercy, un fervoroso católico, había muerto soltero en 1916, y había legado su fortuna a la Iglesia. En 1923, la mansión fue reconvertida como casa de retiro para sacerdotes necesitados de consejos y meditación. En 1953 se construyó detrás de la casa un pequeño sanatorio psiquiátrico que con el tiempo llegaría a ocupar el otro edificio. Desde la verja, Reggie Stewart veía el edificio de la administración entre las gráciles ramas de unos cuantos árboles cubiertos de nieve y esparcidos por el prado. En otoño, el jardín se convertiría en una alfombra de tonos verdes, y las ramas de los árboles estarían cargadas de hojas rojo y oro.

El despacho de la doctora Margaret Flint estaba al final de un largo corredor, en la segunda planta. La ventana daba al bosque. La doctora Flint era una mujer de rasgos pronunciados, caballunos, con una melena gris que le llegaba a los hombros.

—Gracias por atenderme —dijo Stewart.

La doctora Flint respondió con una sonrisa que suavizó en parte sus rasgos. Estrechó con firmeza la mano de Stewart y le señaló uno de los dos sillones que había en el despacho, separados por una mesa baja.

—Muchas veces me he preguntado qué habrá sido de Samantha Reardon. El suyo era un caso insólito. Por desgracia, cuando fue dada de alta y recuperó la libertad no se hizo ningún seguimiento.

—¿Por qué?

—Su marido se negó a pagar ni un dólar más después de que se divorciasen, y ella no tenía cobertura sanitaria de ningún tipo. En cualquier caso, dudo mucho que Samantha me hubiese permitido interesarme por sus asuntos después de recuperar la libertad. Aborrecía todo lo que estuviese relacionado con el sanatorio.

—¿Qué puede decirme de ella?

—En condiciones normales no le diría ni palabra, debido al secreto médico y a la confidencialidad que existe entre médico y paciente, pero su llamada telefónica me ha hecho pensar en que tal vez Samantha entrañe cierto peligro para otras personas, en cuyo caso impedir que dicha posibilidad se haga real tiene mayor prioridad que el secreto médico.

—En efecto, cabe la posibilidad de que esté relacionada con una serie de asesinatos ocurridos en Portland.

—Eso dijo usted. ¿Existe alguna relación entre esos crímenes y su cautiverio en Hunter's Pont?

—Sí. ¿Cómo lo ha sabido?

—Se lo diré en un momento, pero debe usted tener paciencia. Necesito saber para qué quiere la información.

—Un hombre llamado Peter Lake perdió a su mujer y a su hija, dos de las víctimas mortales de los sucesos de Hunter's Point. Se trasladó a Portland hace ocho años y empezó una nueva vida. Resulta que en Portland alguien ha comenzado a duplicar el *modus operandi* del asesino de Hunter's Point. ¿Está usted al corriente de cómo fueron tratadas las víctimas?

—Por supuesto. Yo me encargué personalmente de la terapia de Samantha. Tuve pleno acceso a los informes policiales.

—Doctora Flint, ¿Reardon sería capaz de someter a otras mujeres a las torturas que ella misma experimentó, con la intención de que todos consideren que el culpable es mi cliente?

—Buena pregunta. No hay muchas mujeres capaces de sufrir torturas y someter después a otras mujeres a esa misma experiencia, pero Samantha Reardon no era en modo alguno normal. Todos tenemos personalidades que están completamente incardinadas. Se trata de personalidades que por lo común son muy difíciles cuando no imposibles, de cambiar. Las personas que padecen de desórdenes de la personalidad suelen tener graves problemas de adaptación. Los síntomas que presentan varían en función del desorden.

»Antes de su horrorosa experiencia, Samantha Reardon tenía lo que denominamos personalidad fronteriza, en su caso a caballo entre la neurosis y la psicosis. En ocasiones hacía gala de un comportamiento psicótico, pero en términos generales su conducta era más acorde con la de los neuróticos. Puso de manifiesto ciertos intereses sexuales que podríamos calificar de perversos, así como una conducta antisocial, como se manifiesta en sus pagos con cheques sin fondos o sus robos en las tiendas, en su ansiedad y en un egotismo muy marcado. Su relación con su ex marido es buen ejemplo de este tipo de conducta. Atravesaba períodos de intensa sexualidad o de inestabilidad frecuente; era totalmente imposible razonar con ella, aparte de que manifestaba un egotismo inusual. Cuando la sorprendían robando no mostraba ningún interés por las acusaciones, ningún remordimiento. Utilizaba el sexo como medio para distraer al doctor Reardon y obtener de él toda clase de favores. Destruyó su situación financiera sin tener en cuenta las consecuencias que a largo plazo ese destrozo podía tener para los dos. Cuando fue secuestrada y torturada, se volvió abiertamente psicótica, y es muy posible que siga siéndolo.

»Samantha consideraba St. Jude como una ampliación de su cautiverio. Yo fui el único médico con el que tuvo cierto trato, posiblemente porque era la única mujer en plantilla. Ella odia a todos los hombres y desconfía de ellos. Estaba convencida de que el alcalde de Hunter's Point, el jefe de policía, el gobernador de Nueva York e incluso, en ocasiones, el presidente de los Estados Unidos, hombres todos ellos, estaban conspirando para proteger al hombre que la torturó.

—Así pues —la interrumpió Stewart—, es posible que pusiera en práctica sus fantasías si localizase al hombre que, a su juicio, era responsable de su cautiverio, ¿o no?

—Ciertamente. Cuando estaba internada aquí, no hablaba más que de su venganza. Se consideraba un ángel vengador cuyo cometido era luchar contra las fuerzas de las tinieblas. Odiaba a su captor, pero desde luego que es un peligro para cualquier hombre, porque los considera a todos como opresores.

—¿Y las mujeres? ¿Cómo podría llegar a torturar a esas mujeres, después de lo que tuvo que sufrir?

—Para Samantha cualquier medio que facilitase la consecución de su finalidad sería aceptable, señor Stewart. Si tuviese que sacrificar a algunas mujeres para alcanzar su fin, a sus ojos ése sería un precio muy reducido a pagar a cambio de la obtención de su venganza.

2

Rick estaba sentado en la sala de espera cuando Betsy llegó al trabajo. Parecía muy sosegado.

—Ya sé que no me esperabas, pero quería hablar contigo. ¿Estás ocupada?

—Entra —dijo Betsy. Seguía enojada con él por haberle dicho a Kathy que su dedicación al trabajo tenía la culpa de que se hubiesen separado.

—¿Qué tal Kathy? —preguntó Rick cuando estuvieron en el despacho.

—Hay una manera bien fácil de saber cómo está.

—Oye, no seas así. La verdad es que una de las razones por las que he venido a verte es para preguntarte si se puede quedar a dormir conmigo. Acabo de mudarme a un apartamento más grande, y tengo un cuarto para los invitados.

Betsy quiso decir que no, porque eso a Rick le dolería, pero en el fondo sabía bien cuánto echaba de menos Kathy a su padre.

—Perfecto.

—Gracias. La recogeré mañana al salir del trabajo.

—¿Y de qué más querías hablar?

Rick parecía incómodo; paseó la mirada por encima de la mesa.

—Yo... Betsy, esto me resulta muy difícil. Llegar a ser socio del bufete, o sea, mi trabajo... —Hizo una pausa—. No lo estoy haciendo demasiado bien —respiró hondo—. Lo que intento decirte es que ahora mismo mi vida es un desbarajuste. Me siento sometido a tal presión que ni siquiera consigo pensar a derechas. Todo este tiempo que he pasado a solas me ha dado cierta perspectiva. Supongo que lo que te quiero decir es que no lo des todo por perdido conmigo. No me cierres las puertas.

—Nunca he querido hacer tal cosa, Rick. Fuiste tú quien me sacó de tu vida.

—Cuando me fui, dije algunas cosas sobre mis sentimientos hacia ti que en realidad no quise decir.

—Cuando sepas cómo te sientes de veras, Rick, dímelo. Lo que no puedo es prometerte cómo me sentiré yo. Me hiciste mucho daño.

—Lo sé —dijo él con toda tranquilidad—. Verás, la fusión de empresas en la que estoy trabajando ahora me tiene ocupado de día y de noche, pero creo que todo estará controlado dentro de un mes más o menos. En diciembre dispondré de unos días libres y Kathy tiene sus vacaciones de Navidad, así que no se perderá las clases. Había pensado que quizá podríamos irnos los tres a algún sitio, y estar juntos unos días. —A Betsy se le cortó la respiración. No supo qué decir. Rick se puso de pie—. Ya lo sé, te lo acabo de soltar sin haberte avisado. No tienes por qué contestarme en seguida. Piénsalo, tenemos tiempo. Pero prométeme que lo pensarás.

—Lo haré.

—Bien.

—Y gracias por dejarme ver a Kathy.

—Eres su padre —dijo Betsy.

Betsy abrió la puerta de su despacho antes de que Rick pudiera añadir nada más. Nora Sloane estaba ante la mesa de Ann.

—¿Tienes un minuto? —preguntó Sloane.

—Claro, Rick ya se marchaba —contestó Betsy.

Sloane miró fijamente a Rick durante un momento.

—¿Es usted el señor Tannenbaum?

—Sí.

—Te presento a Nora Sloane —dijo Betsy—. Está preparando un artículo sobre abogadas criminalistas para la revista *Pacific West*.

—Su mujer me ha ofrecido una ayuda inmensa.

Rick sonrió con cortesía.

—Recogeré a Kathy a eso de las seis y la llevaré a cenar —dijo a Betsy—. No te olvides de preparar sus cosas de la escuela. Me alegro de conocerla, señora Sloane.

—Espera —dijo Betsy—. No me has dado la dirección ni el número de teléfono de tu nuevo apartamento.

Rick se lo dictó y Betsy tomó nota. Luego, Rick se marchó.

—He pasado por aquí sólo para ver cuando podemos discutir el caso Hammermill y la estrategia que vas a desplegar en el caso Darius —dijo Sloane.

—Espero que esto no altere tus planes, Nora, pero voy a dejar el caso Darius.

—¿Por qué?

—Por motivos personales que no puedo entrar a comentar contigo.

—No lo entiendo.

—Ha surgido un conflicto, problemas éticos sobre todo. No puedo explicártelo de otro modo sin violar el privilegio que protege las relaciones entre abogado y cliente —dijo Betsy. Nora se frotó la frente con la mano. Parecía ausente—. Lo lamento si esto afecta a tu artículo, pero no tengo forma de cambiar lo que ha ocurrido.

—No te preocupes —repuso Nora, a la vez que parecía recuperar rápidamente su compostura—. El caso Darius no es esencial para el artículo.

Betsy abrió su dietario.

—En cuanto aparque oficialmente el caso Darius, tendré todo el tiempo del mundo. ¿Qué te parece si fijamos una cita para almorzar el miércoles, y lo confirmamos antes?

—Por mí, estupendo. Nos vemos el miércoles.

Se cerró la puerta y Betsy observó el trabajo pendiente sobre su mesa. Se trataba de casos cuyo estudio había pospuesto debido a Martin Darius. Betsy tomó la primera de las carpetas de la pila pero no la llegó a abrir. Estaba pensando en Rick. Le había parecido distinto. Con menos confianza en sí mismo. Si quisiera volver, ¿se lo permitiría?

Sonó el intercomunicador. Reggie Stewart llamaba desde Hunter's Point.

—¿Qué tal todo? —preguntó Stewart.

—Pues no muy bien, Reg. He dejado el caso.

—¿Te ha echado Darius?

—No, ha sido exactamente al revés.

—¿Qué ha pasado?

—He descubierto que Darius efectivamente mató a las mujeres de Hunter's Point.

—¿Cómo?

—No puedo decírtelo.

—Por Dios, Betsy, puedes confiar en mí.

—Sé que puedo confiar en ti, Reg, pero no te lo voy a explicar, así que preferiría que no me presionaras.

—Como quieras. Ocurre que estoy un poco preocupado porque existe la posibilidad de que alguien esté intentando crucificar a Darius. Resulta que Samantha Reardon es una señora de lo más extraña. Hablé con Simon Reardon, su ex. Es neurocirujano; Samantha era una de sus enfermeras de quirófano. Se enamoró de ella hasta perder la cabeza y se casó sin darse cuenta de lo que hacía. Al poco tiempo se enteró de que estaba al borde de la bancarrota. Ella se dedicaba a robar en las tiendas, a cargar hasta los topes sus tarjetas de crédito; los abogados de Reardon se volvieron locos para arreglar los desaguisados de la señora. Luego resulta que Darius la secuestra y la tortura, y entonces sí que enloquece por completo. He conversado con la doctora Flint, la psiquiatra que la trató en St. Jude, que es donde estuvo internada después de que intentase matar a Reardon.

—¿Qué?

—Llegó a acuchillarlo, a él y a un amigo que lo había acompañado aquel día a casa. Entre los dos pudieron reducirla, y se pasó unos cuantos años en una celda acolchada, insistiendo a todas horas en que el hombre que la había secuestrado seguía en libertad y que ella era víctima de una conspiración.

—Y lo era, Reg. Las autoridades encubrieron a Darius. No te puedo dar más detalles, pero es posible que Samantha no estuviese tan loca como pudo parecer.

—Cuidado, que tal vez tuviera razón acerca del encubrimiento y, además, fuese una insana. La doctora Flint está convencida de que estaba más loca que una cabra. Reardon fue víctima de toda clase de abusos en su niñez. Su padre abandonó el hogar cuando ella tenía dos años; su madre era una alcohólica sin remedio. Aprendió lo que se puede aprender de ética con una banda callejera en la que se había integrado. Tiene antecedentes penales, en su adolescencia, por robos y atracos a mano armada. Hubo incluso un apuñalamiento. Era tan lista que consiguió realizar sus cursos de enseñanza superior sin clavar los codos. Tiene un coeficiente intelectual probado de 146, es decir, muchísimo más elevado que el mío, aunque sus notas siempre fueron bastante bajas. Se casó muy jovencita con un tal Max Felix, gerente de unos grandes almacenes en los que trabajaba. He hablado con él por teléfono y su historia concuerda punto por punto con la del doctor Reardon. Samantha debe de tener un polvo excepcional. Su primer marido dice que no distinguía la mano derecha de la izquierda mientras ella se dedicó a limpiarle los ahorros y a dejarlo lleno de deudas. El matrimonio no duró más que un año. La siguiente parada en su trayecto fue un colegio universitario, mientras estudiaba en la escuela de enfermería, para encontrarse después con el bueno del médico. La doctora Flint dice que Samantha ya tenía, para empezar, personalidad fronteriza, es decir, desorden de la personalidad, y que el estrés de las torturas y el cautiverio la convirtieron en una psicótica. Estaba obsesionada con vengarse personalmente de su captor.

Betsy sintió una leve náusea en la boca del estómago.

—¿Le preguntaste a la doctora Flint si sería capaz de someter a otras mujeres al tipo de tortura que ella padeció, sólo para que creyesen que había sido Darius?

—Según la doctora Flint, no le importaría rajar de arriba a abajo a esas mujeres con tal de que eso le sirviese para culminar su plan.

—Cuesta trabajo de creer, Reg. Me resulta casi imposible que una mujer les hiciese todo eso a otras mujeres.

—Pero, pese a todo, encaja perfectamente, Betsy. Piénsalo. Oberhurst encuentra a Reardon, la entrevista y le muestra una foto de Darius; Reardon reconoce a Darius y sigue a Oberhurst hasta Portland; se entera de los engorrosos problemas que tiene Darius en el solar en construcción y calcula que es el sitio idóneo para enterrar a Oberhurst después de asesinarlo; después, añade a la fosa el resto de los cuerpos.

—No lo sé, Reg. Para mí, sigue teniendo más sentido que sea Darius el asesino.

—¿Qué quieres que haga ahora?

—Intenta conseguir una fotografía de Samantha Reardon. No aparece ninguna en los recortes de prensa.

—Ya lo había pensado; voy a buscarla en el anuario de la universidad. Asistió a la Universidad de Hunter's Point, así que no debería ser difícil.

Stewart colgó y dejó a Betsy sumamente confusa. Instantes antes, estaba convencida de que Darius había asesinado a las mujeres de Portland. Ahora, si las sospechas de Reggie no iban desencaminadas, Darius estaba siendo víctima de una conjura monumental, y todo el mundo estaba siendo manipulado por una mujer sumamente inteligente y peligrosa.

3

Randy Highsmith y Ross Barrow tomaron la interestatal 84 que sigue el curso del río Columbia, hasta llegar al desvío de la carretera turística. A uno y otro lado del majestuoso río se alzaban acantilados cortados a pico. De cuando en cuando se veía una cascada por entre los árboles. El paisaje era sobrecogedor, pero Barrow iba demasiado atareado, intentando ver con claridad bajo la copiosa lluvia, para disfrutar de la vista. El viento racheado que soplaba por el agosto valle desplazaba de lado el coche sin marcas que había escogido. Barrow bregaba con el volante, e impidió que el coche derrapase al tomar el desvío.

Estaban en plena naturaleza: un parque nacional, algunos terrenos cultivados. Los árboles proporcionaban un mínimo resguardo de la lluvia, pero Barrow tuvo que seguir inclinado sobre el volante y entornar los ojos, atento a las señales del camino.

—Ahí —exclamó Randy Highsmith, indicando un buzón sobre el que aparecía la dirección inscrita con números de plástico barato. Barrow viró bruscamente y las ruedas de atrás patinaron sobre la gravilla. La casa que tenía alquilada Samuel Oberhurst debía de encontrarse unos quinientos metros más allá, por ese camino sin asfaltar. El agente de la propiedad con el que habían hablado mencionó un bungalow, aunque ciertamente se parecía más a una cabaña. Al margen de la intimidad y la paz que le daba el amplio bosque de los alrededores, a Highsmith no se le ocurrió ningún motivo por el que pudiera resultar recomendable. La cabaña era de planta cuadrada, con un techo a dos aguas en acusada pendiente. Era posible que en otro tiempo estuviese pintada de rojo, pero las inclemencias del clima y el paso de los años habían terminado por darle una pátina herrumbrosa. Frente a la casa había un destartalado Pontiac aparcado. Hacía varias semanas que nadie cortaba la hierba. Frente a la entrada, una serie de bloques de hormigón hacía las veces de escalera. Junto a los peldaños se veían dos latas de cerveza, vacías y un paquete de tabaco vacío introducido en una rendija entre dos de los bloques.

Barrow detuvo el coche tan cerca de la entrada como pudo y Highsmith saltó, agachando la cabeza como si así pudiese guarecerse de la lluvia. Aporreó la puerta, esperó y volvió a llamar con fuerza.

—Voy a dar la vuelta —le gritó a Barrow. El detective apagó el contacto y lo siguió. Las cortinas de las ventanas del frente estaban echadas. Highsmith y Barrow caminaron entre la hierba empapada, por el costado este de la casa, y descubrieron que por ese flanco no había ventanas; en las de atrás, las persianas estaban bajadas. Barrow atisbó el interior por un ventanuco del flanco oeste.

—Esto parece un picadero —dijo Barrow.

—Desde luego, aquí no hay nadie.

—¿Qué me dices del coche?

Highsmith se encogió de hombros.

—Probemos abrir la puerta del frente.

La lluvia le chorreaba a Highsmith por la cara; a duras penas veía algo a través de los cristales de las gafas. La puerta del frente no estaba cerrada. Barrow la abrió y entraron; Highsmith se quitó las gafas y limpió las lentes con un pañuelo. Barrow encendió la luz.

—¡Joder!

Highsmith se puso las gafas. Había un televisor sobre una mesa baja, delante de una ventana. Enfrente, un sofá de segunda mano, con la tapicería desgarrada por varios sitios, de modo que el relleno se salía. Estaba combado por el medio. Sobre el sofá alguien había vaciado una maleta entera, llena de ropa de hombre. Highsmith vio una chaqueta, ropa interior, unos pantalones. Junto al televisor, en un rincón, había un desportillado archivador de pie. Todos los cajones estaban abiertos, y la sala estaba llena de papeles tirados. Highsmith de pronto se distrajo del caos que reinaba en la sala; venteó el aire.

—¿A qué huele?

Barrow no contestó. Se había concentrado en un pesado sillón que estaba volcado de un lado, en el centro de la sala. A medida que lo fue observando, detectó manchas de sangre en la tapicería y en el suelo. De las patas del sillón colgaban restos de una gruesa cinta aislante que fácilmente podría haber sido utilizada para inmovilizar a un hombre. En una mesa, a pocos pasos del sillón, había un cuchillo de cocina manchado de sangre.

—¿Qué tal vas de estómago? —preguntó Barrow—. Aquí está claro que se ha cometido un crimen, y no querría que me echases el desayuno por encima.

—He estado en sitios parecidos muchas veces, Ross. Estuve en el fondo del hoyo, ¿no te acuerdas?

—Sí, supongo que sí. Bueno, pues echa un vistazo a esto.

Junto al cuchillo había un cuenco de plástico. Highsmith miró el interior y se puso verde. El cuenco contenía tres dedos amputados.

—Fulano de Tal, está claro —dijo Barrow suavemente.

Highsmith rodeó el sillón para ver el asiento. Estaba manchado de sangre reseca. Sintió náuseas; además de los tres dedos, al cadáver de Fulano de Tal le faltaban los genitales. Randy no tenía ningunas ganas de ser quien los encontrase.

—No estoy muy seguro de quién tiene jurisdicción en esta zona —dijo Barrow—. Hazme el favor de llamar a la policía del estado.

Highsmith asintió y buscó un teléfono. No había ninguno en la sala. En la parte de atrás había dos habitaciones más; una era un cuarto de aseo. Highsmith abrió lentamente la otra puerta, temeroso de lo que pudiera encontrar. Dentro había espacio suficiente para una cama, una cómoda y una mesilla sobre la cual estaba el teléfono.

—Eh, Ross, mira esto.

Barrow entró en la habitación. Highsmith le señaló un contestador automático conectado al teléfono. Parpadeaba una luz roja indicando que había algunos mensajes. Highsmith se saltó unos cuantos, hasta detenerse en uno en concreto.

«Señor Oberhurst, le habla Betsy Tannenbaum. Es la tercera vez que lo llamo, y le agradecería mucho que me llamase al despacho. Mi teléfono es el 555 17 63. Es urgente que se ponga en contacto conmigo. Tengo autorización de Lisa Darius para que hablemos de su caso. Por favor, llame a cualquier hora. Dispongo de un servicio de busca que me puede localizar en casa, si llama usted cuando no esté en el despacho o en un fin de semana.»

El contestador emitió un pitido. Highsmith y Barrow se miraron.

—A Oberhurst lo contrata Lisa Darius, luego es torturado y su cadáver termina en el hoyo del solar propiedad de Darius —dijo Barrow.

—¿Por qué crees que fue Lisa Darius quien lo contrató?

Barrow miró por la rendija de la puerta, hacia el archivador abierto.

—Me pregunto si no sería eso lo que vino a buscar Darius... El archivo de su mujer.

—Espera, espera, Ross. Aún no sabemos si Darius hizo todo esto.

—Randy, digamos que Darius encontró lo que tenía que encontrar en el archivo de su esposa. Digamos que encontró algo que le hizo daño. Lo que quiero decir es que si hizo en efecto todo esto, si torturó a Oberhurst, si le amputó tres dedos primero y la polla después, tuvo que ser porque en ese archivo tenía que haber algo que para él era dinamita pura. Quizá se trataba de algo que sirviera para demostrar concluyentemente que Darius es el asesino de las rosas.

—¿Adónde quieres ir a parar? Ya veo. Lisa Darius. Antes no pudo dar con ella porque desde que descubrimos los cadáveres estaba en la cárcel.

Barrow cogió el teléfono y comenzó a marcar.

4

El Tribunal Supremo del estado de Oregón tiene su sede en Salem, unos ochenta kilómetros al sur de Portland. Lo único que le fastidiaba a Victor Ryder de su puesto de presidente de dicho tribunal era la hora que tardaba a diario en ir y volver. Después de muchos años invertidos en trabajar siete días a la semana y dieciséis horas al día, dedicado a la práctica privada, el ritmo de trabajo más apacible del Tribunal Supremo era todo un alivio.

Ryder era un viudo que vivía solo en una casa de estilo Tudor, blanca y ocre, de tres plantas, protegida por un tupido seto, en la zona de West Hills colindante con Portland Heights. La vista de Portland y del monte Hood, desde la parte de atrás de la casa, era espectacular.

Ryder abrió la puerta principal y llamó a Lisa. La calefacción estaba puesta, y las luces encendidas. Oyó voces en el cuarto de estar. Llamó de nuevo, pero no obtuvo respuesta. Las voces que había oído eran las del televisor, sólo que nadie lo estaba mirando. Ryder lo apagó.

En el arranque de la escalera, Ryder volvió a llamar. Tampoco obtuvo respuesta. Si su hija había salido de casa, ¿por qué estaba encendido el televisor? Se dirigió a la cocina. Lisa sabía que su padre siempre tomaba un tentempié nada más llegar a casa, de modo que le dejaba alguna nota en el frigorífico. La puerta del frigorífico estaba de hecho repleta de recetas y de tiras cómicas sujetas por medio de imanes, pero allí no había ninguna nota. Sobre la mesa de la cocina había dos tazas de café, así como los restos de una tarta.

«Debe de haber salido con una amiga», pensó Ryder, aunque seguía sin entender que el televisor estuviese encendido, lo cual le fastidiaba. Cortó un trozo de tarta y le dio un bocado; después subió a la habitación de Lisa. Allí no había nada fuera de su sitio, nada que despertase sus sospechas. Pese a todo, Ryder comenzó a sentirse muy inquieto. Estaba a punto de subir a su dormitorio para cambiarse cuando oyó el timbre de la puerta. Encontró a dos hombres bajo un paraguas.

—¿Juez Ryder? Soy Randy Highsmith, de la oficina del fiscal de distrito del condado de Multnomah. Éste es el detective Ross Barrow, de la policía de Portland. ¿Está su hija en casa?

—¿Es por algo relacionado con Martin?

—Sí, señor.

—Lisa ha estado viviendo conmigo, pero me temo que ahora no se encuentra en casa.

—¿Cuándo la vio por última vez?

—A la hora del desayuno. ¿Por qué lo dice?

—Quisiéramos hacerle algunas preguntas. ¿Sabe dónde podríamos encontrarla?

—Me temo que no. No me ha dejado ninguna nota, y yo acabo de llegar.

—¿Podría estar con alguna amiga? —preguntó Highsmith como quien no quiere la cosa, para que Ryder no detectara su preocupación.

—La verdad es que no lo sé.

Ryder se acordó del televisor encendido y frunció el entrecejo.

¿Hay algo que le preocupe, señor? —preguntó Barrow con voz neutra.

—No. Lo único que ocurre es que he encontrado dos tazas de café en la mesa de la cocina, por lo que pensé que podría haber recibido visita. También había una tarta sobre la mesa. Pero el televisor estaba encendido.

—No le comprendo —dijo Barrow.

—Estaba encendido cuando llegué a casa. La verdad es que no entiendo por qué iba a dejarlo encendido mientras estaba hablando con una amiga en la cocina, y menos si se ha marchado con ella a alguna parte.

—¿Es normal que su hija salga sin dejar una nota? —preguntó Barrow.

—Hacía algún tiempo que no vivía en casa, como sabrá usted, pero todas las noches desde que Martin salió de la cárcel ha estado aquí, en la casa. De todos modos, sabe que estoy preocupado por ella.

—¿Hay algo que nos esté ocultando, señor?

El juez Ryder titubeó.

—Lisa ha estado muy asustada desde que Martin fue liberado. Le dijo que en Portland no podría estar a salvo. Quizá la haya llamado de nuevo, quizá a ella la haya vencido el pánico.

—¿La estaba amenazando? —preguntó Barrow.

—Yo creí que sí, pero Lisa no estaba del todo segura. Fue una conversación muy rara; sólo sé lo que dijo Lisa, y lo que ella me contó más tarde.

Highsmith entregó al juez su tarjeta de visita.

—Por favor, diga a la señora Darius que me llame en cuanto tenga usted noticias de ella. Es importante.

—Desde luego.

Barrow y Highsmith estrecharon la mano del juez y se marcharon.

—Esto no me gusta nada —dijo Barrow en cuanto la puerta se cerró—. Se empieza a parecer demasiado a los otros casos. Sobre todo por lo del televisor. Si iba a salir con una amiga, está claro que lo habría apagado.

—Pero no hay ni rosa ni nota.

—Ya, pero Darius no es tonto. Si se ha llevado a su mujer, no creo que lo vaya a difundir por la radio, ¿no? Es posible que haya modificado su *modus operandi* para despistarnos. ¿Se te ocurre alguna sugerencia?

—No, nada en absoluto, a menos que pienses que tenemos pruebas suficientes para detener de nuevo a Darius.

—Eso no es verdad.

—En ese caso, no nos queda más remedio que esperar y confiar en que Lisa Darius haya salido con una amiga.

SÉPTIMA PARTE

Para siempre en el recuerdo

CAPÍTULO XXIII

I

Betsy oyó que un coche aparcaba frente a la casa y miró por la ventana.

—¡Es papá! —exclamó Kathy. Llevaba toda la tarde esperando en la sala de estar, mirando sólo con mínima atención el televisor, pues su madre le había dicho que pasaría el fin de semana con Rick.

—Recoge tus cosas —dijo Betsy a Kathy en cuanto abrió la puerta.

—Ya está todo aquí, mamá —dijo la pequeña señalando su mochila, su bolsa de libros, su pequeño neceser y *Oliver*, la mofeta de peluche.

Se abrió la puerta y Kathy saltó a los brazos de su padre.

—¿Qué tal estás, encanto? —preguntó Rick riendo.

—Ya tengo hecho el equipaje —dijo Kathy a la vez que señalaba sus cosas.

—¿Has metido el cepillo de dientes? —preguntó Betsy de repente.

—Oh, oh —dijo Kathy.

—Ya me parecía. Corre, ve a recogerlo ahora mismo, señorita.

Rick dejó a Kathy en el suelo y la niña cruzó el vestíbulo corriendo, directamente al cuarto de baño.

—Está muy emocionada —dijo Betsy. Rick parecía incómodo.

—Había pensado en llevarla a Spaghetti Factory.

—Le encantará.

Permanecieron un momento sin decir palabra.

—Tienes buen aspecto, Betsy.

—Pues tendrías que ver qué aspecto se me pone después de pasarme el día entero en el juzgado, delante del juez Spencer —dijo Betsy a manera de chiste, aunque cohibida, esquivando el cumplido. Rick iba a decir algo más, pero volvió Kathy con el cepillo de dientes y se le pasó la ocasión–. Hasta el lunes –dijo, dando a Kathy un beso y un abrazo.

Rick lo recogió todo, incluido *Oliver*. Betsy se quedó en la puerta observándolos, hasta que desapareció el coche.

2

Alan Page alzó la mirada de su mesa. Randy Highsmith y Ross Barrow estaban en la puerta. Observó el reloj. Eran las seis y veinticinco.

–Acabo de colgar el teléfono. Me dice el juez Ryder que sigue sin aparecer –informó Barrow.

Page dejó la pluma sobre la mesa.

–¿Qué podemos hacer? No hay absolutamente nada que apunte hacia Darius –dijo Page.

Estaba pálido, y habló como si se sintiese agotado, vencido.

–Pero sí tenemos un motivo, Al –dijo Barrow–. Lisa Darius es la única persona que podría establecer una conexión entre Martin y Samuel Oberhurst. Darius no pudo ponerse en contacto con su esposa mientras estuvo en la cárcel. Quiero decir que tenemos al menos una causa probable, porque en cuanto él salió de la cárcel ella desapareció.

–Además, hay que tener en cuenta aquella llamada telefónica –añadió Highsmith.

–Ryder no está totalmente seguro de que se tratase de una amenaza. Es más, esa llamada podría interpretarse como una advertencia para que Lisa estuviese prevenida por lo que pudiese hacer alguna otra persona. –Page sacudió la cabeza–. No voy a tropezar dos veces con la misma piedra. A menos que tenga absoluta certeza de que existe una causa realmente probable, no pienso solicitar una orden de registro.

–No me vengas con mojigaterías, Al –advirtió Highsmith–. Estamos hablando de la vida de una persona.

–Lo sé de sobra –repuso Page, colérico–. Pero ¿dónde queréis que hagamos el registro? ¿En su casa? No va a cometer la estupidez de encerrarla allí. Entonces, ¿buscamos en alguna de sus propiedades? Bien, ¿en cuál? Estoy tan frustrado como vosotros dos, pero debemos obrar con paciencia.

Highsmith iba a decir algo cuando sonó el intercomunicador.

—Ya sé que no quiere que se le moleste —dijo su secretaria—, pero Nancy Gordon está en la línea.

Page se quedó frío. Highsmith y Barrow se irguieron. Page pasó la llamada al teléfono de mesa, para que la oyesen todos.

—¿Detective Gordon?

—Lamento mucho haber desaparecido sin previo aviso, señor Page —dijo una mujer.

Page procuró recordar cómo era la voz de Gordon. Se acordó de una tonalidad grave, pero la comunicación telefónica era defectuosa, y la voz de aquella mujer sonaba algo distorsionada.

—¿Dónde se encuentra?

—Ahora no puedo decírselo —dijo Gordon con un tono que a Page le pareció de inseguridad.

—¿Se ha enterado de las noticias? ¿Sabe que Darius está en libertad precisamente porque no pudimos contar con su testimonio en la vista para fijar la fianza?

—No pude evitarlo. Tenga paciencia, lo entenderá todo dentro de muy poco tiempo.

—Me gustaría entenderlo ahora, detective. Nos encontramos de nuevo en una difícil situación. La esposa de Darius ha desaparecido.

—Lo sé. Precisamente por eso lo llamo. Sé dónde está, y es preciso que actúe usted deprisa.

3

Construcciones Darius atravesaba una serie de graves problemas. En el momento en que Darius fue detenido, la empresa estaba a punto de contratar dos proyectos sumamente lucrativos. Las dos contratas habían ido a parar a sendas empresas de la competencia, y seguiría sin aparecer en el horizonte ningún proyecto nuevo al menos mientras Darius siguiese en libertad bajo fianza pendiente de juicio. Darius había contado de antemano con los ingresos que iban a generar aquellos dos proyectos para solucionar los problemas financieros de su empresa. Sin esos nuevos ingresos, la bancarrota era una posibilidad real.

Darius se pasó el día entero encerrado con su contable, su asesor y los vicepresidentes de la empresa, trabajando en un plan de viabilidad inmediata, pero le costó grandes esfuerzos concentrarse en ese tipo de asuntos. Necesitaba más que nunca a Betsy Tannenbaum, y ella lo había dejado en la estacada. Al principio, quiso que lo representase porque pensó que una abogada feminista le proporcionaría mayores garantías ante cualquier jurado. Después, Betsy ganó la vista para fijar la fianza y terminó por convencerlo de que tenía la habilidad que se necesitaba para sacarlo del atolladero. El reciente encuentro que tuvo con ella había servido para aumentar el respeto que le inspiraba. Tannenbaum era un hueso. La mayoría de las mujeres se habrían aterrado tanto que no hubiesen accedido a entrevistarse con él a solas. Lo habrían recibido con un hombre que las protegiese. Darius creía que Betsy jamás se vendría abajo, por grande que fuese la presión de un juicio; sabía que estaba dispuesta a luchar hasta el final por un cliente que le mereciese total confianza.

A las seis de la tarde, cuando concluyó la reunión de trabajo, Darius se marchó a casa. Tecleó el código de alarma para que se abriese la verja, que le franqueó el paso con un audible crujido metálico. Darius miró por el espejo retrovisor. Detectó el brillo de los faros de un coche que pasaba por delante de la verja, pero en ese momento el camino trazaba una curva y lo perdió de vista. Entró en la casa por el garaje y desactivó la alarma. La casa estaba en calma, todo lo contrario que cuando Lisa vivía con él. Darius comenzaba a acostumbrarse a vivir sin el murmullo de los electrodomésticos, sin el amortiguado rumor de la televisión, sin los pasos de su esposa al ir de una habitación a otra.

La sala de estar le pareció esterilizada nada más encender la luz. Darius se quitó la chaqueta y la corbata y se sirvió un whisky. Se preguntó si existiría alguna forma de convencer a Betsy de que reanudase su representación y se encargara de su defensa. Era evidente su enojo, pero el enojo es algo que antes o después se enfría. Lo que mantenía a Betsy alejada de Darius era el miedo. No podía recriminarle que lo considerase un monstruo, sobre todo desde que hablara con Colby. En condiciones normales, una mujer temerosa excitaría siempre a Darius, pero el miedo que embargaba a Betsy la estaba alejando de él, y lo peor era que no conseguía idear una manera de mitigar ese miedo.

Darius se echó sobre el brazo la chaqueta y la corbata y subió a su dormitorio. Apenas había probado bocado en todo el día; le hacía ruido el estómago. Encendió la luz del dormitorio y dejó el vaso sobre la cómoda. Al darse la vuelta para dejar la ropa en el armario, vio un destello de color por el rabillo del ojo. Había una rosa negra sobre su almohada. Bajo la rosa, una hoja de papel. Se quedó atónito y el corazón le dio un vuelco. Se lanzó hacia la puerta, pero allí no había nadie. Aguzó el oído, pero sólo detectó los ruidos normales de la casa. Guardaba una pistola en la cómoda. La sacó. El corazón le latía como un caballo desbocado. ¿Cómo era posible que hubiese entrado alguien sin que sonase la alarma? Sólo Lisa y él conocían el código, y... se quedó helado. Se dirigió al sótano a toda prisa, encendiendo las luces de toda la casa por el camino.

Hizo una pausa en lo alto de las escaleras de la bodega, a sabiendas de lo que iba a ver en cuanto encendiese la luz. Oyó la primera sirena poco después de empezar a bajar. Pensó en volver arriba, pero tendría que haberse dado cuenta mucho antes. Un coche de policía frenó bruscamente ante la entrada de la casa en el instante en que Darius llegaba al pie de la escalera. Guardó el arma, porque no quería arriesgarse a recibir un disparo. Además, no le iba a hacer ninguna falta; aparte de él, no había nadie en la casa. Lo supo nada más ver el cadáver.

Lisa Darius estaba tendida boca arriba, en medio y en el centro del sótano, desnuda en medio de un charco de sangre. Tenía el estómago rajado de parte a parte, y las entrañas fuera del cuerpo. El cadáver de Patricia Cross había quedado en el sótano de la casa de Henry Waters exactamente en la misma postura.

4

En cuanto Rick y Kathy se marcharon volvió a la cocina y se preparó algo de comer. Había jugueteado con la idea de salir a cenar fuera con algún amigo, pero la alternativa de pasar la noche a solas, tranquilamente, le resultó sumamente apetecible.

Cuando hubo terminado la cena, se instaló en la sala de estar y echó un vistazo a la programación televisiva. No encontró nada interesante, de manera que se acomodó en un sillón con una novela de Updike entre las manos. Empezaba a coger el hilo de la narración cuando sonó el teléfono. Suspiró y llegó corriendo a la cocina, a coger el aparato.

—¿Señora Tannenbaum?

—Sí.

—Alan Page al habla. —Parecía colérico—. Le llamo desde la casa de Martin Darius. Hemos vuelto a detenerlo.

—¿Sobre qué base?

—Acaba de asesinar a su mujer.

—¡Dios Santo! ¿Cómo ha sido?

—Su cliente le ha abierto el vientre a Lisa Darius en el sótano de su casa.

—Oh, no.

—Le hizo usted un favor inmenso cuando convenció a Norwood de que lo dejase en libertad bajo fianza —dijo Page con amargura—. En fin, su cliente quiere hablar con usted.

—¿Me cree ahora, Tannenbaum? —preguntó Darius—. ¿Se da cuenta de lo que está ocurriendo?

—No diga nada. La policía lo está escuchando, Martin. Nos veremos mañana por la mañana.

—¿Eso quiere decir que sigue de mi parte?

—Yo no he dicho tal cosa.

—Tiene que seguir junto a mí. Le basta con preguntarse cómo se ha enterado la policía de lo que le ocurrió a Lisa, y sabrá que soy inocente.

¿Era Darius realmente inocente? No tenía ningún sentido que hubiese asesinado a su mujer y hubiese dejado el cadáver en el sótano de su casa. Betsy repasó mentalmente lo que sabía acerca de los sucesos de Hunter's Point. Se imaginó a Henry Waters en el instante en que abrió la puerta, se imaginó a Nancy Gordon bajando las escaleras del sótano, la expresión de perplejidad en el rostro de Waters en cuanto vio a Patricia Cross abierta de piernas y brazos y bañada en su propia sangre, con los intestinos fuera. Era lo mismo de Patricia Cross, repetido punto por punto. Darius le había pedido que averiguase cómo se había enterado la policía de que Lisa Darius estaba muerta en el sótano de su casa. Intentó recordar cómo había tenido conocimiento la policía de Hunter's Point del paradero de Patricia Cross.

—Póngame de nuevo con Pag —indicó a Darius. Luego, dirigiéndose al fiscal de distrito, dijo—: No quiero que nadie hable con mi cliente.

—Ni se me ocurriría que nadie hablase con él —respondió con rudeza Page.

—Es inútil que te enfades conmigo, Alan. Conocía a Lisa Darius mejor que tú, y esto de veras que me duele, puedes creerme.

Page permaneció un momento en silencio. Su voz sonó más sosegada cuando habló de nuevo.

—Tienes razón. No viene al caso que me encone contigo. La verdad es que estoy tan fastidiado conmigo por haber dilapidado mis posibilidades en la vista para fijar la fianza, como lo estoy contigo por haber hecho un trabajo excelente. De todos modos, esta vez va en serio. Norwood no cometerá otro error.

—Alan, ¿cómo sabías que íbais a encontrar el cuerpo de Lisa en el sótano? Betsy contuvo el aliento mientras Page parecía pensar despacio si iba a contestarle o no.

—En fin, antes o después te enterarás, así que no importa que te lo diga. Ha sido por una llamada.

—¿De quién?

—Ahora mismo no te lo puedo decir.

Así que una llamada, igual que aquella llamada anónima que condujo a la policía de Hunter's Point al sótano de la casa de Henry Waters. Betsy colgó. Las dudas que albergaba acerca de la culpabilidad de Darius empezaban a crecer de forma alarmante. Martin Darius había asesinado a las mujeres de Hunter's Point, pero ¿era en efecto inocente de los asesinatos cometidos en Portland?

CAPÍTULO XXIV

I

Se abrió la puerta de la sala de entrevistas de la prisión y entró Darius. Vestía la camisa y los pantalones que llevaba puestos en el momento de su detención. Tenía los ojos inyectados en sangre, y parecía mucho más inseguro que en cualquiera de los otros encuentros que habían tenido hasta la fecha.

—Estaba convencido de que iba a venir, Tannenbaum —dijo Darius, intentando aparentar calma y dominio de sí, aun cuando su voz delatase su desesperación.

—Pero si por mí fuese, no estaría aquí, se lo digo en serio. En cualquier caso, he de cumplir el requisito de asumir su representación hasta que otro abogado me libere de esa obligación.

—No me puede dejar a oscuras en este agujero.

—Martin, no he cambiado de opinión. Sostengo todavía todo lo que dije el otro día.

—¿Aun cuando sepa que soy inocente?

—Eso es algo de lo que no estoy totalmente segura. Y aun cuando fuese inocente, tampoco cambiaría en nada lo que hizo en Hunter's Point.

Darius se inclinó ligeramente hacia delante y la miró intensamente a los ojos.

—Mira Tannenbaum, y déjame que te tutee, sabes positivamente que soy inocente, a menos que me consideres tan estúpido como para asesinar a mi mujer en el sótano de mi casa y llamar después a Alan Page, diciéndole dónde podía encontrar el cadáver.

Darius tenía toda la razón del mundo, desde luego. La acusación en su contra había sido demasiado endeble, y el momento en que se había cometido este nuevo asesinato resultaba demasiado oportuno. Las dudas habían tenido en vilo a Betsy durante casi toda la noche, aunque no habían modificado de ninguna manera sus sentimientos acerca de Darius.

—Pues yo también te voy a tutear. Vamos a ir al juzgado en cuestión de minutos. Page te va a citar a comparecer para acusarte del asesinato de Lisa. Va a solicitar prisión incondicional, y va a pedirle a Norwood que revoque la libertad bajo fianza que obtuvimos. La verdad es que no veo la manera de convencer al juez de que te conceda una nueva libertad bajo fianza.

—Pues dile al juez lo que sabemos de Gordon. Dile que alguien me está tendiendo una trampa.

—De eso no tenemos pruebas.

—Entiendo. Así que la cosa no tiene vuelta de hoja. Me temo que la idea que me hice de ti no era del todo acertada, Tannenbaum. ¿Qué fue de tu altísimo concepto de la ética profesional? ¿En qué ha quedado tu juramento de ejercer la profesión de abogado? ¿De veras vas a quitarte este caso de encima sólo porque no me puedes soportar?

Betsy enrojeció de cólera hasta la raíz del cabello.

—No me pienso quitar nada de encima. Lo único que estoy haciendo es comunicarte cómo están las cosas. El juez Norwood asumió un enorme riesgo al dejarte en libertad. Cuando vea las fotografías de Lisa, abierta de piernas en el sótano de tu casa y con las vísceras fuera dudo mucho que se sienta con ánimos para dejarte de nuevo en libertad.

—El estado llama a declarar a Vincent Ryder, señoría —dijo Alan Page volviéndose hacia el fondo de la sala para ver al presidente del Tribunal Supremo avanzar por el pasillo, entre los espectadores, y cruzar la barandilla del estrado. Ryder medía casi un metro noventa y tenía el pelo blanco como la nieve. Caminaba con una leve cojera, debido a una herida sufrida durante la Segunda Guerra Mundial. Mantenía rígida la espalda y evitó en todo momento, con escrúpulo, cruzar la mirada con Martin Darius, como si temiese la ira que podría apoderarse de él si por un instante posara su mirada en aquel individuo.

—Para que conste en actas —dijo Page en cuanto Ryder hubo jurado decir toda la verdad—, usted es presidente del Tribunal Supremo del estado de Oregón y padre de Lisa Darius, ¿no es cierto?

—Sí, lo soy —contestó Ryder, con voz levemente quebrada.

—Su hija estaba casada con el procesado, ¿no es cierto?
—En efecto.
—Cuando el señor Darius fue detenido, ¿su hija se marchó a vivir con usted?
—Así es.
—Mientras Lisa estuvo en su domicilio, ¿la llamó su marido en alguna ocasión?
—Repetidas veces, señor Page. Desde la cárcel telefoneó varias veces cada noche.
—¿Es cierto que los reclusos sólo pueden realizar llamadas a cobro revertido?
—Sí. Todas sus llamadas fueron a cobro revertido.
—¿Aceptó su hija las llamadas?
—Me indicó claramente que las rechazase.
—A su recto saber y entender, ¿habló su hija con el procesado mientras éste estuvo recluido en prisión?
—Es posible que sí, una o dos veces, nada más ser detenido. Pero en cuanto se vino a vivir a mi casa, dejó de hablar con él del todo.
—¿Qué actitud mantenía su hija respecto a su marido?
—Le producía un miedo mortal.
—Ese miedo que sentía Lisa, ¿aumentó o disminuyó cuando el señor Darius fue puesto en libertad bajo fianza?
—Aumentó, y mucho. Estaba aterrada; temía que fuese por ella.
—¿Llamó el procesado a Lisa Darius después de ser puesto en libertad bajo fianza?
—Sí, señor. Nada más encontrarse en libertad.
—¿Oyó usted la conversación que sostuvieron?
—A trozos.
—¿Oyó que el procesado la amenazase de algún modo?
—Creo que le dijo que ella no estaría a salvo en Portland.
—Cuando dice usted que cree que le dijo que no estaría a salvo en Portland, ¿a qué se refiere exactamente?
—Lisa me dijo que eso le había dicho él. Yo estaba al lado de ella, y pude oír en parte lo que él le dijo.
—¿Sabe usted si la señora Darius llegó a creer que el procesado pretendía amenazarla?
—Estaba muy confusa. Me dijo que no estaba segura de

lo que él le había querido decir. Diríase que él trataba de insinuar que Lisa estaba en peligro por culpa de alguna otra persona, pero eso no tenía pies ni cabeza. Yo interpreté la llamada en el sentido de que la estaba amenazando de modo indirecto, de manera que no se lo pudiese culpar de nada.

—Juez Ryder, ¿cuándo vio usted a su hija por última vez?

Por un brevísimo instante, el juez perdió la compostura. Sorbió un vaso de agua antes de contestar.

—Desayunamos juntos entre las siete y las siete y media de la mañana. Luego tuve que marcharme a Salem.

—¿A qué hora regresó usted a su domicilio?

—Aproximadamente a las seis de la tarde.

—¿Estaba su hija en casa?

—No.

—¿Vio en su casa algo que le alarmase?

—El televisor estaba encendido, pero en casa no había nadie. El volumen estaba fuerte, de modo que Lisa debería haberlo oído y, por lo tanto, haber apagado el aparato antes de salir de la casa.

—¿Había alguna prueba de que hubiese recibido una visita?

—En la cocina había dos tazas de café y sobre la mesa una tarta, como si hubiese estado charlando con alguien.

—¿Le dejó su hija alguna nota indicándole a dónde se había marchado?

—No.

—No hay más preguntas.

—Puede interrogar al testigo, señora Tannenbaum —dijo el juez Norwood.

—Está mintiendo —le susurró Darius al oído—. Nunca he amenazado a Lisa; tan sólo le estaba avisando.

—No, Martin; no ha mentido. Ha dicho lo que honradamente cree que sucedió. Si le aprieto las tuercas, sólo conseguiré que endurezca su postura.

—No digas bobadas. Te he visto despedazar a más de un testigo. Ryder es un gilipollas, todo pompa y boato. Puedes dejarlo en ridículo.

Betsy respiró hondo. De ninguna manera deseaba perder los estribos. Acto seguido, se inclinó hacia Darius y le habló con gran tranquilidad.

—¿De veras quieres que presione al juez Ryder hasta romperlo en pedazos, Martin? ¿De veras estás convencido de que te servirá para conseguir de nuevo la libertad bajo fianza si uno de los jueces más dignos de respeto que hay en el estado, y además el padre de una mujer que acaba de ser brutalmente asesinada, se desmorona delante de un tribunal y de uno de sus colegas?

Darius iba a decir algo, pero se calló y se apartó de Betsy.

—No hay preguntas, señoría.

—Nuestro siguiente testigo es el detective Richard Kassel —dijo Page al juez.

Richard Kassel echó a caminar por el pasillo. Iba vestido con una chaqueta marrón de *tweed*, unos pantalones algo más oscuros, camisa blanca y una corbata amarilla bastante chillona. Llevaba los zapatos brillantes y el pelo negro cuidadosamente peinado. Tenía el aire engreído de una persona proclive a tomarse demasiado en serio a sí misma.

—Detective Kassel, ¿puede decirme cuál es su trabajo?

—Soy detective del Departamento de Policía de Portland.

—¿Arrestó usted al procesado ayer por la tarde?

—Sí, señor.

—Por favor, diga al juez cómo se produjo el arresto.

—El detective Rittner y yo recibimos una llamada a través de la emisora de radio de la policía. Basándonos en esa comunicación, entramos en la finca. Nos identificamos como policías y exigimos que el procesado nos abriese la puerta. Lo hizo sin resistirse. El detective Rittner y yo esposamos al procesado y esperamos que llegasen los demás vehículos policiales, tal como se nos había ordenado.

—¿Tardaron en llegar los demás oficiales?

—No mucho. Un cuarto de hora después de que llegásemos Rittner y yo, usted mismo y el detective Barrow se personaron allí, seguidos por otros coches.

Betsy frunció el entrecejo. Repasó algo que había anotado mientras testificaba el juez Ryder. Luego tomó nuevas notas en su bloc.

—¿Descubrió usted el cadáver? —preguntó Page.

—No, señor. Habíamos recibido instrucciones concretas para que permaneciésemos junto al procesado. El cadáver lo descubrieron otros oficiales.

—¿Leyó usted sus derechos al señor Darius?

—Sí, señor.

—¿Hizo el señor Darius alguna observación?

—Aparte de llamar a su abogado, no dijo nada más.

—Puede interrogar al testigo, señora Tannenbaum.

Betsy parecía un tanto insegura, como si no supiese qué hacer. Solicitó al juez un minuto de descanso y fingió que repasaba un informe de la policía, cuando en realidad estaba poniendo en orden sus ideas.

—Detective Kassel —preguntó Betsy con cautela—, ¿quién le dijo que entrase en la finca de Darius y que procediera a la detención de éste?

—El detective Barrow.

—¿Le dijo porqué debía proceder usted a la detención del señor Darius?

—Sí, señora. Dijo que se había recibido una llamada de acuerdo con la cual el procesado había asesinado a su esposa, cuyo cadáver estaba en el sótano.

—¿Le dijo el detective Barrow quién había realizado esa llamada?

—No, no se lo pregunté.

—¿Cómo iba vestido el señor Darius cuando les abrió la puerta?

—Llevaba una camisa blanca y un pantalón oscuro.

—Señor Darius, tenga la amabilidad de ponerse en pie. —Darius se levantó—. ¿Esos mismos pantalones?

El detective Kassel se tomó su tiempo para mirar a Darius.

—Sí, llevaba esos mismos pantalones cuando lo detuvimos.

—¿Y la misma camisa blanca?

—Sí.

—¿Se encuentran sus ropas en la misma condición en que estaban cuando lo detuvieron?

—Sí.

—En esa camisa no hay ni una sola gota de sangre, ¿no cree?

Kassel calló unos instantes.

—No, señora —respondió.

—¿Llegó a ver usted el cuerpo de Lisa Darius en algún momento?

—Sí.

—En el sótano había una gran cantidad de sangre, ¿no es así?

—Sí —repuso Kassel, contrariado.

—La puerta de entrada a la finca de Darius está cerrada con llave. ¿Cómo entraron ustedes?

—El detective Barrow sabe la combinación.

—¿A qué se debe que llegara usted a la finca de Darius con tanta antelación respecto al detective Barrow, al señor Page y al resto de los oficiales? —preguntó Betsy con una sonrisa de gran tranquilidad, que disfrazaba la tensión que estaba sintiendo. Con unas cuantas preguntas más, sabría con total certidumbre si sus sospechas eran correctas.

—Estábamos en el coche, aparcado delante de la finca.

—¿Por casualidad?

—No, señora. Teníamos al procesado bajo estrecha vigilancia.

—¿Durante cuánto tiempo lo tenían bajo vigilancia?

—Llevábamos ya algún tiempo vigilando sus movimientos, desde antes de que se procediese a su primera detención.

—¿Lo vigilaban sólo usted y el detective Rittner?

—Oh, no. La vigilancia la hacíamos en tres equipos; nos íbamos turnando. No es posible vigilar a nadie durante las veinticuatro horas del día, a menos que la vigilancia sea por turnos.

—Desde luego. ¿A qué hora comenzaba su turno el día en que detuvieron al señor Darius?

—Más o menos, a las tres de la tarde.

—¿Dónde comenzó su vigilancia?

—Delante de su oficina.

—Supongo que sustituyeron ustedes a otro equipo de vigilancia, ¿no es así?

—Desde luego. Sustituimos a los detectives Padovici y Kristol.

—¿A qué hora habían empezado ellos?

—A eso de las cinco de la mañana.

—¿Dónde comenzaron su vigilancia?

—En casa del procesado.

—¿Por qué empezó el otro equipo a una hora tan temprana?

—El procesado suele levantarse a eso de las cinco y media, y se va a trabajar antes de que sean las seis y media. Al estar delante de su casa a las cinco, mantenemos la cobertura de todos sus movimientos desde que sale de casa.

—Y eso es lo que hicieron Kristol y Padovici, ¿no?

—Sí.

—Supongo que siguieron al señor Darius hasta su lugar de trabajo.

—Eso es lo que dijeron.

—Y ese día ¿ocurrió algo fuera de lo común, alguna cosa digna de mención, según los detectives?

—No. Se fue de casa al trabajo. No creo que llegara a salir de sus oficinas. El detective Padovici dijo que le había dado la impresión de que ordenó que le trajesen unos sandwiches a la hora del almuerzo. A eso de las seis salieron unos cuantos individuos, vestidos de traje y corbata. Creo que habían tenido una reunión.

—Cuando el señor Darius se marchó, ¿lo siguió usted hasta su casa?

—Así es.

—¿Lo perdió de vista en algún momento?

—No, señora.

—¿Cuánto tiempo pasó desde que el señor Darius llegó a su casa hasta que recibió usted las instrucciones del detective Barrow para entrar en la finca y proceder a su detención?

—No mucho.

—Trate de calcular con cierta aproximación.

—Bueno... Unos quince minutos, puede que veinte.

Betsy hizo una pausa. Le asqueaba pasar a la siguiente serie de preguntas, pero su sentido del deber, así como la posibilidad de que las respuestas del testigo demostraran la inocencia de su cliente, le ayudaron a sobreponerse y a superar la repulsión que le inspiraba la perspectiva de que Martin Darius fuese puesto en libertad sin cargos.

—El día de autos, ¿llegó a ver usted al señor Darius en compañía de Lisa Darius?

—No, señora.

—¿Y Padovici y Kristol? ¿Dijeron haber visto al señor en compañía de su esposa?

Kassel frunció el entrecejo como si de pronto hubiese caído en la cuenta del lugar al que iban a llevarlo las preguntas de Betsy. Betsy miró a su izquierda y vio a Alan Page, enzarzado en una animada discusión con Randy Highsmith.

—No puedo recordarlo —dijo titubeando.

—Doy por sentado, y espero no equivocarme, que usted redactó a diario un informe de su vigilancia, en el que habrá dejado constancia de todo lo que le pareciese llamativo.

—Sí.

—¿Dónde están esos informes diarios?

—En poder del detective Barrow.

Betsy se puso de pie.

—Señoría, quisiera que esos informes diarios fuesen presentados en esta sala, y que los detectives Kristol y Padovici tuviesen la amabilidad de subir al estrado para contestar a mis preguntas. El juez Ryder acaba de testificar, diciendo que la última vez que vio a su hija eran las siete y media de la mañana. El detective Kassel acaba de testificar diciendo que los detectives Padovici y Kristol informaron de que ese día el señor Darius salió de su finca a las seis y media y de que se fue directamente a trabajar. Si ninguno de los dos equipos de vigilancia vio a mi cliente con su esposa a lo largo del día, ¿en qué momento pudo matarla? Estamos en condiciones de presentar en la sala a varias personas que estuvieron con el señor Darius durante el día de ayer. Todas ellas testificarán que estuvo en su despacho desde las siete de la mañana hasta poco después de las seis de la tarde.

El juez Norwood parecía desconcertado. Alan Page se puso de pie de un salto.

—Esto es una estupidez, señoría. Se había sometido a Darius a vigilancia, no a su esposa. El cuerpo de Lisa Darius apareció en el sótano de la casa del acusado; en el momento en que fue descubierto, el señor Darius se hallaba junto al cadáver.

—Señoría —dijo Betsy—, es imposible que el señor Darius hubiese matado a su esposa antes de llegar a su casa, por descontado, y acabamos de oír el testimonio del detective Kassel, según el cual Darius estuvo en la casa breves momentos antes de que llegara el detective Kassel. Lógicamente, la persona que le hubiese abierto el vientre a Lisa Darius tendría que estar muy manchada de sangre. En mi cliente no había una gota de sangre.

Basta con fijarse en su indumentaria; viste igual que en el momento de su detención.

»Lo que trato de sugerir es que el señor Darius está siendo víctima de una conspiración contra su persona, tendente a que se le inculpe de éste y de otros crímenes. Parece bien claro que alguien estuvo en el domicilio del juez Ryder tomando café con Lisa Darius. Pero no pudo tratarse del procesado. Lisa Darius se marchó de la casa sin apagar el televisor, simplemente porque fue obligada a marcharse. La persona que la obligó la llevó después a la finca de Darius y la asesinó en el sótano, para hacer acto seguido la llamada anónima que guió a la policía hasta donde estaba el cadáver.

—Eso es absurdo —dijo Page—. ¿Quién es esa persona? Supongo que va a sugerir que también fue quien descuartizó a las cuatro personas que encontramos en el solar que es propiedad de su cliente.

—Señoría —dijo Betsy—, pregúntese quién sabía que el cadáver de Lisa Darius se encontraba en el sótano del domicilio del señor Darius. Sólo podía saberlo el asesino, o alguien que presenciase el asesinato. ¿Acaso quiere el señor Page dar a entender que mi cliente encontró a su esposa todavía viva en su domicilio, que la descuartizó en un cuarto de hora más o menos, que es el tiempo transcurrido entre el momento en que el detective Kassel lo perdió de vista y el momento en que el mismo detective procedió a su detención, sin mancharse de sangre la camisa mientras le seccionaba el abdomen, y que además tuvo un comportamiento de ciudadano ejemplar, al informar a la policía del paradero del cadáver a fin de ser detenido?

El juez Norwood parecía desconcertado. Betsy y Alan Page lo miraban con ansiedad.

—Señora Tannenbaum —dijo el juez—, su teoría depende estrictamente de que el señor Darius saliese de su finca a las seis y media de la mañana y de que estuviese todo el día en su despacho.

—Sí, señoría.

El juez se volvió a Alan Page.

—Voy a dejar al señor Darius en prisión durante todo el fin de semana. Quiero que facilite copias de los informes a la señora Tannenbaum y quiero que los detectives estén presentes en la sala el lunes por la mañana. Voy a decirle, señor Page, que todo este asunto me tiene seriamente preocupado. Más vale que tenga usted el lunes una explicación mejor; estaré deseoso de oírle. Por el momento, no consigo entender de qué modo podría haber matado este hombre a su mujer.

2

—Maldita sea, Ross, ¿cómo se te pudo pasar por alto?

—Lo siento, Al. No repaso los informes a diario.

—Si Darius no se acercó al domicilio del juez Ryder, estamos metidos en un buen lío, Al —dijo Randy Highsmith.

—Los equipos de vigilancia han tenido que echarlo todo a perder —insistió Page—. Ella estaba allí; de alguna manera tuvo que entrar en el sótano. ¿No me comentaste que había algunos caminos a través del bosque? Los equipos de vigilancia no estaban siguiendo a Lisa. Es posible que aprovechase uno de esos caminos para entrar de rondón en la finca, mientras los equipos de vigilancia procuraban no perder de vista a Darius.

—¿Y por qué razón iba a entrar en la finca, si Darius le daba un miedo aterrador? —preguntó Highsmith.

—Es posible que la engatusara por teléfono —respondió Page—. Al fin y al cabo, eran marido y mujer.

—En ese caso, ¿por qué iba a colarse de rondón? —preguntó Highsmith—. ¿Por qué no entró por la puerta principal? Seguía siendo su casa. No tiene ningún sentido que se colase de rondón si había decidido volver por las buenas.

—Es posible que los periodistas la hayan asediado, y que quisiera evitarse encuentros incómodos.

—No me lo creo.

—Tiene que existir una explicación lógica y coherente —contestó Page, frustrado por la aparente imposibilidad de la situación.

—Mira, Al. En todo esto hay algunas cosas más que me tienen escamado —dijo Highsmith a su jefe.

—Adelante, cuéntanoslas —dijo Page.

—¿Cómo sabía Nancy Gordon dónde íbamos a encontrar el cadáver? Tannenbaum tiene razón. Darius no pudo matar a

Lisa por la noche, porque según su padre estaba viva por la mañana. Tampoco pudo matarla fuera de la finca; lo tuvimos bajo vigilancia durante el día entero. En el sótano no hay ventanas, así que ¿cómo pudo saber alguien más qué era lo que estaba ocurriendo? Al, tenemos tremendos problemas en este caso. Así de simple. Esto hay que afrontarlo.

3

—¿Qué tal fue la reunión?

—Más vale que no me lo preguntes —dijo Raymond Colby a su mujer—. Tengo la cabeza como si fuera plastilina. Anda, ayúdame a quitarme la corbata, que tengo los dedos entumecidos.

—Ven. Deja, déjame —dijo Ellen, deshaciéndole el nudo Windsor de la corbata.

—¿Me preparas una copa? Te espero en el cuarto de estar. Quiero ver las noticias.

Ellen besó a su marido en la mejilla y se dirigió al mueble bar.

—¿Por qué no te vas a la cama sin más complicaciones?

—Bruce Smith hizo algún estúpido comentario sobre el presupuesto de la autopista. Wayne ha insistido en que me entere. Seguramente saldrá en las noticias. Además, estoy demasiado cansado, por no decir excitado, para irme directamente a dormir. Ha sido un día atroz.

Colby se dirigió al cuarto de estar y encendió el televisor. Enseguida entró Ellen y dio al senador la copa que le había pedido.

—Si esto no te relaja, ya pensaremos algo que te relaje de veras.

Colby sonrió.

—¿Qué te hace pensar en que aún tengo energía para esa clase de actividades relajantes?

—Un hombre que no esté a la altura de las circunstancias no debería presidir el Tribunal Supremo.

Colby se echó a reír.

—Hay que ver, te has vuelto una pervertida a tu edad.

—Ya iba siendo hora.

Los dos se rieron, pero Colby se puso repentinamente serio. Apuntó el mando a distancia hacia la pantalla y subió el volumen.

«...un sorprendente vuelco de los acontecimientos en la acusación que se dirime en los tribunales contra el constructor y millonario Martin Darius, procesado por torturar y asesinar a tres mujeres y a un hombre en Portland, estado de Oregón. Hace una semana, Darius fue puesto en libertad bajo fianza cuando el juez Patrick Norwood sentenció que las pruebas presentadas en su contra eran insuficientes. Ayer por la noche, Darius fue detenido de nuevo cuando la policía descubrió el cadáver de su esposa, Lisa Darius, en el sótano de la mansión en la que reside Darius. Un portavoz de la policía comentó que había sido torturada y asesinada de manera similar a las otras víctimas.

»Hoy mismo, en una vista ante el juez, Betsy Tannenbaum, la abogada que defiende a Darius, argumentó que éste estaba siendo víctima de una conspiración, después de revelarse que varios equipos policiales de vigilancia siguieron a Darius durante las veinticuatro horas el día en que su esposa fue asesinada, sin que nadie lo viese en ningún momento con ella. La vista se reanudará el lunes.»

«Pasando a cuestiones menos graves, el alcalde Clinton Vance ha informado de que...»

Colby apagó el televisor y cerró los ojos.

—¿Qué sucede? —preguntó Ellen.

—¿Cómo te sentaría que el Senado no ratificase mi nombramiento?

—Eso es imposible.

Colby percibió la incertidumbre en la voz de su esposa. Estaba agotado de cansancio.

—Tengo que tomar una decisión. Se trata de un asunto relacionado con algo que hice cuando era gobernador de Nueva York. Es un secreto que siempre creí que permanecería enterrado.

—¿Qué clase de secreto? —preguntó Ellen con inquietud.

Colby abrió los ojos. Notó la preocupación en la cara de su esposa y la tomó de la mano.

—No es un secreto que tenga nada que ver con nosotros,

amor. Se trata de un asunto relacionado con algo que hice hace diez años, con una decisión que tuve que tomar y que hoy, si me viese en la misma situación, volvería a tomar.

—No te entiendo.

—Te lo voy a explicar todo, y luego me dirás qué debo hacer.

CAPÍTULO XXV

I

Alan Page miró la pantalla iluminada de su despertador digital mientras a tientas procuraba coger el teléfono. Eran las cuatro y cuarto de la madrugada y la habitación estaba a oscuras.

—Por favor, ¿hablo con Alan Page, el fiscal de distrito del condado de Multnomah? —preguntó una voz de hombre.

—Sí, soy Alan Page, y seguiré siendo fiscal de distrito cuando amanezca.

—Perdone que lo llame a estas horas, pero es que aquí hay una diferencia horaria de tres horas, y mi vuelo sale dentro de treinta minutos.

—¿Quién llama? —preguntó Page.

—Wayne Turner. Soy el ayudante administrativo del senador Raymond Colby. Pero hace tiempo fui detective del Departamento de Policía de Hunter's Point. Nancy Gordon y yo somos buenos amigos.

Page sacó las piernas por el costado de la cama y se sentó.

—Lo escucho con toda atención. ¿A qué se debe su llamada?

—Estaré en el hotel Sheraton del aeropuerto de Portland a eso de las diez, hora de allí. El senador Colby desea que le informe acerca de algo.

—¿Tiene que ver con Darius?

—Nosotros lo conocimos como Peter Lake. El senador desea que tenga usted toda la información disponible sobre determinados asuntos que posiblemente no conozca.

—¿Por ejemplo?

—Por teléfono no, señor Page.

—¿Cree que lo que vaya a decirme me servirá de ayuda en la acusación contra Darius?

—Mi información va a garantizarle su condena.

—¿Podría darme alguna clave acerca de lo que me va a decir?

—No por teléfono —repitió Turner—. Y sólo se lo diré a usted.

—Randy Highsmith es mi ayudante en jefe. Ya ha conversado usted con él. ¿Le parece aceptable que venga conmigo a verlo?

—Vamos a ver si me explico con total claridad, señor Page. El senador Colby está dispuesto a hacer por usted todo lo que está al alcance de una persona dedicada a la política. Todo lo posible, en este caso, quiere decir que está asumiendo una serie de riesgos muy elevados. Cuando me llamó el señor Highsmith tuve que despistarlo mediante evasivas. En cambio, a usted voy a decirle todo lo que de ninguna manera quisimos que el señor Highsmith supiera, sólo que sin hablar a las claras. Éste no es un asunto de mi elección. El senador ha insistido en que viaje a Portland para informarle. Mi trabajo consiste en hacer lo que él desee que haga, pero voy a protegerlo tanto como pueda. Por lo tanto, no habrá testigos de la conversación que tengamos; además, usted no tomará nota de la misma, y le advierto que será cacheado por si llevase algún micrófono. Por otra parte, también puedo garantizarle que lo que voy a decirle vale mucho más que las molestias que le pueda haber causado mi llamada, despertándolo antes del amanecer. Bien, ahora debo coger mi avión a Portland, si todavía desea que lo haga.

—Lo espero a las diez, señor Turner. Y le aseguro que respetaré todos sus deseos.

Page colgó y se quedó sentado a oscuras, totalmente despierto. ¿Qué iría a decirle Turner? ¿Qué conexión podía existir entre el senador que el presidente de los Estados Unidos había nominado para la presidencia del Tribunal Supremo y Martin Darius? Fuera la que fuese, Turner había dicho con toda claridad que, a su juicio, era una garantía para lograr la condena de Darius, y eso era lo único que importaba. Desde la primera vista del caso, celebrada para fijar la fianza, la acusación que tenía que sacar adelante parecía escapársele de las manos a cada paso. Ni siquiera la trágica muerte de Lisa Darius había dado pruebas de peso a la acusación. Y quizá la información que Turner iba a transmitirle le sirviese de tabla de salvación.

Wayne Turner abrió la puerta y dejó pasar a Alan Page a su habitación del hotel. Turner iba vestido con un terno impecable. El traje que llevaba Page estaba bastante arrugado, y no se había lustrado los zapatos. Si alguno de los dos tuviese aspecto de haber realizado un vuelo de casi cinco mil kilómetros, nadie dudaría en señalar a Page.

—Cuanto antes hagamos el *strip-tease*, mejor —dijo Page nada más cerrar la puerta. Page se quitó la chaqueta, y Turner lo cacheó con gestos de experto.

—¿Satisfecho? —preguntó Page.

—En absoluto, señor Page. Si fuese yo quien toma las decisiones, ahora mismo estaría de vuelta en Washington. ¿Quiere una taza de café?

—Sí, estupendo. Gracias.

—Bien. Antes quiero que dejemos sentadas unas cuantas normas. Ahora mismo existe una gran posibilidad de que el senador Colby no sea ratificado en el cargo, especialmente si lo que voy a decirle llega a ser de dominio público. Quiero que me dé su palabra de que bajo ningún concepto llamará a declarar en el juicio, como testigos, ni al senador ni a mí. Quiero que me dé su palabra, además, de que no pondrá a disposición de ninguna otra persona, y aquí incluyo a los miembros de su equipo, la información que voy a proporcionarle, con la única salvedad de que la propagación de dicha información llegara a ser absolutamente necesaria para lograr la condena de Martin Darius.

—Señor Turner, el senador me merece todo el respeto del mundo. Querría verlo prestar declaración ante el tribunal, pero el hecho de que esté dispuesto a poner en riesgo su ratificación en el cargo refuerza el sentimiento que tengo acerca de su valía y su importancia para el bien de la nación. Créame: no pienso hacer nada que pudiera echar a perder sus posibilidades de ser ratificado en el cargo, siempre y cuando pueda evitarlo. De todos modos, también quiero que sepa, antes que nada, que esta acusación es sumamente problemática. Si tuviese que hacer un pronóstico, optaría por la liberación inmediata de Martin Darius basándome en los hechos de los que dispongo actualmente.

2

Kathy insistió en cenar de nuevo en Spaghetti Factory. Tuvieron que esperar, como de costumbre, casi tres cuartos de hora, y además los atendieron con bastante lentitud. No volvieron al apartamento de Rick hasta que casi eran las nueve. Kathy se sentía muy cansada, pero estaba también tan excitada que no quiso irse a la cama. Rick dedicó media hora larga a leerle cuentos; le sorprendió lo mucho que pudo disfrutar leyéndole a su hija. De esa tarea habitualmente se había encargado Betsy. También disfrutó de la cena. Lo cierto es que había disfrutado de todo el tiempo que habían pasado juntos los dos.

Llamaron a la puerta. Rick miró el reloj. ¿Quién podía venir a verlo a las diez menos cuarto de la noche? Echó un vistazo por la mirilla, y le llevó un momento recordar a la mujer que esperaba en el rellano.

—La señorita Sloane, ¿no? —preguntó Rick en cuanto abrió la puerta.

—Vaya, tiene usted buena memoria.

—¿En qué puedo servirle?

Sloane parecía azorada.

—La verdad, sé que no debería presentarme en su casa de este modo, pero es que me acuerdo de su dirección porque se la dio a Betsy antes de salir de su despacho. Yo estaba allí mismo. En fin, sé que es bastante tarde, pero tenía previsto intentar concertar una cita con usted para comentar algunos puntos de mi artículo, así que pensé que podía arriesgarme a pasar por aquí. De todos modos, si está usted ocupado puedo venir en otro momento.

—Pues si quiere que le diga la verdad, creo que eso sería lo mejor. Kathy está conmigo y acaba de irse a dormir. No quiero molestarla, y estoy bastante cansado.

—Lo entiendo, señor Tannenbaum. ¿Podríamos vernos otro día? ¿Tiene algún momento libre a lo largo de la semana?

—¿De veras desea hablar conmigo? Betsy y yo estamos separados, no sé si lo sabía.

—Sí, lo sé, pero de veras me gustaría hablar con usted acerca de ella. Es una mujer sobresaliente, y la imagen que usted tenga de ella podría resultarme muy orientadora.

—No estoy seguro de que me apetezca hablar de nuestro matrimonio pensando en los datos que usted pueda publicar.

—De todos modos, ¿se lo pensará con más tranquilidad?

Rick titubeó.

—Claro, desde luego. Llámeme al despacho.

—Gracias, señor Tannenbaum. ¿Tiene usted una tarjeta?

Rick se palpó los bolsillos y recordó que había dejado la agenda en el dormitorio.

—Pase un momento, por favor. Ahora mismo le traigo una.

Rick volvió la espalda a Nora Sloane y echó a caminar hacia el dormitorio. Nora era algo más alta que Rick. Se deslizó tras él, sin hacer ruido, y le pasó el brazo izquierdo por el cuello, a la vez que, con la mano derecha sacaba un cuchillo del bolsillo de la gabardina. Rick se sintió alzado, hasta quedar de puntillas, cuando Sloane se inclinó hacia atrás y le levantó la barbilla de un tirón seco. No sintió nada, en cambio, cuando el cuchillo le rajó la garganta de parte a parte, porque el cuerpo entero sufrió una conmoción instantánea. Notó una sacudida cuando el cuchillo se le insertó en algún punto de la espalda, y luego hubo otra. Rick intentó resistirse, pero perdió todo control sobre su cuerpo. La sangre le manó del cuello; vio una mancha roja como un turista que mira anonadado un monumento. La sala de estar osciló ante sus ojos. Rick sintió que perdía las fuerzas a la vez que se le iba la sangre a borbotones y que encharcaba el suelo a sus pies. Nora Sloane lo soltó y él se desmoronó sobre la alfombra. Cerró la puerta del apartamento sin hacer ruido y miró a su alrededor. Cruzó el cuarto de estar, recorrió un tramo de pasillo y se detuvo al llegar a la primera puerta. La abrió con suavidad y vio a Kathy. La pequeña, preciosa, dormía sin enterarse de nada. Estaba adorable.

CAPÍTULO XXVI

Betsy estaba terminando el desayuno cuando sonó el timbre de la puerta. Durante toda la mañana había estado lloviendo y le fue difícil ver a Nora Sloane a través del cristal de la ventana de la cocina, que chorreaba de agua. Estaba ya sobre la alfombrilla de la puerta, con un paraguas en una mano y una gran bolsa de papel en la otra. Betsy fue a la puerta con la taza de café en la mano. Cuando abrió, Nora le sonrió.

—¿Puedo pasar? —preguntó.

—Por supuesto —respondió Betsy, haciéndose a un lado. Sloane dejó el paraguas apoyado contra la pared de la entrada y se desabrochó la gabardina. Llevaba unos tejanos muy ceñidos, una camisa vaquera, azul clara, y un jersey azul más oscuro.

—¿Podemos charlar un rato? —preguntó Nora a la vez que hacía un gesto en dirección a la sala de estar.

A Betsy le extrañó esta visita matinal, pero de todos modos tomó asiento en el sofá. Nora se acomodó en un sillón, frente a ella, y sacó una pistola de la bolsa de papel. A Betsy se le escurrió la taza de café de entre los dedos y se hizo añicos contra la mesa de mármol. Alrededor de los trozos se formó un charco marrón oscuro.

—Siento haberte asustado —dijo Sloane con toda tranquilidad. Betsy miraba fijamente el arma—. No te dejes intimidar por esto. Jamás te haría daño. Sabes que me caes muy bien. Lo que pasa es que no estaba muy segura de cómo vas a reaccionar cuando te explique por qué estoy aquí, y necesito asegurarme de que no vas a cometer ninguna tontería. No te dará por hacer nada absurdo, ¿verdad?

—Desde luego que no.

—Bien. Ahora, préstame atención. Es imprescindible que Martin Darius no sea puesto en libertad. El lunes, antes de iniciarse la vista, quiero que solicites al juez Norwood permiso para utilizar la sala de jurados para hablar en privado con tu cliente. En esa sala hay una puerta que da al corredor. Cuando llame a esa puerta, me dejarás entrar.

—¿Y luego?

—Lo que suceda luego no es de tu incumbencia.

—¿Por qué razón debería hacer lo que me dices?

Nora introdujo la mano en la bolsa y sacó a *Oliver*. Entregó el muñeco de peluche a Betsy.

—Tengo a Kathy en mi poder. Es una niña maravillosa. Te aseguro que estará estupendamente, siempre y cuando hagas lo que te digo.

—¿Cómo... cómo te has apoderado de Kathy? Rick no me ha llamado.

—Rick ha muerto. —Betsy se quedó boquiabierta mirando a Nora, sin estar segura de que había entendido bien—. Te hizo daño. Los hombres son así. Martin es el peor ejemplo. Hizo que nos comportásemos como perras, nos obligó a follar unas con otras, nos montó como si fuésemos muñecas hinchables, para de ese modo poder vivir sus fantasías. Pero los demás hombres al fin y al cabo hacen lo mismo, sólo que de manera diferente. Por ejemplo, Rick. Primero te utilizó, y luego quiso quitarte de en medio.

—¡Oh, Dios! —Betsy rompió a llorar, aturdida, creyendo sólo a medias lo que Sloane acababa de decir—. No es posible, no está muerto.

—Lo hice por ti, Betsy.

—No, Nora, no. Él no se merecía algo así.

Los rasgos de Sloane se endurecieron.

—Todos se merecen la muerte, Betsy. Todos ellos.

—Tú no eres Nora. Tú eres Samantha Reardon, ¿verdad? —preguntó. Reardon asintió—. No puedo comprenderlo. Después de lo que sufriste, ¿cómo has sido capaz de asesinar a esas mujeres?

—Fue muy difícil, Betsy. Pero antes me cercioré de que no sufriesen. Sólo les marqué el cuerpo después de anestesiarlas. Si hubiese podido hacerlo de otro modo, no dudes que lo habría hecho.

«Lógicamente —pensó Betsy—, si Reardon secuestró a las mujeres para cargarle la culpa a Martin Darius, tuvo que resultarle más fácil hacer lo que les hizo mientras estaban inconscientes. Una enfermera con experiencia de quirófano tenía que conocer a fondo cómo funcionaban anestésicos como el pentobarbital.»

Reardon sonrió cálidamente, dejó de apuntar a Betsy con el arma e hizo ademán de entregársela.

—No temas. Ya te he dicho que no pienso hacerte daño. Toma, cógela. Quiero que te des cuenta de que confío enteramente en ti. —Betsy estuvo a punto de tomar el arma, pero no lo hizo. Reardon la apremió—: Adelante. Haz lo que te digo. Sé que no me vas a disparar. Soy la única persona que sabe dónde está Kathy. Si muero, nadie será capaz de encontrarla. Si muero, ella morirá de hambre. Es una forma muy cruel de morir. Una muerte espantosa, lo sé. Yo estuve a punto de morir de inanición.

Betsy tomó el arma. Le resultó fría al tacto, y muy pesada. Se hallaba en condiciones de matar a Reardon, pero se sintió absolutamente impotente.

—Si hago lo que me has dicho que haga, ¿me devolverás a Kathy sana y salva?

—Kathy es mi seguro de vida, tal y como yo lo fui para Peter Lake. Nancy Gordon me contó con todo detalle el perdón que le otorgó el gobernador. Es mucho lo que he aprendido de Martin Darius, y estoy impaciente por agradecérselo personalmente.

Reardon permaneció sentada en silencio durante un tiempo. No se movió. Betsy procuró permanecer también inmóvil, pero le resultó imposible. Cambió de postura. Fueron pasando los segundos. Daba la impresión de que a Reardon le costaba bastante ordenar sus ideas. Cuando habló miró a Betsy a los ojos con una expresión de honda preocupación, y se dirigió a ella tal y como una maestra se dirige a su alumna preferida cuando desea tener absoluta seguridad de que la discípula ha comprendido el punto crucial de la explicación.

—Tienes que ver a Darius tal y como es en realidad, si deseas comprender qué es lo que estoy haciendo. Darius es el mismísimo demonio. Quiero decir que no es solamente una mala persona, sino que es el mal encarnado. Ninguna medida ordinaria habría funcionado. ¿Quién me habría podido creer? He estado dos veces ingresada en instituciones psiquiátricas. Cuando quise contar la verdad a la gente de Hunter's Point, nadie me prestó atención. Ahora ya sé por qué. Siempre sospeché que Martin estaba aliado a otras personas, y Nancy Gordon me lo ha confirmado. Ella me habló de la conspiración urdida para que Martin saliese libre y para que Henry Waters cargase con la culpa. Sólo un ser demoníaco podría disponer de semejante poder. Piénsalo. El gobernador, el alcalde, la policía... sólo Gordon ofreció resistencia. Y ella era la única mujer.

Reardon miró a Betsy intensamente.

—Me juego cualquier cosa a que te sentirás muy tentada de llamar a la policía en cuanto me marche —continuó—. Eso es algo que de ninguna manera debes hacer. Quién sabe, tal vez me detengan. Y si lo hacen, puedes estar segura de que jamás revelaré dónde está Kathy. Tienes que ser particularmente fuerte cuando la policía te comunique que Rick ha muerto y que Kathy ha sido secuestrada. No te debilites, no me delates. —Reardon sonrió fríamente—. No debes fiarte de la policía. No pienses, ni por un momento, que podrán conmigo. Te aseguro que nada de lo que la policía pueda hacerme resistiría una elemental comparación con lo que me hizo Martin, y Martin tampoco pudo conmigo. Desde luego, él creyó que sí. Creyó que por fin había logrado mi total sumisión, pero sólo me sometí a él corporalmente. Por dentro, en mi mente, permanecí siempre fuerte y centrada. De noche oía sollozar a las demás. Yo nunca sollocé. Retuve mi odio en mi interior, lo nutrí y le di calor. Esperé. Cuando me contaron que Waters era el culpable, me di cuenta de que me estaban mintiendo. Entendí que Martin había tenido que hacerles algo para obligarles a mentir. Eso es algo que el demonio puede hacer: retuerce a las personas, las transforma, las moldea a su antojo como si fuesen figuras de arcilla. Pero a mí no me cambió.

—¿Está Kathy bien abrigada? —preguntó Betsy—. Fácilmente se pone enferma si está en un sitio húmedo o frío.

—Kathy está bien abrigada, Betsy. Yo no soy un monstruo como Darius. No soy inhumana, no soy insensible. Lo que sucede es que necesito a Kathy para estar a salvo. Pero en ningún momento he querido hacerle daño.

Betsy no odió a Reardon. Reardon era una demente. A quien

odiaba era a Darius. Darius supo exactamente y en todo momento lo que hacía al crear una Reardon distinta tras despojarla de su humanidad. Betsy le devolvió el arma.

—Tómala. Yo no la quiero.

—Gracias, Betsy. Me complace ver que confías en mí tanto como yo confío en ti.

—Lo que estás haciendo es un error. Kathy no es más que una niña; nunca te ha hecho nada.

—Lo sé —dijo Reardon—. Me siento mal por habérmela llevado, pero no se me ocurrió ninguna otra forma de obligarte a que me ayudaras. Tienes unos principios muy elevados, y siempre los sigues al pie de la letra. Me fastidió enterarme de que ibas a prescindir de Darius, pues contaba con que me acercases más a él. Al mismo tiempo, te he admirado por rehusar asumir su defensa. Son muchísimos los abogados que habrían seguido adelante con el caso, y sólo a cambio del dinero. Yo te he ayudado a resolver tus problemas conyugales para que te dieras cuenta de lo mucho que te respeto. —Se puso de pie—. Ahora tengo que marcharme. Por favor, no te preocupes. Kathy está sana y salva, y bien abrigada, como tú quieres. Haz lo que te digo y muy pronto la tendrás de nuevo a tu lado.

—¿Podrías hacer que Kathy me llamase? Estará asustada. Seguramente le ayudaría mucho oír mi voz, hablar conmigo.

—Estoy segura de que lo dices con sinceridad, Betsy, pero podría darse el caso de que intentaras localizar mis llamadas. No puedo arriesgarme.

—Entonces, llévale esto —dijo Betsy, entregando *Oliver*, la mofeta de peluche de su hija, a Reardon—. Así se sentirá más segura.

Reardon recogió el muñeco. A Betsy le corrían las lágrimas por la cara.

—Kathy es todo lo que tengo. Por favor, no le hagas daño.

Reardon cerró la puerta sin contestar a su ruego. Betsy corrió hasta la cocina y la vio marcharse con paso seguro por el camino de entrada. En esos instantes, Betsy supo de pronto cómo se habían sentido tantos esposos cuando, al llegar a casa, se encontraron con una nota que decía «Para siempre en el recuerdo».

Betsy volvió a la sala de estar. Aún era de noche, aunque ya asomaba una línea de luz sobre las montañas. Se dejó caer en el sofá, exhausta por el esfuerzo que le costaba mantener a raya sus emociones, incapacitada para pensar, sobrecogida. Tenía unas ganas incontenibles de llorar la pérdida de Rick, pero sólo podía pensar en Kathy. Hasta que la niña estuviera realmente a salvo, con ella, en su corazón no habría ni un instante para acusar el dolor de haber perdido a Rick.

Betsy procuró no pensar en las mujeres tal y como las había visto en las fotografías tomadas durante las autopsias, intentó bloquear su memoria y borrar el retrato que había pintado Darius de sus deshumanizadas prisioneras, pero tampoco pudo evitar el ver a Kathy, a su pequeña hija, frenética e indefensa, acurrucada, a oscuras, aterrada por cada ruido que llegaba a sus oídos.

Pasó el tiempo en un suspiro, sin que se diese cuenta de casi nada. Dejó de llover y el cielo viró de las tinieblas a la luz sin que ella lo notase. La mancha de café frío se había extendido entre los fragmentos de la taza rota, por buena parte de la mesa. Betsy entró en la cocina. Encontró un rollo de papel debajo de la pila y arrancó unos cuantos trozos, luego cogió una pequeña bolsa de papel y una esponja. Hacer algo, cualquier cosa, le iba a sentar bien.

Betsy recogió los trozos de la taza y los metió en la bolsa de papel. Luego secó el líquido de la mesa con los trozos de papel. Mientras lo hacía, estuvo pensando en cómo recibir ayuda. Recurrir a la policía quedaba descartado. No podría controlar sus movimientos. Betsy creyó a pie juntillas lo que le había dicho Samantha Reardon. Si Reardon llegaba a sospechar que la estaba traicionando, mataría a Kathy. Si la policía llegaba a detenerla, jamás revelaría dónde tenía secuestrada a la pequeña.

Betsy depositó los papeles húmedos en la bolsa de papel, se la llevó a la cocina y la tiró a la basura. Lo único que le importaba era encontrar a su hija. Reggie Stewart era un experto en dar con personas desaparecidas, y además lo podría controlar a la perfección, ya que trabajaba para ella. Por si fuera poco, era un hombre de gran sensibilidad. Sabría poner muy por encima la necesidad de encontrar a Kathy de la de detener a Samantha Reardon. Betsy tendría que actuar con rapidez. Sólo era cuestión de tiempo, y no mucho, hasta que alguien descubriese el cadáver de Rick y comenzara la investigación policial.

El vuelo que traía a Reggie Stewart desde Hunter's Point aterrizó en Portland pasada la medianoche; la llamada de Betsy lo despertó cuando dormía a pierna suelta. Tuvo ganas de volverse a la cama en cuanto cogió el teléfono, pero la voz de Betsy le pareció tan alterada y críptica que se sintió preocupado. Stewart sonrió cuando ella le abrió la puerta, pero la sonrisa se le heló en los labios nada más verle la cara.

—¿Qué sucede, jefa?

Betsy no contestó hasta que estuvieron sentados en el cuarto de estar; parecía incapaz de dominarse.

—Habías acertado de lleno. Samantha Reardon es la autora de los asesinatos de las personas que aparecieron en el solar.

—¿Cómo lo sabes?

—Me lo ha dicho ella. Esta mañana... —respondió. Cerró los ojos y respiró hondo.

Sus hombros temblaron, se cubrió los ojos con una mano. No quería llorar. Stewart se arrodilló a su lado. La tocó con amabilidad.

—Betsy, ¿qué está pasando? Dímelo. Soy tu amigo. Si está en mi mano ayudarte, sabes que lo haré.

—Ha matado a Rick —sollozó Betsy, desmoronándose en brazos de Reggie.

Stewart la estrechó en sus brazos y la dejó llorar hasta que se desahogase.

—¿Has llamado a la policía?

—No puedo, Reggie. Tiene a Kathy secuestrada en algún lugar. La policía ni siquiera sabe aún que Rick ha muerto. Si detienen a Samantha, ella no revelará nunca dónde tiene escondida a mi hija, y la dejará morir de hambre. Por eso te necesito. Tienes que encontrar a Kathy.

—No, Betsy, no es a mí a quien necesitas. Necesitas a los polis y al FBI. Están mucho mejor capacitados que yo para descubrir dónde está Kathy. Tienen ordenadores, gente de sobra...

—Creo a Samantha cuando dice que Kathy morirá si se entera de que he ido a ver a la policía. Lo ha dicho muy en serio. Reardon ya ha asesinado a las cuatro personas del solar, a Lisa Darius y a Rick.

—¿Cómo es que conoces tan bien a Reardon?

—Al día siguiente de que me contratase Darius, una mujer que dijo llamarse Nora Sloane me llamó por teléfono. Me dijo que deseaba almorzar conmigo para comentar un artículo que según ella estaba escribiendo. Se trataba de un artículo sobre mujeres criminalistas. Me dijo que deseaba utilizar mi trayectoria profesional, mis casos, como tema central de su artículo. Me aduló. Cuando fue detenido Darius ya se había hecho bastante amiga mía. Y cuando me preguntó si podría hacer un seguimiento especial del caso Martin, le respondí que de acuerdo.

—¿Y era Reardon?

—Sí.

—¿Por qué ha matado a Rick?

—Dijo que lo mató porque me había abandonado.

—Si mató a Rick porque él te había hecho daño, ¿por qué quiere hacerte más daño aún al secuestrar a Kathy?

Betsy decidió no informar a Stewart acerca de las instrucciones que le había dado Reardon. Confiaba en su investigador, pero le daba miedo que Stewart pusiera a la policía sobre aviso si llegaba a enterarse de que Reardon tenía planeado entrar en la sala del jurado en el momento en que Darius estuviese dentro.

—Cuando descubrí que Martin había asesinado a las mujeres de Hunter's Point le informé que no pensaba seguir adelante con su defensa, y le dije a Reardon que iba a prescindir de Darius como cliente. Eso debió de trastornarla. Creo que desea ante todo tener la posibilidad de controlar el caso. Al tener a Kathy prisionera, puede obligarme a hacer todo lo que sea con tal de asegurarse de que Martin va a ser condenado. Si no encuentras a Kathy, creo que tendré que hacer lo que ella me diga.

Stewart echó a andar de un lado a otro. Betsy se secó los ojos. Hablar con alguien le servía de alivio.

—¿Qué es lo que sabes acerca de Reardon? —preguntó Stewart—. ¿Has visto su coche? ¿Te ha dicho en que barrio vive? Cuando fuisteis a almorzar, ¿pagó con una tarjeta de crédito?

—Llevo todo el día intentando pensar en ese tipo de cosas,

pero la verdad es que no tengo ninguna información acerca de ella. Nunca la he visto en un coche, aunque estoy segura de que debe de tener uno. Tuvo que trasladar los cadáveres hasta el solar; además, mi casa no queda muy a mano, y esta mañana ha venido a verme. Por otra parte, ha estado en todas las comparecencias de Darius en el juzgado.

—¿Y qué sabes de dónde puede vivir? ¿No te ha hablado de que tenga que hacer un largo trayecto para llegar al centro de la ciudad? ¿No te ha dicho nada del paisaje que se ve desde su casa? ¿No tienes su número de teléfono?

—Ahora que lo pienso, nunca me ha hablado demasiado acerca de sí misma. Siempre hemos hablado de mí o de Darius, o de los casos de las mujeres maltratadas, y nunca hemos hablado de ella. Ni siquiera creo haberle preguntado dónde vivía. La única vez en que le dije que la llamaría, para lo cual le pedí su número de teléfono, me dijo que no, que me llamaría ella, y preferí no presionarla. Recuerdo que pagó el almuerzo en metálico. La verdad, creo que nunca he visto nada que pudiera servir para identificarla.

—De acuerdo. Bueno, vamos a abordar esto desde otro ángulo. Darius escogió una granja aislada con objeto de que nadie lo viese llevar allí a las mujeres. De ese modo redujo al mínimo las posibilidades de que alguien tropezase con las mujeres estando él fuera. Sloane no tiene el problema que para Darius suponía su mujer y su trabajo, por lo que ha podido pasar con las mujeres la mayor parte del tiempo, aunque lo cierto es que asistió a las comparecencias de Darius ante el tribunal, aparte de haberse entrevistado contigo en varias ocasiones. Yo me jugaría cualquier cosa a que ahora mismo reside en una zona rural, próxima a Portland, de modo que pueda venir al centro y volver allí con facilidad. Es muy probable que la casa tenga sótano, para poder así mantener a sus prisioneras lejos del alcance de cualquier curioso. Lógicamente, la casa tiene que tener electricidad...

—Le pregunté si estaba dispuesta a permitir que Kathy me llamara por teléfono. Dijo que no, porque le preocupaba que yo intentase localizar sus llamadas. Tiene que tener teléfono —dijo Betsy.

—Bien; así es como hay que pensar. Electrodomésticos, teléfono, servicio de recogida de basuras. Además, es una mujer soltera. Tengo algún contacto en la General Electric de Portland y en la compañía de teléfonos, y a lo mejor pueden comprobar si una tal Nora Sloane, o una tal Samantha Reardon, ha contratado una línea telefónica y una toma de electricidad más o menos en el momento en que Reardon se vino a Portland. Tengo un compañero en la división de Vehículos que podría pasar sus nombres por el ordenador y ver si podemos encontrar una dirección suya a partir de una solicitud de permiso de conducir. Lo más probable es que haya alquilado la casa. Me apuesto cualquier cosa a que lo dejó todo preparado la primera vez que estuvo en Portland de manera que lo encontrase en orden al regresar, aunque lo más probable es que no contratase los servicios hasta que vino por segunda vez. Voy a llamar a la casera de Reardon en Hunter's Point para intentar conseguir la fecha exacta en que siguió a Oberhurst y la fecha en que regresó a Portland. Luego repasaré los listados de las agencias inmobiliarias en busca de casas situadas en el campo dotadas de sótano, que estuvieran en alquiler en la zona de los tres condados colindantes alrededor de la fecha en que estuvo en Portland. Por primera vez podré precisar cuántas fueron alquiladas por una mujer soltera...

—¿Y no crees que podría haberla comprado? Sería mucho más seguro, y no tendría que preocuparse de que el propietario pasara alguna vez a visitarla para cobrar el alquiler o para comprobar su estado de conservación.

—Sí, seguramente habrá pensado en esa posibilidad. De todos modos, no me pareció que anduviese sobrada de dinero. En Hunter's Point vivía en un apartamento de alquiler y tenía un trabajo en el que dudo mucho que ganase un gran salario. Sospecho que aquí también habrá alquilado la casa. En fin, comprobaré lo que averigüemos sobre los servicios y lo compararé con los datos que podamos obtener de los alquileres.

—¿Cuánto tiempo te llevará?

La expresión de apasionamiento se borró del rostro de Stewart.

—Ése es el problema de que sea yo y no la policía quien haga la investigación. Me temo que me llevará bastante tiempo. Podemos contratar a algunas personas para que se encarguen de parte del trabajo, como el repaso de los anuncios de alquileres, de modo que yo me ocupe del seguimiento y la coordinación, pero todo esto requiere muchísimo tiempo, y también podría escapársenos. Quién sabe, a lo mejor dijo que estaba casada y que su marido se reuniría con ella más adelante. A lo mejor ha encontrado una casa en el centro de la ciudad que se ajuste a sus propósitos. A lo mejor ha alquilado una casa con un determinado nombre, y ha contratado el teléfono y la electricidad con otro nombre. Una identidad falsa es de lo más fácil de conseguir, ya lo sabes. Y aun cuando mis figuraciones sean correctas, disponemos de un fin de semana. No sé cuántos de mis contactos podré poner en marcha; tampoco sé si todos ellos podrán ir a sus oficinas para realizar el trabajo.

Betsy parecía derrotada.

—Es verdad, no tenemos mucho tiempo. Y no sé si está cuidando de Kathy como me dijo, ni sé qué podría hacerle si llegara a la conclusión de que no me necesita.

—Betsy, tal vez deberías reconsiderar tu postura. La policía y el FBI pueden realizar la investigación con total discreción, si es eso lo que deseas.

—No —replicó ella enfáticamente—. Fue muy tajante al decir que Kathy moriría si denunciaba su secuestro. En esa investigación participarían demasiados agentes. Y no hay manera de estar totalmente seguro de que no se enterará de que se está llevando a cabo una investigación. Por otra parte, y aunque sea de manera retorcida, como es ella, creo que a Reardon le caigo bien. Mientras no me considere su enemigo, siempre existe una posibilidad de que no le haga daño a Kathy.

El resto del día fue tan aciago que Betsy llegó a pensar que no podría soportar la tensión ni un momento más. Era muy duro creer que sólo habían pasado unas cuantas horas desde la visita de Samantha Reardon. Betsy entró en la habitación de Kathy y se sentó en la cama. *El mago de Oz* estaba en la estantería. Les quedaban cuatro capítulos por leer. ¿Era posible que Kathy no llegase a saber que Dorothy regresaba al fin a su casa sana y salva? Betsy se acurrucó en la cama, con la mejilla apoyada en la almohada de su hija. Sentía el suave olor de ella en la almohada; recordaba la suavidad de su piel. Kathy, tan adorable, tan buena, estaba ahora en un lugar tan lejano como el país de Oz, un lugar donde su madre no podía darle su protección.

La casa estaba helada. Betsy había olvidado encender la calefacción. Al rato, el frío la hizo sentirse incómoda. Se incorporó. Se sentía vieja, acabada, helada hasta los huesos, como si se hubiese quedado sin sangre, como si su debilidad fuese tan grande que ya no podía hacer frente al horror que acababa de invadir su vida.

El termostato estaba en la entrada. Betsy lo subió y escuchó el rumor de la caldera al encenderse. Fue paseando de una habitación a otra, sin tener nada en mente. El silencio la abrumaba. No estaba acostumbrada a permanecer totalmente sola. Desde que nació Kathy, siempre había estado rodeada de sonidos. Ahora en cambio oía gotear la lluvia, crujir la madera, el hilo de agua que caía de un grifo, el viento. Era un silencio excesivo, una excesiva señal de la soledad.

Se fijó en el mueble bar, pero rechazó la posibilidad de disipar con un trago su percepción de la realidad. Tenía que pensar con claridad, aun cuando cada pensamiento le hiciera daño. El alcohol era una trampa. Iba a tener que afrontar mucho dolor en el futuro inmediato, y tenía que acostumbrarse.

Se preparó una taza de té y encendió el televisor para que le hiciese compañía. No tenía ni idea de lo que estaba viendo, pero el estruendo de los aplausos y las risas le sirvió para no sentirse tan sola. ¿Cómo iba a soportar hasta que se hiciera de noche, cómo iba a pasar la noche, si aguantar de día estaba siendo tan duro?

Pensó en llamar a su madre pero descartó la idea. El cadáver de Rick no tardaría en ser descubierto y Rita se enteraría a su debido tiempo de que Kathy había desaparecido. Decidió que era preferible ahorrar a su madre el sufrimiento, al menos durante todo el tiempo que fuese posible.

A las cuatro llamó Stewart para ver cómo estaba. Había hablado con sus contactos en la compañía eléctrica y en la compañía telefónica; había contratado a varios detectives privados en los que tenía plena confianza para que registrasen los anuncios de las agencias inmobiliarias durante el lapso que creía más relevante. Stewart insistió en acercarse a casa de Betsy con algo de cenar que pasaría a recoger en un restaurante chino. Ella se dio cuenta de que lo hacía exclusivamente para que no se sintiera tan sola. Estaba demasiado agotada para decirle que no, y en el fondo agradeció su compañía en cuanto llegó.

Stewart se marchó a las seis y media. Una hora más tarde, Betsy oyó que un coche se detenía frente a casa. Fue corriendo a la puerta, motivada por la esperanza irracional de que su visitante fuese Samantha Reardon trayendo a Kathy con ella. Lo que vio fue un coche patrulla con un policía de uniforme al volante; por la otra puerta salió Ross Barrow. Parecía preocupado. A Betsy se le desbocó el corazón al tener la certeza de que venía a informarle del asesinato de Rick.

—Hola, detective —lo saludó, intentando parecer despreocupada.

—¿Podemos pasar un momento, señora Tannenbaum? —preguntó Barrow.

—¿Se trata de algo relacionado con el caso Darius?

Barrow suspiró. Llevaba tanto tiempo encargándose de dar la noticia de una muerte violenta a los familiares de las víctimas, que ni siquiera le importaba precisarlo. Y no existía una manera fácil de hacerlo.

—¿Por qué no entramos en la casa?

Betsy le indicó el camino. Barrow y el otro oficial la siguieron.

—Le presento a Greg Saunders —dijo Barrow. Saunders asintió.

—¿Quieren tomar un café?

—Por el momento no, gracias. ¿Podemos sentarnos?

Betsy los hizo pasar a la sala.

—¿Dónde ha pasado usted la noche de ayer y el día de hoy? —preguntó Barrow en cuanto estuvieron sentados.

—¿Por qué quiere saberlo?

—Tengo una razón de peso para preguntárselo, créame.

—No he salido de casa.

—¿No ha salido desde ayer por la noche? ¿Ha venido alguien a visitarla?

—No —repuso Betsy, temerosa de mencionar a Reggie Stewart.

—Usted está casada, ¿verdad?

Betsy miró a Barrow un momento, y después bajó la vista.

—Mi esposo y yo estamos separados. Kathy, nuestra hija, está pasando unos días con él. He aprovechado la tranquilidad de estos días para descansar, dormir hasta tarde, dedicarme a la lectura... ¿Quiere decirme de qué trata todo esto?

—¿Dónde se encuentran el señor Tannenbaum y su hija? —preguntó Barrow, sin hacer caso de lo que ella había dicho.

—Rick acaba de alquilar un nuevo apartamento. Por ahí tengo la dirección apuntada, pero ¿por qué me lo pregunta? —Betsy miró alternativamente a Barrow y a Saunders. Éste no la miró a los ojos—. ¿Les ha ocurrido algo a Rick y a Kathy?

—Señora Tannenbaum, esto no me resulta nada fácil, sobre todo porque la conozco. La puerta del apartamento de su esposo estaba abierta. Lo encontró un vecino.

—¿Que encontró a Rick? ¿De qué me está usted hablando?

Barrow miró a Betsy muy cuidadosamente.

—¿Quiere que le traiga un coñac, o alguna otra cosa? ¿Se encuentra usted bien?

—Oh, Dios —dijo, agachando la cabeza hasta taparse la cara con ambas manos.

—El vecino ya ha identificado al señor Tannenbaum, así que usted no tendrá que hacerlo.

—¿Cómo...?

—Ha sido asesinado. Necesitamos que venga con nosotros a su apartamento, porque hay algunas preguntas a las que sólo usted puede responder. No se preocupe, el cadáver ya ha sido trasladado.

Betsy se irguió de golpe.

—¿Y Kathy? ¿Dónde está?

—No lo sabemos, señora Tannenbaum. Por eso necesitamos que nos acompañe.

La mayoría de los técnicos del laboratorio se habían marchado cuando Betsy llegó al apartamento de Rick. En el rellano, ante la puerta, dos oficiales estaban fumando. Betsy los oyó reír cuando se abrieron las puertas del ascensor. Al verla aparecer, los dos adoptaron involuntariamente un inequívoco aire de culpabilidad. Uno de ellos ocultó el cigarrillo con la mano pegada al costado, como si tratase de esconder alguna prueba.

La puerta del apartamento de Rick daba a un estrecho recibidor. Al final del mismo, el apartamento se abría para formar un amplio cuarto de estar que remataban varias ventanas altas. Las luces estaban encendidas. Betsy vio la sangre de inmediato; se había secado formando una gran mancha marrón. Allí había muerto Rick. Levantó enseguida la mirada y siguió a Barrow, quien pasó por encima de la mancha.

—Por aquí —dijo, señalando la habitación de invitados.

Betsy entró detrás de él. Vio la mochila de Kathy. Unos vaqueros sucios y una camisa de manga larga, a rayas verdes tirado en un rincón. Durante el trayecto en coche, Betsy se había preguntado si podría fingir el llanto cuando llegase el momento. No tendría que haberse preocupado.

—Es de Kathy —consiguió decir con un hilo de voz—. Estaba muy orgullosa, porque se había hecho ella sola el equipaje.

Se oyó una conmoción procedente de la entrada. Alan Page entró en el apartamento y buscó directamente a Betsy.

—Acabo de enterarme. ¿Estás bien?

Ella asintió. La confianza en sí misma que Page había presenciado en la sala había desaparecido del todo; Betsy parecía a punto de romperse en mil pedazos en cualquier momento. Él la tomó con amabilidad por ambas manos y se las apretó.

—Encontraremos a tu hija. Voy a dedicar todos los efectivos de que dispongo a este asunto. Llamaré al FBI, vamos a descubrir quién la tiene.

—Gracias, Alan —contestó Betsy con voz apagada.

—¿Has terminado con ella, Ross?

Barrow asintió.

Page llevó a Betsy a una pequeña habitación, le indicó que tomara asiento y se sentó frente a ella.

—¿Puedo hacer algo por ti? —le preguntó.

A Page le preocupaba la palidez de Betsy. Ella respiró hondo y cerró los ojos; estaba acostumbrada a pensar en Alan Page como quien piensa en un adversario duro como una roca. Que se mostrara preocupado por ella la desarmó del todo.

—Lo siento —dijo Betsy—. Es como si no pudiese pensar en nada.

—No lo sientas. Al fin y al cabo, no eres de hierro. ¿Prefieres descansar? Podemos hablar de esto en otro momento...

—No. Adelante.

—Como quieras. En cuanto a la desaparición de Kathy, ¿se ha puesto alguien en contacto contigo?

Betsy negó con un movimiento de cabeza. Page parecía perplejo. Aquello no tenía sentido. Rick Tannenbaum probablemente había sido asesinado el día anterior; si la persona que se había llevado a Kathy deseaba cobrar un rescate, ya tendría que haber llamado a Betsy.

—Esto no ha sido un robo, Betsy. Rick llevaba la billetera repleta de dinero. Tenía puesto un reloj valioso. ¿Se te ocurre que exista alguien capaz de hacerle daño?

—No —respondió ella. Le iba a costar un esfuerzo inmenso mentirle a Alan, pero tenía que hacerlo.

—¿No tenía enemigos? —preguntó Page—. Me refiero a enemigos personales, por asuntos de negocios, o alguien de su bufete, o alguien a quien hubiese ridiculizado en un juicio...

—No se me ocurre nadie. Rick no asistía a juicios. Se dedicaba a realizar fusiones de empresas... Nunca le oí decir que tuviese problemas personales con nadie de su bufete.

—No es mi intención hacerte daño —dijo Page—, pero me ha comentado Ross que Rick y tú estabais separados. ¿Qué pasó? ¿Bebía, tomaba drogas, fue por otra mujer...?

—No, Alan, no fue por nada de eso. Fue... Es que... él deseaba desesperadamente pasar a ser socio de Donovan, Chastain & Mills, y a mi juicio era como si en el bufete no quisieran permitírselo. Y... estaba terriblemente celoso de mis éxitos profesionales. —Las lágrimas asomaron a sus ojos—. Llegar a ser socio era para él algo importantísimo. No se dio cuenta de que a mí me daba igual, de que yo lo amaba.

Betsy no pudo proseguir. Se le estremecían los hombros con cada sollozo. Todo sonaba como si fuese una estupidez, echar a perder un matrimonio por una cosa así, abandonar a tu mujer y tu hija porque tu nombre figurase impreso en el encabezamiento de las cartas.

—Haré que un oficial te acompañe a casa —dijo Page sin alterarse—. Quiero que se instale un puesto de mando en tu casa. Hasta que tengamos pruebas en sentido contrario, vamos a tratar la desaparición de Kathy como si fuese un secuestro. Quiero que nos des tu permiso para instalar una grabadora en los teléfonos de tu casa y de tu despacho, por si acaso llama la persona que tiene a Kathy. Dejaremos de grabar en cuanto sepamos que se trata de un cliente, de un familiar, de un amigo o de cualquier persona que no sea el secuestrador. Luego ordenaré borrar las cintas grabadas en tu despacho.

—De acuerdo.

—No hemos difundido la identidad de Rick y no vamos a dejar que los medios de comunicación se enteren de la desaparición de Kathy, al menos mientras podamos evitarlo, pero lo más probable es que mañana por la mañana tengamos que revelar el nombre de él. Seguramente los chicos de la prensa te van a acosar como una jauría de perros.

—Lo entiendo.

—¿Quieres que llame a alguien para que se quede contigo?

Ya no tenía ningún sentido ocultar a Rita la desaparición de Kathy. Además, Betsy la necesitaba más que nunca.

—Sí, me gustaría que mi madre se viniera conmigo.

—Por supuesto. Si quieres, puedo ordenar que un oficial la lleve a tu casa.

—No será necesario. ¿Puedo utilizar el teléfono?

Page asintió. Luego agregó:

—Una cosa más. Le explicaré lo ocurrido al juez Norwood para que posponga la vista de Darius.

A Betsy le dio un vuelco el corazón. Se había olvidado de la vista. ¿Cómo reaccionaría Reardon si se aplazaba? Tenía secuestrada a Kathy debido a la vista. Cuanto más se aplazase, mayor era el peligro de que le hiciese daño a la niña.

—No, Alan. Voy a ponerme a trabajar enseguida. Si me quedo sentada en casa sin hacer nada, me voy a volver loca.

Page la miró con extrañeza.

—Betsy, dudo mucho que ahora estés en condiciones de afrontar un asunto tan complejo como el caso Darius. Estarás demasiado distraída, no podrás hacer un trabajo competente. Quiero hundir a Darius más de lo que nunca he querido hundir a nadie, pero de ninguna manera me aprovecharía de una situación como ésta. Créeme, Betsy. Lo digo en serio. Discutiremos su caso después del funeral.

El funeral. Betsy ni siquiera había pensado en que tuviera que celebrarse un funeral. Su hermano se había ocupado de todo cuando su padre había muerto. ¿Qué era lo que había que hacer? ¿Con quién había que hablar?

Page se percató de lo alterada que estaba Betsy y le tomó la mano. Ella nunca se había fijado en sus ojos. En la persona del fiscal de distrito, absolutamente todo, desde su magra complexión hasta los ángulos de su rostro, era pura dureza, pero sus ojos eran de un azul suave.

—Pareces a punto de desmoronarte —dijo Page—. Voy a decir que te lleven a casa. Intenta descansar; duerme, aunque tengas que tomarte algo. Te va a hacer falta toda la fuerza que puedas tener. Y no pierdas la esperanza, no lo des por perdido. Te he dado mi palabra. Voy a hacer todo lo posible por recuperar a tu hija.

CAPÍTULO XXVII

I

—Tannenbaum fue asesinado el viernes por la tarde —dijo Ross Barrow al quitar la tapa de un vaso de plástico lleno de café solo.

Randy Highsmith sacó un donut de una bolsa de papel que Barrow había dejado sobre la mesa de Alan Page. Todavía era de noche. Por el ventanal, a espaldas de Page, un río de faros fluía a través de los puentes sobre el río Willamette a medida que los residentes fuera de la ciudad acudían a trabajar en sus coches al centro de Portland a primera hora de la mañana del lunes.

—Tres días sin recibir una llamada —musitó Page para sí, plenamente consciente de lo que ese comentario daba por sobreentendido—. ¿Algo digno de mención en casa de Betsy? —preguntó a Barrow.

—No, ayer se recibieron muchas llamadas de condolencia, pero ni palabra del secuestrador.

—¿Cómo te lo explicas? —preguntó Page a Highsmith.

—La primera posibilidad es que se trate de un secuestro, pero el secuestrador no se haya puesto en contacto con Betsy por alguna razón que sólo él sabrá.

—La niña podría haber muerto —propuso Barrow—. Efectivamente, la secuestra para cobrar el rescate, pero lo echa todo a perder y termina por matarla.

—Sí —dijo Highsmith—. Si no, segunda posibilidad: tiene secuestrada a Kathy, pero no tiene ningún interés en cobrar el rescate.

—Ésa es la posibilidad que ni siquiera pienso tomar en consideración —dijo Page.

—¿Alguna novedad, Ross? —preguntó Highsmith.

Barrow negó con la cabeza.

—Ninguno de los vecinos vio a nadie salir del edificio con

una niña pequeña. Tampoco aparece el arma homicida. Seguimos esperando resultados de las pruebas del laboratorio.

Page suspiró. Había dormido muy poco durante los últimos días y estaba agotado.

—Lo único bueno de todo este follón es el tiempo adicional que nos da en el caso Darius —dijo Page—. ¿Qué hemos sacado en claro de los informes de vigilancia?

—Nada que nos pueda servir de ayuda —repuso Barrow—. Padovici y Kristol siguieron los pasos de Darius desde el momento en que salió de su finca a las siete menos cuarto de la mañana. He hablado con el juez Ryder otra vez y está totalmente seguro de que desayunó con Lisa Darius a eso de las siete y media. Los equipos de vigilancia no perdieron la pista de Darius en ningún momento. Por otra parte, Darius estuvo durante todo el día reunido con diversas personas en su despacho. He hecho entrevistar dos veces a cada uno de los miembros de la plantilla y a los visitantes que estuvieron ese día en su despacho. La verdad, si lo están encubriendo, lo hacen de cine.

—Tiene que haber alguna explicación —dijo Page—. ¿No ha encontrado nada el equipo que tenemos tras la pista de Gordon?

—Absolutamente nada, Al —contestó Barrow—. Desde que se inscribió en ese motel nadie la ha visto.

—Pero sabemos que está viva —dijo Page. Su tono de voz delató la frustración que lo embargaba—. Si hizo esa maldita llamada, ¿por qué demonios no se presenta?

—Tenemos que empezar a asumir la posibilidad de que quizá Gordon te haya mentido —dijo Highsmith—. Es posible que Darius fuese una víctima más de los sucesos de Hunter's Point. Es posible que Waters fuera el asesino.

Page deseó poder comunicar a Highsmith y a Barrow lo que le había transmitido Wayne Turner; de ese modo podrían estar seguros de que Gordon había dicho la verdad.

—Recuerda —siguió Highsmith— que te sugerí la hipótesis de que Gordon fuera la asesina que estamos buscando, Al. Creo que deberíamos empezar a tomarnos muy en serio esta hipótesis. Yo al menos no entiendo de qué otra forma podría haber tenido conocimiento de que íbamos a encontrar a Lisa Darius en el sótano, a no ser que ella misma la dejase allí. ¿Y si fue ella quien visitó a Lisa y luego la convenció de que le ayudase a entrar en el domicilio de Darius con la intención de encontrar pruebas que sirviesen para condenarlo? Las dos entran por el bosque. Lisa sabe de sobra cómo desactivar la alarma. Martin Darius lleva todo el día en su despacho; la casa está desierta. Al llegar, asesina a Lisa para cargarle el mochuelo a Darius, espera hasta verlo llegar a la casa y entonces te llama por teléfono. El único defecto de todo este modo de proceder es que Gordon no está al corriente de que un equipo de vigilancia sigue los pasos de Darius día y noche.

—Nancy Gordon no asesinó a esas mujeres —insistió Page—. Darius sí, y en este caso te juro por lo que más quieras que no se saldrá con la suya.

—No quiero decir que Darius no sea culpable. Lo único que quiero decir es que cada vez que repaso esto casi está más lleno de incoherencias.

Page miró el reloj. Eran las diez y media en Washington.

—Creo que no vamos a ninguna parte. Quiero asistir al funeral de Rick Tannenbaum y, aunque no os lo vais a creer, debo ocuparme de algunos asuntos que no tienen ninguna relación con Martin Darius ni con el asesinato de Rick Tannenbaum. De todos modos, cualquier novedad que se produzca quiero que me sea comunicada inmediatamente.

—¿Quieres que te deje un donut?

—Claro, ¿por qué no? Así al menos me habrá ocurrido algo bueno a lo largo del día. Ahora, por favor, dejadme. Tengo trabajo por hacer.

Ross Barrow le dio a Alan un donut relleno de mermelada y salió con Highsmith de su despacho. Nada más cerrarse la puerta, Page marcó el teléfono del senador Colby y preguntó por Wayne Turner.

—Señor Page, ¿en qué puedo servirle? —contestó Turner. Page percibió la tensión en la voz del ayudante del senador.

—Llevo todo el fin de semana pensando en la información que el senador me transmitió. Mi situación no puede ser más desesperada. Ahora mismo, hasta mis ayudantes empiezan a poner en duda la culpabilidad de Darius. Sabemos que asesinó a tres mujeres en Hunter's Point, incluyendo a su mujer y a su hija, pero el juez también ha empezado a considerarlo una víctima inocente, a la vez que me mira como si fuese un perro de presa o un fiscal obsesionado, que es peor. Si Darius es puesto en libertad, no me cabe la menor duda de que volverá a asesinar. Creo que no tengo elección; lo lamento, pero me veo obligado a pedirle al senador que testifique acerca del perdón otorgado.

La línea quedó en silencio. Cuando Wayne Turner habló, parecía resignado.

—Sabía que llamaría. Yo en su lugar habría hecho lo mismo. Es preciso detener a Darius, pero creo que quizás exista una manera de proteger al senador. Betsy Tannenbaum me pareció una persona responsable.

—Lo es, pero yo no contaría con que vaya a seguir llevando el caso Darius. Su marido fue asesinado el viernes, y alguien ha secuestrado a su hija pequeña.

—¡Dios mío! ¿Se encuentra bien?

—Sí, más o menos. El funeral por su marido es esta tarde.

—Esto podría complicar las cosas. Tenía la esperanza de que pudiésemos convencerla para que refiriese al juez Norwood el asunto del perdón en privado y bajo garantía de secreto. De ese modo, podría utilizar la información para denegar la libertad bajo fianza sin que el público tuviese conocimiento del perdón.

—No lo sé —dijo Page titubeando—. Uno se mete en toda clase de problemas con la Constitución cuando intenta impedir que la prensa tenga conocimiento de las deliberaciones previas a la sentencia. Además, Darius tendría que dar su aprobación, y yo personalmente no me lo imagino. No creo que, si se ve en ese apuro, no intente arruinar al senador Colby a la vez que se arruina él.

—Piénselo con calma, ¿eh? Tal vez se le ocurra alguna forma de lograrlo. El senador y yo hemos hablado largo y tendido de este asunto. Tal vez podamos capear el temporal, pero no queremos hacerlo si no es estrictamente necesario.

2

Nubes de tormenta ensombrecían a quienes se habían congregado en torno a la tumba cuando comenzó la ceremonia. Al poco, comenzó a llover débilmente. El padre de Rick abrió su paraguas para proteger a Betsy. Algunas gotas heladas se colaron por debajo, pero Betsy no las sintió. Intentó prestar atención al elogio de su marido, aunque se le iba el pensamiento siempre hacia Kathy. Se sentía agradecida por la preocupación que todo el mundo le había mostrado respecto a Kathy, pero cada vez que se mencionaba su nombre era como si un puñal se le clavase en el corazón. Cuando el rabino cerró el libro de oraciones y los asistentes comenzaron a marcharse, Betsy siguió quieta ante la tumba.

—Dejadle que pase unos momentos a solas con él —oyó Betsy que decía Rita a los padres de Rick. El padre de Rick le depositó el paraguas en la mano.

El cementerio se extendía sobre unas suaves lomas. Las lápidas cercanas a la tumba de Rick estaban erosionadas por el tiempo, aunque bien cuidadas. En verano, un roble le daría sombra. Betsy se quedó mirando la tumba de Rick. Lo que quedaba del cuerpo de su esposo estaba ya cubierto por la tierra. Su espíritu se había alejado. El futuro que hubiesen podido tener los dos juntos era ya un misterio para siempre. La sensación de finitud le aterraba.

—Betsy.

Alzó la mirada. Samantha Reardon se encontraba a su lado. Llevaba una gabardina negra y un sombrero de ala ancha, con lo cual el rostro parecía más sombrío. Betsy miró a su alrededor, en busca de ayuda. La mayoría de los asistentes al funeral caminaban a paso rápido hacia los coches, para guarecerse de la lluvia. Su hermano iba al lado del rabino; Rita charlaba con dos de sus amigas. La familia de Rick estaba congregada bastante lejos, de espaldas a la tumba.

—La vista estaba programada para hoy.

—Ha sido por el funeral. No podía...

—No habrá más aplazamientos, Betsy. No quiero más dilaciones. Contaba contigo y me has decepcionado. Fui al juzgado y no estabas allí.

—Es por el funeral de Rick.

—Tu marido ha muerto, Betsy. Tu hija aún vive.

Betsy se dio cuenta de que sería inútil intentar razonar con Reardon. En su cara no había el menor rastro de compasión.

—Puedo llamar al juez —dijo Betsy—. Sí, lo haré.

—Más te vale. Me fastidió tanto enterarme del aplazamiento que se me olvidó dar de comer a Kathy.

—Por favor —suplicó Betsy.

—Me has fastidiado. Cada vez que me fastidies, castigaré a Kathy. Hasta que hagas lo que te dije no va a recibir más que una comida al día. Nada más que el agua y los alimentos suficientes para que resista. La misma dieta que recibí yo en Hunter's Point. Kathy sufrirá porque tú me has desobedecido. Cada lágrima que derrame la habrá derramado por tu culpa. Pienso comprobar lo que hagas en el juzgado, así que más te vale que me digan que hay fecha para la vista.

Reardon se alejó. Betsy dio unos pasos tras ella, y se detuvo.

—Se te olvidaba el paraguas —dijo Alan Page.

Betsy se volvió, y le dirigió una mirada inexpresiva. El paraguas se le había resbalado de la mano mientras Reardon hablaba con ella. Page lo abrió y lo sostuvo sobre ambos.

—¿Cómo te encuentras? —preguntó él. Betsy negó con la cabeza; no se animó a decir palabra—. Conseguirás superarlo. Eres una mujer muy valerosa, Betsy.

—Gracias, Alan. Te agradezco todo lo que has hecho por mí.

Fue especialmente difícil enfrentarse a la tristeza y al dolor en una casa llena de desconocidos. Los agentes del FBI y de la policía intentaron no inmiscuirse, pero era imposible estar a solas, a menos que se escondiera en su dormitorio. Page había estado maravilloso. Había llegado con la primera invasión el sábado por la noche y se había quedado hasta el amanecer. El domingo, Page regresó con unos sándwiches. Ese sencillo gesto humanitario a Betsy la hizo llorar.

—¿Por qué no te marchas a casa? Está lloviendo cada vez más fuerte —sugirió Page.

Se alejaron de la tumba. Page sostuvo el paraguas mientras subían por la loma en dirección a Rita Cohen.

—Alan —dijo Betsy, parándose de pronto—, ¿podemos celebrar mañana mismo la vista del caso Darius?

Page pareció sorprendido por su petición.

—No sé cómo tendrá la agenda el juez Norwood, pero ¿por qué quieres ir mañana al juzgado?

Betsy se estrujó los sesos en busca de una explicación racional.

—No soporto estar en casa, mano sobre mano. No creo que el secuestrador llame, si por el momento no lo ha hecho. Si... si de veras se trata de un secuestro realizado para cobrar el rescate, tenemos que dar al secuestrador una ocasión para ponerse en contacto conmigo. Tal vez sospecha que han pinchado mis teléfonos. En cambio, si estoy en el juzgado, en medio de una multitud, tal vez intente aproximarse a mí.

Page intentó idear una razón para disuadir a Betsy, pero lo que había dicho no era ningún desatino. No se había producido ningún intento de contactar con ella, ni por teléfono ni por escrito, ni en su domicilio ni en su despacho. Empezaba a aceptar la hipótesis de que Kathy hubiese muerto, pero de ninguna manera deseaba comentarla con Betsy. Llevarle la corriente, en cambio, tal vez sirviera para darle ánimo, o esperanzas. Por el momento era todo lo que podía hacer por ella.

—Como quieras. Fijaré la fecha para mañana mismo, si al juez le viene bien.

Betsy bajó la mirada. Si el juez Norwood aceptaba fijar la vista para el día siguiente, tal vez Kathy volviese muy pronto. Page le puso la mano sobre el hombro y entregó el paraguas a Rita, que había bajado por la loma para recibirlos.

—Vámonos a casa —dijo Rita. Los familiares de Rick se apiñaron a su alrededor y la siguieron hasta el coche. Page la vio marcharse, aguantando la lluvia a pie firme.

CAPÍTULO XXVIII

I

Reggie Stewart estaba sentado en su modesto apartamento, mirando los listados que tenía extendidos sobre la mesa de la cocina. No se sentía especialmente bien con lo que estaba haciendo. Era un excelente detective, pero comprobar centenares de nombres en varias docenas de listas, cotejando unas con otras, requería la participación de bastantes más especialistas. Esa tarea podría llevarla a cabo mil veces mejor el FBI o la policía misma. Además, le preocupaba la posibilidad de que estuviese obstruyendo la actividad de la justicia. Sabía el nombre de la persona que había secuestrado a Kathy, y había ocultado esa información. Si Kathy llegaba a morir, siempre se preguntaría si la policía no habría podido salvarla. Stewart apreciaba a Betsy y la respetaba pero en su opinión no estaba haciendo las cosas como debía. Comprendía su aprensión respecto a una intervención de la policía y del FBI, pero no estaba de acuerdo con ella. Tenía casi decidido ir a ver a Alan Page, en el supuesto de que no averiguase algo realmente pronto.

Sorbió su café y comenzó a repasar los listados una vez más. Se trataba de información facilitada por las agencias inmobiliarias, las compañía de electricidad y el teléfono. Algunas le había costado bastante conseguirlas, pero no había puesto reparos al precio. Por el momento, no había localizado ni una sola entrada a nombre de Samantha Reardon o de Nora Sloane, pero Stewart ya sabía que no iba a resultar tan fácil.

En su segundo repaso de un listado correspondiente a los nuevos adjudicatarios del servicio telefónico del condado de Washington, Stewart localizó al doctor Samuel Felix. El primer marido de Samantha Reardon se llamaba Max Felix. Stewart repasó los otros listados y descubrió que una tal señora de Samuel Felix había alquilado una casa en el condado de Washington la misma semana en que Oberhurst había regresado a

Portland de su viaje a Hunter's Point. Stewart llamó a la inmobiliaria Pangborn en cuanto supuso que la oficina estaría abierta. La vendedora que había llevado el alquiler se acordaba bien de la señora Felix. Se trataba, le dijo, de una mujer alta, de porte atlético, con el pelo corto, castaño. Una señora muy afable que le confió que no estaba muy contenta con haberse mudado a Portland desde el estado de Nueva York, donde su esposo se dedicaba a la neurocirugía.

Stewart llamó a Betsy, pero Ann le dijo que ya se había ido al juzgado, donde debía atender la vista del caso Darius. Stewart se dio cuenta de la oportunidad que se le presentaba. Reardon había estado presente en todas las sesiones. Muy probablemente no faltaría a ésta, con lo cual tendría que dejar sola a Kathy.

La casa se encontraba al final de una carretera sin asfaltar. Era una edificación blanca, con un porche cerrado; una casa feliz, la que menos sospechas podía despertar de que encerrase el sufrimiento entre sus muros. Reggie Stewart trazó un amplio círculo a su alrededor, por el bosque. Vio huellas de neumáticos a la entrada, pero no había coches por ninguna parte. La puerta del pequeño garaje anexo estaba abierta, y el garaje vacío. Las cortinas estaban echadas en la mayor parte de las ventanas, auque no así en la del salón del frente. No había luces encendidas. Stewart invirtió veinte minutos en tratar de detectar algún movimiento en el salón. No vio nada. Si Samantha Reardon residía en esa casa, en esos momentos no estaba ahí.

Stewart cruzó la explanada del frente a la carrera y se ocultó en un pozo de cemento que había a un costado de la casa. Seis escalones bajaban hasta la puerta de un sótano. Las ventanas de éste estaban pintadas de negro por dentro. Si Reardon había duplicado al pie de la letra las operaciones de Darius, Kathy tenía que estar en el sótano, y las ventanas pintadas de negro eran un indicio que respaldaba esa suposición.

Stewart probó la puerta del sótano. Estaba cerrada con llave, pero la cerradura no parecía demasiado resistente. Pensó que podría hacerla saltar de una patada. Retrocedió dos peldaños, se apoyó con ambas manos en los laterales del pozo de cemento, tomó impulso y soltó una patada contra la puerta, que cedió unos centímetros. Stewart volvió a apoyarse y dio una segunda patada contra la zona que había deteriorado. La puerta cedió con un audible crujido.

El sótano estaba completamente a oscuras, y Stewart sólo alcanzaba a ver el interior hasta donde llegaba a penetrar la luz del sol. Avanzó paso a paso y se encontró, por todo recibimiento, con el olor del aire sin ventilar, agriado por un intenso hedor. Stewart sacó una linterna del bolsillo y paseó el haz de luz a su alrededor. A la derecha vio varios estantes en los que había una manguera enrollada, unos tiestos vacíos de color naranja, y diversas herramientas de jardinería. En medio de la estancia, frente a la caldera de la calefacción, vio en un desordenado montón un trineo de niño, muebles rotos y varias sillas de exterior. El hedor parecía emanar del rincón del fondo, donde era más negra la oscuridad. Stewart cruzó el sótano con cautela, tratando de no tropezar con ningún objeto, alerta, aguzando el oído.

El haz de luz desveló un saco de dormir entreabierto. Stewart se arrodilló y vio sangre reseca en la parte en que debería apoyarse la cabeza; notó un débil olor a orina y a heces. Poco más allá había otro saco abierto. Stewart avanzaba hacia el segundo cuando vio el tercero, y un cuerpo tendido de través.

2

La noche anterior a la vista, Betsy estaba tan preocupada por Kathy que se olvidó por completo de Martin Darius. Al poco rato de haberse despertado sólo podía pensar en él. Samantha Reardon la estaba obligando a elegir entre la vida de Kathy y la de un hombre que no merecía seguir vivo. La elección era bien simple, pero nada fácil. Por retorcido que fuese, por enfermiza que fuera su mente, Martin seguía siendo un ser humano. Cuando Betsy dejase entrar a Samantha Reardon en la sala de deliberaciones del jurado, no se podía hacer ninguna ilusión acerca de lo que probablemente iba a ocurrir. Si Martin Darius fallecía, ella sería cómplice de asesinato.

Los periodistas rodearon a Betsy en cuanto salió del ascensor. Apartó la cara para que no le diese de lleno el resplandor de los focos de la televisión, para rehuir los micrófonos y echar a correr hacia la sala del juez Norwood. Los periodistas disparaban una y otra vez las mismas preguntas acerca del asesinato de Rick y de la desaparición de Kathy. Ella no contestó a ninguna.

Descubrió a Samantha Reardon en cuanto entró en la sala, que ya estaba repleta de público. Pasó rápidamente por delante de ella y recorrió el pasillo hasta llegar a su mesa. Darius ya estaba ante la que compartía con su abogada. Detrás de él, dos guardas lo vigilaban, sin contar a los otros muchos que estaban repartidos por la sala.

—¿Estás segura de que quieres seguir adelante? —le dijo Alan Page.

Betsy asintió.

—Como quieras. En ese caso, debemos discutir un asunto con el juez Norwood. Le dije que quería que nos recibiese en su despacho antes de comenzar la vista.

Betsy parecía desconcertada.

—¿Quieres que asista también Darius?

—No. Es un asunto entre Norwood, tú y yo. Ni siquiera va a acompañarme Randy.

—No lo entiendo.

Page se inclinó sobre Betsy y le habló al oído.

—Estoy al tanto de que el senador Colby otorgó el perdón a Darius. El senador ordenó a su ayudante administrativo que me visitase para...

—¿Te refieres a Wayne Turner?

Page asintió.

—Sabes de sobra que la ratificación del senador en el cargo del Tribunal Supremo saldría muy malparada si la noticia del perdón otorgado se hiciese pública. La verdad, dudo mucho que llegara a obtener la confirmación. ¿Estás dispuesta a que nos reunamos con el juez en privado, o vas a insistir en que lo comentemos en la sala?

Betsy consideró rápidamente la situación. Darius la estaba observando.

—Tendré que decírselo a mi cliente. No puedo acceder a nada sin su consentimiento.

—¿No puedes esperar a que hablemos con el juez?

—De acuerdo.

Page volvió a su mesa y Betsy tomó asiento junto a Darius.

—¿De qué se trataba?

—Page quiere que nos reunamos con el juez en privado.

—¿Para qué?

—No lo sé; se las ha dado de misterioso.

—No quiero que se ventile nada a mis espaldas.

—Déjame que me ocupe de esto, Martin.

Dio la impresión de que Darius, por un instante, iba a ponerse a gimotear.

—De acuerdo —dijo entonces—. Confío en ti. Hasta la fecha no me has fallado.

Betsy iba a ponerse de pie, pero Darius le puso la mano sobre el antebrazo.

—Me he enterado de lo de tu marido y tu hija. Lo siento.

—Gracias, Martin —repuso Betsy fríamente.

—Lo digo en serio. Sé qué opinión tienes de mí, pero yo también tengo sentimientos, y te respeto.

Betsy no supo qué decir. Antes de que pasara una hora, iba a ser la causante de la muerte del hombre que intentaba consolarla.

—Mira, si el secuestrador quiere dinero, te puedo ayudar —añadió Darius—. Da lo mismo qué cantidad quiera. Estoy dispuesto a cubrirla.

Betsy sintió que se le contraía el corazón. Consiguió a duras penas dar las gracias a Darius, y se soltó de él.

El juez Norwood se puso de pie cuando Betsy entró en su despacho privado. Parecía preocupado.

—Siéntese, señora Tannenbaum. ¿Quiere que le pida alguna cosa?

—Gracias, juez, pero estoy bien.

—¿Tienen alguna noticia acerca de la hija de la señora Tannenbaum, Al?

—Ninguna novedad, juez.

Norwood sacudió la cabeza.

—Lo siento muchísimo. Al, di a tu gente que pueden interrumpirnos si es que necesitan hablar contigo de este asunto.

—Lo haré.

—Y usted, si desea que se suspenda la vista, si por lo que sea no se encuentra bien, no dude en decírmelo. Seré yo quien aplace la vista por propia iniciativa, de modo que su cliente no sea prejuzgado.

—Gracias, juez. La verdad es que todos están siendo muy amables conmigo, pero deseo terminar con esto. El señor Darius lleva varios días en la cárcel y a estas alturas necesita saber cuanto antes si va a ser puesto en libertad.

—Muy bien. Ahora, Al, ¿puedes decirme a qué se debe que me hayas solicitado esta reunión en privado?

—Tanto Betsy como yo estamos al corriente de cierta información relativa a los incidentes de Hunter's Point que muy pocas personas conocen. Una de dichas personas es el senador Raymond Colby.

—¿El senador nominado por el presidente para que presida el Supremo? —preguntó Norwood con incredulidad.

—En efecto. Era el gobernador del estado de Nueva York cuando tuvieron lugar los asesinatos de Hunter's Point. Su información podría afectar decisivamente la decisión que se tome respecto a la fianza, pero también sería muy perjudicial para el senador Colby, hasta el punto de poner en peligro su ratificación.

—Un momento, a ver si me sacas de esta confusión. No estarás diciendo que el senador Colby está mezclado en los asesinatos de Hunter's Point, ¿verdad?

—Pues sí, eso estoy diciendo —respondió Page.

—¿Y usted está de acuerdo, señora Tannenbaum?

—Sí.

—¿Qué información es ésa?

—Antes de que el señor Page se lo diga —dijo Betsy—, quiero que conste mi objeción a que escuche usted en todo o en parte su testimonio. Si esa información se utiliza de un modo u otro en contra de mi cliente, se habrá cometido una violación de las debidas garantías procesuales que la Constitución de los Estados Unidos otorga a todos los ciudadanos, así como un incumplimiento flagrante de un acuerdo firmado entre el señor Darius, el estado de Nueva York y el gobierno federal. Creo que debemos discutir a fondo todo este embrollo, con todo detalle, antes de que llame usted a declarar a su testigo.

—Cualquier acuerdo que Darius haya podido tomar con las mencionadas partes no puede atar de pies y manos al estado de Oregón —dijo Page.

—Me temo que sí.

—Un momento, me parece que en esto van ustedes muy por delante de mí. ¿De qué clase de acuerdo estamos hablando?

—De un perdón, juez —dijo Page—. Colby otorgó el perdón a Darius cuando era gobernador de Nueva York.

—¿Perdón por qué?

—Prefiero que el contenido estipulado en dicho perdón no se revele hasta que decida usted la consideración previa relativa a la admisibilidad de dicho testimonio —dijo Betsy.

—Todo esto se está poniendo extremadamente complicado —dijo el juez Norwood—. Señora Tannenbaum, ¿qué le parece si ordeno a los guardas que se lleven a su cliente de nuevo a prisión? Obviamente, a mi parecer, esto nos va a llevar bastante tiempo.

A Betsy se le revolvió el estómago. Por un momento pensó que se iba a desmayar.

—Me gustaría hablar un momento con el señor Darius en privado. ¿Puedo hacer uso de la sala de deliberaciones del jurado?

—Por supuesto.

Betsy salió del despacho del juez. Se notaba levemente mareada cuando dijo a los guardas que el juez Norwood le había permitido utilizar la sala de deliberaciones para hablar en privado con Darius. Uno de los guardas fue a ver a Norwood para verificar su información. Regresó al cabo de un minuto y ambos hombres escoltaron a Darius hasta la sala. Betsy miró al fondo de la sala de deliberaciones en el momento en que Reardon salía al corredor.

Uno de los guardias se situó fuera de la sala. Otro estaba delante de la puerta que se abría al corredor. Betsy cerró la puerta y echó el pestillo. Una mesa con longitud de sobra para acomodar doce sillas ocupaba el centro de la amplia estancia. Había un pequeño lavabo en una esquina y un fregadero al lado de un armario lleno de vasos y platos de plástico. En la otra pared destacaba un tablón de anuncios repleto de notas e indicaciones acerca de los jueces y los jurados designados para cada caso pendiente.

Darius tomó asiento a un extremo de la mesa. Seguía vestido con las ropas que llevaba cuando había sido detenido. Tanto los pantalones como la camisa estaban muy arrugados. No llevaba corbata y calzaba las reglamentarias sandalias de la prisión.

Betsy se mantuvo cerca de la mesa, esforzándose para no mirar a la puerta que daba al corredor.

—¿Qué es lo que sucede? —preguntó Darius.

—Page está al corriente del perdón. Se lo dijo Colby.

—Qué hijo de puta.

—Page quiere que el juez conozca el testimonio de Colby en secreto, con la intención de que las posibilidades de que el senador sea ratificado en su nominación no disminuyan al conocerse el hecho.

—Que le den por el culo. Si me va a joder así, que se arruine él también. De todos modos, no podrán hacer uso de ese perdón en mi contra, ¿o sí?

—No lo sé. La verdad es que se trata de una cuestión legal sumamente compleja.

Alguien llamó a la puerta del vestíbulo. Darius se fijó en cómo volvió Betsy la cabeza hacia donde procedía el ruido.

—¿Esperas a alguien? —preguntó con suspicacia.

Betsy abrió la puerta sin contestar. Reardon se encontraba a espaldas de un guardia. Llevaba una bolsa de plástico negro.

—Esta señora dice que usted la está esperando —dijo el guarda.

—Es verdad —repuso Betsy.

Darius se puso de pie. Se quedó mirando a Reardon con expresión de sorpresa. Reardon lo miró a los ojos.

—No... —empezó a decir Darius.

Reardon disparó al guarda en la sien; le explotó la cabeza, salpicándole la gabardina de trozos de carne y de hueso. Betsy miró atónita lo ocurrido. El guarda cayó al suelo. Reardon apartó a Betsy de en medio, dejó la bolsa en el suelo, cerró y echó el pestillo.

—Siéntate —ordenó a Darius a la vez que lo encañonaba. Él retrocedió y tomó asiento al otro extremo de la mesa. Reardon se volvió hacia Betsy.

—Quiero que te sientes ahí, frente a mí y bien lejos de Darius, y que cruces las manos sobre la mesa. Al menor movimiento, Kathy estará muerta.

Darius miró fijamente a Betsy.

—¿Esto lo habías planeado tú?

—Cállate, Martin —dijo Reardon, quien parecía totalmente fuera de sí—. Los perros no hablan. Si pronuncias una sola sílaba sin que yo te lo indique, vas a sufrir un dolor como jamás has imaginado. —Darius mantuvo la boca cerrada y la mirada clavada en Reardon. Al cabo de un instante, ésta continuó—. Hiciste de mí una experta en el dolor, Martin. Bien pronto vas a saber lo bien que aprendí la lección. Lo único que me pesa es no poder disfrutar de esos momentos en privado que tú sí compartiste conmigo. ¿Te acuerdas de aquellos días, a solas los dos, cuando me obligabas a suplicarte que me hicieras daño? Recuerdo muy bien todos y cada uno de los minutos que compartimos. Si tuviésemos tiempo, te los haría revivir uno por uno. —Cogió la bolsa negra y la colocó sobre la mesa—. Tengo una pregunta que hacerte, Martin. Es una pregunta muy simple. Tienes mi permiso para contestar, si es que puedes. Considerando el tiempo que pasamos juntos, no creo que tardes ni un minuto. Contesta: ¿cómo me llamo?

Alguien aporreó la puerta del vestíbulo.

—¡Policía! ¡Abran la puerta!

Reardon se volvió ligeramente hacia la puerta, pero sin apartar la vista de Darius.

—Largo de ahí, o mato ahora mismo a las personas que están aquí dentro. Me refiero a Betsy Tannenbaum y a Martin Darius; estoy con ellos dos. Si oigo que alguien se acerca a la puerta, acabo con los dos de un plumazo. Y lo digo en serio. No tendré que repetirlo.

Se oyó un rumor al otro lado. Reardon disparó una sola vez por la parte más alta de la puerta. Betsy oyó varios gritos.

—¡Hemos retrocedido! —gritó alguien desde el vestíbulo.

Reardon apuntó el arma hacia Betsy.

—Habla con ellos. Explícales lo de Kathy. Diles que morirá si intentan entrar en la sala. Diles que tú estarás a salvo mientras hagan lo que he dicho.

Betsy temblaba de pies a cabeza.

—¿Puedo levantarme? —logró preguntar.

Reardon asintió. Betsy se acercó a la puerta.

—¡Alan! —gritó, intentando que no se le quebrase la voz.

—¿Estás bien? —contestó Page a gritos.

—Por lo que más quieras, que nadie se acerque. La mujer que está aquí dentro es una de las que Darius secuestró en Hunter's Point. Tiene escondida a Kathy y no le ha dado nada de comer. Si la capturas, nunca me dirá dónde la tiene escondida, y seguramente morirá de hambre. Por lo que más quieras, que nadie se acerque.

—De acuerdo. No te preocupes.

—Que tampoco haya nadie en el vestíbulo —dijo Reardon.

—Dice que tampoco se acerque nadie a la puerta del vestíbulo. Por favor, haz lo que dice. No dudará en matarnos —dijo Betsy.

Reardon concentró de nuevo su atención en Darius.

—Has tenido tiempo de sobra para pensarlo. Contesta a mi pregunta, si es que puedes. ¿Cómo me llamo?

Darius negó con la cabeza y Reardon esbozó una sonrisa que a Betsy le heló la sangre en las venas.

—Sabía que no podías contestar, Martin. Es imposible que lo sepas, porque para ti nunca fuimos personas sino trozos de carne, figuras de tus fantasías.

Betsy oyó movimientos en la sala del tribunal y por el corredor. Reardon abrió la bolsa y sacó una jeringuilla hipodérmica. Betsy vio varias bandejas llenas de instrumentos quirúrgicos.

—Me llamo Samantha Reardon, Martin. Y cuando haya terminado, te aseguro que lo vas a recordar para siempre. Pero quiero que sepas alguna cosa más acerca de mí. Antes de que me secuestraras, antes de que arruinaras mi vida, yo era enfermera de quirófano. Las enfermeras especializadas en el trabajo de quirófano sabemos bien cómo se reparan los cuerpos destrozados. Vemos diversas partes del cuerpo que han sido deformadas, desfiguradas, y vemos también qué es lo que debe hacer el cirujano para aliviar el dolor que causan determinadas heridas. ¿Te das cuenta de lo útil que puede resultar esa información para una persona deseosa de causar dolor?

Darius tuvo la cordura necesaria para no responder. Reardon sonrió.

—Muy bien, Martin. Así me gusta. Veo que aprendes muy deprisa. No has contestado. Es lógico, porque este juego lo inventaste tú. Recuerdo lo que sucedió la primera vez que me hiciste una pregunta después de avisarme de que los perros no hablan, la primera vez que cometí la torpeza de contestar. Lamento no tener a mano un hierro para marcar ganado, Martin. El dolor que produce es exquisito.

Reardon depositó un escalpelo sobre la mesa. Betsy se sintió morir. Intento respirar hondo. Reardon la ignoró por completo y se acercó más a Darius.

—Tengo que ponerme a trabajar. Después de todo, esos idiotas no se quedarán esperando para siempre. No creo que tarden mucho en intentar alguna estupidez. Probablemente pensarás que te voy a matar, pero te equivocas. La muerte es un regalo, Martin. Con la muerte termina todo el sufrimiento, y yo quiero que sufras durante tanto tiempo como sea posible. Quiero que sufras durante el resto de tus días. Lo primero que voy a hacer es reventarte las dos rótulas de un par de tiros. El dolor que te produzcan esas heridas es atroz, insoportable; por otra parte, te dejará suficientemente impedido, con lo cual dejarás de ser en el acto una amenaza para mí. No te apures; te aliviaré en seguida el dolor administrándote un potente anestésico. —Reardon alzó la hipodérmica—. En cuanto estés inconsciente, te voy a operar. Básicamente voy a realizar una intervención muy sencilla en tu médula espinal, y en los tendones y ligamentos que te permiten mover los brazos y las piernas. Cuando despiertes, estarás totalmente paralítico. Pero eso no será todo, Martin. Aún falta lo peor. —Un intenso arrebol dio color a los rasgos de Reardon. Parecía embelesada—. También voy a anular tus globos oculares, para que no puedas ver. Te voy a cortar la lengua, para que no puedas hablar. Te voy a dejar sordo. Lo único que pienso dejar intacto es tu mente. Imagínate el futuro, Martin. Eres un hombre relativamente joven, estás en buena forma. Eres un individuo sano. Con un seguro de vida como imagino que tendrás, puedes vivir treinta, cuarenta años quizás, encerrado a perpetuidad en las tinieblas de tu mente. ¿Te has parado ha pensar alguna vez por qué se llaman penitenciarías las cárceles?

Darius no contestó. Reardon chasqueó la lengua.

—No te puedo engañar, ¿verdad que no? Es fácil: son los lugares en los que se cumple penitencia, los lugares para que quienes han hecho daño a los demás piensen en sus pecados. En tu caso, tu mente será tu penitenciaría, y en ella estarás encerrado, sin posibilidad de escapar, durante el resto de tus días. —Se colocó delante de Darius y apuntó el arma a su rodilla derecha.

—Eh, los de ahí dentro. Habla William Tobias, jefe de la policía. Quiero hablar con ustedes.

Reardon miró hacia un lado y Darius se movió con una velocidad insólita. Levantó el pie izquierdo como si lo hubiese accionado un resorte, y alcanzó a Reardon en la muñeca. La pistola cayó sobre la mesa. Betsy la vio deslizarse hacia ella, mientras Reardon trastabillaba hacia atrás.

Betsy apretó la mano en torno al arma cuando Darius agarraba a Reardon por la muñeca para obligarla a soltar la jeringuilla. Reardon lanzó una patada que alcanzó a Darius en el mentón. Intentó clavarle los dedos de la mano que tenía libre en los ojos, pero él logró desplazar la cabeza y el golpe lo alcanzó en la mejilla. Reardon saltó hacia él y le clavó los dientes en el cuello. Darius soltó un chillido. Los dos golpearon contra la pared. Darius agarraba con fuerza la mano que sujetaba la jeringuilla. Logró asir a Reardon por el pelo con la mano libre e intentó quitársela de encima. Betsy vio que Darius palidecía por el dolor. Reardon se esforzó por liberar la mano con la que sostenía la hipodérmica. Darius soltó el pelo de su agresora y le asestó varios puñetazos en la cabeza. Reardon dejó de apretar con tanta fuerza y él logró desasirse. Tenía la carne magullada en la base del cuello, y le manaba sangre. Volvió a sujetar a Reardon por el pelo, alejó de sí su cabeza y le golpeó con la frente en la nariz, dejándola aturdida. A Reardon le flaquearon las piernas. Darius la sujetó por la muñeca y la aguja cayó al suelo. Se situó detrás de Reardon, sujetándola con un brazo por el cuello.

—¡No! —exclamó Betsy—. ¡No la mates! Es la única que sabe dónde está Kathy.

Darius se detuvo. Reardon no se sostenía por sí sola. Él la tenía en vilo, de modo que sólo tocaba el suelo con las puntas de los pies. La sujetaba con tanta fuerza que no podía respirar.

—Por favor, Martin —suplicó Betsy.

—¿Y por qué iba yo a ayudarte? —gritó Darius—. Tú me has tendido esta trampa, la peor.

—Tuve que hacerlo. Si no, habría matado a Kathy.

—En ese caso, la muerte de Kathy será el castigo que te mereces.

—Por favor, Martin —suplicó Betsy—. Es mi hija, es una niña pequeña.

—Tendrías que haberlo pensado mejor cuando decidiste joderme del todo —dijo Darius. Apretó con más fuerza.

Betsy levantó el arma y apuntó a Darius.

—Martin, te mato ahora mismo si no la sueltas. Te lo juro. Estoy dispuesta a vaciarte el cargador en el cuerpo.

Darius la miró por encima del hombro de Reardon. Betsy fijó sus ojos en él, que pareció hacer un cálculo de las posibilidades que tenía; en seguida aflojó el brazo y Reardon cayó redonda al suelo. Darius se apartó y Betsy echó mano a su espalda.

—Voy a abrir la puerta. No disparen, todo está bajo control —dijo al tiempo que abría la puerta que daba a la sala.

Darius estaba sentado ante la mesa, con ambas manos a la vista. Entraron dos policías armados; a uno de ellos Betsy le entregó la pistola. El otro oficial esposó a Reardon. Betsy se derrumbó sobre una de las sillas. Entraron desde el vestíbulo varios policías. De repente, la sala del jurado estaba llena de gente. Dos oficiales levantaron a Reardon del suelo y la sentaron en una silla frente a Betsy. Aún intentaba recuperar la respiración. Alan Page tomó asiento junto a Betsy.

—¿Te encuentras bien? —le preguntó.

Ella asintió con un gesto mecánico. Estaba exclusivamente concentrada en Reardon.

—Samantha, ¿dónde está Kathy?

Reardon levantó lentamente la cabeza.

—Kathy ha muerto. —Betsy palideció. Le temblaban los labios mientras intentaba dominarse. Reardon miró a Alan Page—. A menos que se haga exactamente lo que voy a decirle.

—Te escucho.

—Quiero lo mismo que obtuvo Peter Lake. Quiero un perdón por todo lo que he hecho. El policía de la entrada, las mujeres, los secuestros. Quiero que el fiscal general de los Estados Unidos me garantice que no se iniciará un procesamiento contra mí a nivel federal. Quiero que venga el gobernador en persona y que se filme en vídeo el momento de la firma. Me voy a ir bien limpia, sin ningún cargo en mi contra. Igual que Lake. Quiero garantías de que se me va a otorgar total libertad.

—Si obtiene el perdón, ¿nos dirá dónde tiene escondida a Kathy Tannenbaum?

Reardon asintió.

—Y a Nancy Gordon —añadió.

—¿Está viva? —preguntó Page.

—Por supuesto. Nancy es la única que siguió tras las huellas de Martin. Es la única que creyó en mí. De ninguna manera la mataría. Pero eso no es todo.

—Continúa —dijo Page.

—Puedo entregarle las pruebas que necesita para que se condene a Martin Darius por el delito de asesinato.

Darius estaba rígidamente sentado al otro extremo de la mesa.

—¿A qué pruebas se refiere? —preguntó Page.

Reardon se volvió hacia Darius y sonrió.

—Te crees que has ganado, Martin. Estás pensando que nadie va a creerme. Pero cualquier jurado daría crédito a una mujer, por loca que esté, si aporta pruebas que respalden su testimonio. Sobre todo si se trata de fotografías.

Darius cambió de postura en su asiento.

—¿Fotografías de qué? —preguntó Page.

Reardon tomó la palabra para hablar con Page, pero miró intensamente a Darius.

—Él llevaba una máscara, una máscara de cuero. Nos obligó a llevar máscaras también, unas máscaras de cuero sin agujeros para los ojos. No podíamos verlo. Pero una vez pude verle la cara durante un breve instante. Fue sólo un momento, pero bastó. El verano pasado, un detective privado, un tal Samuel Oberhurst, me mostró unas fotografías de Martin. Nada más verlas me di cuenta de que era él. Llevaba barba, tenía el pelo teñido de negro, estaba más viejo, pero supe que era él. Vine en avión a Portland y comencé a seguirlo. Estuve con él en todas partes, y guardé un registro fotográfico de lo que vi. La misma semana en que llegué, Martin dio una fiesta para celebrar la inauguración de un nuevo centro comercial. Me mezclé entre los invitados y seleccioné a varias mujeres que iba a utilizar en contra de Martin. Una de ellas era su amante, Victoria Miller. Tomé una fotografía en la que estaba saliendo de la habitación que compartían los dos en el motel Hacienda y se la envié a Nancy Gordon, con la esperanza de que bastara para incitarla a venir a Portland.

»Al día siguiente de capturar a Victoria, seguí a Martin. Se desplazó hasta la casa de la montaña que tenía Oberhurst. Estuve observándolo durante varias horas, mientras torturaba a Oberhurst. Cuando trasladó su cadáver al solar, también lo vi. Saqué fotografías. La mayor parte no salieron bien, porque era de noche y llovía en abundancia, pero tengo una fotografía espléndida en la que aparece Martin sacando el cadáver del maletero, cuya luz ilumina perfectamente la escena.

Page miró a Darius; éste le aguantó la mirada sin pestañear. Page volvió a mirar a Reardon.

—Obtendrá usted el perdón. Tendremos que ir a mi despacho, y hará falta un rato para preparar los documentos. ¿Seguro que Kathy y Nancy Gordon se encuentran bien?

Sloane asintió. Luego sonrió a Betsy.

—No deberías haberte preocupado. Te mentí al decir que Kathy iba a morir de hambre. Le he dado de comer antes de venir aquí, y luego la he dejado durmiendo. Le di su animal de peluche, y me cercioré de que estuviese abrigada y bien cómoda. Me caes muy bien, Betsy. Sabes de sobra que no podría hacerte daño, a menos que fuese absolutamente necesario.

Page estaba a punto de indicar a los dos oficiales que trasladasen a Reardon a su despacho cuando entró Ross Barrow como una exhalación.

—Sabemos dónde está la niña, y está bien. El detective de Tannenbaum la encontró en el condado de Washington.

3

La persona que los enfermeros sacaron en camilla del sótano oscuro no se parecía en nada a la atlética mujer que había hablado a Alan Page de los sucesos de Hunter's Point. Nancy Gordon estaba pálida, con las mejillas hundidas y el pelo revuelto. Kathy, por otra parte, parecía un ángel. Cuando Stewart la encontró estaba durmiendo a pierna suelta por el efecto de un somnífero, tendida sobre un saco de dormir y abrazada a *Oliver*. Los médicos dejaron que Betsy cogiese en brazos a su hija y la besara en la mejilla, y luego se la llevaron rápidamente al hospital.

En la sala de estar, Ross Barrow tomó declaración a un excitado Reggie Stewart, mientras Randy Highsmith observaba unas fotografías encontradas durante el registro de la casa. En una de ellas, la luz del maletero mostraba claramente a Darius en el momento de alzar el cadáver de Samuel Oberhurst y sacarlo del maletero de su coche.

Alan Page salió al porche. Betsy Tannenbaum estaba apoyada contra la barandilla. Hacía frío; Page se fijó en el vaho que formaba su respiración.

—¿Te encuentras mejor, ahora que Kathy ya está a salvo? —preguntó Page.

—Los médicos creen que Kathy está en perfectas condiciones físicas, pero me preocupa más el daño psicológico que pueda haber sufrido. Ha debido de pasar mucho miedo, y a mí aún me aterra lo que podría hacer Reardon si alguna vez fuese puesta en libertad.

—De eso no deberías preocuparte. Se va a pasar el resto de sus días entre rejas.

—¿Cómo estás tan seguro?

—Voy a conseguir un dictamen para que sea ingresada en un psiquiátrico; habría hecho lo mismo aun cuando me hubiese visto obligado a otorgarle el perdón. Eso no habría podido impedirme que ordenase su ingreso en un psiquiátrico, siempre y cuando pudiera demostrar que está mentalmente enferma y que además es peligrosa. Reardon tiene un historial bien documentado de diversas enfermedades mentales y de otros tantos ingresos en instituciones psiquiátricas. He hablado con la administración del hospital del estado. Todavía está por celebrarse la vista, por supuesto; contará con la ayuda de su abogado, y estoy prevenido, porque seguro que surgen algunas cuestiones legales muy delicadas. Pero, en definitiva, no cabe duda de que Samantha Reardon está loca y que no volverá a ver la luz del día. Jamás.

–¿Y Darius?

–He decidido prescindir de todas las acusaciones, salvo la del asesinato de Fulano de Tal. Con la fotografía en la que Darius carga con el cadáver de Samuel Oberhurst y las pruebas de los asesinatos de Hunter's Point, creo que puedo conseguir la pena de muerte.

Betsy se quedó mirando la explanada. Las ambulancias ya se habían ido, pero aún quedaban allí delante algunos coches de policía. Betsy se protegió con ambos brazos y no pudo evitar un estremecimiento.

–En el fondo, hay una parte de mí que no es capaz de creer que logres la condena de Darius. Reardon jura que es el demonio en persona, y quién sabe, tal vez lo sea.

–Hasta el demonio tendría que conseguirse a un abogado de primerísima fila para salir bien librado de la acusación que tenemos preparada.

–Darius conseguirá al mejor, Al. Tiene dinero de sobra para contratar al que le dé la gana.

–No al que le dé la gana –dijo Page, mirándola a los ojos–. Y, desde luego, no al mejor.

Betsy se ruborizó.

–Hace demasiado frío para estar aquí fuera –dijo Page–. ¿Quieres que te lleve al hospital?

Betsy siguió a Page al bajar del porche. Él le abrió la puerta de su coche y cuando hubo subido arrancó. Betsy miró una vez más a la prisión de Kathy. Era un lugar de ensueño. Viéndolo, nadie habría podido imaginar lo que había ocurrido en aquel sótano. Nadie habría podido imaginar tampoco lo que había hecho Reardon. Ni Darius. Los monstruos de verdad no tenían apariencia de mostruos, y en cambio estaban sueltos, al acecho.

EPÍLOGO

A las once y media de una calurosa mañana de verano, Raymond Francis Colby posó la mano izquierda sobre una Biblia que sostenía el alguacil mayor del Tribunal Supremo de los Estados Unidos; elevó la mano derecha y procedió a recitar su solemne juramento, repitiendo las palabras de la presidenta adjunta, Laura Healy:

—Yo, Raymond Francis Colby, juro solemnemente que administraré justicia sin tener en cuenta a las personas, y que repartiré con igualdad el derecho entre pobres y ricos, así como que fielmente y con toda imparcialidad desempeñaré todos los deberes que me incumban en calidad de presidente del Tribunal Supremo de los Estados Unidos, de acuerdo con mi recto saber y entender, según los dictámenes de la Constitución y de las leyes de los Estados Unidos. Por todo ello, que Dios me ampare.

—Mamá, ¿ella también es juez? —preguntó Kathy Tannenbaum.

—Sí —susurró Betsy.

Kathy volvió a concentrarse en la ceremonia. Vestía un vestido nuevo, azul marino, que le había comprado Betsy para estrenarlo en este viaje a Washington. El cabello le olía a flores silvestres y a sol, como sólo puede oler el cabello recién lavado de una niña pequeña. Sólo de verla, nadie podría imaginar siquiera la dificilísima experiencia que había vivido.

La invitación para asistir a la sesión de investidura del senador Colby llegó una semana después de que el Senado ratificase su nombramiento. El perdón otorgado a Lake había sido la noticia más comentada en todo el país durante varias semanas. Habían sido muy abundantes las especulaciones en el sentido de que Colby no podría resistir que se hiciese público el hecho de que había dejado en libertad, años antes, al asesino de las rosas. Pero Gloria Escalante alabó en público el proceder de Colby, diciendo que le había salvado la vida, y Page comentó la valentía del senador al haber hecho público aquel perdón otorgado cuando aún estaba pendiente su ratificación en el cargo.

—Yo creo que va a ser un espléndido presidente —dijo Alan Page cuando salieron del edificio del Tribunal y se encaminaban a la sala de conferencias en la que iba a celebrarse una recepción para los invitados.

—A mí no me convence la política de Colby —contestó Betsy—, pero debo decir que sí me agrada su persona.

—¿Y qué es lo que no te gusta de su política? —repuso Page a bocajarro.

Betsy se limitó a sonreír.

Se había dispuesto un generoso buffet en un extremo de la sala. Enfrente, había un patio con una fuente. Betsy le preparó un plato a Kathy y encontró una silla para que tomase asiento cerca de la fuente. Luego, ella volvió a por su almuerzo.

—Tiene un aspecto fenomental —le dijo Page.

—Kathy es una niña muy resistente —contestó Betsy con orgullo inocultable—. Además, la investidura ha llegado en un buen momento, porque su terapeuta me comentó que sería muy beneficioso que cambiara unos días de ambiente. Así que nos volvemos a casa pasando por Disneylandia. Desde que se lo dije, está en el séptimo cielo.

—Me alegro por su suerte, y por la tuya también.

Betsy se sirvió unos fiambres y un poco de ensalada y siguió a Page camino del patio.

—¿Qué tal va todo con Darius? —preguntó.

—Tú no te preocupes —respondió él—. Óscar Montoya ha hecho mucho ruido con todo esto del perdón, pero tenemos pruebas de peso en su contra.

—¿Qué teoría sostienes?

—Creemos que Oberhurst quiso hacer chantaje a Darius en cuanto supo que era el autor de los crímenes de Hunter's Point. El perdón hace muy al caso, porque demuestra que Darius fue el autor material de dichos asesinatos.

—Si no consigues que lo sentencien a la pena capital, tendrás que encerrarlo para siempre, Alan. No te puedes hacer ni idea de cómo es Darius.

—Vaya, pues yo creo que sí me hago una idea —repuso Alan.

—No, en eso te equivocas. Crees que lo conoces, pero no tienes ni idea. Yo sé cosas de Darius, cosas que me comunicó en estricta confidencia, que te cambiarían para siempre. Es preciso que Martin Darius no salga nunca de la cárcel. Nunca.

—De acuerdo, Betsy. No te preocupes. No lo he subestimado.

Betsy había hablado con tal vehemencia que no se percató de que el juez Colby estaba detrás de ella. Al lado del nuevo presidente del Tribunal Supremo vio también a Wayne Turner.

—Me alegro de que haya podido venir —dijo Colby a Betsy.

—Su invitación personal fue una gran alegría.

—Usted debe de ser Alan Page —dijo el juez.

—Sí, señor.

—Dejémonos de ceremonias. Para usted y para Betsy yo siempre seré Ray. No se puede ni imaginar lo mucho que influyeron sus declaraciones en mi ratificación. Espero que puedan venir a la fiesta que celebro en casa esta tarde. Así tendremos una ocasión para charlar; me encantaría conocerles mejor.

Colby y Turner siguieron su recorrido y Betsy acompañó a Page al patio, donde se encontraron a Kathy hablando con una mujer que se ayudaba de dos muletas para caminar.

—Nancy —dijo Alan Page—. No sabía que pensabas venir.

—No me habría perdido la toma de posesión de Colby por nada del mundo —dijo ella sonriendo.

—¿Conoces a Betsy Tannenbaum, la madre de Kathy?

—No —respondió Gordon a la vez que le alargaba la mano—. Es un placer. Su hija es una niña muy fuerte, ¿sabe? —añadió, a la vez que le revolvía el pelo a Kathy.

—Me alegro mucho de saludarte —dijo Betsy—. Intenté hacerte una visita en el hospital, pero los médicos no me lo permitieron. Y luego volviste muy deprisa a Hunter's Point. ¿Recibiste mi nota, al menos?

—Sí. Mis disculpas por no haber contestado, pero siempre he sido un desastre a la hora de escribir. Me ha dicho Kathy que os vais unos días a Disneylandia después de esta visita a Washington, y eso me pone celosa.

—Pero tú también puedes venir —dijo Kathy.

Gordon se rió.

—De veras que me encantaría, pero tengo que trabajar. ¿Me escribirás para contarme qué tal lo has pasado en el viaje?

—Desde luego —dijo Kathy—. Mamá, ¿puedo tomar más tarta?

—Por supuesto. Alan, ¿quieres acompañar a Kathy a la mesa de la tarta?

Se marcharon Alan y Kathy y Betsy tomó asiento junto a Gordon.

—Kathy tiene un aspecto estupendo. ¿Qué tal le va? —preguntó Gordon.

—Los médicos dicen que físicamente está muy bien, y el psiquiatra que la trata dice que no tardará en reponerse del todo.

—Me alegra saberlo. Me preocupaba bastante su recuperación. Reardon la trató bastante bien durante la mayor parte del tiempo, pero hubo algunas ocasiones francamente duras.

—Kathy me ha dicho que la ayudaste a mantener el ánimo. Y el psiquiatra está convencido de que tu compañía tuvo para ella un valor incalculable.

Gordon sonrió.

—No, la verdad es que fue ella la que mantuvo mi ánimo. Es una niña muy valiente.

—¿Qué tal te encuentras?

—Mejor, cada día que pasa. Tengo unas ganas locas de quitarme estos trastos —dijo Gordon, señalando las muletas. Y dejó de sonreír—. Tú eres la abogada de Martin Darius, ¿no es cierto?

—No. Lo era, pero ahora lo defiende Óscar Montoya.

—¿Y a qué se debe el cambio?

—Después de hablar con el senador Colby y de saber lo que hizo a las mujeres de Hunter's Point, no quise que siguiera siendo mi cliente. Él tampoco quiso que yo siguiera siendo su abogada cuando se dio cuenta de que había contribuido a que Samantha Reardon llegase a él.

—¿Qué va a ser de Darius?

—Está claro que torturó a Oberhurst. He visto las fotografías de la autopsia, y son de las que te revuelven el estómago. Alan Page está seguro de que conseguirá la pena de muerte en el momento en que el jurado tenga conocimiento de esas fotos, y tan pronto se enteren de lo ocurrido en Hunter's Point.

—¿Y cuál es tu opinión?

Betsy recordó el aire de confianza en sí mismo que tenía Alan cuando le comentó que estaba convencido de que podría lograr la condena de Darius, y se sintió inquieta.

—Yo no estoy tan segura como Alan. Él no conoce a Martin como lo conocemos nosotras.

—Salvo Gloria Escalante y Samantha Reardon, nadie conoce a Darius como nosotras.

«El experimento —había referido Darius a Betsy, hablando de su reinado en las tinieblas—, me produjo el placer más exquisito que se pueda imaginar.» No había ni rastro de remordimiento, ni rastro de compasión por el dolor que sus víctimas tuvieron que soportar. Betsy estaba muy segura de que Darius iba a repetir su experimento siempre y cuando tuviera una mínima seguridad de que podría salirse con la suya, y a veces se preguntaba si no tendría algún plan para ella, tras saber que lo había traicionado.

—Entonces te preocupa que salga de la cárcel, ¿no es así? —preguntó Gordon.

—Sí.

—¿Te preocupa lo que podría haceros a ti y a Kathy? —Betsy asintió. Gordon miró a Betsy directamente a los ojos—. El senador Colby tiene contactos en el FBI. Se han encargado de supervisar el desenlace del caso, y a Darius no le quitarán ojo de encima. Sabré con antelación si existe siquiera la menor posibilidad de que consiga salir de la cárcel.

—¿Y qué vas a hacer si sucede tal cosa? —preguntó Betsy.

Cuando Gordon habló, lo hizo con voz grave y firme; Betsy supo que podría confiar siempre en todo lo que aquella mujer le prometiera.

—No tienes por qué preocuparte de Martin Darius, Betsy. A ti o a Kathy nunca os hará ningún daño. Si Darius pone un pie fuera de la cárcel, me aseguraré personalmente de que nunca vuelva a hacerle daño a nadie.

Kathy apareció corriendo, con un plato repleto de tarta.

—Alan ha dicho que podía servirme todo lo que quisiera —dijo a Betsy.

—Este Alan es casi peor que tu abuela —repuso Betsy.

—Betsy, dale un respiro a la niña —dijo Page riéndose, y

tomó asiento al lado de Betsy—. Oye, ¿nunca has soñado con defender un caso en estas salas?

—Todos los abogados sueñan con eso.

—¿Y tú, Kathy? —preguntó Page—. ¿Te gustaría ser abogada cuando seas mayor, y defender tus casos ante el Tribunal Supremo de los Estados Unidos?

Kathy miró a Nancy Gordon, con el rostro compuesto, muy serio.

—Yo no quiero ser abogada —dijo—. Yo quiero ser detective.

ÍNDICE

Título de la edición original: *Gone, but Not Forgotten*
Traducción del inglés: Miguel Martínez Lage,
cedida por Plaza & Janés Editores, S.A.
Diseño: Emil Tröger
Ilustración: Carlos Andreu

Círculo de Lectores, S.A.
Valencia, 344, 08009 Barcelona
3 5 7 9 4 9 1 2 8 6 4 2

Depósito legal: NA. 1749-1994
Fotocomposición: gama, s.l., Barcelona
Impresión y encuadernación: Gráficas Estella, S.A.
Ctra. Estella a Tafalla, km. 2. Estella
Navarra, 1994. Printed in Spain
ISBN 84-226-5268-4
N.° 27763